# 鳡鱼计划

张新科 著

江苏凤凰文艺出版社

图书在版编目（CIP）数据

鲽鱼计划 / 张新科著. — 南京：江苏凤凰文艺出版社，2015（2020.6 重印）
ISBN 978-7-5399-8634-0

Ⅰ.①鲽… Ⅱ.①张… Ⅲ.①长篇小说—中国—当代 Ⅳ.①I247.5

中国版本图书馆 CIP 数据核字(2015)第 194680 号

| 书　　名 | 鲽鱼计划 |
| --- | --- |
| 著　　者 | 张新科 |
| 责任编辑 | 于奎潮　丁小卉 |
| 出版发行 | 凤凰出版传媒股份有限公司 |
|  | 江苏凤凰文艺出版社 |
| 出版社地址 | 南京市中央路 165 号，邮编：210009 |
| 出版社网址 | http://www.jswenyi.com |
| 经　　销 | 凤凰出版传媒股份有限公司 |
| 印　　刷 | 南京新洲印刷有限公司 |
| 开　　本 | 718 毫米×1000 毫米　1/16 |
| 印　　张 | 15.5 印张 |
| 字　　数 | 255 千字 |
| 版　　次 | 2016 年 1 月第 1 版　2020 年 6 月第 3 次印刷 |
| 标准书号 | ISBN 978–7–5399–8634–0 |
| 定　　价 | 38.00 元 |

（江苏文艺版图书凡印刷、装订错误可随时向承印厂调换）

# 目 录

| | |
|---|---|
| 楔　子 | 001 |
| 序　言 | 001 |
| 第1章 | 001 |
| 第2章 | 020 |
| 第3章 | 031 |
| 第4章 | 048 |
| 第5章 | 061 |
| 第6章 | 077 |
| 第7章 | 093 |
| 第8章 | 108 |
| 第9章 | 121 |
| 第10章 | 134 |
| 第11章 | 151 |
| 第12章 | 169 |
| 第13章 | 182 |
| 第14章 | 196 |
| 第15章 | 212 |
| 后　记 | 233 |

# 楔　子

鲽鱼，温带海域奇特鱼类，体态扁平，眼睛长在同侧，脊椎动物中唯一身体左右不对称鱼种，与其他鱼类水中漂浮生活不同，日夜栖息海底，身体通常藏匿沙粒之中，只留眼睛在外，体色随周围环境而变，以偷袭方式捕食鱼虾，灵敏狡黠，极难被发现和捕捉。

——摘自《渔业学手册》

# 序 言

1937年11月8日晚，春风戏院正在上演新戏《打金枝》。

德国顾问吕克特坐在戏院第一排，手端一杯清新的信阳毛尖，两只蓝眼珠贼溜溜地盯着戏台上披红挂绿的"金枝"，气定神闲，悠然自得。

戏台上扮演金枝的是"红樱桃"，豫西调梆子戏唱得入情入味，在巩县十来个戏班的旦角中名声最响，戏迷中流传一句顺口溜："樱桃嘴一张，声震西洛阳。"三个月前，第一次看完红樱桃扮演的《杨门女将》中英姿飒爽的穆桂英后，座位上的观众纷纷起立鼓掌，但顾问吕克特没有鼓掌，而是一跃蹦到屁股底下的板凳上，两只胳膊在空中高高扬起，对着舞台连声大喊："Mein Gott, meine Nice!"（上帝啊，我的女神！）

三十八岁的吕克特博士和戏院里其他看戏的中国人不一样，带妆看戏。几年前，还没来中国的吕克特在德国老家科布伦茨也常去看戏，不过不是中国戏，是德国戏，名曰Oper，翻译过来叫歌剧。那时的吕克特看Oper时，穿西服扎领带喷香水，并没有带妆看戏的习惯。来到河南巩县两个月后，看不到Oper的吕克特喜欢上了河南梆子，但仍然穿西服扎领带喷香水，自从那次看完红樱桃的《杨门女将》后，情况变了。吕克特遣派德语翻译曾鸣泉去了一趟春风戏楼，从当家的杨老板手里用八块大洋买了一身戏服，金色龙冠、黄色蟒袍和黑帮白底三寸厚的戏靴。龙冠和蟒袍吕克特穿戴起来比较顺畅，但高帮厚底的戏靴不习惯。日耳曼血统的吕克特生来就有一丝不苟的遗传细胞，读了几年博士之后，这种细胞裂变速度惊人，超乎常人想象，达到了做任何事情不达目的誓不罢休的地步。晚上下班后，吕克特在厂内专家楼前的花园里穿起戏靴练习，前行后退，左突右闪，不到天黑不进屋；白天上班，他上身领带西装，下身皮带西裤，脚上却登着三寸戏靴，一米八五的个子摇摇晃晃穿梭于动力厂、炮弹厂、制枪厂和化工厂之间，所到之处，机器旁的中国人无不瞠目结舌，停下手中的活计袖手诧异观看。

"看什么？两只手是让你去劳动，不是让你抱在胸口的！"吕克特先用德语吆喝，紧跟在屁股后面的曾鸣泉接着用汉语吆喝。"两只手是让你去劳动"是吕克特的经典名言，遇到懒散的中国工人，劈头盖脸就是这句话，全厂无人不晓。

半个月后，吕克特穿着戏靴和穿着黑色皮鞋一样行走自如。

厂长黄业壁也十分好奇："顾问，怎看戏咋还穿戏装？"

吕克特回答得很干脆："在德国剧院，不但台上演员着装讲究，台下观众也都西装礼服，穿戴庄重表示对艺术的敬重！看红樱桃的梆子戏，得穿最庄重的服装。你们中国什么服装最庄重？皇帝的蟒袍！蟒袍在身，我整个人啊，好像和'穆桂英'一道回到了很久很久以前的大宋……"

"顾问，看来您入戏啦！"黄业壁忍俊不禁。

顾问和厂长的对话在兵工厂一万多名职工间四处流传，流着传着就变了样："洋蛮子顾问和'穆桂英'有戏啦！"

今天晚上，戏院上演《打金枝》，杨老板自然十分欣喜，但吕克特的不期而至，又使他紧张万分。因为"皇帝"看戏有时会入戏。他入戏的时候，戏场就有麻烦了。

上个月豫南上蔡的一个沙河调戏班来唱《铡美案》，"皇帝"吕克特来了。前面几场，吕克特一边侧耳倾听曾鸣泉的低声翻译，一边摇头晃脑地喝着茶。当台上演到包公愤极，令王朝马汉拉出铜铡，把驸马陈世美置于铡刀之下，准备摁下铡把开铡时，吕克特"嗖"地一下站了起来。

"不能铡！让他和秦香莲离婚不就算了，为什么杀人？"

举座皆惊。

王朝马汉不知所措。

台上扮演包公的是个老演员，知道大戏不能因为台下无赖之徒捣乱而耽搁，于是一声大喝："开——铡！"

吕克特一跃跳到了板凳上，手指王朝马汉："不能铡，如果骗个女人就杀人，我已经被铡好几次啦！"

戏院大乱。

天不怕地不怕的黑包公也不知所措。

救场如救火。杨老板踉踉跄跄跑到吕克特面前，三个躬鞠罢，哭丧着脸说："顾问，顾问，俺这儿是中国，不是德国，恁行行好，把台上的陈世美铡了吧！"

"你们口口声声说贵国是礼仪之邦，礼仪之邦就得按法律办事，不能随便杀人。我看最多只能判个终身监禁！"义愤填膺的吕克特始终不从板凳上下来。

大戏演不下去了。

最后，万般无奈的杨老板给台上的包公使了个眼色。

"包公"重新精神抖擞，仰脖大呼："陈世美，你个忘恩负义的卑鄙小人，本该严惩，今天奉皇帝之令法外开恩，不再铡杀，判你个终身监禁！"

戏场哗然。

戏罢，杨老板哭丧着脸找到兵工厂厂长黄业壁和巩县县长李为山告状："恁俩行行好，劝劝俺那位洋祖宗，别来俺的戏院砸场子了！"

黄业壁说："厂内的事俺管得住，厂外的事俺管不了。"

李为山一脸苦笑："恁去南京找蒋委员长吧，别说咱巩县就是咱河南也还没有能摁住他的人……"

今晚演新戏，穿着皇帝服装的吕克特提前半小时来到了春风戏院，并且提出了一个新要求，他要和演员一样化妆。

杨老板说："恁不上台演戏，还化个啥妆？"

吕克特一屁股坐在化妆间的板凳上，一本正经地说："请问尊敬的杨先生，我身上的衣服是中国的，长的脸却是德国的，这算是哪国的皇帝？"

杨老板知道惹不起，只好遣人伺候。

半小时后，满脸涂好油彩，一个地地道道的"中国皇帝"坐在了戏院第一排的座位上。

大戏开场。

《打金枝》是出道德教化老戏。大意是，唐代宗下嫁女儿升平公主给汾阳王郭子仪七子郭暧为妻。时逢德高望重的郭子仪花甲寿辰，众亲纷纷前往府中拜寿，唯独升平公主任性不往，招致非议，郭暧怒而回宫，打了公主一顿。升平公主告状于父母，逼父皇治罪郭暧。郭子仪诚惶诚恐，绑子上殿请罪。唐皇明事理、顾大局，劝婿责女，小夫妻摒弃前嫌，和好如初。

《打金枝》共六场戏，前四场吕克特在曾鸣泉的翻译声中如痴如醉，每当

"红樱桃"扮演的皇帝女儿金枝上场,整个人就像老鼠吃了几粒磷化锌泡过的麦粒,上蹿下跳,手舞足蹈。

大戏到了第五场。年轻气盛的郭暧怒而回宫,打了公主一巴掌,正准备扬手打第二下时,吕克特愤怒而起。

"不能打!"吕克特蹦到了板凳上。

一直站在戏台旁紧紧盯着顾问的杨老板知道,大事不妙,"皇帝"今晚又入戏了。

"人人都有自由,参加别人生日宴会,愿者去,不愿者不去,凭什么打人?"

台上的"郭暧"高举巴掌,不敢落下。

台上的梆子锣鼓骤然停息。

杨老板慌慌张张跑到了吕克特面前,鞠过三个躬,苦苦央求道:"俺的洋祖宗,不打了,不打了,恁下来吧!"

戏院内鸦雀无声,无人敢出口大气。

"说话算数?"

"恁是皇帝,说啥就是啥!"

吕克特扑通一声跳了下来。

"郭暧"悻悻收起巴掌,改为好言相劝。

大戏继续。

吕克特笑了,全场的观众笑了,杨老板也笑了。


连本大戏在阵阵掌声中结束。

戏是县长李为山为庆祝六十六岁老母寿日邀的,戏罢,县长要请戏班子到戏院对面的"东义兴"吃饭。

吃过晚饭来看戏的吕克特走到同样坐在第一排的李县长面前,叽里呱啦一通德语后,曾鸣泉翻译道:"尊敬的县长大人,祝您母亲像莱茵河水一样千古流长,像洛阳龙门大佛一样心宽体胖,像花枝招展的金枝一样活蹦乱跳……"

李县长老娘看着洋蛮子"皇帝",笑得合不上嘴。

"不知县长请客的餐桌能否多加个板凳,一场大戏下来,我饿了!"

李县长老娘看着儿子,急忙道:"孩,快应了,俺一辈子还没有和'皇帝'一起喝过汤吃过馍呢!"

东义兴是巩县县城里最好的饭庄。饭庄实际上是个四合院，院子里大大小小有五个食厢。吕克特没有应县长之邀坐到居中最大的正厢内，也没有和既能唱戏又能喝酒的男艺人们坐在东厢，而是坐在了西厢。

红樱桃和三五个女配角坐在西厢。

吕克特进入西厢的时候，卫兵"镢头"也要一起跟着进去，吕克特不耐烦了："去吃饭又不是去打架，动嘴不动手，用不着带枪的家伙！""镢头"不用进，翻译曾鸣泉认为自己有必要进，自己不进去，他认为吕克特玩不转。吕克特可不这样想，他一把拽住了正要推门进屋的曾鸣泉，笑嘻嘻道："曾先生，和中国男人打交道需要您翻译，和女士们就不麻烦您啦！"

卫兵"镢头"只好去了偏房，和戏班子敲锣摇鼓的响器、打旗喊令的衙役、端茶举扇的丫鬟坐在了一起，很快和一桌人打成一片，对饮嬉笑。翻译曾鸣泉已吃过晚饭，外加也不情愿和一帮粗人戏子沦落一道，就提前告辞回府。

吕克特还是第一次和红樱桃坐在一起。对面的红樱桃已经卸妆，但在吕克特的眼里，眼前这位卸过妆的女人比戏台上的更加妩媚。鹅蛋脸、柳叶眉、浅酒窝、皓白齿，外加一双水灵灵的大眼，纤纤细细、嫩嫩白白的粉指，都是吕克特实在招架不了的东方之美。好半天，吕克特没有讲出一句话，而是一个劲儿地往红樱桃碗里夹鱼夹肉。

"吃，香！"吕克特用拙笨的汉语说。

红樱桃的女伴们嬉笑不停。

戏台上泼辣调皮的"金枝"羞红了脸，低头不语，只顾吃饭。

除了红樱桃，女戏子们一个接一个给吕克特斟酒，吕克特一口一盅，边喝边嚷："酒，香！酒，香！"

五道菜三巡酒过后，喝惯德国啤酒的吕克特不适应中国白干，端酒杯的手开始颤抖。

其他几个厢房响起了吆五喝六的划拳声，张灯结彩的东义兴大院内弥漫着肉香酒醇，四五个端汤举菜的佣人在遍地撒银的月光下快步小跑，来回穿梭，食客们兴高采烈，陶醉在县长家的饕餮大宴中。

东义兴的拿手好菜最后上来了。巩县人人皆知，那是两面焦黄的卤肉热烧饼，一口下去，外脆内香，半嘴酥半嘴油，吃过烧饼，顺势再来一碗热气腾腾的连汤手工面，泡上三个又白又滑的鹌鹑蛋，有色有味，酣畅淋漓，不是神仙胜似神仙。吕克特来过东义兴很多次，这道亦菜亦饭、一硬一软的巩县菜是他的最爱。每次啃过一口饼，配上一口汤，他都会禁不住来上一嗓："Mein Gott, Meine chinesische Liebe!"（上帝啊，我的中国情人！）

一男一女两个端烧饼和连汤手工面的佣人并未离开，而是笑呵呵地等待吕克特的一嗓大喊。当吕克特、红樱桃和三个女戏子刚把卤肉热烧饼使劲咬进嘴里时，两人的笑容戛然而止，瞬间从腰里掏出两把半尺长的盒子炮，男的枪口塞进了吕克特的嘴里，举另外一把枪的女佣人断然喝道："不许喊，谁喊就打死谁！"

口含卤肉热烧饼的女人们鼓着腮帮，瞪着眼珠，坐在座位上一动也不敢动，平日里在戏台上用的刀枪剑戟都是木头的，而这次是明晃晃的真家伙，女人们没有演过这出戏，也没有见过这出戏。

女佣人手提盒子炮把女人们押到了墙角。三下五除二，几个人被反绑双手双脚，嘴被布条勒得严严实实。

醉醺醺的吕克特同样被男佣人反绑双手双脚，嘴塞布团。

这时，有人敲西厢的房门。吕克特的护卫"镢头"一直在观察着西厢，见两个佣人半天没有出来，急忙过来晃一眼，看看出了什么事。

门被打开，"镢头"看到了屋内的几个人被捆在地，马上就从腰间拔枪，躲在门两边的一对佣人一齐扑了上去，男佣人迅速捂住"镢头"的嘴，女佣人手中的弯刀一下子便抹断了他的喉咙，鲜血喷射三尺开外，飞溅到桌子上的菜盘酒杯之中。"镢头"摔倒在地，四肢抽搐不止。女佣人俯下身，朝着"镢头"胸口扑哧又是一刀，正中左胸心脏，"镢头"顿时翻了白眼，慢慢摊开了紧握的拳头。

这时，西厢的窗户从外边被人推开，窗外露出三个人头，吕克特尽管浑身扭动反抗，但还是被内外五人连抬带拽扔到了窗外。

躺在墙角的几个女人看到，两佣人别好盒子炮和弯刀，一跃跳到窗外，如风如影，消失在茫茫夜色之中。

# 第1章

南京，夜半时分。

军政部兵工署长俞大维和特务头目戴笠先后急电通告：河南巩县兵工厂德国顾问吕克特博士遭人绑架。军政部长何应钦顿时慌了手脚，心想，出大乱子了。

两次放下电话前，何应钦说的是同一句话："天亮之前把人找回来！"

侍从问是否马上报告委员长和德国顾问团总顾问法肯豪森先生，披着睡衣的何应钦在屋内来回踱了几圈，摆了摆手。

军政部内一夜灯火通明。

戴笠的特务处通宵谍报频传。

远在千里之外的豫中巩县警报长鸣，官兵满街，刺刀闪亮，火把缭乱，巷口村头贴满了一男一女绑匪的画像……

第二天早上，河南传来消息，巩县县城和四周村庄被翻了个底朝天，没有发现吕克特半点蛛丝马迹。

何应钦知道，事情瞒不下去了。

十一月初南京的清晨，灰蒙蒙的城市上空弥漫着湿冷浑浊的雾团，太阳光线照在雾团上，一半被阻隔反射，剩下的一半穿透雾团后变了颜色，无精打采地洒在积满枯叶的大街上，落在总统府苔藓尽染的大院里，满地一片病恹恹的灰色。何应钦、俞大维、戴笠和驻扎巩县的第九军军长裴君明应召赶到时，蒋介石、法肯豪森和一位德语翻译已经来到会议室，板着脸正襟危坐。

法肯豪森一改往日的绅士风度，人一到齐便大声嚷道："尊敬的将军们，十个小时过去了，请你们告诉我，谁绑走了吕克特博士？"

无人开口应答。

何应钦看了一眼法肯豪森，毕恭毕敬低语道："总顾问莫急，先听他们讲！"话音一落，扭过头来扫视三个部下，挤出一个字："讲！"

俞大维先开口。

"鄙人认为，此次绑架系日本人所为。"

俞大维继续陈述，"正如委员长和总顾问所悉，从8月13日至今，日军大规模进攻上海，原计划两周左右拿下，但两个半月已经过去了。东京日军总部恼羞成怒，责问上海指挥官松井石根上将，松井回电：'我们遇到的不是支那军队，遇到的是手端德式武器，排着德式队形，采用德式战术的对手……'"

俞大维说到这里，瞥了一眼法肯豪森，总顾问脸上的神色没有丝毫改变，眼睛一动不动。

别人看不出来，但俞大维看得出，总顾问的怒气平缓了许多。曾经留学柏林的他了解德式表情。如果这时总顾问的神色由冷峻变为轻松，眼睛转动起来，那不是高兴，而是鄙视。

俞大维心里有了底，于是接着说，"日本速战速决的战略意图化为泡影后，正如诸位所知，他们向德国驻华大使陶德曼先生提出抗议，指责德方暗地军事帮助中国。陶德曼先生回答得好，'作为日本战略盟友，德国不可能向中国派遣军人，不实的诬陷言辞会使帝国元首生气……'"

总顾问法肯豪森仍然冷若冰霜，俞大维知道自己可以继续说话。

俞大维提高了声调。"帝国领袖曾经说过，'日本人，打打鱼还可以。'日本人这次吃了亏，但苦于没有证据，不敢直接与德国摊牌，但他们一定会拿出自己的看家本事，动用一切手段，捕条鱼，捕条大鱼拎给陶先生看，德国北海里的鱼怎么会游在中国的黄河里？"

戴笠第二个说话，他没有否定俞的看法，但阐述了一个另外的可能。

戴笠说话字斟句酌。"据河南情报站站长洪士荫报告，吕克特所在的巩县兵工厂共匪地下组织在豫西游击队的庇荫下十分猖獗，多次获得共匪工运头目刘少奇的表彰。前几年委员长剿共期间，他们曾先后三次挑起厂内工会罢工，造谣德国顾问是助纣为虐的'刽子手'，扬言驱人，所幸及时扑灭。现在，除已枪惩的两人外，仍有四个工会头目羁押在监，不排除他们趁火打劫，绑人报复。"

戴笠刚讲完，第九军军长裴君明刷的一下站了起来。

何应钦摆了一下手，示意其坐下。

裴君明咣当一声坐定，排炮般说起话来。

"国内湘西、东北和豫西匪患严重，三地尤以豫西为甚。据查，豫西共有杆匪二十余帮，人数达数十万之众，俗称'刀客'，多次从国军和共匪处抢枪掠粮，还多次图谋从巩县兵工厂私购弹药枪械，这次，很有可能是他们中的一帮不知深浅，绑人换枪，请委员长和总顾问明察……"

何应钦第四个开口，作为军政部长，他喜欢总结性讲话，今天也一样，他要把目前巩县驻军和情报站搜查的进展做一汇报。

何应钦说："昨天夜里，事发半个小时后，我当地驻军反应迅捷，立刻把整个县城团团围了起来。围城搜查同时，城外也做了严密的盘查，重点放在巩县北部和东部。从县城到北边十几里地外的黄河南岸，部队一个路口一个路口堵，一个村庄一个村庄查。为了防止吕克特被日本人趁夜色强渡黄河转移到北岸，南岸驻军把黄河在巩县境内的三十里河滩围得滴水不漏，夜间发射了几百发照明弹，黄河中没有发现任何机动船、小渔船甚至木筏子，不存在顾问被转移到黄河北岸的可能性。"

何应钦分析完县城北部的搜查情况，稍停片刻，见蒋介石和法肯豪森正注视着自己，就接着讲县城东部的围堵情况。"共产党游击队的地盘在巩县城东，昨天夜里事发后，所有通往山里的道路都被迅速切断，顾问被转移进山区的可能性现在看来有，但甚小。"

"那何将军的意思是？"心急火燎的法肯豪森实在忍受不住这冗长的分析。

"我的意思是，吕克特顾问还在城里。"何应钦这一次说得干练果断。

四人言毕，会议室内寂静一片。

始终一言未发的委员长开始说话："日寇犯我，德国派来顾问团协助御敌，本系国家最高机密，现在专家竟然为贼人所劫，音信全无，让我如何向帝国元首开口禀告？"

蒋介石说完这句话，不再言语。

总顾问法肯豪森心情十分沉重，见几个人都在望着自己，无奈接了蒋介石的话。

"尊敬的各位先生，正如俞将军所言，'八一三淞沪战役'之后，日本接连向我帝国元首提出抗议，谴责我方协助贵国，元首虽令陶德曼大使机智搪塞，但已感知此事必成影响德日关系之芥蒂,如果此时我顾问团成员被绑被杀,必将动摇元首对顾问团在华存在之信心。"

讲完这几句话,法肯豪森停顿一下观察会议室内几位中国人的表情,见没有一个人看他,个个脸色冷峻。

法肯豪森只得接着把自己的话讲完:"同时,若顾问团其他成员知悉此次劫案之真相,必定人心惶惶,谁还敢在华久留?"

会议室再一次落入肃杀的寂静之中。

"总顾问,能否给我们几天时间,然后再向贵国外交部和其他团员通告情况?"蒋介石静静地看着法肯豪森。

法肯豪森不语。

无语即是默认。

忽然,啪的一下拍桌之声骤响,委员长站了起来。

"娘希匹,限你们七天之内把人找到,毫发未损地找回,否则,军法处置!"

蒋介石信奉基督教,在基督教里,七天是个轮回,七天过去,人要么生要么死,他把救人大限定为了七天。

留日多年的何应钦深知日本人老谋深算,与共产党多年的生死交道也让他吃尽了苦头,如果真要让他来做选择,他宁愿豫西刀客绑架吕克特。作为一名资深政客,目前最重要的是寻找多方渠道,以尽快完成任务。虽然没有排除游击队绑架吕克特的嫌疑,但是他认为这件事不大可能是延安指示的。如果真是游击队擅自绑架了吕克特,通过延安或许能处理得更好。于是,他以联合抗战的名义,通过与延安的联系渠道,提出了协助解救吕克特的要求,并力陈吕克特熬不过七天,一定要在七天内完成解救任务。很快,他就得到了延安方面的积极回应。

第二天上午,第九军派出三千多官兵在巩县的大街小巷、城郭内外搜寻了整整一个上午,毫无发现,吕克特人间蒸发。

大规模搜寻的同时,戴笠来电指示河南情报总站站长洪士荫"内部突破"。

洪士荫管辖的开封站、郑州站、洛阳站的全部人马星夜兼程赶到了巩县,协助巩县站实施搜捕和审讯。当晚所有在东义兴吃饭的人一个不剩被带进了县城监狱。

县长李为山、戏院杨老板、红樱桃、所有男女戏子和饭庄厨师杂役被折腾了整整一夜，轻者唉声叹气、灰头土脸，重者鼻青脸肿、哭爹叫娘，洪士荫没有得到一点有用的线索。审讯场上摸爬滚打几十年的老手洪士荫清楚，这些人与吕克特被绑之事无关。

排除这些人物，洪士荫心里明白，该是审讯东义兴饭庄老板孙北邙的时候了。

孙北邙被押了进来。

"孙先生，事比天大，我没时间陪你瞎聊，咱们打开天窗说亮话，晚上端盘子的一对男女是谁？"洪士荫把手枪从腰间拔出，轻轻地放在桌子上，黑洞洞的枪口指向对面坐着的孙北邙。

孙北邙饭待四方，客接八面，算是见多识广之主，清晰回答："俺知道昨晚来的客人多，昨天上午就从西街集市上唤了两个打短工的，说是城西北丈沟人。"

"谁去找的？"洪士荫点了一支烟。

"俺自己。"

"两人叫什么名字？"

"因为只做一晚上短工，俺只知道一个姓刘一个姓赵，其他的没有细问。"

孙北邙对答如流。

洪士荫掐掉吸了一半的香烟，扬长而去。

洪士荫刚一出门，孙北邙所坐板凳边的两个特工一齐扑了上来。矮个儿反扭孙北邙的双手，大个儿则使劲扇起耳光，三十几个耳光后，孙北邙口鼻喷血。事还没完，大个儿手抡疼了，矮个儿上来又是三十多个耳光。

噼里啪啦的响声过后，洪士荫重新走了进来，一手拎着一把短刀，轻轻放在了手枪旁边。

"孙先生，事比天大，我没时间陪你瞎聊，咱们打开天窗说亮话，那两个人到底是哪里来的？"

满脸是血的孙北邙断断续续地说："长官，真是俺从西街集市上寻来的短工。"

洪士荫从桌子上抓起短刀，哗啦一声扔到了孙北邙所坐的板凳边，再次扬长而去。

两把短刀被一名特工捡起，呼哧呼哧插进了孙北邙的两个小腿肚子里，殷红的鲜血顺着裤管流了下来，先是染红了白色棉袜，最后灌进了布鞋里。屋内响起狼嗥般的惨叫。

一根烟工夫后，洪士荫慢慢悠悠地走了进来，径直来到了孙北邙面前，手里拎着半截铡刀。

"孙先生，事比天大，我没时间陪你瞎聊，咱们打开天窗说亮话，我最后再问一次，那两个人是谁？不说实话，我把你的两只脚剁下来卤猪蹄！"洪士荫咣当一下把半截铡刀摔在了孙北邙面前。

"长官，俺确确实实是从西街集市上寻来的短工。"孙北邙还是同样的话。

洪士荫狠狠瞪了孙北邙一眼，一言不发，背着手向门外走去。

洪士荫快走到门口的时候，孙北邙垂下了脑袋，扑通一声跪在了地上："长官，俺说俺说。"

孙北邙交代，昨天下午，一男一女来到饭庄，捎来了一封信。信是在洛阳读公学的儿子写的，说是学堂一位对他不薄的先生有两个亲戚，家贫无助，想在饭庄打杂混口饭吃。之所以不敢说，是怕连累公子。

两个小时后，洛阳回电。

信确实是孙北邙公子所写，但公子骗了父亲。孙公子交代，昨天上午，公学学生会一个头头找他，说是豫西抗日游击队几挺机枪老是卡壳，自己修不了，想问问他老家巩县一位懂行的人，这人有可能晚上到东义兴吃饭，请孙公子引荐。受共匪洗脑的孙公子就自编自演写了一封信。

回电还说，公学学生会头头不见踪影。

洪士荫把情况电告南京，戴笠即刻回电。

电文只有九个字："暗捕嫌疑极大之共匪。"

位于河南中部黄河南岸的巩县城东有座老庙山，百峰突兀，云遮雾障，幽静深邃。群峰之间，暗藏一洞，名曰"雪花洞"。雪花洞奇大无比，内藏洞穴百十个，据进去过的人讲，从进洞到出洞，得带三天干粮，但现在谁也进不去了，因为里面住着徐麻子。

豫西抗日游击支队司令徐正乾，绰号"徐麻子"，正在洞里蘸着雪水磨刀。徐麻子磨刀，向来只用老庙山上的雪水。一次在全体游击队员大会上有人问，为啥司令用刺骨冰冷的雪水磨刀？徐麻子来了精神，吆喝着问台下的士兵："形容刀亮用什么词？"台下一名战士回答："明晃晃哩！"徐麻子回答："兔崽子，没文化！"两千来人哄堂大笑。徐麻子再问："有谁知道用个啥词？"半天静默后，一个战士倏地一下站了起来,答:"雪亮!"徐麻子笑了,用大刀指着其人:"还是这个兔崽子有文化,对,就是雪亮!只有用雪水磨,刀才亮。"话说到这里,徐麻子才开了个头,铁匠的儿子谈起铁器,有一箩筐的话要喷。一袋烟工夫过后,徐麻子作了总结:"兔崽子,都给俺记好了,雪水磨过的刀不但亮,而且还不生锈,这还不是最重要的,最重要的是啥?"

徐麻子的话问过,无人应答,个个怕他借机骂人。

"雪水磨过的刀砍掉人头后,刀不沾血。"徐麻子一声吼叫。

"报告徐司令,第九军军长裴君明急电,邀您速到康百万庄园会商抗日惊天要事,粗茶已煮,薄酒已备,务请即刻驱马前行!"

"妈里个×,老子就今晌午炖了只山鸡,偏偏这时来电,不去不去!"徐麻子朝收电员摆了摆手,继续磨刀。

正在和别动队队长张一筱下象棋的政委吴之仙停下夹棋之手,站了起来,一板一眼看过电报,走到了徐麻子面前:"恁这个球麻子,真不够意思,有茶有肉还有好酒伺候,就不能让俺们多啃只鸡腿!"在整个游击队里,只有吴政委敢叫徐司令的"麻子"外号。

徐麻子笑了。

"看恁那个球样,一听有酒,嘴咧得像大姑娘的二尺裤腰。咱们得给'洛阳大哥'发个电报。"吴政委指着徐麻子说。吴政委嘴里的"洛阳大哥"指的是洛阳城里的中共豫西工委。

十分钟后,豫西工委回电,同意前往。

徐麻子带着张一筱和一名卫兵跨马离开洞口时,扭头朝给他送行的吴政委撂下一句话:"恁个眼不好使的球大仙,这次看好了,别把鸡屁眼也吃了。"吴政委没有说话,笑着朝徐麻子的马背上使劲拍了一掌,差一点没把徐麻子给忽腾下来。

这里插段话。吴政委在一次自制土炸药时突然爆炸,两根手指头被炸掉半截,这是游击队人人都晓得的。徐麻子在几百人的大会上描述这一事件时,话就神了。他说,吴大仙吴政委整个人被气流掀起两米来高,想学孙猴子一般腾云驾雾,但他哪有人家那个球功夫,眨眼之间,人就踏踏实实平摔在石板地上,来了一个狗啃屎,两个眼珠子都摔得滴溜出眼眶外啦,他硬是给塞了回去。吴政委一个月下床后,张一筱好奇地问:"政委,司令说的是真的?"吴政委回答:"麻子的话,打仗时当人话,不打仗时恁们只当他放了一裤裆响屁!"

日过晌午,徐麻子三人来到了县城西北,伊洛河畔的康百万庄园门口,翻身下马。

中原一带有三大户,俗称"东刘、西张,中间夹个老康"。老康指的就是巩县的河洛康家。康氏家族发迹始于贩盐业,后又靠船运发财、靠置地致富,当地流传着"马跑千里不吃别家草,人行千里尽是康家田"的顺口溜。康家做大,外乡人不知根究,巩县乡党却个个知晓:一靠理财,二靠官府。八国联军入侵北京的 1901 年,慈禧太后逃离北京前往西安,后在返京途中路过巩县,"豫商第一人"的康鸿猷慷慨解囊,捐资一百万银两,慈禧感激之余赐予"康百万"封号,从此声名远扬。日本人来到黄河北岸后,黄河南岸的康家主动腾出庄园南大院,国军第九军军部便设在了这里。

徐麻子三人扑通落地,裴君明、洪士荫和康家主人康奕声便迎了上来。

"徐司令,日过晌午,害您折腾半天,快进屋喝茶洗尘!"裴君明十分客气,他是第二次见徐麻子。第一次是三个月前,在洛阳一战区司令长官程潜主持的国共抗日磋商会上,腰里对插两支盒子炮,身背雪亮大刀的徐麻子十分另类。

"裴军长一声令下,俺徐麻子就是家里炖着小鸡,也不敢等鸡汤冒热气啊!"

众人一阵大笑。

"这是洪站长。"裴君明望着洪士荫向徐麻子介绍。

"士荫老弟,前几年恁卸了俺十几位弟兄的人头,还悬赏一千大洋枪崩俺这张麻子脸,今天给恁送上门啦!"

洪士荫虽然是第一次见徐麻子真人,但他比裴君明要了解徐麻子许多。洪士荫前几年杀过徐麻子的十几个人,徐麻子也折了他手下的好几位特工高手。

"徐司令,那都是旧事了,您不也把我手下几个弟兄的尸首个个截成了三段吗!"洪士荫笑着回答。

一行人低头走路,沉默不语。康家大院曲径拐弯处都有卫兵站岗,每走上十米八米,头戴钢盔、手端卡宾枪的卫兵都是咔嚓一声收脚举手敬礼。众人经过庄园中央老戏台时,裴君明打破窘境,继续介绍,"这位是康家主人康奕声先生!"

"徐司令来到俺这破家落院,蓬荜生辉啊!"康奕声鞠躬致礼。国军有枪有炮，共产党也有炮有枪，两边都是爷，康家主人哪边都不敢得罪。

"老康，客气啦，恁这庄园靠山筑窑洞，临街建楼房，濒河设码头，据险垒寨墙，三十多个院落，五十多座楼房，七十多孔窑洞，还破家落院？"边往院子中间走，徐麻子边一通抖落。

"对这里这么熟悉，不会哪个风高月黑之夜来杀富济贫吧？"裴君明朗朗大笑。

"裴大人在此驻防，俺徐麻子就是吃了熊心豹子胆也不敢动恁一根毫毛啊！俺知道的这些，都是这个兔崽子通风报的信。"徐麻子边说边用马鞭指了指屁股后面的张一筱。

"康叔，是俺，愚侄张一筱。"面露尴尬之色的张一筱自报家门。

"啊，原来是贤侄一筱啊！多少年没见着恁了，外加穿着这身衣服，俺老眼昏花竟没有看出来。"康奕声拍着张一筱的肩膀，上下瞧了好半天。

"裴军长，中原一带讲'东刘、西张，中间夹个老康'，恁可能还不知道，咱巩县也有一句同样的俗话，叫'北刘、东张，西边有个老康'。两个老康指的都是俺家，其他四家就不是一回事啦！这位贤侄就是俺巩县'东张'家的大公子，是个大诗人啊！"康奕声向裴军长介绍。

裴君明回头看了看张一筱，一个清瘦、白面、留着分头、身材利落矫健的二十七八岁的年轻人正朝他笑着点头致礼。

裴君明驻扎河南和巩县多年，不但知道中原的"西张"，也知道巩县的"东张"，但没听说过"东张"家的大公子。作为河南情报站站长的洪士荫不一样，他不但知道"西张"和"东张"，还清清楚楚知道已和家里断绝关系，多年不往来的"东张"家大公子张一筱。早年这位张家大公子在开封读大学，快毕业的前半年，学诗词的他偷偷跑到了延安。几年来，暗杀他手下几位大将，命令是徐麻子下的，动刀动枪的则是这个白面书生样的年轻人。

张一筱望着洪士荫点了点头，洪士荫回敬点头。

两人心里各自清楚，不是冤家不聚首。

一行人来到了庄园内的南大院门口。南大院是康百万庄园最为高大雄伟的院落。南大院一分为三，东院由"经腴史华"藏书楼和"书带生庭"学堂组成，西院称"敬直义方"，主体是悬挂慈禧所赐匾额的丁字窑和招待贵客的"西方三丈"。"西方三丈"是文化人的雅称，说得通俗点就是今天的餐厅。东西院之间是主院，名叫"方五丈"，是座长宽高各五丈的宏大建筑，只有三品以上官员方能入内，堂中挂有名扬四方的"留余匾"。

康家招待贵客吃饭，一般摆席在西方三丈，但今天是亦政亦饭，餐桌破例设在了方五丈。

方五丈中央的八仙桌上八个冷盘已就位。四人落座，康奕声识相退出，只留仆人斟茶唤菜。

四人各饮过一口茶，裴军长启唇动声。

"徐司令，可容兄弟我先讲几句？"

"兄长请讲！"

裴军长的脸拉了下来，接着摆了一下手，支走了仆人。

"兄弟，今天请您来吃饭，不说老弟您也明白，醉翁之意不在酒。"裴军长单刀直入。

"来的路上俺听一筱讲过，康家请官人吃饭都在隔壁'西方三丈'，今天设宴在此，肯定主题不在酒肉，况且哪有先做好饭再请人的？请兄直言。"徐麻子先喝了一口茶，也直奔主题。

"兄弟最近绑了一个人？"裴军长入了主题。

"五天前绑了一个，昨夜又绑了一个。"裴军长的话刚说完，徐麻子就接上了火。听完司令的话，洪士荫身子猛的一下抖动，但他趁势挺直了胸膛，把吃惊掩饰了过去。

"昨天绑的是男是女？"裴军长紧追不舍。

"小弟我向来不绑女人。"

徐麻子说话的声音大了起来。对徐麻子嘴里说出的这句话，张一筱心里想笑，但这种场合他不会笑出声来。张一筱笑的原因是徐麻子没有说实话。徐麻子曾经一次误绑过女人，只不过没有过夜就放了回去。当时张一筱说，天快黑了，把人关进洞里，明天再放算了。徐麻子听后一顿臭骂，光屁股孩懂个啥！男人可以隔夜放，女人得连夜放。张一筱说，俺不打她。徐麻子用大刀顶着张一筱的胸口，王八蛋你们打了俺倒不怕，就怕你们不打，半夜脱了裤衩趁黑摸了进去。张一筱说，司令，要是那样您就用刀把俺那个东西砍下来喂狼！徐麻子眼珠一转，补了一句，或者你们有贼心没贼胆，根本没有进去，但人家硬说你们进去了。张一筱说，那得有证据！徐麻子笑了，王八蛋，嫩着的不是！打人，皮肉伤一眼就可以看出来；不打人但做别的事，证据一会还在，隔夜就融化了，融化了俺又不能爬进去找，不就有口难辩啦?!"

张一筱无言以对，连夜把人送了回去。

裴军长听到徐麻子亲口承认绑了人，还是个男人，心里踏实了三分。从直觉上判断，他相信徐麻子这个人没有瞎诌。洪士荫心里没有像裴军长一样坦然，一场大戏，才敲了三遍开场锣鼓，徐麻子就竹筒倒豆子，哗啦啦全抖了出来，他不相信。不相信归不相信，这个场合还轮不到他直接提问，洪士荫只能眼巴巴望着裴君明，等待下文。

"绑的是何路神仙？"

"老兄，神仙俺可绑不来。能绑到神仙的人，自己一定是神仙他爹或者他爷。"徐麻子说完这句话，低头朝桌子上的冷盘瞄了一圈，看着裴军长笑了起来。

"老兄，光说话不喝酒，黄花菜都快凉了。"

裴君明心里明白，好事已经开了头，徐麻子说出的话他自然不能再收回去，只好应了。

"士荫，倒酒!"裴军长的话音刚落，洪士荫想去拿酒壶，张一筱一把抢了去。

"这里俺是小弟，还是俺倒吧。"

四个人举杯相碰，一饮而下，大家又各自夹了一口凉菜，素腻香辣不等。

"徐司令，昨晚绑的人现在何方？"裴君明哪有心思喝酒吃菜，南京那边一圈人像热锅上的蚂蚁等着呢。

"要俺说实话？"徐麻子嚼着一大块猪头肉，嘟嘟囔囔说。

"今天咱们四人都不得有半句假话。"裴君明语气十分坚定。

"砍了!"徐麻子咽下猪头肉，把筷子放在了桌子上。

"砍了？"裴君明大惊失色，洪士荫哗啦一下从座位上站了起来。

"砍了!"这回轮到了徐麻子语气坚定。

房间内的空气骤然紧张。对裴君明和洪士荫来说，徐麻子的话不啻一声惊雷。

"徐麻子，你犯了天大的罪过!"裴君明猛地一拳砸在桌面上，八个冷盘、满桌的酒盅、酒壶、茶杯和四双筷子顿时上蹿下跳，盘里的各色汤汁流到了台面上，红彤彤的油炸花生米滚了个满桌。

见对面的裴君明瞬间改变了称兄道弟，直呼起自己的外号来，徐麻子两眼怒火冲天，瞪着对方开了口。

"裴君明，俺砍了一个混蛋，何罪之有？"徐麻子向来不是软蛋。

"你的命还不抵这个混蛋的万分之一！"站着的洪士荫手指徐麻子，暴跳如雷。

张一筱立刻站了起来，一把推开洪士荫的手，不慌不忙地说："俺司令当然不会和一个混蛋比，不过，洪站长今后的命说不定也和这个混蛋一样！"

洪士荫和张一筱四目对视，剑拔弩张。

见屋内大哗，站在门口多时的康奕声吓出一身冷汗。这时的康奕声心里比谁都明白，两帮带家伙的在自家大院闹出事来，哪一方吃亏今后都会找他作为证人评理算账。为带家伙的人评理论道，康家最忌讳。想到这里，他急忙从仆人手里夺过一盘卤烧鸡，面带微笑闪进屋内。

"各位长官，刚卤了只烧鸡，没有道口烧鸡名，倒有道口烧鸡味，趁热吃！"

康奕声一进来，洪士荫和张一筱便坐了下来，他们都知道，这事不能让外人知晓。见多识广的康家主人明知屋内火药味十足，佯装一点事没有发生，笑呵呵说道："看来四位长官酒兴正浓，恁们接着喝，俺来帮各位收拾收拾。"说完这话的康奕声用抹布收拾起桌面来。片刻工夫，桌面整洁如初。

康奕声退出堂外。

"尸首在哪里？"裴君明的声调低了下来。尽管与徐麻子豫西抗日游击队相比，裴君明兵强马壮，但现在的他也必须收敛起锋芒威势。三个月前，昔日的对手变成国民革命军第八路军，特别是九月二十三日，委员长发表谈话承认共产党的合法地位以来，国共人马见面，尽管心里打着小算盘，但面子上必须过得去，这是其中一个原因。对裴君明来说，还有一个更重要的原因，就是自己过去的长官卫立煌对八路军和游击队也十分客气谦逊。

"混蛋砍完头就是死人，俺从不糟蹋死人，雇人送了回去。"徐麻子的声调也降了下来。豫西工委的领导告诫过他，今非昔比，对抗日友军必须尊敬。

裴君明和洪士荫相互对视，各自心里犯着嘀咕。徐麻子言称尸体被送了回去，送到哪里去了？今天上午巩县兵工厂没有收到半截尸体。

"徐司令，尸体送到了哪里？"洪士荫急忙问道。

张一筱回答："俺雇人送到了'瓦刀脸'孙世贵的山寨口，十八里沟！"

"送给了土匪？"裴君明按捺不住愤怒，提高了嗓门。

徐麻子是行伍出身，使枪的人了解使枪的人，对方急，他不能急。徐麻子满脸堆笑，望着对面的裴君明："混蛋活着是个土匪，死了也是土匪，俺得物归原主。"

怕对方没有理解自己的话意，徐麻子自斟一盅酒，仰脖喝下，又添一句："混蛋是'瓦刀脸'的人，俺还得送给他。这几年，俺让人抬着送回去了十几个！"

座位上的裴君明和洪士荫如坠云里雾里。

裴君明一时说不出话来，洪士荫对付这种场面是个老手，他先看了裴君明一眼，然后扭头朝向徐麻子："徐司令，到底怎么回事，现在不是卖关子的时候！"

徐麻子一阵哈哈大笑。

徐麻子没有讲话，他看了张一筱一眼。

张一筱说话了。巩县城西大土匪"瓦刀脸"有个部下叫郭三，还是其大外甥，人称"三杆枪"。裤带上的两杆是明响，打劫绑人；裤裆里的一杆是暗响，专欺凌大姑娘小媳妇。前天夜里，"三杆枪"带领七八个人黑夜摸到了溪谷寨，抢完粮食和鸡鸭外，龟孙们各自打起了坏心思。"三杆枪"趁黑撩开了一个十五六岁闺女的被窝，闺女爹上去拼命，"三杆枪"一枪打掉了人家的半个头，在一摊血面前把姑娘给糟蹋了。他从偃师回浮戏山，当晚恰好留宿溪谷寨，枪声把他震出半头冷汗，带着个弟兄把"三杆枪"堵了被窝里，三下五除二就给绑走了。"三杆枪"的随从找了半夜，没有找到人，天亮前逃回了十里坡。第二天一大早，张一筱在寨中央的青砖戏台上砍了"三杆枪"的头，蘸着脖子上冒出的血，在一块白布上写了九个字："三杆枪，不再响！张一筱。"

方五丈内的气氛陡然由紧变缓，裴君明哈哈大笑起来。徐麻子和张一筱也跟着哈哈大笑。洪士荫却没有笑，两只眼睛一直紧盯着裴军长。洪士荫笑不起来，并不是他不相信张一筱的话。对张一筱说的话，他一点都不怀疑，这样的事情到村子里随便问一下就可验证，狡猾的对手再笨，也不会在这方面出纰漏。

方五丈内觥筹交错，几杯酒下了肚。

额头上微微冒汗的裴君明停下了筷子，看着一口一盅、嘴巴咀嚼出声的徐麻子，开始了新一轮的较量："原来是这样的混蛋，老弟你把我吓了个半死，该砍该砍！"

徐麻子见裴君明话音软了下来，又是几盅酒几口肉。吃相难看的徐麻子身动却心静,在心里一刻也没有停止揣摩为啥一个土匪会让对方那么费尽心思。张一筱了解自己的司令,心眼比脸上的麻子还多。正当徐麻子快活之时,裴君明的一句话驱散了方五丈内短暂的欢快气氛。

"砍了一个,还藏起来一个,用了孙子的第一计瞒天过海和第六计声东击西吧?!"裴君明正襟危坐,重启锣鼓。

徐麻子正准备张口咬下一块鼓鼓囊囊的鸡大腿肉,裴君明的话让他惊呆了。裴君明的话,张一筱听完心里的感觉也和自己司令一样,丈二和尚摸不着头脑,刚刚不是一五一十说明白了吗,怎么还说藏了一个?与两人的感觉一样,洪士荫也大吃了一惊。他大吃一惊,并不是因为裴君明不该这么说,而是他没有想到,裴军长在酒桌上弯会转得这么急、这么巧,难以表达的话他用了孙子的两个成语就给抖搂出来了。

"老兄恁说啥?"徐麻子把鸡大腿放回了盘子里,一脸懵懂看着裴君明。

"徐老弟,咱们面前的这块匾叫'留余匾',但咱们今天谁都不要留余。昨天你还绑了另外一个人,一个外国人!"裴君明大嚷一声。不过,这次他没有拍桌子,他知道,徐麻子不吃那一套,屁股后面跟着的张公子也不吃那一套。

"'留余'之类的事是康家商人们所为,俺是个粗人,口袋里没有银子,能拿出半个铜板在裴大军长面前显摆一下就谢天谢地了,还留个屁余!昨天夜里俺既没有阴鬼附身,也没有酩酊大醉,稀里糊涂就绑了个洋蛮子,俺自己咋不知道?"徐麻子脸现惊诧之色。

裴君明虎视眈眈注视着徐麻子,一动不动,期待下文。

洪士荫不紧不慢地开腔了:"'留余'技巧并非商人们行为,画家也'留余',术名叫'留白',你们游击队'游而不击',可以说,把'留余'发挥到了极致!"

徐麻子无奈之脸突然变色,咣当一声擂动桌面,半小时之前的一幕重新发生了,冷盘热汤、满桌的酒盅、酒壶、茶杯和四双筷子再一次上蹿下跳,菜羹汤汁和花生米洒滚桌面。

裴君明和洪士荫两人大惊失色的同时,徐麻子满脸横肉抖动,哗的一声站了起来,手指张一筱鼻梁,破口大骂:"张一筱,恁个兔崽子,恁昨天杀了一个告诉了俺,又绑了一个怎么不讲!绑人的事只有恁别动队干,当着裴军长和洪站长的面把话说清,不然的话,老子劈了恁!"徐麻子说完,把那把雪亮的大刀从屁股底下抽出,咣当一声扔在了张一筱面前。

大刀落地声一响，门外四个端卡宾枪的卫兵破门而入，扑棱棱跑到了徐麻子和张一筱身后，枪口对准了两人。

方五丈里的所有人都看着张一筱。

张一筱既没有站立，也没有说话，而是平静地坐着。只见他先把帽子摘掉扔在地上，接着解起了自己的上衣扣子，不慌不忙脱去外套和薄棉袄，扔在地上，上身只剩下了一个白棉布背心，露出了白皙的脖子和肩膀。张一筱的动作并没有完，他双手哗啦一下横扫，把面前的酒壶酒盅和菜盘筷子甩出两米多远，桌面留出了半米见方的空白地方。

"司令，俺骗过俺爹骗过俺娘，跟了恁三年，俺却从来没有说过半句瞎话，今儿就让裴军长和洪站长审问，如果有半点生疑之处，恁就在这剁了俺！"张一筱从地上捡起大刀，放到了徐麻子胸前的桌面上，接着不紧不慢回到自己座位，用手拍了一下饭桌面前的空白之处。

裴君明、徐麻子和洪士荫面面相觑。

"请吧，裴军长和洪站长！"张一筱坦然一笑。

裴君明挥了一下手，四个卫兵退出。堂屋门刚被关上，裴君明就给洪士荫使了一个眼神。

"一筱小弟，你一刀斩了'三杆枪'，为兄的十分佩服，这样的混蛋该砍。但东义兴的另一个人也该绑吗？"洪士荫凝视着胸膛挺直的张一筱。

"什么人？"张一筱咄咄逼人。

"德国人吕克特。我想，这个人你一定不陌生。"洪士荫不隐不瞒。

"德国人吕克特？德国人吕克特？"张一筱低下头，嘴里反复念叨着这个名字。

方五丈内一片寂静，寂静得让人毛发悚立。

"这个人俺知道！"张一筱突然抬起了头，嘴里冒出句话来。徐麻子听到张一筱说知道，顿时感到五雷轰顶，他抓起大刀柄，刀尖指向张一筱。

"恁个兔崽子，知道就知道，不知道就不知道，恁不要今天和俺怄气非要说知道！说出去的话，泼出去的水，恁惹的口祸得自己担。"徐麻子知道事情的严重性，他说这番话，明骂暗劝，心里怕自己部下吃亏。

"裴军长、徐司令，俺真知道这个人。"张一筱先看了一眼裴君明，又瞧了一眼徐麻子。

裴君明心里暗笑，前面的几个来回都是序曲，现在大戏才真正开演。徐麻子满脸青筋凸爆，他知道，年轻气盛的王八蛋张一筱借助几分酒力，口出乱言，他不马上制止，要出大事。

"兔崽子张一筱，恁再敢在这里满口喷粪，俺一刀劈了恁！"徐麻子从座位上嗖的一下站起，拎起大刀，大声怒斥。

"徐司令，您恫吓部下回答问题，说明心里有鬼，此事是惊天大事，再东掖西藏，责任您一个人能承担得了？"裴君明站了起来，手指徐麻子。

徐麻子心里自然知道事情的严重性，不得不坐了下来。徐麻子一坐下，裴君明也坐了下来，朝着洪士荫说："继续问！"

"那就请老弟说说吕克特！"洪士荫瞥了一眼张一筱，得意十分。

"让俺说详细一点还是粗略一些？"张一筱淡定自如。

"越细越好！"洪士荫干净利索。

"德国人吕克特，是俺心目中的偶像！"

在这肃杀凝固，刀光剑影的氛围里，谁都没有想到张一筱会说出这样的话来。裴君明扑哧一声笑出声来，他一笑，徐麻子也忍不住，哈哈一下跟着笑了起来。洪士荫审了十几年共党，见过死扛到底的，见过被大刑吓得尿了裤裆的，却还没有见过如此滑稽和轻浮之人，也强忍不下，两声呵呵之笑冒出嘴外。

张一筱挺直胸口，面无半点笑意。

各种笑声停止，大堂平静。

"快说！"洪士荫急不可耐。

"俺心里有两个偶像，一中一外，一个现实主义一个浪漫主义。"张一筱开口先来这么一句。张一筱这话不是白讲的，这句话在诗词学上叫"楔子"。"楔子"很关键，既要简明扼要，又要令人浮想联翩，张一筱在开封读大学时，学会了这种手法。在别动队几十人的战前动员会上，在审讯被抓阴险狡猾的国民党特工人员和杀人越货的土匪时，在枪毙诸如"三杆枪"之类的公审大会上，他都会使用娴熟的"楔子"手法。"楔子"导出之后，张一筱步入正题："中国人就是咱们巩县的杜甫。'三吏''三别'和'两叹'俺想各位一定背得滚瓜烂熟；《茅屋为秋风所破歌》和《闻官军收河南河北》同样也能信口背出，诗圣诗风沉郁顿挫，满目悲生事，因人作远游，其诗道的是时世之艰危，生民之悲苦，思乡之愁绪。"张一筱呼呼啦啦谝了一大通，抑扬顿挫，平平仄仄，仄仄平平，"方五丈"一下子变成了诗歌沙龙。

徐麻子有点不耐烦了。他喜欢横谈刀枪剑戟，纵论围追堵截，说文解字、唐诗宋词之类一听就反感，要是平常，他会一声喝停。但今天，对手没有说话，他说话叫停，别人会说他心里有鬼，只有竖起耳朵强忍张一筱海阔天空般的无稽之谈。

"俺是学诗词的，不光读过中国诗圣的诗，还读过很多外国人的诗，荷马、但丁、裴多菲、莎士比亚、拜伦、泰戈尔、雪莱、海涅，还有普希金，他们写得要么如希腊爱琴海的涛声，声声呢喃，催人入梦，要么如塞纳河左岸的咖啡，阵阵幽香，沁人心脾，要么如西伯利亚的寒流，冰冷彻骨，叫人生畏。但读来读去，最后俺还是喜欢一个人的诗，就是你们要找的德国人吕克特的。"

终于谈到了吕克特。屋子里的其他三个人瞪大了眼睛。

张一筱提高了一个调门，摇头晃脑一字一句地说道："吕克特的《顶盔带甲的十四行诗》催人奋进，《爱情的春天》让人热血沸腾，《婆罗门的智慧》令人醍醐灌顶……最令俺佩服的是，他这个德国人还翻译了中国《诗经》中的许多诗篇，关关雎鸠，在河之洲。窈窕淑女，君子好逑……"

"停！"裴君明打断了张一筱。他扭头问洪士荫："这位枪械博士还是个诗人？"

"这个，这个，我也不太清楚。"洪士荫回答。张一筱对吕克特如此熟悉，这是令洪士荫始料未及的。片刻之后，洪士荫脑筋一转，忽然想到了一个问题。

"你说的这个吕克特多大年纪？"洪士荫急急忙忙地问。

"他的具体年龄俺记不得了。但俺从书本上知道，这个人出生在十八世纪末。"张一筱认认真真地回答。

"哪个世纪末？"裴君明大声问。

"十八世纪！"张一筱答。

"十八世纪末，就按十八世纪最后一年1799年出生来算，现在也该……"洪士荫计算起吕克特的年龄来。

"多大？"半天一声不吭的徐麻子看着洪士荫，嘴里突然冒出一句。

"现在也该38岁啦！"洪士荫计算出了结果。

裴君明一听38岁，心里忽腾了一下。德国顾问团提供的详细材料是吕克特39岁，两种说法之间相差一岁，八九不离十，就是这个人。

"洪站长，恁再算一遍！"张一筱插话。

"1937减去1799……不对，不是38，是138！"洪士荫恍然大悟。

听说吕克特138岁，徐麻子突然像疯子一样大笑不止，他怎么也没有料到，对方寻找的人是个一百多岁的老家伙，就是找到了也一定是老迈昏聩，屁用没有。

裴君明捂住嘴哧哧笑出声来。

洪士荫哭笑不得。

"裴军长、徐司令，吕克特在德国是个姓，就像咱们的张王李赵，洪站长说找姓张的，俺就说了个姓张的。俺说的这个吕克特全名叫弗里德里希·吕克特。不知恁们要找的全名叫什么？"

裴君明和洪士荫张口结舌，回答不上来。

洪士荫知道张一筱耍了自己，但他哑巴吃黄连有口难言。

"张公子，我佩服你的学识，但话说在前头，我回去找人验证一下，如果你敢信口雌黄戏耍各位，我让你吃不了兜着走！"裴君明放话。

"裴军长，如果俺说的有半句谎话，恁就让徐司令砍人！"张一筱信誓旦旦。

事情陷入了僵局。

裴君明知道，面前的这一大一小、一武一文两个家伙不是轻易对付得了的。该是亮出底牌的时候了。

"既然你们不主动交代，士荫，摊牌吧！"裴君明的脸拉了下来。

"徐司令，你们昨天晚上从春风戏院绑走了德国顾问吕克特，我这里有证据。"洪士荫直截了当。

徐麻子听罢洪士荫的话，大吃一惊，原来绕了半天，目的在此啊，愤怒的徐麻子一声大喝："什么证据？"

洪士荫先把吕克特在东义兴饭庄被绑的事叙述了一遍，接着，又把饭庄老板孙北邙儿子交代的事说了一通。结论是豫西抗日支队以修卡壳机枪为名，骗取孙老板信任，绑走了吕克特，目的是报过去德国顾问团协助政府镇压共党之仇。

"东义兴？我昨晚一夜没有离开溪谷寨，怎么会同时出现在那里？"张一筱满眼怒火对视洪士荫。

"我算了一下，从东义兴到溪谷寨，骑马只要两个来钟头，你夜里九点左右先绑了吕克特，再去捕杀'三杆枪'，时间来得及！"洪士荫不依不饶。

"洪士荫，你个王八蛋胡说八道！他昨天晚上根本不在浮戏洞，也不在巩县县城,俺派他去了偃师县城,怎么会到东义兴绑人?!"徐麻子暴跳如雷。

"徐司令,这里不是你骂人逞能的地方!"裴君明气势汹汹。

方五丈内再次火药味十足。

"还有一种可能,张一筱没有亲自绑人,但别动队还有他人,他自己去了溪谷寨,暗地里却声东击西,派人去了东义兴。"洪士荫再次发话。

"洪士荫,你个王八蛋血口喷人,老子劈了你!"徐麻子伸手提刀。

"来人!"裴君明一声大吼。

四个卫兵手端卡宾枪冲了进来。

"你砍啊!"裴君明再次大吼。

身在别人地盘,徐麻子气归气,但心里明白,这里不是乱来之地。

裴君明这时从座位上忽腾一下站了起来,手指徐麻子,怒气冲天:"徐麻子,我今天给你说清了,你我皆知,日寇已经到达十几里外的黄河北,德国顾问团帮我日夜赶造枪支弹药以御强敌,你们共产党在洛阳的联络处明里言称抗日统一战线,暗里却趁火打劫,借危报仇,真是冒天下之大不韪!现在德国顾问团人心惶惶,纷纷要撤离回国,面对惊天大事,委员长心急如焚,你们却幸灾乐祸,不是民族败类是什么?洛阳那边有人证明吕克特是你们所绑,请你们立刻放人,退一万步讲,如果非你们所为,限你们七天时间抓到诬陷之人,并且交出活的吕克特。"

徐麻子正想辩论,不料裴君明一声吼叫:"送客!"说罢,一脚踢开身边的罗圈椅,夺门而去。

徐麻子和张一筱知道,这回真是遇到惊天大事了。

## 第 2 章

狭窄深邃的地洞里一团漆黑。

吕克特，确切地说，不是138岁早已去世的同姓诗人弗里德里希·吕克特，而是军事顾问海因里希·吕克特醒来时，他不知道过去了多长时间，更不知道身处何地，唯一感觉到的是，自己倚墙坐着，屁股底下有一堆麦秸，身上盖着棉被。酒力已过，此时的吕克特渐入清醒，他拼命扭动身体，却动弹不得，他嘴里塞着一团棉布，眼睛蒙着布条，不但双脚被绑，双手也被结结实实地反捆在背后。

吕克特就这么坐着，直到耳边响起有人进洞的声响。凭着专业经验，他很快判断出自己身处地洞。在德国和巩县兵工厂，他无数次侧耳倾听长长炮管里的风声，从风的速率节奏他能判断炮管中的膛线是否均匀。当耳边响起沙沙声时，吕克特准确地判断出，有人，且是两个人爬了进来，一胖一瘦，一高一矮，洞口粗约一米，洞深约两米。两个人的脚步停在了吕克特面前。吕克特左右摇头，鼻子里发出呜呜哇哇的声音，他想说话。

来人并不言语，只是慢慢地解着吕克特脚上的麻绳。吕克特心里知道，他要自由了，或者就算没有自由，也应该有人向他问话了。麻绳解开了，吕克特等待来人掏出他口中的棉布，解开他反捆的双手，可这一切都没有发生。吕克特被来者从地上提溜起来，当四只粗壮的大手分别抓住他两只胳膊的时候，吕克特确认，是来了两个人。吕克特刚一站定，一人就解他的皮带，扒他的裤子，他感到了莫名的侮辱，从小到大，还没有人扒下他裤子，窥探他的隐私，羞辱他的人格。学枪械学的吕克特也像每个德国人一样，对法律顶礼膜拜，奉若神明，如果自己的嘴不被堵上，他一定会对来者高喊："德国宪法第一章第一条第一句，人之尊严不可侵犯。"但现在他喊不了，只能一边使劲摇头，一边用脚乱踢，以示抗议。令吕克特始料未及的是，啪啪两记重重的耳光扇在他的脸上。吕克特被打，使他恼怒万分，脑海里立马浮现出德国宪法第二条来，"人人有生命与身体之不可侵犯权，此等权利唯根据法律始得干预之。"这一条法律一般德国人都背不出来，但吕克特可以。吕克特在德国时，每次喝醉酒回到家里发酒疯，金发碧眼的老婆骂他，一般情况他尚能忍受；骂得重了，他就忍受不了动手打人。每当他抬起手，狡猾的老婆便脱口而出："德国宪法第二条规定，人人有生命与身体之不可侵犯权，此等权利唯根据法律始得干预之。"吕克特敢于欺负老婆，但不敢藐视宪法，扬起的手不得不放下。老婆嚷过几次后，吕克特便记住了这一条。吕克特刚回忆到这里，又是啪啪两记重重的耳光扇在脸上，火辣辣地痛，他终于明白，德国宪法在这个黑暗的中国地洞内不适用了。

裤子和裤头被捋到脚腕的吕克特被按在了一个尿罐上。当尿罐冰凉的一周触及他温热的光屁股时，吕克特心里只想发笑，对方费了一番周折，原来是让他拉屎拉尿。长时间的惊慌已经使吕克特忘记自身的生理需求，现在这么一松弛，马斯洛的第一需求便成为必要，寂静的地洞里哗哗啦啦响起了远古以来人类就非常熟悉的声响，吕克特一阵酣畅淋漓的痛快。大小事办完了，吕克特摇了两下屁股，正当他为下一步犯难的时候，竟有人用纸替他擦了屁股，吕克特心里再次暗暗发笑，自从他长大成人，自己还没有享受过如此高规格的待遇，看来，绑匪也不好干啊。

裤子裤衩被提好后，吕克特由两人架着重新坐回了原处，双脚也被再一次捆了起来。吕克特紧张万分，难道两人要走了？两个人没走。吕克特嘴里的纱布被掏了出来。嘴里没有纱布，吕克特顿时一阵轻松，接着是一阵猛咳，他习惯了用鼻子呼吸，突然增加了一个比两个鼻孔还大的孔，他还不习惯。

咳声停下，吕克特嚷嚷不休。

"Wie heissen Sie? Warum fassen mich？（你们是谁？为什么要绑架我？）"

两人无语。吕克特认为，对方听不懂德语。

"Who are you? Why kidnap me?"他用英语重复了自己的问题。

两人还是无语。

吕克特只能尝试用汉语。

"你们，谁？为什么——我？"吕克特改用汉语，但不知道"绑架"怎么说。

两记重重的耳光落在了吕克特脸上。

"Wenn Ihr Praesident Jiang diese Dinge weisst, werden Sie Gerichtsverhandelt（如果你们的蒋委员长知晓这事，你们会被送上法庭的）！"吕克特想通过警告让对方知道事情的严重性。

咣咣又是两记耳光飞来。

吕克特懵了，他心里明白，事情麻烦了。

懵懂中，冰凉的瓶口塞进了吕克特的嘴里，咕咕咚咚一阵水声，半瓶冷水下去了。

接着，一块食物塞进了吕克特嘴里。一动不能动的吕克特这时才恍然大悟，刚才解决了出的问题，现在是进的问题。吕克特咀嚼着食物，他不清楚自己吃的是什么东西。首先，他知道，自己吃的肯定不是东义兴的卤肉烧饼，因为既不脆也不香，嚼起来像一团散沙，用舌头怎么团也团不起来。又嚼了一会，感觉出也不是厂里每天从洛阳唯一的一家面包店给他买来的西点，没有奶酪的醇厚，没有黄油的滑润，甚至连丁点儿唤起味觉的油星都没有。难道是白面馍？刚来巩县时，他第一次看到这种中国食物，圆圆的、白白的，不放糖不放盐不放油，见中国同事不要菜吃得津津有味，他也拿起一个吃了两口，哪里想到嚼起来寡淡寡淡，粘牙沾舌，他毫不犹豫地就吐掉了。吃过两块之后，吕克特心里明白，嘴里的食物连白面馍都不如，白面馍多多少少还有一点甜味，但现在吃下的东西既涩又糙，夹着苦味，味同嚼蜡。吕克特无论如何没有想到自己吃的是红薯面窝窝头。

嚼了几下窝窝头，吕克特一嘴吐在了地上。

吕克特的嘴巴重新被纱布塞了起来。

两个陌生人的脚步声消失。

吕克特再一次陷入了黑暗与恐惧之中。

黑暗与恐惧之中，吕克特只能以回忆度时。

回忆从自己来中国的奇特经历开始。

1930年初春，三十一岁的吕克特获得了赫赫有名的柏林工业大学机械工程博士学位，踌躇满志的他来到了鲁尔工业区，在埃森克虏伯兵工厂找到了一份满意的工作，小心翼翼工作三年之后，吕克特成了工程师。1931年对德国来说是重要的一年，对吕克特自己也一样。这年的一月，希特勒上台。纳粹党违背《凡尔赛和约》，暗地里为"扩张领土"和"征服生存空间"做军事准备，兵工厂内日夜机器轰鸣。这年的圣诞节前，工作卖力、业绩突出的吕克特被任命为枪械分厂的副厂长。这只是吕克特的其中一件喜事，另一件就是交过一次女友的他结婚了，妻子是埃森市长金发碧眼的女儿，歌剧院的一位歌唱演员。

同事们个个认为飞黄腾达的日子在向吕克特招手，这小子需要的只是耐心和时间。但同事们想错了，美丽的婚姻把吕克特害惨了。激情四射的半年时光过后，生活还原到本来面目。吕克特一刻也忘不了公差、膛线、表面张力、热胀系数等一大堆枪械学概念，即使在饭桌上、在公园里、在老婆的被窝里。一天晚上，在从安琪儿剧院回家的途中，美人问他："今晚我唱《图兰朵》最后一段，由C大调转成D大调时是否平顺？"心思还在白天车间里的吕克特脱口而出："过盈配合！"美人大吃一惊。一边开车的吕克特一边解释："机械制造过程中，两个或两个以上零件的配合可分为滑动配合、过渡配合和紧配合，过盈配合属于紧配合，意思是相配对的轴径要大于孔径，必须采用特殊外力挤压进去……"美人大怒。和一个整天嘴里离不了枪管、炮膛、来复线、内外弹道的书呆子谈音乐，无异于对牛弹琴。对吕克特来说，端坐在安静的音乐大厅里听歌剧是一种折磨，他更喜欢兵工厂内机器的轰鸣，那种轰鸣比贝多芬的交响乐，比瓦格纳的歌剧更让他热血沸腾，就像他每一次听到伟大元首激情的演讲一样。想到台下无数观众谢幕时为她数次鼓掌时，自己的丈夫却心不在焉，汽车里的美人忍不住伤心啼哭。见娇妻生气，吕克特见风使舵，"唱得好，唱得好！就是有一点，C大调转成D大调时，嗓子有挤压的痕迹，因此让人听起来有瞬间的颤抖。你应该采用滑动配合。所谓滑动配合，就是孔的实际尺寸大于轴的实际尺寸所组成的配合，机械学上的孔就是你的嗓子，轴就是气流，只有嗓子打开，气流才会不折不扣地流动顺畅，形成平滑动听的高音……"吕克特的解释是理性的，但他的妻子需要的则是感性的，吕克特认为妻子不懂科学，妻子则认为吕克特不懂艺术。两人间的裂痕因为科学和艺术的差异在逐渐加大，大到终于有一次不可收场。

坐在黑暗地洞内的吕克特回忆起那次盛大的晚宴，心里窃窃私笑不停。至今，他仍然坚定地认为自己的妻子和市长岳父是一对草包，不懂科学的草包。

那是1932年的狂欢节之夜，吕克特的岳丈请了十余位埃森各界名流到市中心最豪华的饭店"莱茵河畔"吃饭。吕克特夫妇和贵宾们一起端坐在豪华的长条楠木桌前，提刀动叉，尽享山珍海味、美酒咖啡。那一晚，前餐、沙拉、开胃汤之后，每个贵宾都点了自己喜欢吃的主餐，吕克特点了一盘饭店最拿手的 Spagetti，Spagetti 是意大利文，翻译过来就是西红柿海鲜酱意粉。大厨端上来的盘子里海鲜酱鲜红夺目，面条金光闪闪，十分诱人。每个贵宾都对自己盘子里的主餐赞不绝口，乐得市长大人像个狂欢节上的小丑。吕克特始终没有讲话，市长岳丈不得不点名提示："海因里希，Spagetti 可中你意？"德国人叫人只叫姓，后面还要加上先生或者博士，其他贵宾和吕克特说话，每句前面都要加吕克特博士，只有最亲近的人才直呼其名。吕克特博士说话了，"酱做得好，色泽鲜亮，闪闪发光，就像刚淬火刨光的钢材！"众人大笑，知道这位机械工程博士三句话离不开本行。评完了酱，大家纷纷停下刀叉，等待博士对面条的评价，对一盘意粉来说，酱重要，面条更重要。"但面条出了问题！"吕克特对着众人说了一句，德国绅士权贵应邀吃饭，最忌讳说主食不好，一是大厨没面子，二是主人没面子。听到女婿的话，市长岳丈心里咯噔了一下，他就怕这个书呆子坏了狂欢节上的气氛。见多识广的市长赶紧挽救，微笑着对坐在对面的吕克特说："不可能，我吃遍了埃森所有饭店的 Spagetti，'莱茵河畔'的面做得最正宗！"市长岳丈的这句话是有用意的，目的在于提醒吕克特赶紧打住，不能再多说半句。严谨认真的机械工程博士吕克特对任何一种错误都是不会放过的，用专业术语讲叫作零容忍。在兵工厂里，如果他发现哪个枪管和炮筒里的润滑油擦得不均匀，零容忍的他会暴跳如雷："润滑油不均匀会影响一场伟大战争的成败！"工人们听后愕然，不知所措。吕克特继续训话："润滑油不均匀，枪管炮筒就可能生锈，生锈后膛线就会损坏，膛线坏了，本来该打到敌军阵地上的子弹炮弹就可能落到我们德意志帝国军人的阵地上，如果恰好我们伟大的元首正在这个阵地上视察……"工人们个个浑身颤抖，满头冷汗。吕克特最后举起双手，在众人们面前晃荡不停，"两只手是让你去劳动，不是让你们偷懒的。"

由于牛顿惯性原理，对工作严谨，对生活的每一个细节吕克特也一样，包括今天晚上的这盘 Spagetti。市长岳丈的话一落，西装革履的贵宾们都认为博士女婿会顺势而动，改变态度，但他们都错了。吕克特用叉子挑起一根面条，举在大鼻子蓝眼睛前面左右展示了一下，然后娓娓道来："尊敬的女士们和先生们，请大家仔细看看这根面条出了什么问题？"市长女儿和坐在吕克特旁边的埃森党卫队队长凑近叉子看了半天，摇了摇头。吕克特说："在我们兵工厂，车、钳、铣、刨、镗、钻几道工序加工过的枪管和炮筒在组装之前都要放到油箱里浸泡，经过浸泡并擦干后才正式组装。请问夫人，一为什么浸泡，二水比油经济实惠，为什么不放到水里浸泡？"只对C大调和D大调感兴趣的市长女儿尴尬地摇了摇头。"尊敬的施密特上校，您呢？"党卫队队长天天舞枪弄刀，哪里想过腰里的家伙还有这么多说头，同样尴尬地摇了摇头。吕克特不得不自问自答："加工生产这些枪管和炮筒过程中，会在它们的内表面和外表面留下油污斑点，放在油里才能把它们去掉。放在水里为什么去不掉油斑？这个问题的答案得去翻翻化学书。"娓娓道来的吕克特卖了个关子，卖关子的同时并没有放下手中的叉子，一根悬挂在叉上的Spagetti在空中晃荡不停。金碧辉煌的大厅内鸦雀无声，没有人能回答博士的问题。吕克特再一次自问自答："化学上的相似相溶原理耶！具有相同分子结构的溶剂方能溶解同类溶质，说得简单点，手上沾了油漆，各位得用汽油或者酒精洗，清水是洗不掉的。"吕克特呜呜哇哇说了一大通，饭桌上的贵宾们实际上只听懂了最后一句，手上的油漆得用汽油或者酒精才能洗掉。市长岳丈和一帮人正疑惑吕克特所言到底与Spagetti有何种关联时，吕克特博士举着面条站了起来，"尊敬的女士们先生们，我这盘Spagetti吃起来口感粗糙，缺乏正宗高贵Spagetti的滑溜和韧性，肯定是煮面过程中厨师偷了懒。"吕克特话音一落，大厅内唏嘘一片。慌慌张张的厨师被叫了过来。"我尊敬的厨师，您煮面时锅里添的不是清水，是用煮过面的面汤给我煮的这盘Spagetti。"戴着竖立高帽，一身洁白如雪的厨师支支吾吾。吕克特看到火候已到，对着厨师厉声呵斥："您看看这面条表面，凸凹不平，肯定是原来的面汤溶解所致！"厨师满额大汗，扑通一声瘫软在地。

全埃森都敬佩市长家的博士女婿，但在市长家，书呆子处处受到刁难排挤。吕克特下班以后不愿回家，而是去酒吧喝酒，喝得烂醉才回家。

又过了半年，吕克特和市长女儿离了婚。

离了婚的吕克特每天夜里继续游荡在酒吧，直到1932年底被兵工厂除名。

没了工作的吕克特回到了自己的家乡科布伦茨，在父亲开的一家葡萄酒厂混饭吃。

一想到科布伦茨，黑暗中的吕克特心里一阵暖洋洋的。在他的记忆中，家乡留给自己的是明媚的阳光，是清澈的河流，是可口的雷司令白葡萄酒……

在去柏林读大学之前，吕克特一直没有离开过科布伦茨。科布伦茨位于德国西部，是一座三分之二被森林、绿地和水域所覆盖的古罗马城市，莱茵河和摩泽尔河在该城交汇，两河交汇之处是一块突出的三角形陆地，人称"德意志之角"。

三角陆地之内耸立着德意志帝国首任皇帝威廉一世的跨马铜像，彰显着帝国统一的辉煌业绩。身处异国黑暗潮湿地洞内，吕克特仍然清晰记得铜像底座上镌刻的德国诗人马克斯·冯·申肯多夫《给祖国的春天问候》一诗中的最后两句："只要团结和忠诚，帝国将永存不灭。"

从埃森兵工厂被开除后，每天傍晚，吕克特都会身披夕阳余晖，独自一人登上耸立在莱茵河畔陡峭山脊上浪漫的埃伦布赖特施泰因要塞和史特臣岩城堡，俯瞰被古罗马人叫作"孔夫伦特斯合流之地"上威廉一世身着将服的雄姿，期待自己能在威廉皇帝的指引下，与伟大帝国的命运"合流"。就这么足足等了两年，吕克特等来了命运的转折之机。

早在1927年，蒋介石为了取得北伐战争的主动权，一直秘密联系自己向往崇拜的德国，希望德国能派遣一批军事顾问来华，中国将给予德邦政策特殊待遇和顾问个人薪酬方面的"厚重之爱"。但《凡尔赛和约》第179条规定，禁阻德国人民离开其领土，以投效于任何外国之陆军、海军或空军，或随之以助陆军、海军或空军等练习。在蒋介石反复请求和软磨硬泡之后，聪明的德国人想出了一个法子，不派现役军人前往，而以退役军人个人"自愿"名义进行。1928年11月，经过反复协商，鲍尔带领的顾问团远涉万里，来到了中国的首都南京。顾问团成员受总顾问领导，直接向蒋介石负责，任务是协助中国发展经济和军事。

时间转眼过去了六年。1934年春，法肯豪森应蒋介石之聘担任第五任德国来华顾问团总顾问，法肯豪森在挑选随员时，有人向他推荐了吕克特。吕克特既非军人，又不是公职人员，而是一位无业流民，符合来华的条件。消息传到闲居在家乡科布伦茨的吕克特耳朵里，一听要到遥远神秘的东方担任军事顾问，还有丰厚的待遇，二话没说他便欣然应允。

一切都在秘密情况下进行。吕克特离开家乡科布伦茨时，开葡萄酒坊的父亲也不知道儿子要去哪里，往儿子行囊里塞了几瓶十年窖藏雷司令作为道别之物。

法肯豪森来到南京后，立刻帮助蒋介石进行对红军北上长征的围追堵截，有身经百战的法肯豪森协助，蒋介石一连打了好几场胜仗。在发回德国外交部的电文中，这位总顾问信誓旦旦："溃败红军已经失去根据地，彻底消灭之只是时间上的问题！"八十多个顾问团成员绝大多数活跃在国民党王牌部队的师部和军部，不会操枪打战的只有吕克特一个。蒋介石重金聘来的每个人都不可能吃白饭，来到中国后，吕克特没有去部队协助军旅长指挥打仗，也没有按照德式战术训练国民党主力部队,而是重操旧业,去了当时中国三大兵工厂之一的河南巩县兵工厂担任技术顾问。

忆及自己来到巩县两年多的经历,吕克特觉得有必要闭上自己的双眼,尽管他睁开眼睛什么也看不到,但他相信一位哲学家说过的一句名言:"对一个人来说,只有关闭身体上的一扇门,才能打开心灵上的一扇窗。"对自己在远东广袤中原度过的两年多光阴,吕克特决定通过静静的、均匀的、连贯的方式用心来回忆。回忆的节奏不能太快,太快必将遗漏不该遗漏的闪光之处,从而缺乏细节之美,德国机械学博士从来不会忽视细节;当然也不能太慢,太慢会使一个个美好的片段串不起来,从而缺乏均匀和连贯,德国机械学博士同样也鄙视杂乱无章的机械运动。想到这些,幽暗洞穴里的吕克特仿佛置身于时光之河高高的、长满青苔的堤岸上,耳畔涌动着由分分秒秒组成的波浪之声,虽然眼睛一团漆黑,心里却是亮堂堂一片。

吕克特是1934年5月的一个傍晚坐火车从南京到巩县的,他自己坐在中间一节包厢内,前后两节车厢有五十多位手端卡宾枪的军警护卫。喝着父亲塞进行囊里的"雷司令",咀嚼着列车专门为他个人准备的黑椒牛排,吕克特心里惬意徜徉,他没有见过伟大的元首,恐怕元首出门也不过如此这般。

吃过惬意的晚餐,几个人被允许进入吕克特的包间,鱼贯而入的是河南情报总站站长洪士荫、巩县县长李为山、兵工厂厂长黄业壁和德语翻译曾鸣泉。黄业壁首先说:"顾问,我来给您介绍一下咱们厂!"一句话把吕克特说乐了,人未到,厂子就有他一份了。

从黄业壁的介绍中,吕克特知道,自己的工厂不简单。巩县兵工厂最早由民国大总统袁世凯筹划,河南地处中原战略腹地,而巩县又处河南之中,故把占地2700亩的兵工厂选建于此。1915年8月,依靠德国专家支持,兵工厂开建,设动力厂、机器厂、炮弹厂和制枪厂四部分,并有专线铁路与外面相通。由于中国内战频繁,兵工厂几易其主,段祺瑞、张学良、冯玉祥等军阀都利用过这个厂子为自己造枪造炮,直到1930年,蒋介石军队占领巩县,从此兵工厂就归属南京国民政府。

黄业壁最后说:"顾问,咱们厂研制的'七九式步枪'在1931年国际射击比赛中,比你们德国步枪还多打500发,排名第一呢!前几年围剿共匪,厂里的生产能力还勉强跟得上。现在小日本犯我东北,委员长要求厂里日夜兼程生产备战，技术力量就跟不上了，特别是德式设备的调试维修，更使我们犯难，您这次来，用一句中国成语讲，叫作雪中送炭！"

黄业壁说完，李为山接了话茬："为保护这个厂，委员长派来了一个高射炮营，要说步兵，可就多了去了，国军第九军军部就设在县城边上的康百万庄园，顾问恁今后走在巩县大街上放个屁，前后左右能有百十个腰里带家伙的闻到香味！"县长的一席话把吕克特逗乐了，他心里不停嘀咕，自己的屁在德国是臭的，在中国怎么会变香？笑毕，一身中山装的洪士荫开了口："吕顾问，您到巩县后住在厂里的专家楼，出门乘坐从南京调来的一辆奔驰轿车，厂里还给您配了一个做西餐的师傅，安全由我们河南巩县情报站负责，在巩县和河南谁敢拔走您一根毫毛，我就用这个脑袋换回来！"洪士荫说完，脱去礼帽，用手指了指自己的脑袋。洪站长的脑袋已经秃顶，在包间米黄色的灯光下泛着青光。听完洪士荫的话，包间内没有人讲话，只有德语翻译曾鸣泉说："洪站长，顾问不姓吕，姓吕克特。"县长李为山说："原来顾问是复姓，复姓好，复姓好，物以稀为贵！"

包间内一片大笑。

大笑使地洞内的吕克特浑身抽搐了一下，他赶忙睁开眼睛竖起耳朵倾听，他喜欢这种笑声，中国人的笑声里充满着敬意，充满着崇拜，充满着希冀，这种笑声自己在德国是听不到的，但吕克特此时再也听不到刚才的笑声了，他摇了摇头，才意识到笑声来自脑海里。

吕克特不想让美好的回忆中断，他又赶紧闭上了眼睛。

来到巩县的第二天上午，吕克特由黄业壁陪同参观工厂。刚走出专家楼的大门，映入眼帘的首先是一座高大的水塔。德式水塔！吕克特一声惊叹。三十米高的红砖水塔呈倒圆锥形，上粗底细、圆形的窗户以及绕水塔周围盘旋可达顶端的木质楼梯都是典型的德国风格。自己上学的柏林、工作过的埃森和家乡的水塔都是这种样子，吕克特爱屋及乌，与巩县的距离瞬间拉近了许多。

参观完整个工厂，吕克特额头上铺满了一层汗珠。他没有料到中国小县城的兵工厂会有这么大，这么全，除了厂房没有自己工作过的埃森克虏伯兵工厂高大雄伟以外，设备几乎和德国一模一样。每来到一个分厂，机器旁的中国工人马上停下手中的活儿，向新来的洋顾问行注目礼，嘴里齐呼："吕—顾—问—威—武！"巩县人爱看戏，见到大人物都模仿老戏里的唱词喊威武。吕克特莫名其妙，但知道这话肯定是礼貌尊敬之语，微笑点头并回应一声："当克（谢谢）！"身边的新顾问满头金发，西装革履，满身香水，工人们十分好奇，尽管吕克特已离开几米远，他们仍在举目观看，哪里料到吕克特忽然扭过头来，劈头盖脸一声大喝："看什么？两只手是让你们去劳动，不是抱在胸口的！"吕克特的这句话很快在一万多名职工中传开，人人在心里嘀咕，这个姓吕的洋毛子不一般，翻脸不认人。

参观过程中，吕克特身边除了黄业壁和曾鸣泉，还多了两个人。一个是贴身卫兵，外号"镢头"，和主人相差无几，一米八的个头。护卫之所以要个头高，洪士荫选拔时有过一句话，"不但能挡住子弹，还得挡全子弹。"另一个人是司机，叫蔺天基，腰里也别着家伙，必要时兼职卫兵。一行人参观的最后一站是"防空洞"，这着实令吕克特大吃了一惊。整个巩县兵工厂地下藏着一个庞大的地下通道，深约二十米，长约二十华里，呈"回"字形结构。地道不仅是地面遭袭时的避难地，里边还有数间厅房，大的约四十平方米，小的也有二十平方米，厅高接近三米。厅房门口挂有训示厅、办公室、生产车间等标牌。黄业壁告诉吕克特，这个地下工程也是德国帮助建造的，通道每隔一段就有一个通风孔。

中午的接风宴席设在康百万庄园。裴君明军长为吕克特打开奔驰车门的第一句话是："顾问，偌大个中国只有委员长才能把您请到巩县，您一来，整个巩县洋气了三分！"裴君明看到从轿车里钻出来的吕克特西装革履，满身香水，顺口就是这么一句。军长的话刚说完，身后的庄园主人康奕声鞠躬致礼："博士来到俺这破家落院，蓬荜生辉啊！"

盛大的午宴设在西方三丈，八个冷盘、十六个热菜、三汤三面摆了整整一桌。吃得吕克特不但松了上面的领带，也松了下面的裤带。看着满头冒油的吕克特，县长李为山说："顾问，当年慈禧太后来康百万庄园，吃的也是这三十道。"一句话把吕克特说懵了，自己在德国时，一餐只有沙拉、伴汤和主菜三道，在中国一餐三十道，巩县好！他心里暗自庆幸来到了好地方。

李为山餐桌上的另外一番介绍之语，别人听了没有感觉，但吕克特有，不但有，他更加认为巩县是个好地方。李为山的话是这样的：巩县地处中原，地面上哗啦啦流淌着两条河，一条是黄河，另一条是伊洛河，两条河在巩县城北边交汇，伊洛河清，黄河浊，交汇形成了漩涡，犹如一黑一白交融的图案，从此太极八卦图就出世了。太极八卦吕克特博士是知道的，那是东方文明的神秘符号，一个具有博大哲学思维的图腾，这个图腾出自哪里，就说明那个地方非同一般。李为山的话使吕克特认为巩县不一般，这还只是其一，更重要的其二是让他联想起自己的家乡科布伦茨来。科布伦茨出名，不就是因为莱茵河和摩泽尔河在那里交汇吗？德国的两条河交汇形成了著名的"德意志三角"，中国的两条河交汇形成了"太极八卦"，太相似了，自己出生在一个了不起的地方，万里迢迢来到他国，没有想到竟又来到另一个了不起的地方。

"好，真没想到，我从西方的湍流之城来到了东方的湍流之城！"博士吕克特这会用起了物理学上的一个名词"湍流"。

曾鸣泉翻译完博士的话，餐桌旁的每个人大眼瞪小眼，不知顾问所云。

"物理学家说，湍流是流体的一种流动状态。当流速较小时，流体分层流动，互不混合，称为层流；流速逐渐增加，流体的流线开始出现波浪状的摆动，摆动的频率及振幅随流速的增加而增加，称为过渡流；当流速增加到很大时，流线不再清楚可辨，流场中出现许多小漩涡，层流被破坏，相邻流层间不但有滑动，还有混合。这时的流体做不规则运动，这种运动称为湍流。"机械学博士慢条斯理把湍流概念一五一十做了诠释。解释完，吕克特看了一下每个人，大家既没摇头，也没点头，而是都怔在座位上。

桌子旁边的人听不懂，吕克特并不奇怪，他动嘴讲这句话时就没打算让旁边人听懂，听不懂才是他要达到的效果。见无人反应，他这时来了一句："对不起，又扯到物理和机械学上去了，湍流其实很简单，把话说得普通点，就是两条河流交汇，肯定会产生漩涡，有漩涡的流动就是湍流，我的德国家乡科布伦茨处于两河交汇之地，我称为湍流之城，想不到巩县也有两条河交汇，是东方的湍流之城！"

"湍流之城有什么特别的？"洪士荫问。

"只有湍流的河流才会有浪花，只有住在湍流之城里的人们的生活才会五彩斑斓，丰富多彩！"

"好，好，为两座湍流之城鼓掌！"众人皆为吕克特顾问的言辞喝彩。

吕克特从心里暗下决心，自己要在这座东方的湍流之城翻出巨大的浪花，干出一番惊天动地的事业来。想到这里，吕克特举起满满一盅白酒，一饮而尽，随即他笨拙地用筷子夹了一大块卤鸡肉，吃了下去，接着又夹了一筷红烧野兔肉，津津有味地嚼起来。

地洞内的吕克特也使劲用牙咀嚼，但他怎么也嚼不动，嘴里没有卤鸡肉，也没有红烧野兔，只有一团结结实实的纱布，口水浸透了整团纱布……

# 第 3 章

徐麻子和张一筱翻身下马，扑腾腾快步踏入浮戏山雪花洞。

两人自从在康百万庄园接到裴君明"莫名其妙"的任务安排后，心里一直憋着一种气恼。可是一进洞口，就听到了吴政委的一声大喊，"老天爷，恁俩可回来了，头顶上的天被人捅了个大窟窿！"

吴政委所说的天出窟窿，就是徐麻子两人在康百万庄园听到的情况。半晌午徐麻子他们刚走半个时辰，豫西工委的电报就到了。豫西工委在巩县的线人报告了吕克特被绑的消息。

三个人急匆匆坐下琢磨对策。

"政委，洛阳工学学生会头头是'洛阳大哥'的人吗？"张一筱劈头就问。

"'洛阳大哥'的电报也专门讲了这件事，完全是栽赃诬陷。他们与洛阳工学学生没有任何关系，但那个学生会头头失踪后，问题就说不清了。"吴政委手举电报解释。

"到底是哪帮王八蛋干的？"徐麻子怒气冲天。

"'大哥'没有解答这个问题，电报上只有两条指示，据说也是延安社会部的意见：第一，吕克特被绑架现在不是其个人生死问题，而是直接影响抗日大局，威胁统一战线，巩县抗日纵队必须认清事态之万分危急；第二，我方不但遭人陷害也遭友党不信任，命令你队停止其他一切活动，全力搜索和营救，困难和危险自行处置，七日之内完成任务。"

又是一个"七日之内完成任务"，徐麻子和张一筱感觉到了问题的严重性。到傍晚时分，徐麻子几个争争吵吵蹉摸出了一个方案。

游击队划成三帮，分头找人。徐麻子带领队伍主要人马在浮戏山周围几十里的山区寻找，这一带是抗日统一战线形成后，军长裴君明和县长李为山认可的共产党可以暂时栖息的合法地盘，因是林密、草茂、穴多的山区，绑架者将吕克特偷运至此藏匿的可能最大；吴政委带领一小部分人到伊洛河和黄河两岸搜，巩县两河区域都是国民党的辖地，他们的行动不便公开，否则会因"抢地盘"遭受到政府军的围剿，因此都扮成打鱼摸虾和在河滩上开荒的模样。吴政委之所以冒风险来到两河区域，主要是考虑洋人有可能被绑架者运到黄河北的新乡，如果政府军没有盘查发现，那样的话，天果真就塌了。

张一筱带着五个别动队里的机灵人化装去了巩县县城。巩县县城不但是国军辖区，也是防务重点，不要说游击队整队人马不好进，就是单枪匹马也得费上九牛二虎之力。这还是其中一个原因，另外一个重要的理由是，时间已经过去了一夜一天，国军把县城像铁锅里翻煎饼一样，都快给铲子忽腾零散了，仍然没有发现吕克特的半点踪迹，检查盘问空前严厉，但县城是绑架洋顾问事件的发生地，不入县城，怎么能摸清事情的来龙去脉？

三队人马分别时，徐麻子说："咱们仨把话说在前头，要是最后那个洋蛮子在谁的地盘上疏漏出了事，就别回来了！俺自个出事，司令俺肯定是不干了，也干不成了，就回家烧炉子打铁磨刀，自己拉队伍跟老日干。"

吴政委说："俺这边出事，政委俺也不干了，在浮戏山给队伍喂马做饭。"

张一筱见两个头头斩钉截铁说了话，自己也不得不紧跟上腔："俺的问题更好解决，雪花洞俺肯定不回来，老家也不回去，俺把枪让小弟兄交回来，自己跳到黄河喂鳖去。"

"君子一言，驷马难追！"徐麻子说。

"君子一言，驷马难追！"吴政委答。

"君子一言，驷马难追！"张一筱最后应。

三支队伍鱼贯而出雪花洞。

雪花洞口前的火把映红了山野。

徐麻子跨上马背，刚要举鞭策马，忽然想起一件事来，朝着已经换成便装的张一筱恶狠狠地嚷叫："恁个王八蛋，要是进城和那个叫什么红樱桃的女戏子热乎误了事，俺把恁的大头小头一块砍下来扔进黄河喂鳖！"

吴政委带着另外一帮人也都纷纷跃到马背上，听见司令一声大喊，马上接去了话茬，"恁还是省一刀吧，上边的大头一砍，下边的小头像段猪大肠，屁用没有。"

张一筱身后的几个随从捂嘴嬉笑。

"兔崽子，笑什么，听着骂俺，心里高兴是吧！还不快给首长敬礼！"张一筱沉下脸怒斥。

张一筱和手下齐刷刷敬礼。

三支队伍黑夜离别。

马蹄声声响彻山间石路。

午夜光景，张一筱几个人分头摸进了巩县县城，一个接一个闪进了"瑞祥钟表眼镜店"。

老板名叫"四叔"，是巩县中共地下党的头头。

四叔说："傍晚俺接到了'洛阳大哥'派人捎来的情报，知道恁带人来，并且让俺配合恁。"

张一筱和手下人一口气喝干了各自碗里的温开水，接着开了口："四叔，有吃的吗？"

四叔手下的人拿来了一筐黑白相间的花卷和几个大蒜头，几个人一口馍一口蒜再加一口水，狼吞虎咽地吃了起来。一个半斤重的杠子馍下肚，张一筱才定下神："说说城里情况。"

四叔说，这回的事可能真是闹大了。

四叔从吕克特在戏院看戏说起，讲到了在东义兴吃饭，最后讲到了昨天一个白天县城周围都鸡飞狗跳，巩县平头百姓刚开始不知发生了什么事，从来没有见过这么大的阵势，直到后来看到布告，才知道县城发生了绑人大事。四叔讲这些东西的时候，语速均匀，像墙上挂的钟表一样均匀，职业影响了他的习惯和生活，但后面的话，四叔的语速就均匀不起来了，显得急促和惶然。

"今天早上得到消息，昨天深夜，洪士荫把兵工厂朱荻和王炳生抓走了。"

"这俩是什么人？"张一筱急问。

"朱荻是兵工厂的工会主席，王炳生是制枪分厂的车工，过去厂里很多次抗议活动都是他们两人张罗的，两位都是秘密地下党员，这事只有我一个人知道，他们根本与吕克特被绑之事毫无关系。"

"洪士荫以什么理由抓人？"

"今天早上，工人们围起厂部要人，洪士荫出来露面了，说两人对厂子以及厂子里的人头比较熟悉,他们不是抓人,是请他们来提供线索。现在县长、厂长、博士的翻译和司机也都被请来了,难道他们也被抓起来了?"工人听罢,无言以对,只得散去。

"这是洪士荫借刀杀人!"张一筱怒气冲冲。

"确实是这样,但我们这边也不好硬插手,毕竟现在是统一战线。"四叔解释。

"恁这边有几个人?"张一筱瞧着四叔问。

"正式党员有十五个,都是铁杆!分别在县城工厂、铁路、师范学校、医院和两家煤炭场上班,他们手下各自还有三到五个积极分子。"四叔如数家珍。

四叔话音刚落,张一筱就接了茬:"明早能碰头开个会吗?"

"可以,但按规定开会不能在店里,只能去东街一家包子铺,俺让手下天亮通知这十五个人。"四叔答话。

夜深了,其他人都上床睡觉了。钟表店黑黢黢的地下仓库内,张一筱和四叔对面坐着,桌子上燃着一盏煤油灯,灯光昏黄,但两个人的胸腔内却是烈焰熊熊,炽热无比。两个人都清楚,一件大事让他们两个摊上了,吕克特如果藏在城内,他们两个必须给找出来,还必须活着回来,就像一盆泼出去的水要让他们从地上收回来,收回来的水还不能脏。不知是地下室密不透风,还是内心焦急,两人额头上布满了一层汗珠,在煤油灯的照耀下闪着碎光。

"得从吕克特身边的人打探起,只有见到这些人,才能问清吕克特的情况。"张一筱说。

"洪士荫也是这么做的。洋蛮子的事情一出,他身边的人全被洪士荫'请'去了。"四叔说。

张一筱听罢四叔的话,没有一点吃惊,洪士荫这样的老手,事情一定会做得滴水不漏,迅速隔离关联人之事他是不会疏漏的。

张一筱心里想着的只有一个问题:"这些人现在在哪?"

四叔回答得极为利落干脆:"不清楚。"

"四叔,不清楚不行,明天得布置人打听到人关在哪!"张一筱同样利落干脆。

四叔点头。

两个人开始排查接近吕克特最多的几个人。下午，四叔接到中共豫西工委的电报后，已经做了许多准备，他向张一筱详细介绍起情况来。

从四叔的介绍中，张一筱知道了一些内情。和那个洋博士来往比较多的人一共有四个。第一个是兵工厂厂长黄业壁，两个人几乎每天工作都在一起，但下班后各顾各的事，一般不来往；第二个人是卫兵"锨头"，为洋蛮子端茶倒水，开门送信，吃喝拉撒伺候着，可以说是形影不离，住在洋蛮子隔壁；第三个是翻译曾鸣泉，工作时寸步不离跟在洋蛮子后面，用工人的话说叽里呱啦放洋屁，下班后得看洋蛮子参不参加活动，参加的话，曾鸣泉陪着去，不参加就回自己在县城租下的一套四合院；最后一个是司机蔺天基，只要洋蛮子外出，蔺天基就开车随行，但听厂里人说，洪士荫规定，洋蛮子去哪里，只在开车前几分钟才通知蔺天基，到达目的地后，蔺天基不参与任何活动，必须身不离车。

问题是，这四个人，一个已经死了，活着的三个张一筱一个也不可能见到。

"还有与吕克特接触较近的人吗？"

四叔不在兵工厂当差，摇了摇头。

"咱们上去眯一会，天快亮了！"四叔说。

"时辰过得真快，吕克特，恁个洋蛮子在哪里呢？"张一筱揉了一下惺忪的双眼，无奈地叹了一声长气。

第二天早上，"满嘴油"包子铺楼上坐满了人。

伙计端来包子和稀饭的时候，两桌人胡喷乱诌，你一言我一语商量着老板侄子婚礼的事，伙计一走，包间内的两桌人立马安静下来。

"大伙都听好了，这是俺大侄子，他的事就请他说。"四叔先开了头。

大侄子张一筱说话了。

"弟兄们，俺的那位新媳妇是咱巩县县城人，家里彩礼也给了，牛也给女方牵了，娶亲的响器也请过了，三天后就要拜堂成亲。昨天夜里新媳妇却被人绑走了，现在请大伙来，就是要大家一起帮俺寻找俺的新媳妇，三天之内找不到新媳妇，俺这个败家子也就没脸回洛阳了。"

大家都知道新媳妇是谁。

从此吕克特外号"新媳妇"。

四叔还说，找不到新媳妇，不但侄儿回不去，他洛阳的大哥会被左邻右舍耻笑，也对不起列祖列宗。游击队和地下党称中共豫西工委叫"大哥"。

"大家都见过俺大侄子的新媳妇吗？"四叔问。

吕克特在巩县县城既是异人，也是名人，十五个人个个点头。

"新媳妇在咱们县城堪称一枝花，独一无二，有谁看到他经常去哪些地方吗？"四叔问。

包间里炸了锅。

有人说在东义兴看见他吃过包子，有人说在扁鹊诊所看到过陈瞎子给他号过脉，有人见他在黄河岸边骑着白马来来回回奔腾，有人见他在巩县城西的山沟里打过野兔，进城后不坐轿车而是步行，猎枪上挂着七八只兔子大摇大摆走在街上，最后一个人说，在春风戏楼看他砸过场子，还给扮演金枝的"红樱桃"送过香喷喷的洋胰子……

又有人提到了"红樱桃"，张一筱心里有说不出的滋味。

这里有必要作个交代。

张一筱在开封上学那阵，在学校里钻研诗词，寒暑假回到巩县老家，喜欢琢磨戏词。琢磨戏词得去看戏，一身学生装的张一筱变成了春风戏楼里的常客，听着瞧着就认识了红樱桃。认识红樱桃之后，问题就来了，年轻的张一筱竟搞不清戏词和诗词的区别来了。和学富五车的家父谈论唐诗宋词，张一筱谈着谈着就扯到了戏词上，理由还冠冕堂皇：任何一首诗词都可以当成戏词唱，任何一段戏词如果不唱而诵，本身就是首优美的诗词……父亲认为儿子的脑袋在黄河里洗澡时灌了浑水，就派人盯了梢，这一盯果真发现了问题，儿子在和女戏子红樱桃相好。三教九流，戏子入册，父亲本希望自家有出息的公子学成之后，娶个千金小姐光宗耀祖，续延张家辉煌，哪里想到儿子竟与下九流女戏子缠绵不休，这还了得！吵红了脸，互不相让的父子最后摊了牌。失去资助的张一筱辍了学，不得不回到巩县，白天辅导几个县立师范学校的学生诵读四书五经，晚上跑到春风戏楼听戏，日子过得捉襟见肘。两个月后，红樱桃的心软了下来，不愿影响张一筱的前程，断然不与痴情的学生娃见面，不论张一筱在戏院门前朗读裴多菲的情诗，还是喊唱梆子戏《织女与牛郎》，红樱桃硬是摆出了一副铁石心肠。这个当口，父亲乘虚而入，派人劝降，哪里想到儿子竟宣布与其断绝关系，永不踏进家门一步。又苦等了一个月，张一筱还是见不到红樱桃，就是偶尔堵到了人，也冷若冰霜。丢了家人，失了美人的张一筱最后去了延安，一心一意打敌人，因为日本鬼子入关了。

来到延安的张一筱进了社会部的特训班，开班仪式上部长说，原来你们的对手是戴笠领导的国民党情报组织，看来现在还得加上更加狡猾的日本人。擒拿格斗，骑马打枪，乔装打扮，卧底侦察整整淬了三年，所有课业通过后，张一筱回到了河南。

"就这些?"张一筱知道自己走神了，赶紧追问。

一阵寂静之后，包间里又热闹起来。有人说，去年春节时，看见过洋蛮子坐着小轿车，在一群背枪士兵的簇拥下在县城边上放过孔明灯，夜空里一串流星飞向了黄河北；有人说，这个家伙一次到县城南街的古玩店，一口气摔了三个钧瓷花瓶，店主响屁不敢放一声，因为前三个都是赝品，第四个才是真的；还有一个人说，洋人喜欢看石刻古墓，去时身上背着照相机，据说去过石窟寺，脸贴到石头女人胸脯和肚皮上瞧，还去过宋陵，一口气围着荒坟乱冢转了几十圈……包间里，吕克特在巩县虚的实的、真的假的，点点滴滴被挖了出来。

桌子旁，一个满脸胡须的汉子始终没有说话，张一筱盯住了他。

这个人不得不开口。

"新媳妇还，去过，去过'环肥燕瘦'!"

"环肥燕瘦"是巩县一家有名的妓院。

"恁肯定也去了，不然怎么会看见新媳妇去过?"一帮人起哄。

说话人姓贾，六十来岁，红着脸一五一十道出了实情。原来他家有辆黄包车，自己拉白天的活，儿子跑夜里的路。儿子每天夜里都在"环肥燕瘦"门口趴活，一次拉了个醉醺醺的洋人从"环肥燕瘦"回兵工厂，那天一次挣的"脚费"比前几个晚上的都多。

这个问题大家议论完，张一筱朝四叔使了个眼色，四叔马上接着提了下一个问题。

"恁们看，咱巩县谁会绑走新媳妇?"

答案五花八门，但"土鳖"、郭大社和焦仁卿三个人最为集中。这三人在巩县大名鼎鼎，是县城里的三帮地痞。大家一致的意见是，这三撮家伙虽然比不上豫西土匪人多势众，但对县城了如指掌，白天黑夜在城里晃荡，深知洋顾问身价不菲，很有可能绑人敲诈勒索或者换取羁押在狱的同党。

包子吃完，稀饭喝干，张一筱给十五个人划了片，分头寻找。要求是每个人分管区域里住家商铺，客栈茶庄，临街的大屋子河边的草蓭子必看之外，牛棚猪圈，煤窟砖窑，大柜小橱，地下室旧仓库，柴火堆牲口铺……边边落落，旮旮旯旯都要瞪大眼睛瞧仔细搜索，就连茅房里的屎蛋子都要用脚踢踢，看看到底是人屎蛋子、驴屎蛋子还是树上落下来的黑不溜秋的楝枣子。

张一筱的话音一落，几个正在吃饭的看着手里的包子，人人咧起了嘴，不愿再往嘴里塞。

一阵嬉笑。

四叔接着说："这事十万火急，有新媳妇的情况必须立马报告，没有情况也要汇报。"因为县城是国军的地盘，虽然眼下一致对外，但也摩擦不断，为防止擦枪走火，四叔给每个人重复了汇报的时段和信号，大家不能一起到店里，那样会引起外人怀疑。

众人散去。

包子铺里只留下了兵工厂来的那个人、四叔和张一筱。

"老姜，让恁留下来主要是想问问新媳妇在厂里和哪些人接触多？"四叔解释。

留下来的人叫姜大明，是厂里总务科的科长。黄业壁、翻译曾鸣泉和卫兵"镢头"被他重复了一遍。

"这些都知道了，还有哪些？"四叔赶紧插话。

几分钟停顿后，姜大明想起来了。

"还有一个人。"

"谁？"张一筱和四叔几乎同时喊。

"宋双水。"

"什么人？"张一筱和四叔一同惊叫道。

姜大明竖起大拇指，嘴角向上翘了起来："厂里最好的技师！新媳妇的好多想法都由这个人领着一帮家伙呼呼啦啦来完成的。"

"这人现在在哪？"张一筱问。

"现在厂里的一部分重点人头虽然没有被'请'去，但不让回家，挨个摸排，宋双水就是其中一个。"姜大明提供了有用的线索。

姜大明走后，张一筱对四叔说："这下看来对上了。"

"什么对上了？"四叔疑惑不解。

张一筱这次带到巩县的五个人中，有个叫韦豆子的，就是宋双水媳妇仁弟中最小的一个，出发前漫不经心地低声嚷嚷说，他那个嘴笨但手艺活利索的姐夫在兵工厂混得还不错，经常往家里给小外甥带点外国糖豆、铅笔什么的，说是洋蛮子赏的。听到这话的张一筱留了个心眼，但没有想到这个人还真跟吕克特扯上了瓜葛。

离开包子铺，张一筱化了装，带着韦豆子开始了搜寻洋顾问的漫漫征程。

张一筱根据大伙的讨论，除了分片负责搜寻的人员外，选出精干的四人，连同自己和韦豆子分成三组，暗查三帮地痞。

第一组去查"土鳖"。西街帮领头"土鳖"吃的是生意人的饭，开店的摆摊的一看见"土鳖"歪歪扭扭地走来，个个站得笔直如嵩山之松。第一组很快打听出，五天前"土鳖"的老爷子蹬腿升了西天，这几天他率众披麻戴孝忙于守灵、出殡。老爷子死于绑架之前，出名的孝子"土鳖"不可能在这期间再去分心绑票。第二组负责东街帮，暗查工作也较为顺利。东街帮头目名叫郭大社，脸两边胡子拉碴，不刮不剃如猪毛，一年四季敞胸露怀，前胸卷曲的黑毛十分扎眼，似猪鬃。凭猪毛猪鬃之威严，郭大社霸占着巩县半拉城的煤窑运输，运煤的车夫每次遇到郭大社，立马停车擦汗，然后屁颠屁颠地勾头摆手让路。如果绑了一张大票，郭大社一定会静心揣摸如何以票换金，但近两日郭大社并无消停，天天带着一伙弟兄与仇家厮杀不停，被人砍掉了三根指头，此时正在医院病床上哼哼唧唧叫唤着呢！

追踪北街帮的张一筱和韦豆子就没么顺畅了。

北街帮是县城三伙地痞中最大的一帮，也叫船帮，帮主焦仁卿。巩县境内伊洛河里和黄河滩上的打鱼舟有两百来条，都得给焦仁卿按月出份子，不愿交抽头的有，不是木船底被人凿了一个洞，就是堂屋门半夜被人泼了一门板臭烘烘的稀屎。焦仁卿身穿长衫，头戴礼帽，鼻梁上架着一副据说用五石小麦换来的西洋墨镜，巩县百姓唤"西洋鬼"，而手下人见面喊"卿爷"。与"土鳖"和郭大社相比，焦仁卿是最有心计的一个，张一筱从一开始就认为，如果三个地痞搅和洋顾问的事，肯定出在焦仁卿身上，所以亲自带人出门会会这位"卿爷"。

半晌午，头戴破棉帽，身穿黑色棉袄的张一筱就和韦豆子手拎扁担，腰里束着一盘草绳来到了巩县黄河滩头焦仁卿的鱼铺，想找份送鱼的活儿。他们事先摸清了焦仁卿鱼铺的规矩，一大早收鱼，然后雇人挑着竹筐送鱼。腥味弥漫的鱼铺里已经涌进了一群来挑鱼的汉子，每人脚边两只箩筐，正在等待账房先生的过秤份额。张一筱和韦豆子悄悄地进了屋，一声不吭站在门旁后面，明里是等待，暗里是观察。两人不光看清了八名挑夫，也看清了鱼铺的内部结构，称鱼的铺子三间屋宽，地上四个大木斗里分别盛着大大小小的鲤鱼、鲫鱼、草鱼和鲢鱼，账房先生低头算账，一个小伙计根据要求从木斗里捡鱼、过秤，然后装筐。当七个挑夫出门，正在给最后一个称鱼的时候，账房先生抬头看见了大门旁还站着两个陌生人。

"干啥哩？"账房先生把挂在鼻梁上的圆眼镜框扶正，随即一声质问。

"先生，恁要挑鱼的吗？"张一筱向前一步，满面堆笑。

"走，快走，没看到这是最后一份，木斗都空了吗？"账房先生不耐烦。

"先生，明儿还有活吗？"张一筱仍然满脸堆笑。

"走，快走，明儿说明儿的事。"账房先生朝门边的张一筱两人摆了一下手，继续埋头理起账单来。

四个木斗全空了，第八个人也挑起两个箩筐从张一筱和韦豆子两人身边走出屋外。张一筱怅然若失，在鱼铺里并没有发现可疑情况，看来这次来算是白跑一趟了。随着账房先生"走，快走"的吆喝，两人悻悻地迈出鱼社门外。走出几十米外的拐角处，张一筱凭借职业习惯，回头看了一眼鱼铺门，这一瞧不得了，发现了问题。

一个挑夫担着两筐鱼，后面还跟着一个人从鱼铺走了出来。这两人不是账房先生，也不是捡鱼称鱼的小伙计。韦豆子纳闷地看着张一筱说，刚才屋里只有两个人，怎么突然冒出了另外两个人，还有一点，明明四个大木斗里一条鱼都没了，忽然间咋又多出两筐鱼？张一筱回头看了两眼，一把把韦豆子扯到了墙角处，以防对方察觉。

"豆子，这两人有问题！三间房宽的鱼铺里刚才空落落的，藏不下一条鱼，更藏不下两个人。在铺子时恁看到没，鱼铺右后面有一个小门，门从外边锁着，这两个人和肩上的鱼肯定藏在里边。"张一筱悄悄说道。

韦豆子回忆起来了，鱼铺右边后山墙上确实有一扇锁着的小门。

远处的两人朝他们的反向也就是县城方向走去。

趴在墙角的张一筱和韦豆子探出半个头,观察了几眼后便缩回头来。

"豆子,看出可疑情况没有?"张一筱问。

韦豆子摇了摇头。

"刚才挑鱼的那八个汉子走出鱼铺时,俺多瞟了一眼,他们和这个挑鱼的样子不一样。"张一筱说。

"咋个不一样?"韦豆子急忙问。

"第一,刚才那八个人挑鱼时迈的步子大,而这个迈的步子小;第二,刚才八个人肩上的扁担弯得轻,而这根扁担弯得重。同样的箩筐,同样的扁担,同样的鱼,这个挑夫和别的不一样,只能说明一点,挑的东西不一样。"张一筱说完,韦豆子觉得有理,但还是有点半信半疑。

"俺的推测还有另一个证据。去送鱼,鱼铺先要过秤,到了饭店商铺还要验秤,不需要监视挑夫半途偷鱼藏鱼,前八个人没有监视,这次有,不对头!"这次张一筱的话使韦豆子相信,队长的推测不仅是推测了。

"走,跟上!"张一筱一声轻呵。

两人解开腰里的麻绳,连同扁担一起塞进了小路旁边的草丛中,然后从棉袄口袋里掏出围巾包上脸,又把肥大的棉帽里外翻了个个,刚才的黑色变成了灰白色,人一下子变了模样。

两人远远跟在后面,韦豆子问旁边的队长:"难道他们是给洋顾问和看守的绑匪送吃的喝的?"

张一筱摇了一下头,轻声回答:"不像!吃的喝的不会从鱼铺送,这样不合逻辑。"

"难道是送武器弹药,比如长枪、手雷、手榴弹之类,准备突围逃跑?"韦豆子马上又提出了一个新疑问。挟持人质逃跑仅凭两杆盒子炮是不行的,需要重武器和足够的弹药,对韦豆子这次的话,张一筱这次没敢直接否定。

到了县城之后,前面挑鱼的担子没有走大路,而是拐弯抹角在小巷内兜起圈子来,跟在后面的张一筱明白,他们去的地方肯定不是饭店也不会是买鱼的商铺,一定是一个隐蔽的地点,必须要在他们到达目的地之前,查清担筐里是什么,否则一旦他们忽然闪进巷子里的一处宅院,就没有办法应对了。张一筱在韦豆子耳边低语了一会,韦豆子继续尾随其后,张一筱则侧身闪进另一个巷子里,瞬间不见了踪影。

跟踪在悄无声息中进行。当挑鱼的担子从一条长长的巷内出来，准备拐弯进入另一巷口时，意想不到的事情发生了。对面巷口处正好迎面走过来的一个急匆匆的行人，一头和挑夫撞在了一起，行人扑通一声摔倒在地，身子压在了其中一个鱼筐的边角，箩筐翻了个底朝天，另外一个箩筐里的东西也荡出了一大半，白花花的滚了一地。

白花花的东西不是饭菜，不是武器，而是鱼。

冒失的行路者不是别人，正是张一筱。看到地上和箩筐里都是鲤鱼、鲫鱼，他彻底失望了，盯了大半天，原来还是个送鱼的。跟在挑夫后面的中年汉子见有陌生路人撞翻了鱼筐，顿时恼羞成怒，望着地上的张一筱破口大骂，"王八蛋，眼睛装进裤裆里啦！"边骂边在张一筱屁股上狠狠踢了一脚。张一筱对这个人的反应并不感到奇怪，撞翻了人家的鱼筐，骂几句踢几脚都是能预料到的。但接下来那位挑夫的反应，张一筱无论如何也没有想到。同样摔倒在地的挑夫没有说话，也没有骂人，而是一个鲤鱼打挺站了起来，神色慌张地捡起地上散落的鱼来。挑夫翻身的动作如此熟练麻利，逃不出张一筱的眼睛，挑夫非农夫！张一筱知道内有隐情，马上机智作出了反应，他假装拙笨地爬了半天才从地上站起，嘴里一边说着"咋弄哩，没瞧见，没瞧见"，一边撅着屁股从地上双手捡起鱼来，刚捡了两条，中年汉子朝张一筱屁股上又是一脚，张一筱扑通一下来了个嘴啃泥。

"滚，快滚！"中年汉子大吼。

张一筱从地上爬起，在自己棉裤上抹了两把湿漉漉的手，嘴里喊着"咋弄哩，没瞧见，没瞧见"，便拐进了巷子，一溜烟消失了。

晌午饭时刻，尾随跟踪的韦豆子回来了，一脚踏进眼镜钟表店地下仓库的门，就看到张一筱端坐在小桌旁喝茶。

"豆子，恁先别说话，恁听听俺猜得对不对？"张一筱神秘兮兮地看着韦豆子。

"队长请！"韦豆子不知队长葫芦里装的什么药。

张一筱一拍大腿，冒了一句："挑鱼的两人最后去的地方是，是烟馆。"

听罢队长的话，韦豆子先是浑身一惊，接着倒吸了一口凉气，两个人鬼鬼祟祟最后果真是钻进了一家隐蔽的大烟馆。

"俺看到恁明明跑开了，恁咋知道他们进了烟馆？"韦豆子诧异万分。

张一筱没有说话，而是用手指了指桌子上的一个脸盆，韦豆子赶紧凑了过去，脸盆里竟然放着一条鲤鱼。

韦豆子一声惊呼："哪来的鲤鱼？"

"请听俺细说端详。"张一筱详细给韦豆子讲述了事情经过。

张一筱故意撞倒挑鱼之人后，自己也顺势倒下。从筐中散落地上的一条条鱼的外形使机警的张一筱顿起疑心，怎么每条鱼的嘴边都沾有血，而身体和尾巴都是干干净净的？常识告诉张一筱，从河里用渔网捕上来的新鲜鱼，嘴边是不会有血的。同时，地上的鱼几乎个个都是一拃长，斤把左右重，而刚才鱼铺四个大木斗里的鱼个头可是大小不等啊！带着两个疑问，张一筱从地上爬起后佯装帮助捡鱼，实际上是伺机掂量鱼的重量，这一掂不得了，本该一斤重的鱼至少有两斤。疑惑不止的张一筱正在考虑下一步怎么办时，中年汉子朝他屁股上猛踹的一脚帮了张一筱的大忙，他顺势再次摔在地上，趴在地上的瞬间，一条鱼闪电般就被他塞进了领口里。回到店里，张一筱从鱼嘴里取出了一个半拃长、大拇指粗细的铁管，打开石蜡密封的一个铁帽，黑黝黝的大烟土露了出来。

暗中玄机终于被发现，"卿爷"在走私大烟。巩县处于郑州和洛阳之间，铁路和陆路虽然便利，但哨卡多，从两城贩烟土到巩县风险大，"卿爷"就用起了船。"卿爷"在郑州、洛阳买好烟土，就派人运到两地的码头上，从鱼嘴装进鱼肚，然后用船运到巩县，再用特定的挑夫送到县城的烟馆。

"卿爷"倒卖烟土的事实确认后，他绑架洋顾问的可能也就被张一筱迅速排除了，烟土贩运倒卖利润惊人，混迹江湖的老手不会舍安求险，涉绑票求赎不稳之事，会误了自己长久的营生。

到此为止，一般人应该排除掉县城三个地痞参与绑架洋顾问的嫌疑，但张一筱不会。他还需查证另一个重要的线索，就是在东义兴饭店里血刃"镢头"那一男一女两个人的来历。如此非凡的身手和杀人的心态，必是训练有素的熟手，绝非初出茅庐的新客，尤其是直接动刀的那个女人，连戳两刀，一刀封喉，一刀致命，绝非一般江湖平庸之辈所能。经过暗中摸排，"土鳖"、郭大社和"卿爷"手下没有这样的男人，更没有这样的女人。三帮地痞自家队伍没有这样的高手，还不能排除他们的嫌疑，如果他们雇了外人呢？张一筱继续让人了解近几年他们是否有雇用外力参与县城内讧的先例，得到否定的结果后，他才暂时排除了三帮人绑架吕克特的可能。

话说两头。

当天夜里事情一出,洪士荫请示戴笠后,下半夜就把全部与吕克特有直接关联的人从县城监狱转移到了一处秘密之地,破解里应外合、串通绑架之可能。秘密之地不是巩县情报站宅院,不是县府警察局,也不是第九军在巩县军部所在地——"康百万庄园"的南大院,这些地方人多眼杂,很容易走漏风声,洪士荫是不会选择的。障眼术专家洪士荫命令手下,所有人员上车之前,都要被结结实实蒙上头罩。帆篷卡车在县城内正反兜了几圈后,车上人云里雾里不知所往,正在晕晕乎乎之际,卡车停了下来,一个接着一个被押进了这个谁都想不到的极为隐蔽的地点。

用了同样的手段,第二天深夜被抓的朱荻和王炳生也被带了进来。

裴君明指挥军警在巩县县城和乡下大规模搜查之际,洪士荫在这个秘密之所对被抓之人一个个过堂审讯。

第一个审讯核对的是厂长黄业壁。洪士荫既是戴笠同乡,也是戴笠创办的最早的特工培训班——电讯班的首期学员,戴笠的话句句铭记在心,字字当圣旨,尤其欣赏戴老板的一句至理名言:"明枪易躲,暗箭难防。"每次分管区域河南诸城出现惊天大事,他不是从外部怀疑,而是从内部查起,从最信任的人查起。盘问一个小时后,没有发现黄业壁半点破绽,也无丝毫疑点,但洪士荫仍然不肯罢休,左敲右击,穷追不舍。黄业壁是个兵工专家,从来没有受过如此屈辱,勃然大怒,与洪士荫对峙不休。正当局面不可收拾之际,戴笠来电,"如无疑瑕,放黄。"原来,黄业壁是军政部兵工署长俞大维钦定之人,听说河南情报站羁押黄业壁进行无休止审讯,立刻状告给部长何应钦,对党国忠心耿耿的厂长怎么可能绑架自己的左臂右膀?何应钦即刻电示戴笠,日寇大敌当前,虎视眈眈屯兵黄河北岸,随时可能渡河南犯,这时兵工厂厂长却被休业带走,成何体统?

黄业壁被放。放人时,洪十荫嬉皮笑脸:"黄兄,愚弟与您了无半点芥蒂,一心为国,休莫怪罪。兄长走时,还得请您再受一回委屈。"黄业壁被蒙上眼睛,架出秘密之地,在县城绕转两圈后回到了兵工厂。

论与吕克特的亲疏程度,第二个该审讯的就是卫兵"镢头",但"镢头"喉管已断,僵尸一条,况且父母早亡,身属孤儿,外加还没有处相好,几年来以厂为根,也就无从查起。

这就轮到了翻译曾鸣泉。

曾鸣泉是南方苏州人，早年留学奥地利，学的是日耳曼文学，取得学位后就受聘到南京国防部工作。吕克特来到河南后，曾鸣泉被派了过来，老婆孩子因受不了北方气候，不愿随从。从大都市来到一个小小巩县，孑然一人的曾鸣泉虽然满心不乐意，但因为薪水比原来高出一大截，也就不好多说二话。

洪士荫和曾鸣泉一问一答半小时后，最后把焦点聚在了翻译提前离开东义兴这件事上。曾鸣泉一五一十把在东义兴吃饭前后的经过详详细细做了描述，目的只有一个，是吕克特嫌他碍事，撵他自己先走的。洪士荫说，光说不行，得有证据。曾鸣泉说，"镢头"可以证明，洪士荫答，证人死了，属无效证明；曾鸣泉说，吕克特本人也可以证明，洪士荫答，证人丢了，同样属无效证明。审讯继续延伸，洪士荫问曾鸣泉提前离开去了哪里。曾鸣泉回答干脆，自己跟着吕克特白天翻了一天枪炮弹药，晚上又叽叽喳喳译了一场大戏，口干舌燥，身子骨实在受不了，就回家睡觉。洪士荫问，有谁能证明你回家睡觉，曾鸣泉想了半天，大戏散场已经夜里十点，又陪顾问在饭店待了半个多钟头，夜深天黑，他一个熟人和邻居都没有碰到。

最后，洪士荫说："曾翻译，你要是我，没有证人的话你自己能相信吗？"

洪士荫扭头走开了，曾鸣泉被留了下来，进来了两位五大三粗手执蘸满辣椒水皮鞭的汉子。

壮汉皮鞭伺候翻译曾鸣泉的时候，洪士荫接着审讯司机蔺天基。

洪士荫说："天基，你跟我多年了，知道我的脾气，咱们不绕圈子。"

蔺天基镇定自若，向洪士荫立正敬礼："站长，谢您多年栽培，天基对党国忠贞不贰，问啥答啥。"

"天基，咱们组织内部的规矩你比兵工厂任何人都清楚，站长我也不再赘言。跟你放个明话，别人交代，提前泄露顾问去向的人就是你，我的问题是，对方是共产党还是日本人？现在说出来，看在咱们共事多年的分上，留你条活命！"洪士荫这回采用的是栽赃法，把没有的事说成铁板钉钉，先把蔺天基一把推进挖好的墓窑里。

蔺天基听罢站长的话，额头上冷汗直冒。

"站长，这是有人故意陷害，出发前三分钟'镢头'来叫我开车，车子启动后才告诉我去戏院，之前的事我一概不知，动了车上了路，我怎么去通知别人?!"蔺天基据理力争。

"车行在路上,扔个纸条用车灯打个暗号,路边隐蔽好的人不就明白了!"洪士荫不依不饶。

"站长,当时'镢头'、顾问和曾翻译都在车上,我什么都没做,不信您找他们作证。"蔺天基紧张而不慌张。

"另外三个人在车子上怎么坐的?"洪士荫紧追不舍。

"'镢头'坐在前面副驾驶位置上,顾问和翻译坐在后排。"蔺天基赶忙回答。

"坐在后排的两人当时干什么?"

"他们一直在聊天,曾翻译给顾问讲晚上那场大戏的剧情。"

"在春风戏楼和东义兴,你把车停在了哪里?"

"停在了戏楼和饭店门口,寸步没有离开车子。"

"有谁能证明你寸步没有离开?就算你没有离开,一直坐在车里,但要是有人上前和你接过头,谁能证明这种情况不会发生?"

从洪士荫嘴里说出的话,蔺天基打死也没有料到。

蔺天基一时无言以对。

洪士荫见火候已到,忽然站了起来,脸色瞬间变得铁青,气势汹汹,手指蔺天基鼻子,暴跳如雷:"蔺天基,行驶途中,你有充分的时间通风报信,两个人坐在后排聊天,不可能看清前排,而能看清前排的'镢头'死了,你往车窗外扔没扔东西或者闪没闪车灯,死无对证。"

洪士荫没有停下呵斥,嗓门提高了一码:"这是其一。其二,因为'镢头'当时在旁边,联络不方便,你可能采取了第二套方案,停车后由外人前来和你主动联系,把顾问看戏吃饭的事给泄露了出去。"

蔺天基目瞪口呆,知道大难从天而降,跳进十几里地外的黄河也洗不清了。

和曾翻译一样,神秘的地方蔺天基一时半会是出不去了。

在洪士荫审讯黄业壁、曾鸣泉和蔺天基的时候,手下的其他两个小组也把前面几天去过吕克特房间的人挨个捋了一遍,厂办送信送报的小青年、打扫房间的女佣、当天碰巧给吕克特送古董的老板等四五个人被折腾得哭爹叫娘,下跪求饶,但个个都不承认参与绑架吕克特。

凭多年经验,洪士荫隐约约感到,这些人都不是幕后真凶,熊心豹子胆就是摘下来给他们看,他们也不敢睁眼。

真凶另有其人，洪士荫坚信。

洪士荫掐掉烟头，开始审讯朱荻和王炳生。

开始审讯前，洪士荫吩咐部下，备好辣椒水、老虎凳、竹签、火钳和电椅，有块硬骨头要啃。

# 第 4 章

吕克特失踪后的第二天晚上，县长李为山收到了一封信。

黄皮信封由邮局寄来，右上角用红蜡粘了一根鸡毛。慌慌张张的李为山看过信函之后，半步不敢迟疑，亲自驱车交到了洪士荫手里。

吕克特终于有消息了，而且是活着的消息，裴军长和洪士荫大喜过望。

信是巩县头号刀客"瓦刀脸"差人用毛笔写就。

全文如下：

尊敬的李县长为山大人：

知您近日昼夜躬身寻觅一人，奔徙辛劳，甚是敬佩！现郑重禀告县长，德邦顾问吕君克特先生在愚弟山寨做客，山高路远，报告迟缓，敬请谅解！吕君不但毫发未损，而且顿顿有酒，夜夜听戏，谓山清水秀的十八里沟为其远东故乡。吕君托愚弟给县长捎话，望请兵工厂黄君业璧厂长速备机枪一挺，步枪五支，手枪十把外加各式子弹两百发作为招待吕君之犒劳。当前老日犯我中原河山，吾辈不能坐以待毙，而须响应蒋委员长号令，迅捷武装，以牙还牙，以命偿命。请明天午时十二点由县长您亲自带队，最多十人携所赠之礼物至青龙峡口，吾方亦用对等人头护送克特先生抵达。以物易人，公正平等。

吕君特嘱，此等小事勿打扰忙于军政要务之裴军长和洪站长，您和黄厂长协商办理即可！愚弟是个粗人，有言在先，如有其他不妥之行动被愚弟众多耳目窥见，视为率先违约，后果自负。

恭请

麾安！

愚弟：孙世贵

民国二十六年十一月十日

十万火急之电报从中原发往南京。

事情迅速汇报到蒋介石和法肯豪森处，两人近日悬着的心终于有了一丝轻松。当着总顾问的面，想挽回一点颜面的蒋介石突然暴跳如雷，在站立着的何应钦、戴笠和俞大维跟前骂起人来："区区蟊贼，趁火打劫，扰国误国，必诛必杀！"三人频频点头，了无二语。

法肯豪森坐在沙发上异常冷静，他最关心的是部下吕克特的性命，此时诛杀绑人土匪等于断了吕克特的活路，自然坚决不同意，立刻正色道："蒋先生，区区一点枪械，我顾问团还是支付得起的，算是我送给您伟大臣民抵抗日本的一点礼物，我要安安全全让他们归还我的人，人平安回到我们手里之后，怎么做是您的内部事务，我无权干涉。"

委员长气归气，孰轻孰重他比任何人都清楚。

千里之外心急火燎的裴君明和洪士荫终于等来了南京急电，答应蟊贼孙世贵的要求，以物易人，不得额外部署兵力，亦不得出半点闪失。

裴君明和洪士荫并非等闲之辈，在等待南京决策的时候，已经备好车辆，装好了"瓦刀脸"所求武器，选派了以县长李为山为首的十名人员，集结待命。

"瓦刀脸"的地盘在巩县县城西南十八里沟，地处邙山丘陵沟壑区域。这个地方易守难攻，几十米乃至上百米高的土山一垒连着一垒，一峰接着一峰，垒山叠峰下面是凹沟深壑，宽窄不等，宽的三尺五尺，窄者刚过一人，整个区域最为险要的地方就是青龙峡口，四面环山，中间一个打谷场大小的地盘，地盘四角各有一条山间裂缝，裂缝之中日久风化自然形成了大大小小的明洞暗窟，熟悉之人可藏可躲，可退可遁，陌生之人一旦误入则掉进魔地鬼窟，凶险难测。

在方圆几十公里名为官府管辖，实为"瓦刀脸"掌控的范围内，沟底壑谷丛中散落着零零星星的村落，每家每户无房无屋，满眼尽是依垒傍山开掘出的窑洞，大窑洞里套着小窑洞，窑洞之间还有暗道，可藏人，可藏枪，还可应急逃跑，出口皆在几十米外荆棘密布的灌木丛中。从一个村落到另一个村落，没有大路，也没有小路，只有坑坑洼洼的羊肠小道。羊肠小道一会上山，一会下坡，一会还得穿越颤颤悠悠的独木桥过河。"瓦刀脸"的队伍两千有余，亦匪亦民，有事携枪提刀聚集，无事耕田种地居家；遇到官遣强兵剿匪，化整为零，若要绑票打劫，化零为整。"瓦刀脸"盘踞此地多年，实行"赏罚分明"制度，向官府或者其他刀客通风报信者株连九族，仗义忠贞致残和罹难者赡养全家。从民国初期至日本人来犯，河南历届政府派大军围攻剿匪数次，可惜大型辎重进不去，部队只能陋装简枪曲曲折折、透透迤迤进入，山壑谷底搜寻数日，始终不见"瓦刀脸"的一兵一卒，次次无功而返。原来，"瓦刀脸"事先遣散大部人马，各回各村，刀枪入库，化匪为民。自己则带着几十名铁杆弟兄尾随剿匪大队，通过观察正在山顶放羊、开荒、采药、摘果妇孺们发出的暗号行进，前方官府部队走他们走，部队停他们停，部队生火他们起灶，部队安营他们扎寨……行进途中，"瓦刀脸"累了，还差使手下几名壮汉用滑竿轮流抬着，坐在滑竿上的"瓦刀脸"眯起双眼，抽着旱烟，荡着双脚，俨然一个前来观摩人军野营训练的督察。

第三天一大早，县长李为山带领的十人交接队伍先乘汽车走了十里，到达"瓦刀脸"经营的地盘边上只得下车步行，因为车辆进不去。李为山作为县长来到这一带视察慰问多次，每次来时虽内心不无焦躁，但总的还算平静。豫西刀客与其他地方的土匪不一样，虽然猖獗作乱，祸害地方，但也兼顾人情世故。堂堂县长莅临，他们不敢有半点不轨之心，毕竟县太爷是省府委任的父母官，况且还是个彬彬文人，主动挑衅官府之事，"瓦刀脸"知深知浅，不会做。但这一次不一样了，从接受任务的那一刻起，李为山胆战心惊。对方手里绑有委员长惦记着的人质，人质的脑袋和自己的脑袋放在一起，如果只能一个继续装在脖子上，李为山清楚，委员长会毫不迟疑保留洋顾问的。走在蜿蜒曲折的羊肠小道上，县长大汗淋漓，一半热汗一半虚汗。他在心里一遍遍告诫自己，这次前来，千千万万、万万千千须小心谨慎，容不得丝毫差错。首先，刀客得罪不起。如果接头交换时自己出语不慎，或者没有满足刀客的要求，在这虎狼之地，熟悉地形的土匪一旦动起刀枪，项上人头落了地，恐怕也会哭诉无门；其次，委员长更是得罪不得。如果刀客使计，枪械交了，洋顾问却没有带回去，他李为山的脑袋轮不到刀客动手，洪士荫的刀锋同样锋利无比。

就这样，东张西望、汗流浃背的李为山于午时十二点差一刻到达了青龙峡口。

青龙峡口的平地上并无一人。

县长李为山正在迷茫之际，忽听平地周围哗啦啦一阵响动，八九位一色黑帽黑衣黑裤黑鞋的刀客从裂缝中闪出，从四面八方向惊魂未定的李县长涌来。

李为山一个寒战刚过，腰里别着盒子炮，手拎大刀的领头人风一样飘然而至。

"李县长好！"来人鞠躬抱拳，声如洪钟。

"恁，恁是？"李为山认不得来者。

"臣民孙世贵。"来者摘下黑帽，自报家门。

县长李为山这才瞧清了一米开外的黑衣人，身高接近六尺，虎背熊腰，黑衣黑裤裹紧全身，不留半点空隙，手提三尺长半尺宽铡刀，犹如薄扇操捏在手，无丝毫沉重，长脸，内凹，形似泥水匠水中的一片瓦刀，"瓦刀脸"绰号名不虚传。

"什么臣民，是老弟。世贵老弟，县长我可是如约抵达呀！"秀才遇到比兵还粗莽的刀客土匪，平时威风凛凛的李县长先自降身段。

"不！俺孙世贵自知几斤几两，过去恁在布告上称俺为匪首'瓦刀脸'，这称呼俺喜欢，恁现在叫老弟，俺听起来可有些手抖腿软啊！"孙世贵巧舌如簧。

李为山知道，面前之人身粗心不粗，不是好对付的主。

"世贵老弟，恁要的家伙俺都带来了，国难当头，恁晓知大义，挺身而出与日寇斡旋争斗，甚是佩服，佩服啊！"李为山赶紧转变话题，直奔来意。说话的同时，县长的眼睛往对面一圈黑衣人中仔细打量，他想寻找洋顾问吕克特。和县长一样，同行的九位官府之人也都在偷偷观察寻觅吕克特的踪迹。

黑衣人中没有一个洋人模样。

"县长过奖！官府有规，刀客有道。过去世贵提刀动戟为嘴，今天寻枪要炮为义。老日说不定马上找上寨门，老子不能让人把屎拉到俺头上。"瓦刀脸信誓旦旦。

"好，好，县长崇敬老弟晓大义明事理！那么那位洋顾问呢？"李为山已经等不及了。

"啥个球洋顾问？"瓦刀脸作惊诧状。

县长李为山听罢此言，心里咯噔一下，瓦刀脸此时否定洋顾问，不会是使用欺诈奸计吧。

李为山带来的九人右手插进了口袋里。

"瓦刀脸"手下的九个弟兄右手按在了腰里的盒子炮上。

"世贵老弟，恁不是给俺写了信，说洋顾问在恁这里做客吗？"

"俺写信不假，可没有说什么球洋顾问啊？"

双方人马剑拔弩张，怒视对方。

李县长知道出事了，但紧张局面不能加剧，加剧的话事情可能会闹得比天还大。

"那，那是啥个情况？"

"俺这里只有歪瓜裂枣洋戏子一个，没有什么球洋顾问！"

"瓦刀脸"的这句话，李为山听得清清楚楚。如果瓦刀脸再说出别的什么话，县长就不知道怎么收场了。"瓦刀脸"的一句话，使李为山心头压着的一块重石卸了下来。

双方十几个人也顿时松了一口气。

"世贵老弟，恁可把俺吓了个半死，如此时刻，恁还敢谈笑风生，雄才大略啊！"李为山心里头有气，但嘴里冒出的话甜。

"俺爱瞧戏，披戏服的人来做客，不管汉人还是洋蛮子，都球欢迎！""瓦刀脸"说话不紧不慢，滴水不漏。

"那就赶快请洋戏子出场吧，三遍锣鼓都敲过了！"惊慌已过，见过世面的李县长说起话来得心应手，一语双关。

"慢！时辰未到！""瓦刀脸"厉声喝道。

双方人马顿时惊慌，个个恢复原样。

"世贵老弟，恁左遮右掩，不按约定行事，要是误了大事，蒋委员长饶不了恁！"李县长不知对手葫芦里卖的什么药，无奈之下亮出底牌。

"县长大人，恁要是说此硬话，今天的事俺就不办了，明天请委员长亲自来，看看俺孙世贵是不是个球软蛋！""瓦刀脸"说完此语，扭头就走。

站在李县长一左一右的两个人是洪士荫的手下，历险无数，再也忍不下蟊贼刀客傲慢，拔出手枪，一个箭步冲上前去，枪口顶准了"瓦刀脸"的后脑勺。

几乎同时，"瓦刀脸"两个弟兄的枪口也对准了县长的天灵盖。

剩余的人个个拔出手枪，两米之内互指对方。

平地变成了战场。

"瓦刀脸"没有回头，也没有掏枪，而是站着一动不动，双眼瞟着身边持枪者，嘴里狂骂不停："王八蛋，开枪啊，老子要是眨一下眼，鳖孙一个！"

局面僵持。

身居别人地盘，又遇到了一个不要命的主，县长李为山知道硬的不行，软了下来。

"把枪收起来，对世贵老弟怎么这样无理！"

县长带来的人先把枪收了起来，"瓦刀脸"的部下也收了家伙。

被逼无奈的李县长决定以退为进，于是主动走到"瓦刀脸"跟前，说话的声音比刚才低了许多。

"手下鲁莽，别见怪！老弟，恁说咋办？"

"验货！"看了县长一眼之后，"瓦刀脸"一嗓大呼。

四五个箱子被打开，信上所列物品一件不少。

"世贵老弟，现在可以把洋戏子请出来了吧！"李为山信心满怀，成竹在胸。

"不中！"

"瓦刀脸"再次语惊四周。

李为山不敢再次发话询问原因，他怕惹恼了六亲不认的瓦刀脸误了大事，只能呆呆地望着对方。

"瓦刀脸"站在原地还是一动不动，双眼紧盯县长半天之后，嘴里终于挤出两个字："试枪！"

李为山这次算是彻底明白了"瓦刀脸"的狡猾。三年前，巩县一悍匪吴绊子曾经在县财政局长公子的婚礼上绑走了新娘，新娘写了一个纸条回来，索要步枪五支子弹两百发，少一项洁白的身子不在，少两项先是身子不在，然后小命呜呼。财政局长夜送九条黄鱼，洪士荫欣然接手此事，满口答应圆满解决。

第二天东西抬了过去，局长儿媳完璧归赵。

第三天，吴绊子满个巩县城放出话来，王八蛋局长胆敢玩耍猴把戏，下次再被他摸到机会，非把他公子和儿媳一块剁成肉末撒到黄河喂鳖不可。原来，洪士荫送去的东西一样不少，但枪膛里的撞针被磨短了半个厘米，根本撞不到子弹底火，这还在其次。另一个暗藏的玄机是，两百发子弹都是过期的，吴绊子用短撞针枪打不响，就用好枪试，叭叭还是打不响，方知上了大当。吓得尿了一裤裆的财政局局长慌忙去找洪士荫，洪士荫爽朗大笑，慢慢腾腾地开了口："局长，我可没有耍猴，两样东西一样没少，但打响打不响就是吴绊子的事了。"

"瓦刀脸"不是吴绊子。

一枪一弹进行了查验，清脆的枪声接连响彻山谷，山隙和丛林中的飞鸟野兔扑哧哧蹿了出来，要么飞向天际，要么应声遁逃。

确实是真枪实弹。

"这下总可以了吧?"试枪完毕,李为山满脸堆笑盯着"瓦刀脸"。

"瓦刀脸"看了县长一眼,脸上露出了难得一见的笑意。

"带——人!"

双手卷成喇叭状,"瓦刀脸"对着平地左侧的一个山隙,一声大吼。

几分钟光景,一个手端步枪的刀客押着一位身穿戏服,双眼被蒙,嘴巴被堵,双手反绑的大个子走出了山洞。李为山看到黄色蟒袍的瞬间,差一点叫出声来,是洋顾问,是全巩县竭尽全力搜寻的洋顾问!他看戏时穿的就是这身金黄色的蟒袍。事情虽然磕磕绊绊,但终于见到了曙光,自己要找的人,不,裴军长和洪士荫要找的人,还不对,是蒋委员长和德国总顾问法肯豪森要找的人终于走过来了,李为山欣喜若狂,手心里出了一窝热汗。县长李为山高兴是高兴,但知道后面的程序还多着呢,那是洪士荫千叮咛万嘱咐的,自己必须强压欢喜,小心翼翼一步一步去完成。

人被慢慢带往平地方向。

来者走到半途,李为山就基本断定被绑人质非洋顾问莫属了。被绑之人不但身着黄色蟒袍,个头是洋顾问的个头,姿态是洋顾问的姿态,错不了。

人质终于带到了李为山面前,县长要做最后的验证,像"瓦刀脸"最后一步仔仔细细验枪检弹一样。站在县长面前的人质仍然带着戏妆,如两天前一模一样,活脱脱一个唐朝皇帝。李为山原来准备先查验人质的皮肤,因为自己熟悉洋顾问的皮肤,那是白人的皮肤,表层白底子红,但因为化妆,人质满脸油彩,他看不出。看不清皮肤,李为山决定先看头发,人质头上高高的官冕被李为山一把给摘了下来,皇冠脱去,露出了满头卷曲的金黄色的头。啊呀!李为山一声惊呼,不错,不错,洋顾问的头发,就像自己在洛阳见过的大户人家的狮子狗。李县长不敢半点懈怠,接着观察对方眼睛,他一把扯下了人质的蒙眼布,又是一声惊叫,是深眼眶,是蓝眼睛,虽然描了眼画了眉,但深眼眶变不了,蓝眼珠变不了,洋顾问就是中国人没有的怪模样。

人质为洋顾问已经确信无疑,李为山决定再增加一道检验程序,虽然这道程序洪士荫没有重点强调,那就是洋顾问的嘴巴。李为山抬手去扯人质嘴里的棉布,手举到一半的时候,被"瓦刀脸"一把抓住了。

"慢!行事得有度,县长恁左观右查半天了,难道还要让人家脱掉衣服验验裤裆里的家伙不成?球,恁这是不相信俺,恁抬回家伙,俺今天不换了!""瓦刀脸"勃然大怒。

李为山赶忙赔上笑脸,望着"瓦刀脸"温言相劝:"哪里是对世贵老弟不信任,就是想瞧一眼顾问的嘴巴嘛!"

"县长,恁这时扯下他嘴里的布,要是他说出俺接待的详细地方,而恁在峡口外又埋有伏兵,俺和弟兄们的小命还有吗?如果做事只考虑自己,不顾及别人,恁见多识广,说说这样中不中、妥不妥?!"瓦刀脸义正词严,容不得半点商量余地。

已经确认了百分之九十九,人质为洋顾问已经是板上钉钉之事,李为山为了不因小失大,只好顺从"瓦刀脸"。顺从是顺从,李县长要求再问一个问题,一句话的问题。"瓦刀脸"点头答应。

"您是吕克特博士?"李县长一字一句地问,生怕对方听不懂。

对方一个劲地点头。

李县长笑了,"瓦刀脸"笑了,所有在场的人都笑了。

交易完毕,到了分手时刻。

"瓦刀脸"抱拳行礼,一声大呼:"县长,告辞了,路上照顾好这个真戏子假皇帝!"

李县长面带微笑,点头示意:"世贵老弟,谢谢恁招待顾问,俺替恁向委员长请功,恁往后可要多加保重!"

"瓦刀脸"一伙瞬间消失。

带着洋顾问回去的路上,李为山命令手下替他解开反绑的双手,但准备扯下他嘴里塞着的棉团时,洋顾问死活摇头不让,李为山也就没敢过分强求,他知道洋顾问的脾气,他不同意的事,别人要是强求,那会自找难堪的。原来,"瓦刀脸"事先给他做过交代,如果他让别人在路上扯去棉团,那就对不住了,弯弯曲曲的小道旁和回县城的山路边埋伏着几个打狼的,猎人的眼睛几十米外不但能看清公狼和母狼,还能分辨出狼掌上有几只利爪,一个大活人嘴里有没有一团白布,就如同秃子头上趴了一只黑黝黝、鼓囊囊的虱子。

洋顾问牢牢记住了"瓦刀脸"的话,一路上,口叼棉布,双手抱头,东张西望瞧着路两边的荆棘草丛,不敢越雷池半步。洋顾问遵守自己对瓦刀脸许下的诺言,县长李为山也无可奈何,没人敢动一下洋顾问嘴里的棉团。

踉踉跄跄走出八里"瓦刀脸"的地盘，一行人上了汽车。进入汽车，本可以取下嘴中棉团，但洋顾问仍然坚持不许动。中国猎人的眼睛如此犀利，隔层玻璃也能看清他嘴里那白花花的一团东西，他要把一条小命保住，直到到达安全地点。

汽车于傍晚时分抵达兵工厂招待所，裴军长和洪士荫早已恭候在那里。进了会议室的吕克特做的第一件事就是赶紧关上了屋门，确定自己安全了，才扯下嘴里的棉团。

"我洗脸。"洋顾问说出了第一句话。

哗哗啦啦一阵折腾。

当洋顾问把脸从脸盆中抬起的那一刻，屋子里的人顿时目瞪口呆。

洗掉满脸油彩的人是个洋人，个头和吕克特一样高，头发和吕克特一样卷而金黄，眼睛也和吕克特一样蓝而凹陷，但皮肤没有吕克特的白，最关键的是，吕克特一嘴整整齐齐的白牙，但面前的人两个门牙中一颗是金牙，亮闪闪的黄金镶牙。

"你是谁？"裴君明一阵无语之后，颤抖着开了口。自从上次在南京面见委员长和总顾问之后，裴君明知晓了吕克特这个洋顾问的惊天价值，尽管他的任务是调兵遣将，日夜防备黄河北岸日军的突袭，但他毕竟是当地驻军的最高首领，洋顾问失踪与他防务不力有着直接关系。白天，委员长恼羞成怒的骂声萦绕在耳边，夜里，一躺下就做噩梦，不是梦见洋顾问的尸体被抛弃在山沟里，就是梦见吕克特的尸体漂浮在黄河上。

"吕克特博士，不，不，不是吕克特博士。"洋人慌慌张张回答，但说出的话却是一口流利的汉语。

知道事态严重的洪士荫此时已经满头虚汗，自从加入情报组织，在你死我活、尔虞我诈的疆场上，他和共产党，和日本人，和土匪，和青帮红帮，还有组织内部的人斡旋、搏斗、厮杀了十几年，从没有遇到过今天这种场景，也从来没有像今天一样惊慌失措。这次解救事件的主要策划人是他，负责人也是他，现在出了天大的乱子，他知道委员长饶不了敬爱的戴老板，敬爱的戴老板自然也饶不了他，他沉静不下来了。

"你，你是谁？"洪士荫说话的腔调都变了。

"英国牧师，施托姆牧师。"洋人自报姓名和职业。

"说，为什么冒充吕克特博士？"县长李为山满脸青筋乱跳。其实，李为山心里比裴君明和洪士荫更紧张、更恐惧。洋顾问出事，祸起自己给老母亲办寿辰。如今大敌当前，国难临头，自己只顾孝忘却忠，省长怪罪下来自己丢官，委员长怪罪下来，恐怕就不是官的问题了，说不定还要丢命。这还是其中一项罪过，第二项罪过是自己担当和土匪刀客以物换人的重任，本来可以将功补过，哪里想到办事不慎，真假不辨，这不是错上加错，罪加一等还能是什么？

"伟大的上帝啊，宽恕我的罪过吧！没有办法，是山里那个穿黑衣的孙先生逼的，他让人扒光了我的牧衣，把我绑在山洞里的一块石头上，用砍刀抹在脖子上逼的。"施托姆牧师眼里噙满了委屈的泪水。

李为山扑通一声瘫倒在地。

事情还得从头说起。

"瓦刀脸"两天前得知兵工厂洋顾问被人绑架的消息，顿时计上心头，和自己的军师，也就是写那封给李县长信的赵老歪一合计，就租了一辆马车急驰洛阳拜访传教士施托姆。洛阳城里有英国、荷兰、意大利来的传教士四人，为什么选择英国传教士施托姆，原因很简单，其个头和胖瘦与德国人吕克特最为接近。牧师一听巩县县城要盖一座和洛阳城一模一样的基督教堂，二话没说，带上《圣经》就启程了。马车出洛阳，过偃师，进入巩县境内后，一切就由不得传教布道虔诚心切的牧师施托姆了。

消息传到南京，国府内炸了锅。

一个区区山寨蟊贼，竟然骗到了天皇老子那里，而且毫发未损，礼物照单全收，隐身而退，这是委员长蒋介石始料未及的。当着何应钦、俞大维和戴笠的面，委员长摔碎了手中的茶杯，三个人恭恭敬敬地杵在一边，谁也不敢说出半句话。

"娘希匹，娘希匹！"委员长来来回回在房间里走着。

三个人不知道委员长是在骂"瓦刀脸"还是在骂自己。

"娘希匹，国之上宾、国之大器已经失踪三天，等来的却是这等消息，让我怎么给总顾问交代，怎么给德邦元首交代，不是一群蠢猪是什么！"

委员长的这句话，三个人清清楚楚地知道，不是说给远在天边的山寨蟊贼"瓦刀脸"的。

"娘希匹，作为委员长，我现在无脸见总顾问法肯豪森将军，你们去，你们三个一块去，马上去，立刻去。"蒋介石说完这句话，扭头走出了会客厅。

三人丝毫不敢迟误，立刻驱车前往南京东郊中山陵附近总顾问法肯豪森的官邸。出了中山门，通往中山陵内的陵园路上，铺满了一层厚厚黄黄的梧桐树落叶，车轮碾在上面，发出沙沙的响声，一种扭曲的和挤压的沙沙响动，犹如病残者的痛苦呻吟。前一辆黑色轿车驶过，路面上露出了两道灰褐色石子地斑斑驳驳的痕迹，这种灰褐色在后一辆汽车夜灯的照耀下，迅速改变了颜色，由灰褐变得苍白，恰似两条长长的孝带飘落地面，显得落寞，显得肃杀悲凉，让黑漆漆的中山陵蒙上了一团不祥的气息。

总顾问的官邸到了，接待室内灯火通明，主人法肯豪森期待着来宾，期待着他的部下得到解救的好消息。

看到三个来者匆匆进入接待室，总顾问立刻站了起来。

"欢迎，欢迎，我尊敬的三位将军，请坐！看来吕克特博士已经回到了巩县，他一切都好吗？"法肯豪森满脸堆笑。

三个人站立，谁都没有落座，人人一张冷冰冰的脸庞。

"怎么啦，吕克特怎么啦？请你们快说。"法肯豪森感到气氛不对。

"对不起，总顾问先生，我们出了差错！"何应钦先开了口。

法肯豪森一屁股坐在了沙发上，两眼直勾勾地盯着何应钦。

"快说，吕克特怎么啦？"这次，总顾问讲话失去了些许礼貌。

何应钦把换回来的不是洋顾问吕克特博士，而是被绑架的英国传教士施托姆牧师的事一五一十作了详述。

听完何应钦的话，法肯豪森呆若木鸡。

"三天啦，三天啦，我的博士在哪里，我的博士在哪里？"法肯豪森咆哮如雷。

何应钦、俞大维和戴笠低下了头，谁都不敢看总顾问法肯豪森一眼。

"你们这是拆我这个总顾问的台，毁掉我来贵国的远大志向啊，我可以向英国首相张伯伦表功，但我怎么向帝国元首交代啊！"

法肯豪森话中所说，拆他的台，毁他的远大志向，并非空话，内有玄机。这里不妨交代一下他的身世来头。

法肯豪森与中国有着极深的渊源。

时光回到 1898 年。这一年，清政府慑于德国武装淫威，被迫签署《胶澳租界条约》，青岛成了德国的殖民地。出生在德国的法肯豪森从此对远东中国充满向往。1900 年，义和团运动爆发，法肯豪森作为德军中尉参加八国联军，来到北京，不但对这个东方古国的奇宝异珍佩服得五体投地，也对其璀璨文化印象至深，回到德国后，年轻的他步入柏林东方学院学习。1914 年，第一次世界大战爆发，德国把在青岛驻军大部撤回，这年 8 月，日本乘虚而入，通牒德国政府须将青岛租借地无条件地转交日本接管。从此，在中国的土地上，日德争夺战开始，这年的 11 月 16 日，德国战败，日军入城。好不容易捞到的一块肥肉被他国抢走，包括希特勒、法肯豪森在内的很多德国人暗暗记住了这笔账，他们发誓要从"只会打鱼的日本人"那里夺回自己苦心经营多年的城市。年轻的法肯豪森更是立下豪言壮语，他要再赴远东中国施展抱负，与日本人一决雌雄。命运跟法肯豪森开了个玩笑，他后来竟受委派出任德国驻日使馆武官。1934 年，退休后的法肯豪森终于等来了他渴望已久的时机，到中国担任蒋介石的第五任军事总顾问。

法肯豪森上任伊始，朱毛正在率部被迫进行著名的长征，跋山涉水"逃窜"陕北，总顾问迅速参与到国民政府的最高机密筹划之中，竭尽全力协助蒋介石围追堵截"溃败之共匪"，有了这位军事专家的策划和辅助，红军部队连连吃亏，命悬一线，法肯豪森扬言"彻底消灭红军只是时间上的问题"。

内战正酣，外强突袭，"七七卢沟桥"事件爆发。尽管 1937 年纳粹德国正式与日本结盟，但法肯豪森奉希特勒之命，实行了双方都不得罪，从中日双方身上攫取德国利益的策略。法肯豪森的内心深处，也有了为德国洗刷前耻的念头。法肯豪森根据自己多年驻日经验，以及对日本军队的揣摩研究，极力扶持蒋介石抗日，在"八一三"淞沪会战和随后的几次拉锯战中都活跃着他的身影。尽管一切都在绝密下进行，但日本军方和特务组织梅机关还是发现了法肯豪森的踪迹，通过外交途径接连向"盟友"希特勒抗议，希特勒萌生撤回以法肯豪森为首的顾问团的念头，但还没有最后下定决心。恰在这时，吕克特被绑架。

法肯豪森预感到，兵器专家吕克特博士的问题解决不了，他的总顾问和他的顾问团日子不长了。

"总顾问，现在土匪的嫌疑排除了，只剩下了两种可能，我们会全力寻找，保证吕克特博士的安全。"戴笠说话低声细气，与他在情报组织内部沉稳、冷峻的风格判若两人。

"哪两种情况?"法肯豪森抬起了头,看着面前与盖世太保希姆莱有着同样地位的中国特务头子。

"共匪或日本!"俞大维急忙应答。

"我的两个对手,两个难缠的对手啊!"法肯豪森仰天长叹。

"总顾问,您的身体事关我国抗日全局,务请多加保重,我们将不惜一切代价,通过一切手段,动用一切力量,确保吕克特博士的生命安全。"何应钦信誓旦旦,好言相劝。

深夜,一封加急的绝密电报从南京发往巩县。

"豫西土匪之后剿杀,共匪日特为最大嫌疑。"

# 第 5 章

张一筱获悉吕克特被刀客"瓦刀脸"绑去的消息是在第三天下午。

这天下午,兵工厂厂办通知总务科,晚上备好十来个人的饭菜,其中一份是顾问吕克特爱吃的西红柿酱牛排和奶汁蘑菇汤。姜大明接到这个任务后,便以购物名义出了厂门,买好东西回工厂的路上,故意扯断表链,急匆匆去了"祥瑞钟表眼镜店",把消息告诉了四叔。

突如其来的消息使张一筱大吃一惊,继而转为欣喜若狂。这些天来,徐司令、吴政委还有自己几乎没有睡过一次囫囵觉,在山林间,在河道里,在庙宇内,在街道中像鹰一样瞄,像狗一样嗅,像马一样奔,徐司令、吴政委他们在自己的地盘上,累了还可以叹一声、咳一嗓,在国军占领的巩县县城里,他张一筱化了装,鬼鬼祟祟,提心吊胆,大气都不敢出,憋屈到了极点。要不是事关重大,他张一筱实在不愿接受这样人不人鬼不鬼的任务。现在吕克特找到了,游击队的冤屈自然而然也就洗刷掉了,他既恨土匪"瓦刀脸"的不识时务,国难当头却干出愚蠢之事,又从心底感谢"瓦刀脸"的回心转意,及时把人质交了出来,使裴君明、洪士荫和豫西共产党之间的误解得以化解。

张一筱不敢懈怠,马上向中共豫西工委、徐司令和吴政委电告消息。

十分钟光景,"洛阳大哥"来电:"少安勿动,半夜回山。"

"瑞祥钟表眼镜店"的地下仓库内,张一筱和手下的几个人开始准备行囊,后半夜他们要分头离城回山。

傍晚,四叔派手下的小伙计上街买点好吃的,招待张一筱他们几个最后一顿。

小伙计提着竹篮上了街。瑞祥钟表眼镜店所处的街道叫诗圣街,是巩县两条主要街道之一,东西走向,两里多长,整日热闹非凡。瑞祥店在街北侧,不知是何种原因,这一侧都是文的冷的,钟表眼镜店两边一家是个药铺,一家是个私塾,再旁边还有裁缝铺、砚台店、罗店等;街对面,都是武的热的,一溜烟分布着米店、肉店、竹编店、瓦盆铺、铁匠铺、茶水铺、酒铺和糊涂茶铺……白天的时候,街南侧人声鼎沸,而街北侧则是门可罗雀,形成了鲜明的反差。就像八卦图一样,有阴就有阳,巩县的百姓习惯了这种反差,各自走进店铺,与店主你来我往,讨价还价,借此维持琐细卑微的生计。但这天四叔的小徒弟和其他街上的行人不一样,脸上荡漾着笑容,脚下的步伐轻松了三分,师傅让他去街上购置酒菜,他知道店里今天没有揽到大活,也没有挣到大钱,心里明白是四叔和客人们遇到了喜事,这种喜事还不是一般的喜事,一般的喜事四叔是舍不得让他拎着竹篮上街割肉买酒的。兴高采烈的小徒弟先去酒铺打了四斤高粱酒,再去肉店割肉,但这时肉铺已经关门了。没有下酒菜使小徒弟犯起了愁,得找一样同样香的东西代替肉,他沿着大街边溜达边寻找,绝大部分店铺这个时候都已经关门打烊,走了大半条街的小徒弟来到了糊涂茶店门口,一股诱人的清香迎面扑来,实在没有其他选择,小徒弟决定买糊涂茶代替肉。巩县人把油茶叫作糊涂茶。糊涂茶用的面料拿猪油炒过,里面放上杏仁、花生仁、核桃仁及炒得浑身焦黄的黄豆,在大锅中文火熬制半天而成,熬好后的糊涂茶色泽乳白,木勺一搅,汤汁中时隐时现金灿灿黄澄澄的干果,令人悦目赏心,垂涎欲滴。巩县生意人极为讲究,不会直接从大锅中舀糊涂茶卖,而是于店中备了一人高、腰身粗如麻袋的巨大铜壶。铜壶上方有一碗口大小的壶口,壶身一侧有一弯曲的壶把,另一侧则是一上翘的尺半长的壶嘴。大锅里百十来碗的糊涂茶先被一勺一勺灌进铜壶,灌完之后,盖上铜盖,最后还要给铜壶穿上一层厚厚的棉衣,起到保暖保鲜作用,这样的一壶糊涂茶从早上卖到晚上,不但温热如初,而且味道依旧。卖茶郎一手端碗接着壶口,另一手握紧壶把,倾斜壶身,一碗糊涂茶就从壶嘴中如清泉般汩汩流出,直到淌满至碗沿为止。瓷碗中的糊涂茶喝起来不但味道香浓可口,而且稀稠有度,口感甚佳,是巩县有钱人家冬季早餐中最常见的汤食之一,配以麻叶、烙馍、油条之类的干食,不但营养丰富而且暖胃热肚。

"大兄弟,来碗糊涂茶?"店里一个敦实的中年掌柜热情地迎了上来。

"一碗不够,起码八碗!"小伙计回答极为利索。

中年掌柜看到了小伙计竹篮中的一坛高粱酒,顿时明白了几分,笑嘻嘻地看着小徒弟说:"大兄弟,今晚有喜事,一杯酒一口茶,好主意啊!恁带盆和罐没有，俺好给恁盛八碗糊涂茶呀！"

小伙计这才迷瞪过来，割一块肉可以拎着走，八碗糊涂茶就难带回去了。不过，他脑瓜一转，计上心来："掌柜的，俺是前面斜对面瑞祥钟表眼镜店的，先借恁个洋铁皮壶拎茶回去，吃过饭俺给恁洗净送来，中不中？"巩县糊涂茶店里都备有五六只洋铁皮壶，壶身外边同样蒙着一层棉被，保温保鲜，这些壶不是供来店里的散客之用，而是为送货到那些大户人家。

"中，中！洗不洗都中。"中年掌柜满口答应。

小伙计拎着一个洋铁皮壶，里面盛着八碗香飘四溢的糊涂茶回到了店里，向四叔说明情况后，四叔刚要把脸拉下来，张一筱赶紧过来解围说，糊涂茶比肉好，香解馋稀解渴，一举两得，好！好！四叔只好微笑作罢。

众人在地下室里刚一口酒一口茶喝过半个时辰，突然有人敲门。

守在店里的小伙计赶紧过来报告，四叔随他去应付。张一筱他们则吹灭地下室的煤油灯，个个手提手枪，躲在暗处对付可能出现的紧急事态。

"大兄弟，俺想了想，恁买了八碗糊涂茶，不能再让恁跑一趟送壶了，俺自个拎回去吧！"门外站着的是那个中年掌柜。

四叔让小伙计拎来洋铁皮壶，中年掌柜一阵道谢后走了。

四叔重新回到地下室里，继续与即将分别的张一筱他们热闹起来。

"一筱，俺的大侄子，新媳妇找到了，今晚恁要入洞房了。"四叔举起酒杯，一饮而尽。

"四叔，人生四大喜，久旱逢甘霖得谢天，金榜题名时得谢师，洞房花烛夜，谢谁呢？得谢恁！这几天，是恁让俺这个落魄的新郎官有个藏身之地。"张一筱也是一饮而尽。

四叔看着张一筱，哈哈笑了起来，接了张一筱的话："别谢俺，俺为大侄子提供个睡觉的地方不假，但新媳妇可不是俺找回来的，要感谢，恁得谢谢另外一个人。"

"谁啊？"张一筱手下一起起哄。

四叔沉默不语，先是慢悠悠喝了一杯酒，又饮了一口茶，咀嚼半天之后，最后慢悠悠说出了三个字："'瓦刀脸'！"

众人大笑不止。

四叔是个文质彬彬的技术人，修钟表配眼镜是把好手，巩县城里就一家店，生意做得风风火火,但日子却过得谨谨慎慎,因为游击队进城出城都由他接待安置,手里的钱顶不住山里来的饿汉们的空肠寡肚。坐在张一筱对面的四叔一身蓝色长褂,内穿白面衬衣,一双黑色条绒圆口布鞋,里配白色棉线厚袜,消瘦的脸盘上戴着一副眼镜,镜片下面那双炯炯有神的眼睛,本已布满了血丝,几杯酒下肚,眼珠变得红彤彤的,活像笼中白兔。

"四叔,恁就别喝了,恁的手艺高,但酒量比不上这帮兔崽子!"张一筱看着四叔,崇敬中带着怜惜。

张一筱手下大笑,韦豆子说话了:"队长,如果说俺们是兔崽子,四叔就是长尾巴老兔子。"说这话的韦豆子先是扯了一下四叔的长褂,接着指了指四叔的红眼睛。

屋子里又是一阵哄堂大笑。

"看看,看看,还是俺大侄子知道心疼人,恁们这帮年轻货不中!不知道疼人,所以就进不了洞房,洞房里的人啊,没有人心疼不行。"四叔比年轻货大了整整两圈,说起话来像钟表指针一样不紧不慢。

"那队长快说说,进了洞房咋心疼人?"韦豆子起哄。

"说说,说说,咋个心疼洞房里的人,让俺们也学学?"其他四个附和。

张一筱无言以答,众人嬉笑不止。

"队长,等会恁就进洞房了,俺们这两天赖好也算给恁大婚忙活一场,不犒劳犒劳俺们?"韦豆子鬼机灵,经常给队长张一筱提要求,出难题。

"咋个犒劳法?"张一筱看着韦豆子,一脸迷茫。

"弄段咱河南梆子戏,洞房里的戏。"韦豆子满脸鬼笑。

"好,好,洞房戏,洞房戏!俗话说,'新郎新娘新棉被,三天三夜不分辈。'俺这个当叔的也沾点大侄子的喜气。"四叔手指张一筱,笑得抿不拢嘴。

张一筱托着下巴思考片刻,终于想出了一个点子。

"这样吧,俺把咱巩县的一段民谣用梆子戏唱出来如何?"

众人赞同。

喝罢酒,吃罢糖,
俺给新人来扫房。
一扫鸳鸯共枕,

二扫夫妻情长,
三扫早生贵子,
四扫儿孙满堂。
竖抻抻,横抻抻,
抱个孩子石礅礅儿;
东攉拉,西攉拉,
闺女小子满炕爬;
左一抡,右一抡,
呼爹唤娘一大群;
一把栗子一把枣,
妮子领着带把的跑;
一把核桃一把棉,
大哩牵着小哩玩;
扫扫炕边儿,抱个状元儿;
扫扫炕头儿,抱个督堂儿;
扫扫房顶儿,抱个,抱个,
抱个孙猴儿,
那个呀那个孙猴儿……

张一筱唱毕,地下仓库里响起了低沉欢快的掌声。人人仿佛置身于张一筱大喜的日子里,桌子上的酒是婚宴上的喜酒,桌子上的油灯是洞房里的红蜡烛,仓库四角里竖放的大大小小的麻袋宛如张一筱和新娘生下的满堂儿孙……眉开眼笑的四叔摆了摆手,屋里立刻寂静下来,个个望着四叔,看他又有什么新花样。

"一筱,现在,洋蛮子找回来了,任务自然也就完成了,今晚不去看看红樱桃?"

"去看看,去看看,俺们回去不向司令和政委打小报告。"众人赞成。

"都是多少年以前的事了,旧事莫重提,旧事莫重提!"张一筱搪塞敷衍。

四叔这时放下了手中的酒杯,显得严肃起来,两只红眼盯着张一筱,一板一眼地说:"据俺所知,除咱巩县城里,还有郑州、洛阳好多有钱人托人说媒,想娶红樱桃,人家姑娘都一推了之,俺想她心里一定还念着恁这个大诗人呢!"

"啥个诗人，白天藏山洞，夜里卧草丛，心非土匪，身似土匪。"张一筱笑着搭话。

"看看，看看，动嘴是词，出口成章，哪有这样的土匪?!"四叔手指着张一筱，众人的目光也齐刷刷射了过去。

张一筱再次陷入尴尬之地，扑哧一声笑出声来："今天俺的新媳妇刚被刀客送回，还没来得及进洞房，还咋能去心疼别的女人？"

又是一阵爽朗的笑声哗啦啦响起。

"土匪诗人，来首诗吧，光喝酒没啥意思。"韦豆子提议。

四叔和众人再次轻声鼓掌。

"好，俺媳妇是洋蛮子，就来首洋诗吧，匈牙利裴多菲写的《你爱的是春天》。"张一筱肚子里不知装了多少首诗，在山里的时候，打完胜仗或者手下牺牲，他都会朗诵一首诗，有时是高兴的，有时是悲伤的。

"啥个国家，凶牙利？那里的人不但'凶'，牙还'利'，真有意思！"反应机灵的韦豆子又是一句，大家咧嘴笑翻了天。

> 你爱的是春天，
> 我爱的是秋季，
> 秋季正和我相似，
> 春天宛如是你。
>
> 你的红红的脸，
> 是春天的玫瑰，
> 我的疲倦的眼光，
> 是秋天太阳的光辉。
>
> 假如我向前一步，
> 再跨一步向前，
> 那时，我就站到了，
> 冬日寒冷的门边。

可是，我假如退后一步，

你又跳一步向前，

那，我们就一同住在，

美丽的、热烈的夏天……

阴暗湿冷的仓库内，充满着酒醇，弥漫着茶香，洋溢着欢声，荡漾着笑语，大家沉浸在从未有过的轻松之中，陶醉在从未有过的嬉笑之中，大家忘记了身份，忘记了苦难，忘记了世间纷争……

砰，砰砰，砰！有人擂了四声地下室的门，这是紧急情况的暗号。

四叔嗖的一声站了起来，扑哧一声吹灭了桌子上的煤油灯，"恁们别动，俺去应付。"一句话说完，便急匆匆走了出去。在大堂放哨的小伙计告诉四叔，门外有人。

四叔和小伙计一起直奔大堂。

"恁这个破店咋修的表带，松得像老太婆的裤腰，戴上后走起路来咣当咣当比梆子还响！"门外人喊。

"天黑了，老板不在店里，恁明早儿再来吧！"小伙计朝门外喊。

"屁话！明早俺就没事啦？快叫老板来！"门被擂得咕咚咕咚响。

四叔辨别出是姜大明的声音。

四叔支走了小伙计，打开了店门。

姜大明说："不好了，'瓦刀脸'放回来的不是俺厂里那个洋蛮子，是另一个洋蛮子。"

四叔顿时沉默。

姜大明走时，四叔给了他两节表带上多余的链扣。

归心似箭的张一筱回不去了。

得知最新消息的张一筱马上给豫西工委发了电文，告知这一重大情况。下边的行动必须得到洛阳的具体指示。

夜深了，奔波了一天的其他人躺下睡觉了，不一会，地下仓库里的地铺上就响起了震天动地的呼噜声。张一筱和四叔没有睡，两人静静地围坐在桌子旁，桌子上的煤油灯火苗呼呼上下蹿动，把两人的脸庞映照得灰暗昏黄。两人一边等着电报，一边把一天来分头寻找的情况进行梳理。二十多个人按照分工把巩县县城大街小巷、大铺小店、沟沟沿沿蹚了十几遍，虽然没有找到藏匿洋顾问的可疑之地，但大大小小十来条线索搜寻了出来。

张一筱这时异常冷静，他知道，这次狐狸的尾巴藏得如此之深，说明自己遇到对手了。

"四叔，咱们不能这样漫无边际地寻找了，得分析分析谁绑架吕克特的可能性最大。"

煤油灯下，两人尽量压低声音讨论，生怕搅扰了一屋疲惫汉子们的鼾声。事情发展出乎他们的预料，时间已经过去三天，吕克特是死是活不知道，死的话被谁杀的，活着的话人又在哪里？一大堆问题萦绕在张一筱和四叔的脑袋里，虽已疲倦，但睡意全无。

两人不知不觉嘀咕一个多小时后，对绑架洋顾问的可能对象排了一个序。第一是日本人，绑一个吕克特，杀一儆百，威慑所有在中国的德国顾问团成员，迫使他们撤离中国。因为日本人集结在十几里外的黄河北岸，随时准备渡河南犯，他们一怕德国顾问团继续参与作战指挥，使日军像前面几次战役一样再吃哑巴亏；二怕德国顾问主导下的兵工厂日夜造枪造炮，给南下日军带来重创。第二是洪士荫的特务组织，迫于统一战线不便明火执仗，于是自编自导，自抓自追，然后将绑架罪名强加于共产党游击队，为剪灭异己剿灭异党埋伏笔。

商议之后，两人联名给洛阳发了一封电报，告知他们的意见，期望上级给他们一个明确的指示，他们好集中精力相机行动。

豫西工委凌晨时分给他们回了电报，针对有关洪士荫的第二条分析给予断然否决。指出现在国共合作抗日，不能怀疑友军，应摒弃前嫌，以赤诚之心共同应对强敌。中共豫西工委还特别指出，张一筱他们身居友军管辖之地，不能与对方发生正面冲突，被友军中不良分子利用，影响抗日大局。电报最后写道："已请示延安，面上搜罗的同时，应着力从兵工厂内部突破。时间已经不多，日本人为最大嫌疑。"

对豫西工委的指示，张一筱和四叔开始时还有看法，但认真思考后，他们认识到自身思路的狭隘。如果说洪士荫在一年前极力"剿共"那阵子，通过绑架洋顾问吕克特然后嫁祸游击队，会有这个念头，也会有这个胆量，但现在日寇铁蹄践踏华北，战马嘶鸣于黄河北岸，两军对垒，箭在弦上，不光河南站长洪士荫没有这份胆量，他的老板戴笠恐怕也没有这番胆量！因为孰轻孰重，洪士荫清楚，戴笠更清楚。

后半夜，张一筱和四叔理清了下一步行动的思路。四叔负责面上的搜寻，张一筱则带领精干人马逐个暗查兵工厂的重点人头，看看从他们身上能不能摸排出与日本人暗中勾结的线索。兵工厂与洋顾问最为接近的人中有三个人他们暂时查不了，也不用查。一是厂长黄业壁，此人一介书生，立志技术救国，誓言与日本人决一高低，不可能与日寇沆瀣一气；第二个是翻译曾鸣泉，被洪士荫重点盯防着，不用再去花精力；第三个是司机蔺天基，与曾鸣泉类似，已被他的老上级洪站长折磨得死去活来，自然也不用再下功夫。

一番思考后，张一筱决定从两个人入手，一是死去的卫兵"镢头"。"镢头"是个孤儿，割喉死亡后再无家庭成员可供盘查，洪士荫撇下了这条线，但张一筱认为不应该丢掉这条线。在延安特训班学习时，一位在上海工作多年的"老地下"给张一筱他们做过一场报告，其他的话张一筱印象不深，但有一句话他牢牢地记住了，就是"最不可能的最有可能"这句话在特工界其实并不是什么深奥的理论，洪士荫同样谙熟此道，轻易不放黄业壁，羁押曾鸣泉和蔺天基，他用的就是这一招。张一筱原来也想放弃"镢头"这条线，但手下打探出来的一个信息使他打消了自己的念头。"镢头"父母死后，有一个表姐与他较为亲近，夏天的单衣和冬日的棉衣都是这位表姐缝制。张一筱确定的另一个人是宋双水。宋双水是个老实巴交的技师，参与绑架洋顾问自然不可能，张一筱选择他，主要是此人经常接触吕克特，想从他这里获得一些有关洋顾问的有用信息，好顺藤摸瓜，拔出萝卜带出泥。

确定下一步两个重点侦察对象后，张一筱如释重负，站起来伸了一个懒腰，猛的把一缸茶水一饮而尽，和四叔一起讨论商议了几个小时，他把喝水的事都给忘了。冰凉的茶水穿喉下肚之后，张一筱整个人像吞了一根挂在屋檐下长长的冰凌，倏然打了一个冷战。这个冷战让张一筱毛发悚然，肌肉收缩，头脑异常清醒。张一筱猛然想起自己忽略了一件事。这关口忽略任何一件事都会造成天大的失误。张一筱不由自主地看了看空空的茶碗，他从心底感谢这碗冷茶，也庆幸自己的一饮而尽，一口一口地喝下是不会打这个冷战的。张一筱想起的这件事与瓦刀脸孙世贵有关。

一天来，一个疑问在张一筱的脑海中忽隐忽现："瓦刀脸"真的如大家都认为的那样，在他人绑架吕克特之后，看到无人声明赎人，顿生一计，以英国洋蛮子冒充德国洋顾问换取所需武器？存在不存在另外一种可能，"瓦刀脸"预谋在先，从内部获得可靠消息后，确实绑架了吕克特，没有料到后面风声如此之紧，影响如此之大，就杀掉真的洋顾问，再上演一出"狸猫换太子"达到换取武器的目的呢？如果是这种可能，就可以从"瓦刀脸"那里查出谁提供了洋顾问晚上去看戏的消息。张一筱迅速把自己的这个想法告诉了四叔，四叔认为可能性不大，但也不敢贸然排除。

"有一线可能，我们就得去查证。最不可能的事情最有可能！"张一筱认为。

"如果这种最不可能的事是真的，'镢头'的死不但找到了债主，还可以借此挖出'瓦刀脸'的内线，最重要的，洪士荫也就不能再嫁祸我们啦！"四叔豁然开朗。

张一筱并没有因为四叔的话而兴奋，反而冷静下来："情况虽然对我们有利，但我还是最不希望这种可能发生，我们洗清了冤屈，但洋顾问却死了，巩县兵工厂的生产不但受到影响，整个德国顾问团就会撤走，老日最高兴，中国人替他们实现了自己完不成的任务。"

"您想的对，但愿王八蛋'瓦刀脸'不会那样做，不然的话，他可真成了该千刀万剐的民族罪人了！"四叔神色冷峻。

最后，两人决定把整体方案上报豫西工委。

豫西工委的电报这次回得极快，趴在桌子上的张一筱和四叔刚刚打起几声呼噜，译电员就送来了电文："同意重点盯防两个人头，续查孙世贵之事商定后回复。"

冬天，平原上的清晨总是笼罩在一层薄薄的雾气之中，东方天际露出的小半个红日透过这层薄雾，把刚才还灰蒙蒙的巩县大地照得清亮起来，大地上的房屋、树木、河流立刻染上了一抹淡淡的金黄。行走在县城街道上的人们，三十米外只能看清对面行者的轮廓，十几米远才能分辨出熟人和生人来。遇见熟人打声招呼，遇见生人随便点一下头或者瞧上一眼，算是崭新一天的问候与祝福。这份温情只有早上才有，这是阳光带给寒冷人间的丝丝暖意。漆黑之夜的犬吠停止了，代替的是鸡鸣，鸡鸣不是叫给这些起早之人的，他们在鸡鸣之前就已经出门了，鸡鸣也不是叫给张一筱和四叔的，他们坐在煤油灯下，整整嘀咕了一个通宵，两人从地下室钻了出来，远眺东方金灿灿的半个太阳，一时竟睁不开眼来。

　　胡乱扒了几口早饭，张一筱就和韦豆子上了路，他们要到离县城五里外的宋双水家，也就是韦豆子的大姐家。

　　走在左边的韦豆子头戴翻毛羊皮帽，身披翻毛羊皮袄，肩上挑了一根扁担，扁担两头挂着几张狐狸皮和野兔皮。右边的张一筱一改前两天卖柴农民装束，身着长衫，鼻梁上架着一副黑框眼镜，头戴黑色礼帽，脚登一双灰色毛毡鞋。韦豆子以前给姐姐和姐夫讲过，自己在洛阳一家皮货栈混饭，吃穿不愁，老板对他也不薄。见到姐姐该说的话韦豆子心里也琢磨停当了，大意是，冬季到了，庄稼人闲时狩猎野物，这两天随老板来巩县进货，早上抽空来姐姐家瞧一眼外甥和外甥女。

　　两人进村时，天色已经放亮，农闲的村民们还没有起床，庄子里的土道上空落落的。往年巩县县城附近的村庄不是这般景象，女人们在炊烟袅袅的灶屋做饭，男人们准备进城卖粮卖菜的活计。今年变了，日本人已经占领了黄河北岸，天空中不时飞来老日贴有膏药旗的飞机，传言如冬天的寒风，在家家户户中流传。说老日的炮弹一爆炸就是个十来米的深坑，几年下不了高粱玉米种；说老日的"铁乌龟"（坦克）只走庄稼地不走平路，因为在庄稼地里比在平路上跑得还快，还说老日的饭量像骡子又像马，不就咸菜一顿能吃下一锅红薯干还要加半锅红薯汤……庄稼人谁都没有见过东洋人，不知传说是真是假，因此也就不敢再进城卖粮，都把粮食和贵重的家什埋藏起来，人们足不出户，惶惶不可终日。

　　"大姐，大姐。"韦豆子一连叫了两声。

　　屋里传来一个女人的声音，"大清早的，谁呀？"

　　"大姐，豆子的声音恁都听不出来？俺来巩县收货，正好路过恁村，顺便来家里看看。"

　　门开了，一个干净利索的中年女人开了门。中年女人看到自己的弟弟很是吃惊，看到身后体面的张一筱更是吃惊。

　　"大姐，这是俺给恁提过的萧老板。"韦豆子介绍。张一筱脱下礼帽致礼。

　　韦豆子大姐看见弟弟后面站着一位体面人，还是弟弟的老板，立马怪罪起自己的弟弟来："噫！恁看看，萧老板大老远好不容易来一趟，恁哥又不在家，咋办呢？"

"大姐，俺们坐会就走。大哥咋没回来呢？"韦豆子明知故问。

"本来厂里这一段日夜加班，回来得就少，前两天厂里又出了大事，就不让回来了。"豆子姐姐给客人边让座边抱怨。

韦豆子一脸茫然，盯着大姐问："出了啥大事，俺大哥又不是厂长，家都不让回了？"

大姐一改刚才说话的大嗓门，声调压低了许多："姐给恁说，恁在外边千万别讲，恁们看到贴有两个绑匪画像的布告了吗？"

"看到啦，但上面没说绑走了什么人啊？"韦豆子有些好奇。

豆子大姐的声音更低："听恁哥说，绑的就是他们厂里那个大个子洋顾问，工厂里正挨个排查呢。"

"这事不是俺哥干的吧？"韦豆子接着问。

"恁哥的胆量像个大闺女，放个响屁都左右瞅半天，还绑人？！"豆子大姐的话把韦豆子说笑了。坐在板凳上的张一筱故意抬脸看山墙上的关公画像，不想让别人看到自己的窃笑。

"大姐，这是萧老板给家里称的二斤红糖，快拿着！"巩县人爱喝红糖茶，特别是寒冷的冬天，喝过心暖身热。大姐道谢接过红糖，就忙着去灶屋烧茶。韦豆子就把张一筱出门时在街上买的三个火烧分给了外甥和两个外甥女，一人一声"小舅真不孬"把韦豆子喊得合不拢嘴。

张一筱和韦豆子喝着红糖茶，与大姐东拉西扯谈了半个时辰家常，话题又被韦豆子悄悄拉回到了洋顾问身上。

韦豆子歪着头，好奇地问道："大姐，恁刚才唠叨的洋人是个啥模样，俺还没见过呢。"

韦豆子大姐是村里有名的利索嘴，把吕克特白皮、凹眼、高鼻、卷毛的特征前前后后说了一遍，谝得张一筱和弟弟唏嘘不已。

"人怪得恁知道像个啥？像个活鬼！一个月前俺去厂里给恁哥送棉衣棉鞋，俺俩在厂门口正说着话，一辆'小鳖车'路过，车上下来一个又高又大的男人，吓得俺后退了三步。"韦豆子大姐绘声绘色地描述。

韦豆子听说姐姐还见过洋顾问，心里更有了底，他偷偷瞅了一眼队长，张一筱朝他微微点了点头，韦豆子急忙追问："大姐，恁还见过洋蛮子，说的洋话恁听得懂吗？"

见弟弟和萧老板听得津津有味,韦豆子大姐捋了捋头发,打开了话匣子:"嘴里像吐楝枣子,叽里呱啦的也不知道说个啥,姐一个字都听不懂。人怪是怪,但人不孬,下了车就跟俺握手,那毛茸茸的双手啊,像过年杀的肥猪没有熰净的一对前蹄子,吓得姐又退了两步,把恁哥和一圈人都笑坏了!"

"洋蛮子穿的也和咱们村的人一样?戴棉帽,穿马褂,打绑腿,腰里束根裤腰带吗?"韦豆子想知道吕克特的外表,故意引出一个话题。

"才不呢!人家不戴帽,一身忽闪忽闪的呢子洋装,脚上穿的一双黑皮鞋,明晃晃的,比牛舔得还亮。裤腰带倒是有,但没有束在腰里,而是系在脖子上!"韦豆子大姐说完,自己先笑了起来。

韦豆子大叫一声:"姐,恁胡喷个啥,裤腰带咋会系在脖子上?"

"那叫领带!"张一筱笑着说。

"看看,看看,豆子,萧老板就是知道得多,恁要跟着多学着点!"大姐两眼瞅着弟弟,嘴里夸着张一筱。

韦豆子怕姐姐岔开话题,哈哈一声笑完,立马问道:"大姐,恁说了半天,到底和洋蛮子握手没有?"

"握了握了,洋顾问好开玩笑,把姐的手握得嘎吱嘎吱响,疼得姐哇哇喊了起来,旁边的那几个王八蛋笑得腰都弯了。"韦豆子大姐边说边甩手,仿佛手现在还疼着。

"后来呢?"韦豆子好奇十足。

"还有啥后来,人家有事,握过手就走了。不过,人一走扇动身边的风,姐倒闻出一股怪味来。"大姐漫不经心地说道。

吕克特的每一个细节都要深究,这是张一筱和韦豆子来的路上约定好的。两人还商定,如果豆子姐夫宋双水在家,就从他那里套话;如果他人不在,就从豆子大姐嘴里套。套话的方式采用梆子戏中的"双簧",问题由韦豆子东一榔头西一棒槌提,旁边的张一筱不动声色地听和记。刚才两人一唱一和的双簧戏,大姐浑然不觉。

本来韦豆子想继续问声"啥个怪味",话到嘴边,又吞了回去。韦豆子了解大姐的脾气,姐喜欢听戏,《穆桂英挂帅》《陈三两爬堂》和《七品芝麻官》中的大部分段子都能哼得出来,戏听多了,说话就有了技巧,台上戏子话里常设暗扣,大姐也一样。韦豆子知道大姐刚才那句话设了暗扣,目的在于调动听者的兴趣，别人问是多余，她会自己解开。韦豆子没有问，双眼直勾勾地瞅着眼前的大姐，显示出莫大的好奇，大姐十分满意弟弟这位二十多年老听众的表现。

"浑身像泼了一瓶小磨香油，香得呛鼻子！"韦豆子大姐再次捂了捂鼻子，像戏台上女戏子一样，说话投入时带肢体配合。

"三四斤芝麻才能换一瓶小磨香油，一定是个有钱的货！"韦豆子傻乎乎的一句话，把姐姐笑得前仰后翻。

一旁的张一筱觉得韦豆子姐姐的这句话有点意思，不慌不忙地插了一句："一个大男人，用洋胰子洗洗脸就够香的了，为啥还泼瓶小磨香油？"

韦豆子大姐见萧老板提问，不好再放肆嬉笑，立刻收敛三分，认认真真解释起来："小磨香油是俺诓恁俩的，后来听豆子哥回来说，叫什么水，对了，叫香水。"

"姐，啥是香水？"韦豆子第一次听说香水这个词。

"姐也说不清，恁哥说就是城里富家闺女抹的香脂，香脂像稠面糊，香水啊就像寡淡无色的井水。"

张一筱先是噘噘嘴，表现出不屑一顾的神情，然后继续旁敲侧击，尽可能多地从韦豆子大姐嘴里套话："闺女家抹香脂还说得过去，一个大男人家咋还抹那东西？"

韦豆子大姐听张一筱说完，立刻接去了话茬："萧老板，俺刚开始时也和恁想的一样，不过豆子哥后来的话才使俺明白了到底是咋个回事。"

"姐，咋回事？"韦豆子急不可耐。

"恁哥说，这洋蛮子啊不抹香水不中。"大姐表情神秘。

张一筱轻轻端起瓷碗，喝了一口红糖茶，又轻轻放下，不紧不慢地说道："这香水不顶吃不顶穿，为啥还不抹不中？"

"俺的大老板，真是不抹不中啊！"韦豆子姐姐不知自己已入双簧圈套。

韦豆子赶紧抓住机会，套出姐姐知道的内情："姐，说说，说说。"

"听恁哥说，这洋蛮子啊一出汗，浑身都是臊狐味，洋名叫什么狐臭，旁边的人一闻直想吐！此事还是恁哥先发现的，洋蛮子刚到厂里不久，就和恁哥他们几个一起调试机床，刚开始洋蛮子身上还香喷喷的，趴在机床上干了两个多钟头，出了一身汗，这一出汗，香水味咋就没了，飘过来的就是臊狐味，呛得恁哥他们几个咳嗽不停，但谁都不敢捂鼻子。"韦豆子姐姐一口气端出了吕克特的老底。

"原来是这样，看来不抹还真不中。"张一筱表面上装着恍然大悟，心里却是暗自窃喜，吕克特身体的一个重要特征被他发现了。

正在话头上的韦豆子姐姐好像还没有尽兴，继续竹筒倒豆："那个洋蛮子好像知道自己的毛病，每次和中国人干活时间一长，浑身出汗后，就从口袋里掏出一个小瓶子，拧开盖子先倒几滴在手上，然后就用手抹到胳肢窝、脖子和脸上，这一抹不打紧，恁哥他们几个都不咳嗽啦！"

韦豆子的外甥狗蛋正在旁边啃火烧，听到老娘说起小瓶子的事，呼啦一声就跑进了里屋，不一会就出来了，手里握着一个空瓶子，伸手递给了韦豆子："小舅，小舅，就是这个瓶子！"

"恁这家伙，狗窝里藏不住剩馍！对，就是这个瓶子，一次那个洋蛮子用光了里面的东西，顺手扔到了车间废物箱里，恁哥看着怪上眼的，就捡回来给狗蛋玩。"韦豆子大姐一五一十说明了空瓶子的来历。

确实是个精致的物件。拿在韦豆子手中的空香水瓶三个指头宽，五寸高，瓶子是透明白玻璃做成的，外表贴着一层金色的厚纸，上面印有密密麻麻的洋码字和洋男人洋女人的头像，瓶盖也是金色的，手掌中的瓶子换换方向，发出的光直晃眼。韦豆子看了半天，递给了张一筱。

瓶子上的字张一筱一个也不认识，尽管他在开封上大学时学过英语，但金纸上的字是德文和法文。金纸上方印着两行字母，第一行是德文的"Echt Koenisch Wasser"，下面一行是法文的"Original Edu De Cologne"，两种外文其实是一个意思，翻译成中文就是"科隆神水"，科隆是德国中部的一座城市，以生产男用香水出名。金纸中间用奇大无比的数字印着这种香水的型号"NO. 4711"。张一筱虽然不认识德文和法文，但德文、法文和英文"型号"这个词的缩写都是"NO."。张一筱立刻明白了香水的型号是4711。

瓶子递回到韦豆子手里的时候，张一筱朝瓶子使了个眼色，韦豆子立刻明白了队长的意思，队长要他想办法带走瓶子。

"狗蛋，小舅买的火烧好吃不好吃？"韦豆子瞧着外甥，嬉皮笑脸地问道。

"好吃！"

"还想不想再吃？"

"想！"

"小舅用火烧给恁换这个瓶子中不中？"

狗蛋没有玩具，就这么一件宝贝儿，整天在村中娃儿堆里传来传去显摆，稀罕得了不得，小舅要换走金灿灿的玻璃瓶儿，他自然舍不得。

"不中！"

"两个火烧？"

"不中！"

"三个火烧？"

狗蛋的两个姐姐一直站在狗蛋身旁，听小舅说用一个火烧换，她们没有吱声，因为一个火烧没有她们的份；说两个火烧时，俩姐还是没有吱声，因为只有一个人有份；当韦豆子说出三个火烧时，俩闺女再也忍不住了，一左一右捣鼓起弟弟来，五言六语之后，狗蛋招架不住，答应了。

"哎，三个火烧换个空瓶子，外甥赚舅舅的便宜啊！"韦豆子的话一出，屋子里哄堂大笑。

"还像个小孩似的，要个空瓶子弄啥？"大姐笑着奚落自己的弟弟。

"出门能装一两烧酒，困了咪一口！"韦豆子把瓶子小心翼翼装进口袋，顺嘴来了这么一句。

这一天，张一筱还派了一组人马去了"镢头"表姐家。

回来的人说，是村里一位地下秘密交通员，也是"镢头"表姐夫家的亲戚带着去的。"镢头"表姐因为弟弟的死悲伤万分，说话的时候一直哭啼不停。一位老侦察员向张一筱汇报，"镢头"表姐的眼神好像有问题，从她眼里不但看出了悲伤，还看出了惊恐，这种惊恐在"镢头"表姐夫眼里同样有，两个人说话的时候双手发抖。地下秘密交通员经过回忆后也反映，这俩亲戚从来没有这个模样。

张一筱听后，交代这一组人马继续暗查，里面肯定有文章。

# 第 6 章

黑漆漆的地洞内，万籁俱寂，双手反捆的吕克特自己已经不知道过去了多长时间。刚开始被投入地洞时，他还从心里估摸盘算着时间，但一觉醒来，迷迷糊糊的他就丢了琢磨。每隔一定时辰，都有两个人入洞，强制他拉屎拉尿和吃饭，其余的光景他要么躺在干草堆里，要么靠墙坐着，其他什么都不能做，也做不了。

洞里阴冷潮湿，外加不能活动筋骨，吕克特不知什么时候开始，打起哆嗦，发起烧来，豆大的汗珠从额头上往下滚落，脸色苍白，呻吟不停。一连几顿饭食都是窝窝头，吕克特强吞硬嚼，只能勉强吃下拳头大的一个，身高马大的吕克特已经没有力气靠墙坐立起来了。看到这种情况，下来的两人把冰冷的窝窝头换成了温热的肉块，他们怕这个德国人死在地洞里。

"你们，什么人？"吕克特不知问了多少遍，这回几乎是乞求。

两人无应。

"你们，放我，南京会给钱，多多钱！"吕克特继续用其他方法与对方说话。

噼里咣当两个耳光落在了吕克特的腮帮上。

一阵锥心的疼痛后，泪水从吕克特的双眼中流了出来，在这与世隔绝、暗无天日的地洞里，他不知道对方是谁，也不知道自己最后是个什么下场。

两个人走了。

两人给他脱裤子拉屎拉尿以及后来往他嘴里填东西时，吕克特从对方呼吸的轻微响声中判断，他们鼻子里塞了东西，而他们第一次来时是没有塞的。吕克特不用思考，就知道个中缘由。从离开戏院到现在，他就再也没有洗过澡，不但没洗澡，连身上的衣服也没换过，虚汗一直满身，狐臭味一天重过一天。

不通风的地洞内，吕克特身上的气味一般人是无法忍受的。实际上，吕克特自己也忍受不了，只是他别无选择。

在痛苦的煎熬中，吕克特多次暗暗分析过来的两人到底是谁？他想到最多的是谋财的绑匪。自己在兵工厂当顾问，同僚和工人都知道他一个月的薪水抵得上百十个工人，在家吃洋餐，出门坐汽车，每天换衣服，三天换床单，从周围人的眼神里，吕克特不难体会中国人对他的羡慕。优厚待遇且不说，自己还隔三岔五去县城古董店里买东西，去东义兴吃驴肉火烧，去春风戏楼看大戏……这些都不是一般的中国人所能做到的，包括那位堂堂的县长李先生。所以，他猜测这次自己极有可能是被一帮穷疯了的中国人给盯上了，成了绑架的目标。吕克特甚至还认为，关了自己这么长时间，一定是来人和他们的同伙正跟兵工厂谈条件呢。

除了谋财的绑匪，吕克特还想到过这次绑架是共产党干的。自己随法肯豪森几年前来到中国，配合蒋先生所做的最主要的工作就是消灭共产主义。几年来，从德国顾问团主办的《今日远东》、英语的《纽约时报》和德语的《明镜报》上，他几乎每天都能看到朱毛的部队被追杀剿灭的消息。在巩县，他不止一次听说过，洪士荫不经任何审判就枪毙过好几批共产主义分子。其中印象最深的一次，是巩县情报站借走兵工厂新造的一批枪弹，在刑场上做试验，人死后又在身上打出了十几个窟窿……兵工厂闹过几次罢工，每次都有一两个领头的人被带走，从此再也没有回来，给被杀被捕者加上的罪名都是共产党。而吕克特看来，这些人踏实肯干，技术过关，他因此疑惑过好几次：共产主义到底施展了什么魔法，使一个接一个的中国人信服得五体投地。吕克特最后的结论是，共产主义者很可能把他当成了政府的帮凶，绑他是为了报复蒋先生。

偶尔，日本人绑架自己的可能性也在吕克特的脑海中浮现，不过，每次都是一闪而过，他认为经不住推敲。经不住推敲的理由有两点：一是日本为德国在亚洲的唯一盟国，两个国家共同防御苏联共产主义斯大林，共同剿杀中国共产主义毛泽东和朱德。几年来，两国合作一直很好，德国需要日本在远东牵制强大的斯大林，日本更需要德国从欧洲钳制太平洋上具有强大制空制海能力的美国，互有所求，日本不会因小失大，绑架自己得罪伙伴，正如一个中国成语所言，投鼠忌器。其实吕克特来到中国后，还学会了一句俚语，叫"打狗还得看主人"，不过，他认为这句话太难听，不适合用在他这样有身份的博士头上。吕克特否定日本的第二点理由很简单，自己从德国科布伦茨来到中国，来到不起眼的中原小地方巩县，一切都是在秘密中进行，日本人还没有过黄河，对黄河南岸的巩县兵工厂情况不清楚，对自己的身份更不会了解，不会稀里糊涂绑架自己。

黑暗中，琢磨中，吕克特开始怨恨起来。他怨恨使自己落到如此地步的两种人，怨恨穷疯了的中国人的卑鄙，怨恨共产党的冷酷。

怨恨中的吕克特慢慢睡着了。

这一次，熟睡中的吕克特依旧做起了梦，不过不是一连几次被砍手被剁脚被枪毙的噩梦，而是一场充满希望的再生之梦、救赎之梦，在梦中，他甚至梦到了中国的委员长蒋介石先生。

吕克特的梦是从巩县兵工厂做起的。漆黑一片的地洞立刻变成了宽大深邃、灯光耀眼的地下防空洞和房屋连排、机器轰鸣的地上车间……

顾问吕克特穿梭在地下地上生产车间内，七九式步枪、伯格曼手提机关枪（德制 MP18 冲锋枪）、捷克式轻机枪、勃朗宁手枪、八二式迫击炮弹、"巩式手榴弹"、七五式子母弹……每一种武器弹药都像是自己的指头，吕克特不但耳熟能详，也感到可爱亲切。每一次看到这些东西，吕克特都从心底钦佩发明了火药的中国人的聪明，虽然它们并不是中国首先研制的制式，但中国同行依葫芦画瓢竟把它们都生产了出来，来到巩县的第一周，吕克特把它们一一测试过一遍，性能和原来厂家的东西几乎不相上下。更令他吃惊的是，中国同行不但模仿，还在原来的基础上加以改进，德制 MP18 冲锋枪是吕克特最为熟悉的武器，但在巩县兵工厂变了样，中国人在仿制时增加了板扣，使之达到连扣连发，射停自如，彻底克服了 MP18 冲锋枪不能停顿的缺陷；还有木柄式"巩式手榴弹"，吕克特第一眼瞧见后一声惊呼，这不就是德式 M24 手榴弹吗？但中国人改良后的 M24 结构简单、耗料少、操作简便、易于批量生产；最令吕克特不可思议的是马克沁重机枪，中国同行竟然给它装上了双轮，这一装不得了，打起仗来可以随地形灵活移动，忽左忽右，坡上坡下，对方怎么防备得了？

每走到一处，吕克特都仔细检查测试生产这些武器弹药的机器。按照分工，在兵工厂内，枪械专家黄业壁厂长负责武器仿制和生产，吕克特负责机器的调试、安装、运行和维护，因为大部分机器都是从德国进口，小部分来自英国和美国，说明书全是密密麻麻的德语和英语，中国同行看不懂。自从日本人侵占了中国东北，蒋先生便命令加紧生产的进度，防止日本军队继续向南推进。于是，巩县兵工厂工人加班加点，机器日夜轰鸣。身处中国腹地，吕克特明显感到了与原来自己工作过的埃森克虏伯兵工厂同样的氛围，一种大战将临、乌云压城的沉重气氛。

这种气氛，吕克特原来感受的没有那么强烈，来到巩县半年之后，他的感受变了。

这年秋天的十月十一日，整个巩县县城戒备森严，一溜黑色轿车从火车站快速驶进了兵工厂。在一群穿着黄绿色军服的人簇拥下，一位身披黄色斗篷、头戴军帽、脸上架着黑色墨镜高个子男人和一个雍容华贵的女士一同走下车来。厂里的绝大部分工人不知来者何人，但吕克特知道，委员长蒋先生偕夫人宋美龄莅临兵工厂视察。

下车后的蒋介石第一个握了握黄业壁的手，没有讲话，第二个握手的人就是吕克特，委员长热情地握罢手，对夫人宋美龄说："这位就是法肯豪森将军经常提起的那位顾问，吕克特博士！"

委员长的话翻译给吕克特后，吕克特大吃一惊，他没有想到中国最高领导人竟然认识自己。

"谢谢蒋先生！"吕克特十分激动。

"不！我应该谢谢您！博士不远万里来到巩县，帮我日夜生产枪支弹药，抵御外强之可能来犯，功劳甚高，功劳甚高啊！"蒋介石面带微笑，言辞恳切。

吕克特正要回话感谢中国最高领导人的表扬，没想到旁边的宋美龄插了话："博士先生在这里生活习惯吗？"

"巩县好，巩县好，白天吃鱼，晚上看戏！"吕克特的话把宋美龄和蒋介石逗得哈哈大笑。

"不但要保护好博士，还要照顾好博士，出一点问题，我拿你们是问！"委员长看着旁边的河南省主席商震，以及裴君明、李为山和洪士荫说道。

众人点头不止。

委员长一行先是在兵工厂会议室听取筹建化学分厂的汇报。自"九一八"日本侵占东北以后，秘密研制化学武器的行动被国民政府发现，为防止日军今后大规模使用这些非人道的武器，军政部兵工署秘密在巩县建立以生产防毒面具为主的化学分厂，对外称"巩县化学厂"。

听完汇报并作出指示后，委员长开始视察兵工厂，讲解人一会是黄业壁，一会是吕克特，其他诸位文武紧随其后。

走在制枪分厂的路上，蒋介石提出一个问题："博士，请您说说，贵国的'二四式'步枪和日本的'三八式'有什么不同？"

1934年初，国民政府向德国毛瑟厂订购了一万支M1924毛瑟步枪，同时还得到了该厂提供的图纸技术资料，巩县兵工厂负责仿制。蒋介石是行伍出身，不但对步枪十分在行，也知道步枪对部队的重要性。

"各有千秋。"吕克特回答得十分利索。

短短四个字，蒋介石相信，他手下的中国人是不会说出这样的话的。他看了一眼吕克特，他从心眼里欣赏德国人的直率。

"'二四式'使用7.92×57mm毛瑟弹，比'三八式'6.5×50mm步枪弹威力大，但'二四式'的刺刀与'三八式'相比要短很多，说得具体点，后者刀身部分比前者刺刀的全长还长，刺刀与枪管的连接也比前者牢固。"吕克特继续自己的回答。

蒋介石默不作声。他早年在日本留过学，专攻军事，十分清楚日本军人喜欢近距离的白刃战。

"必须改进，否则我将士必将吃大亏！"蒋介石看着并排行走的黄业壁，脸色十分严肃。

走出制枪分厂的门口，蒋介石停了下来，眼望军工署长俞大维。

"交给你一项任务，马上改进'二四式'，将枪托略微缩短、刺刀加长！"

俞大维领命，后作出部署，设计改进由黄业壁主抓，生产和工艺由吕克特负责。

中午，蒋介石举行了宴请。蒋先生让吕克特和黄业壁一左一右坐在自己身边，不时夹菜敬酒，两人吃得十分惬意。吕克特旁边是蒋夫人宋美龄，两人用英语交流，整桌人羡慕不已。

"两位先生，步枪是战争之子，明年的今天我要偕夫人再来巩县，到时候，希望能亲眼看到你们改进后的步枪。"蒋介石说。

吕克特和黄业壁一饮而尽。

这个时候，吕克特还不知道面前的这位蒋先生在中国一言九鼎。宴会结束时，他彻底领会到了这个中国人的厉害。

临上汽车前，蒋介石突然扭头问身边的人："巩县兵工厂为我军事重地，护厂的警卫有多少？"

护厂队队长简化民被唤了过来。

简化民答:"一百多人!"

蒋介石继续问:"一百多少?"

简化民支支吾吾答不出精确数字。

"换人!"蒋介石嘴里吐出两字,转头钻进了汽车。

巩县兵工厂从第二天开始,正式启动了对德国 M1924 式步枪的改造,黄业壁和吕克特整天忙得晕头转向,宋双水等一批技术工人更是日夜守护在机器旁,车、刨、铣、镗、钻、冲压、锻造、打磨、调质、制紧不停。1935 年 8 月,样枪终于出炉,为了表示对委员长蒋介石的尊重,俞大伟署长将新枪定名为"中正式"步枪。

第二年十月十一日,蒋介石没有食言,偕夫人宋美龄再次从南京来到巩县兵工厂。

拿在蒋介石手中的"中正式"步枪全长 1110 毫米,重 4 公斤,有效射程 1000 米以上,刺刀全长约 575 毫米,几乎与"三八式"步枪等同。

改进还不光是这些,黄业壁告诉委员长,"中正式"步枪采用了 7.92 毫米尖头弹,在射中目标时,强大的冲击力会对中弹部位形成巨大空腔,造成内脏的大面积损伤,还有子弹进入肉体以后,会发生变形和翻转,使肉体内部出现大面积的空洞,即使没有射中对方要害部位,也无法通过简单的阵前包扎来治愈。

蒋介石不停点头。

黄业壁介绍完新枪的性能,负责生产的吕克特讲话了。他说,以蒋先生大名命名的"中正式"步枪还有一个其他步枪不可比拟的优点,就是内部机件、构造均大体相同,包括枪机在内的大部分零件,只需稍加修整即可互换,有的可以直接通用。

蒋介石不但点头,而且把手里的步枪高高举起,随从的一圈人哗啦啦鼓起掌来。

掌声响毕,想不到吕克特突然提了一个问题。

"蒋先生,俞先生要我们批量生产,钢材没有问题,工艺也没有问题,就是缺枪托的材料!"

蒋介石看着枪托问:"这是什么木质?"

"胡桃木。"黄业壁答。

"就在巩县种胡桃树，今年就种！"委员长斩钉截铁。

省主席商震和县长李为山赶紧点头。

三十年代后期，整个巩县境内种植了大量胡桃树，充分满足了"中正式"步枪的生产需要。整个抗日战争期间，中国的几家兵工厂共生产了约五十万支"中正式"步枪，成为中国士兵的基本武器之一，也成为抗日战场的一代名枪。

当然，这是后话。

蒋介石这次在钻进汽车前，又一次停了下来，重复了他一年前的那句老话："巩县兵工厂为我军事重地，护厂的警卫有多少人？"

新任护厂队队长任青山被唤了过来。

任青山立正敬礼："报告委员长，一共173人！"

蒋介石没有答话，低头跨进了汽车。

汽车车门被关上之前，里面传出了一句话：

"再加50人！"

时间转眼进入了1936年，华北不时传来日本人准备向南进犯的信息，军政部兵工署一次接一次增加生产规模，也一次接一次来电，询问并敦促枪支弹药的生产情况，署长俞大维更是三番五次亲临巩县督察，巩县兵工厂变得风声鹤唳，吕克特比以前更加繁忙，作为回报，他的薪水增加了三分之一。

这年七月末的一天傍晚，工厂收到了一封来自南京的急电，俞大维陪同军政部长何应钦明天飞来巩县检查武器生产进度，恰在这时，巩县兵工厂发生了一场事故，动力分厂的发电机组突然停机。

发现问题的是朱荻，当天他的班组在值班。

出事故的是西门子电机公司的汽轮发电机，轰隆隆地响着响着先是咔嚓一声脆响，然后速度就降了下来，一分钟后彻底停止了运转，从此再无声息，全厂的机器因为缺电顿时停歇，接着全厂一片黑暗。

朱荻的班组惊慌万分，不知出了什么问题，人人端着干电池照明灯，满头大汗地查找起原因来。

慌慌张张的厂长黄业壁赶来了，发电机组出故障，等于兵工厂的心脏停止跳动，其他分厂没有电力供应，都运转不起来了。洪士荫正在康百万庄园南大院会议室与军长裴君明商定迎接何部长的戒严和警卫计划，突然接到厂警卫队的电话，说是兵工厂出了乱子，也带着人马急匆匆赶到了。

机器出现重大故障，本来第一个赶到的应该是主管生产和设备的顾问吕克特，但这时他来不了。一连两个昼夜，手操工具、浑身大汗的吕克特和宋双水等技术员们一起忙上忙下，调试刚从德国购进的几台铣床和磨床后，发起高烧累倒了，正在医院挂水呢。

一个小时过去了，故障原因没有找到，发电机怎么也启动不了。

两个小时过去了，故障仍然没有排除，数次重启都不成功。

黄业壁急得满脸汗水，工厂每停产一个小时，两万多人就无事可做，损失暂且不提，关键是不能按时完成兵工署交给的任务，这个责任他担当不起。更着急的是洪士荫，工厂早不出事晚不出事，偏偏南京长官莅临视察的前夕出了事，对黄业壁嘴里所说的偶然事件，他不赞同，怀疑这里面一定有文章。当走进动力车间的洪士荫一眼看到忙乱的朱荻班组，他心里隐隐有了数。

洪士荫布置手下秘密包围了发电机组所在的车间，再有几个小时查不出问题，就立刻以破坏抗战罪逮捕朱荻。洪士荫清楚，朱荻几次带领厂里的工会闹事，自己没有逮人的合适把柄，这次倒是个千载难逢的好机会。朱荻也看到了车间里忽然间多出几个黑色便衣，心里明白了几分，但他并没有给机组人员多说一句话，仍然镇定自若地抢修机器。

时间在一分一秒地过去，德国的发电机大如一间房屋，内部构件上万个，运行几年来没出过毛病，哪里想到，一出问题就哑巴无声，没有人知道到底哪个部件出了故障。说明书厚厚几百页，并且全是德语，在场的没有一个人看得懂，尽管朱荻几个人爬上爬下，抢修仍然毫无进展。

洪士荫虎视眈眈，他知道，朱荻的时间已经不多了。

厂长黄业壁最后说："顾不了啦，还是赶紧向顾问求助吧！"

在医院陪同的翻译曾鸣泉把工厂发生的事故告诉了吕克特，顾问从病床上一跃而起，即令曾鸣泉打电话告知朱荻，检查循环冷却水。

朱荻带人检查，黄业壁、洪士荫紧跟其后监督，循环冷却水没有问题。

吕克特的电话又来了，布置检查机油。

发电机的机油系统里里外外被检查了一遍，还是没有问题。

又过了半个小时，吕克特的电话再次从医院打来说，肯定是发电机的平衡系统出了毛病，指示详细检修电机四角底部的垫片是否破损。

四角底部的垫片完好无损，为防肉眼观测不准，朱荻领着一班人再次进行了加固，可是发电机仍然启动不了。

时间到了夜里十点，忙碌了几个小时的工人们已经无计可施，洪士荫坐不住了。

"不能拆开机器检查吗？"洪士荫质问黄业壁。

对于外行洪士荫的问话，黄业壁回答得直截了当："这么大的机器，如果不知道哪里出问题就全部拆开，至少得一夜时间，这还不是最难的，拆开后要想组装回去，没有两天是不行的。"

说完这话，黄业壁厂长双手抱头，一屁股坐在了板凳上。

洪士荫束手无策。

叮铃铃，车间的电话再次响起，听筒里病恹恹的吕克特说，他马上回厂。

救护车送回了吕克特，在一名女护士的搀扶下，他走进了车间，先是一番询问后，径自走到机器旁，看了一通仪器仪表，最后一声不吭地拿起一把小锤子，在偌大的发电机组上敲打起来。

咚咚咚，三声敲打后，周围的人谁都没有料到，吕克特左手从女护士胸前摘下听诊器，将圆形听筒轻轻放在刚才敲打过的机器外壳处，把两个耳栓塞进耳孔里，仔细倾听起来。

咚咚咚，吕克特继续敲打和倾听其他地方。

时间过去了四十多分钟，当吕克特敲打完接近一半机身的时候，只听扑通一声，他一头扎在了地上，由于体力不支，晕了过去。

黄业壁、朱荻和他的伙伴们大惊失色，慌忙跑了过去，扶起摔倒的吕克特，架到了休息间的椅子上，女护士一阵慌乱，赶紧给吕克特打针输液。

洪士荫同样慌了手脚，现在机器不转了，如果洋顾问吕克特再出现半点闪失，他这个负责兵工厂治安和顾问个人安全的情报站长就会难辞其咎。

"这里面一定有问题，这里面一定有问题！"洪士荫一语双关地大声吼道。黄业壁认为洪站长在说机器，而朱荻心里十分清楚，狡猾的洪士荫在暗指自己。

半个小时后，吕克特挣脱众人劝阻，再次站了起来，手拎小铁锤，咚咚咚地敲打起来。

动力车间里，人人为吕克特捏着一把汗。

咚咚咚，吕克特满头虚汗，一只手敲打完机器，另一只手手拎铁管倾听，不停地更换着地方。

二十多分钟后，吕克特在铁锤敲过的地方用听诊器听了很长一段时间，他脸上表现出了不同的神色，在同一个地方，他再次敲打了一次，接着静静仔细倾听。两次敲打和倾听完毕，吕克特问旁边人要了一支粉笔，在敲打之处画了一个脸盆大小的圆圈。

洪士荫不知洋顾问葫芦里装的什么药，冲着吕克特就问："顾问，画个圆圈是什么意思？"

吕克特瞥了洪士荫一眼，一言不发，继续敲打。

又是半个小时的时间，吕克特已经站不稳了，拎锤敲打的他晃晃悠悠，几次差一点摔倒，朱荻想上去搀扶吕克特，刚迈开一条腿，就被洪士荫一把拽住，口里嘀咕了一声："顾问不需要你扶！"说完这话的洪士荫自己走了上去，一把拉住了吕克特的手臂。

吕克特看清扶自己的人是洪士荫，一下把手抽了回来，用拙笨的汉语说："你，我不要！"

正在洪士荫尴尬之时，吕克特瞧了一眼旁边的女护士，嘴角抿笑了一下。

身穿白衣，漂亮的女护士赶紧走上前去，双手架着吕克特的胳膊，顾问继续咚咚咚敲打起来。

没人敢说一句话，心里却窃窃耻笑。

车间里响了无数遍咚咚咚之后，当敲到机身底部某处时，倾听后的吕克特微笑起来，他看着女护士，女护士一脸懵懂。吕克特再敲打倾听一遍，又是一次微笑，正当女护士百思不得其解时，顾问拿起粉笔，在那里画了个碗口大的小圆圈。

画完这个小圆圈，吕克特只说了一句话，便再次昏倒在机器边。

"拆开这两个地方！"曾鸣泉翻译了顾问的话。

朱荻带人拆开了一大一小两个圆圈。在大圆圈处，发现机轴上的一颗螺母不见了，在小圆圈处，找到了一颗破裂的螺母。

深夜二点时，发电机组重新启动，片刻后，兵工厂灯光闪亮，机器再次轰鸣一片。

第二天，洪士荫跑到医院看望洋顾问，临走时他嘴里有意无意地蹦出一句话:"顾问,存在人为破坏的可能吗?"

吕克特说:"有!"

洪士荫大惊失色。

"谁?"洪士荫紧追不舍。

吕克特继续:"不过,这个人还没出生!"

吕克特漫不经心地给洪士荫解释了原因:"事故是由机器上转动部件老化松动破裂,然后甩出造成的。我们西门子的机器是世界上最先进的,如果遭到人为外力破坏,它会自锁报警,我昨天晚上一到车间,就马上检查了机器上的报警装置,根本没有记录。"

洪士荫哑口无言。

几天后,病愈后的吕克特来到了动力车间,中国工人个个在他面前竖起了大拇指,吕克特仰着脸,背着手,器宇轩昂地绕着嗡嗡的发电机转了三圈。

"知道我从你们的蒋先生处每月拿多少钱?"

洋顾问的薪水在兵工厂已经不是秘密。

"原来2000美元,现在3000!"众人一齐回答。

吕克特听罢众人回答,立刻接话:"在机器上画一大一小两个圆圈,你们的蒋先生付我一美元就可以了。"

听完洋顾问的话,众人不得其解,但都知道洋顾问中国戏看多了,在卖关子。

"但要找到在哪里画,蒋先生得付我剩下的2999美元!"

说罢此话的吕克特笑眯眯地走开了。

一群中国工人个个愣在原地。

走出十几米远的吕克特突然转头,看到众人还傻站着,立刻脸色大变,狮吼一嗓:"还站着干什么,双手是让你们干活的!"

发电机组事故处理使洋顾问吕克特在厂内声名远扬,工人有时相互之间抬杠或者回家训斥不懂事的娃娃,讽刺挖苦的方式变了,不再恶语谩骂,改为了以这件事作为话头,"恁真有本事的话,也像洋蛮子一样画两个圈给俺瞧瞧?"

宋双水自然也听说了这件事,他忽然想起,一次洋顾问检查运行之中有杂音的机器,是用半尺长的起子放在耳边听出问题的,动力车间各种各样的起子肯定一大堆,为什么这次突然用起了听诊器?第二天见到洋顾问时,宋双水壮着胆子提出了自己的疑问，吕克特一听，扑哧一声笑出声来，然后把宋双水拉到一边，轻声耳语：

"宋，你是个聪明的家伙，不要揭我老底好不好！"

宋双水知道洋顾问的伎俩，笑着点了点头。

"俺们中国有句老话，叫'英雄难过美人关'，请问顾问，恁们德国也一样吗？"宋双水最后提了个问题。

"英雄不分南北，英雄不分东西！"吕克特的话一说完，他自己、宋双水和旁边的翻译曾鸣泉笑得东倒西歪。

吕克特传奇的故事还没有完。

巩县化学厂生产出了两套防毒面具，工厂要选出两人进行试验。试验在一个密封的房间内进行，房间里释放氯气，戴好面罩的测试者至少要在里面待半个小时才能出来。五名中国工人报了名要求作为测试对象，宋双水也报了名。宋双水报名的理由很简单，其他几个人都是年轻货，没有一个四十岁以上的人。

"你还是算了吧，有家有口，出了事怎么办？"负责甄选试验对象的黄业壁劝宋双水。

宋双水嘻嘻笑了，看着厂长说："黄厂长，俺儿子有了，闺女有了，该看该吃的东西俺都享受过了，就是出事，不亏！那些年轻货啥都没有见识都敢做，俺还怕个啥？！"

黄业壁从来没有见过对面的人一口气说过这么多的话，看着憨厚的宋双水，只得同意。同意是同意，黄业壁知道，宋双水是顾问吕克特欣赏的为数不多的技术工人之一，还得征求顾问的意见。

顾问吕克特不同意。

吕克特开口就是一句："黄先生，我抗议，宋在吹牛！"

黄业壁一听顾问说宋双水吹牛，心头一惊，因为宋双水不是吹牛的人。

"宋胡说什么世界上的东西自己都吃了都看了都享受了，这种态度是中国人对我的歧视和藐视。"吕克特神情严肃，这次不像开玩笑。与洋顾问同事几年，厂长黄业壁清楚，外国人对歧视和藐视这两个词看得重。

黄业壁听罢曾鸣泉的翻译后，目瞪口呆，一时语塞。

"黄先生，宋和我相比，谁吃的东西种类多？我见过他在机器旁吃午饭，几乎顿顿都是黑乎乎的面包（窝头）和乱乎乎的萝卜豆腐菜，德国牛排他吃过吗？法国奶酪他吃过吗？挪威三文鱼他吃过吗？阿根廷烤乳猪他吃过吗？"吕克特口若悬河，一通罗列。黄业壁心里清楚，这些东西宋双水不要说吃，听没听说过都还不一定呢！

"黄先生，宋和我相比，谁看到的东西多？他一天到晚不在厂里就回家里，他可能去过洛阳、郑州，去过南京、上海，但大不列颠的伦敦去过吗，爱琴海岸的希腊去过吗，香气袭人的阿姆斯特丹去过吗，还有我来到了他的家乡巩县，他到过我的家乡科布伦茨吗？"黄业壁再清楚不过的是，宋双水为接货去过洛阳、郑州，南京、上海他没有去过，更不要说外国的城市了，顾问嘴里的一系列洋城市，说上三遍让宋双水重复，他也不一定能说对。

"宋还说该享受的自己都享受了，这更是吹牛！德国的汽车，英国的早茶，维也纳的音乐，布拉格的风景，还有法国的……"吕克特打住不讲了。

"还有法国的什么？"黄业壁追问。

吕克特这时脸露尴尬，知道自己嘴快失言了，但又不得不讲。

"还有法国的女人！"

黄业壁和吕克特不约而同地笑出声来，翻译曾鸣泉也笑了。

笑毕，黄业壁顺着吕克特的话说："顾问，老实巴交的宋双水没您吃得好看得多，更没有您会享受！"

"您这个中国人说话没有歧视和貌视，客观！"吕克特望着黄业壁竖起了大拇指。黄业壁不知道顾问说了一大通话的真实目的，笑了一下，没有接话。

"既然您选拔的根据是看谁吃得好看得多享受得痛快，那就应该把这次试验的机会让给我，因为宋比不上我！"

黄业壁没有想到顾问的玄机原来在此，让顾问当试验者，厂长黄业壁坚决不同意。

"我们德国人向来按准则办事，准则刚才我们都认可，我是兵工厂的一员，就享有准则赋予的权利，否则就是歧视和貌视，我抗议，强烈抗议！"吕克特一步不让。

不管吕克特怎样纠缠，黄业壁还是坚决拒绝。

吕克特使出了他的第二招。

"黄先生，您全找中国人进行试验，测试结果适应中国人，但德国人和中国人呼吸系统不一样，万一日本人向巩县兵工厂投下毒气弹，你们戴着防毒面具都活下来了，全厂就我一个人完蛋，这是更大的歧视和藐视！"

黄业壁最终没有拗得过吕克特，决定宋双水和吕克特参加测试。

在进入实验室前，黄业壁千叮万嘱宋双水，如果他看到顾问出现异常，随时可以敲门中断试验，顾问的命比天大。为防止意外，医院安排了洋顾问喜欢的那位女护士在场，还把巩县唯一的一辆救护车叫来了。

试验开始，两人戴着面罩进入房间。巩县模仿美国产品试制出的防毒面罩包括罩体、眼窗、呼吸活门和头带等部件，呼吸活门通过导气管与滤毒罐相连，滤毒罐里装有滤毒层和吸附剂，以净化有毒气体。两人进入后，房门立刻被关闭，宋双水按照程序拧开了装有氯气的钢瓶阀门，顿时，一片黄绿色烟雾腾起，顷刻间迅速弥漫了整个房间。

十分钟过去了，房外的人个个提心吊胆。

二十分钟过去了，屋内的宋双水没有敲门，人人捏着一把汗，黄业壁来回踱着碎步，眼睛一直观看着自己腕上的手表。

这时，闻讯的洪士荫赶来了，他责怪这么大的事情怎么不向他报告，出了问题，谁能担当起责任。经洪士荫这么一说，豆大的汗珠从黄业壁的额头上冒了出来。

二十五分钟到了，屋内的宋双水还是没有敲门。洪士荫要强行打开实验室的门，被黄业壁制止："洪站长，您还不知道顾问的脾气？不到时间把他拉出来，他一定会恼羞成怒，而且还会要求做第二次。"

三十分钟终于到了，房门被迅速打开，第一个走出来的是宋双水，他摘下了面罩，满脸憋得通红，一阵龇牙咧嘴痛苦的表情后，脸上露出了轻松的笑容，宋双水试验的防毒面具没有问题。大家期待的吕克特没有出来。正当大家焦虑万分的时刻，吕克特摇摇晃晃出来了，一只脚刚跨出门槛，整个人就扑通一声栽倒在地，摔倒后的吕克特没有滚动，而是四肢软绵绵地无力分开了。

试验手册上讲，从毒气室出来的人中毒会昏倒，昏倒后的表现有两种：在地上滚爬挣扎者，说明中毒为重度，但还可以救治；如果摔倒后四肢自然伸开，两眼翻白，说明毒气已经进入神经，轻者瘫痪，重者死亡。

黄业壁比任何一个人都清楚试验手册上的这些话。眼前的情景是他始料未及的，宋双水没有事，想不到顾问竟是这种结果，德国人的呼吸系统看来和中国人的真是不一样！从症状来看，顾问就是不死，也是瘫痪一个，这个责任他实在担当不起，想到这些，黄业壁身子一歪，一句话还没来得及说，便瘫坐在地上。

洪士荫吓了个半死，他不顾一切，一头扑到吕克特身边，迅速撕掉面罩，使劲摇动吕克特的头部："顾问，顾问，您醒醒，您醒醒啊！"

任凭洪士荫如何摇动，双眼翻白的吕克特再也没有半点反应。

洪士荫也哗啦一下坐在了地上，哽咽着继续呼喊。

吕克特仍毫无反应。完了，一切都完了。

女护士扑了上去，做起了人工呼吸。一阵嘴对嘴人工呼吸后，吕克特还是毫无反应，不得不进行胸外心脏按压，当女护士双手向下使劲一压，哪里想到，一声杀猪般的嚎叫从吕克特嘴里传出。女护士吓得魂不附体，她急救过不知多少病人，还从来没有见过心脏停止跳动的病人能发出如此洪亮的声音。

吕克特竟然一下子坐了起来。

"疼死我了，疼死我了！"吕克特一边揉搓自己的胸口，一边嬉皮笑脸。

接着，洋顾问自己站了起来，看着那位浑身哆嗦的女护士，又补充说了一句话："人工呼吸不就可以了吗，还挤压我的心脏干什么！"

在这样一位顽皮的洋蛮子面前，众人哭笑不得。

最后，吕克特提出一个条件，这两套防毒面具得送给他和宋双水，作为九死一生的纪念，惊魂未定的黄业壁只好点了点头。

吕克特第三次见到蒋介石，是在1936年10月11日。委员长蒋介石听取兵工厂生产武器弹药和防化用品的汇报后，在厂内匆匆走了一圈，便匆匆离去，前后不到一个小时。从进厂至离开，吕克特看到的蒋介石与前两次截然不同，脸上没有一丝笑容，讲话的次数也大为减少。吕克特知道，这一年的中国变了，日本人磨刀霍霍，举行大小演习多遍，一场大规模的战争已经不可避免，仅存的问题在于日本人什么时间、什么方式开战。吕克特从报纸上看到，整天都有中国人誓死不做亡国奴，主张积极抗日的呼吁，北平、上海、南京、西安各地的青年学生走上街头，游行示威，西北军的杨虎城和东北军张学良甚至出现了同情学生请愿的倾向，共产党和很多自由报刊更是指责国民政府采取的不抵抗政策……

蒋介石这次来巩县，下过两道命令，一道是巩县兵工厂必须按照军政部指令完成生产任务，不得以任何理由拖延，否则以渎职罪论处；另一道是加强对巩县兵工厂的保护，除了保护生产设备设施外，尤其注意保护重点技术人员的安全，出现纰漏提交军事法庭处置。说第二道命令时，蒋介石停顿了一下，当着大家的面，凝重地看了吕克特顾问一眼，在场的每个人心里都清楚，吕克特的命在委员长的眼中比谁都重要。听完委员长的话，洪士荫毛骨悚然，他是保护吕克特顾问人身安全的第一责任人，洋顾问出问题，自己就会被提交军事法庭。提交军事法庭意味着什么，洪士荫心底跟明镜似的，十人九毙！

蒋介石走后，裴君明和洪士荫拿到了委员长侍从转过来的一封信，信是中共豫西工委写给兵工署的，俞大维又把此信上报了蒋介石。

"俞署长台鉴：我处近段发现洛阳当地白马寺、龙门石窟、关林诸处日本浪人及和尚时有所现，宵小之辈，亦非偶见。由此联想洛阳下辖各县定有同样异情，巩县为兵工重镇，国脉所寄，际兹险局，得失安危，影响至巨。巩县兵工厂职员逾万，居民亦分列其间，奸匪匿迹，在所难免。表面虽若无其事，而实则隐忧弥深。为谋防患于未然计，建议一战区司令长官程潜将军迅速采取断然之策，严加防范。"

吕克特期待的第四次与蒋先生的会面终于到来了。吕克特看到，蒋先生和法肯豪森总顾问亲自带领一帮精锐人马，赶到了自己被关押的地洞前，先是击毙了两名正在洞口外打盹睡觉的看守，然后一个接一个进入地洞，蒋先生和总顾问走到他面前，为他松绑，两双大手各自握住了自己的一只手……

咚咚咚，一阵轻轻的脚步声传来，吕克特醒了。从气流和步子的频率来看，来了两人，不过不是蒋先生和总顾问法肯豪森，而是两位绑匪。

原来一切都在梦境中，吕克特无奈一声长叹。

# 第 7 章

吕克特失踪的第四天上午，洪士荫释放了翻译曾鸣泉。

实际上，第二天夜里遍体鳞伤的曾鸣泉实在扛不住了，交代了实情。他离开东义兴饭店后并没有回厂，而是去了县城中心一处深巷的宅院里，他在那里租了房子，养了一个女人。洪士荫立刻派人找到了那处宅子和那个女人，证明曾鸣泉的话是真的。曾鸣泉认为，这次洪站长该放自己回厂了，他还乞求洪站长千万不要把这事告诉自己在苏州的老婆孩子。洪士荫并没有放他，而是撂回一句话："你在宅院那段时间有人证明不假，宅院内你和女人做什么事我不感兴趣，我感兴趣的是，你从饭店到宅院以及和女人一番好事后回到工厂这两段过程谁来证明？"曾鸣泉反复辩解："站长，我不是交代多次了吗，一名黄包车夫拉我过去的，我跟他约了时间，还是他来接我回厂的，去和回的路上我没有和任何人讲过话。"洪士荫的回答也很干脆："巩县拉黄包车的都问过了，没有一个人说拉过你！"

拉曾鸣泉的不是别人，正是四叔手下那个满脸胡须贾姓汉子的大儿子。洪士荫的手下问过他，他害怕惹事就没有说出实情，但他把这事告诉了当爹的胡须汉子。第三天中午，胡须汉子把这件事转告了四叔和张一筱，正当两人思考如何处理时，传来了孙世贵马上换人的消息，自然也把此事抛在了脑后。第三天夜里，放回来的不是吕克特，而是英国牧师施托姆，张一筱再次想起这事，让四叔通知胡须汉子，明天一早领着儿子去找洪士荫，不要冤屈了翻译曾鸣泉，尽管他不是什么好人。

被放出来的曾鸣泉拉着父子二人的手，百般感激："好人啊，好人！我今后在巩县就坐你们家的黄包车！"

释放曾鸣泉的同时，洪士荫正在排查另外一条重要线索。原来，洪士荫手下在摸排洋顾问当夜被绑架前后几个钟头有什么人乘船渡过县城旁边的伊洛河时，离县城最近的焦湾渡口的一个船夫交代,四个人半夜用刀枪逼着他,把他们送过了河的对岸,其中两个人还用木杠子抬着一只大麻袋。洪士荫反复询问船夫,四人中有没有一个女人?船夫说,半夜天黑,自己吓得尿了一裤裆,看不清四人脸面,外加他们个个戴着帽子,更看不清四人是长头发还是短头发。洪士荫再问,说话的声音呢?老实巴交的船夫回答,只有一个领头的男人说话,其他三人一声没吭,他不知道有没有女人。

前两天,洪士荫派人已经去过焦湾渡口实地查询几次,证明船夫没说半句谎言,由于渡口从清早到傍晚上百人乘船来来回回,从足迹上也没能提取有用信息,只好放船夫回家。

四叔手下的人也打听到了此事,张一筱在第四天上午来到焦湾,找到了船夫。

船夫看到又是三五个人来到,扑通一声跪在了地上:"俺已经说过几百遍了,就让俺摆两天船,挣口饭钱吧!"

张一筱从口袋里拿出五个铜板,递给了船夫。

"俺就一袋烟工夫,问恁俩问题!"张一筱简明扼要。

"恁快说!"

张一筱急忙问:"麻袋里装的啥东西?"

"老天爷!当时俺的小命保不保还不一定,还敢问他们抬的是啥!"

张一筱问这话其实是个话头,他自然知道船夫不清楚麻袋里装的是什么,要是他知道麻袋里装着洋顾问,洪士荫还能放他回来?知道了还明知故问,主要是使船夫进入自己下面问话的语境。

"两个人抬着麻袋上船的时候,你感到船的吃水深度怎样?"张一筱进入主题。

"啥叫吃水深度?"船夫反问。

知道自己说了在延安特训班上学习到的专业名词不妥,张一筱赶紧改口:"就是恁的小木船装了东西下沉多少?"

"俺当时吓得尿了一裤裆,哪里还敢趴在船帮看!"船夫回答。

张一筱从船夫的表情看,他的思维已经回到了那天半夜,于是趁机道出了自己想问的最关键的一句话:"那恁感觉感觉,麻袋里的东西有没有一个人重?"

船夫是个老把式,在伊洛河上撑竿摆渡已经三十来年,问他船的吃水深度他不清楚，但他的小船装几个人过河他能感觉出来，他甚至能从撑竿的手劲上感觉出乘船的男人女人、大人小孩的重量。

"没有！"船夫干脆回答。

"恁肯定？"

"肯定！四个人五个人坐船，俺一竿下去就知道。俺甄摸着，麻袋里的东西顶多只有个十来岁的娃娃重。如果说错的话，今后俺还恁这几个铜板！"

事情至此，张一筱心里有了底，但他没有就此打住问话。关于麻袋里所装东西重量这个问题，张一筱心里十分明白，经验丰富的洪士荫也是必问的。

还有最后一个问题张一筱不能落下。

"这四个人抬的麻袋装在船上后，里面的东西有没有动弹过？"

"长官，恁这个问题前几天另外一位长官问了俺不下十遍。那天夜里，风大浪高，船在水里一直摇摇晃晃，俺的眼一直望着前面，坐着的四个人俺都不敢看，哪还敢盯船舱里的麻袋！"

"麻袋恁不敢看俺相信，但鼻子可以闻吧？"张一筱要做最后的辨认。

"长官，恁啥个意思？"

"麻袋有没有一种香味？"

船夫眨巴了半天眼，陷入了回忆之中。

"没有！肯定没有！恁要是让俺说有没有腥味臭味，俺还真说不准，因为俺天天在渡口闻腥鱼臭虾，鼻子对这两种味道都石密啦，但香味俺闻得少，城里有钱的阔太太从俺身边走，十丈八丈远俺都嗅得出来！"

张一筱听罢，二话没说，起身离开。

船夫手握五个铜板，看着远去的几个人，满脸得意，一袋烟工夫抵上跑两趟船，值得！

中午，张一筱和四叔商量后给中共豫西工委发了一封电报。电报里说，土匪孙世贵有重大嫌疑。

张一筱给洛阳发电报是有根据的。回到钟表眼镜店后，张一筱、四叔和手下一帮人进行了周密的分析，得出了孙世贵极有可能就是绑架吕克特的主谋。张一筱说，孙世贵在出事的第二天就写信给县长李为山，原来分析他偶得信息，趁火打劫，浑水摸鱼，但现在看来，另外一种可能性在加大，就是他并非偶然获得吕克特被绑架的消息，而是提前得到了准确情报，进行了详细的部署，上演了一出狸猫换太子的大戏。张一筱的根据是，船夫所在的渡口在巩县西南的焦湾，而西南方向正是孙世贵的老巢方向，过了渡口，净是孙世贵各式各样的耳目，如果是日本人绑走吕克特，骗过了船夫，但躲不过土匪的遍地暗探，况且事情发生后，因为巩县县城守备严密，行动的人一定选择最短的路途撤退，这说明，当天晚上乘船过河的四个人一定是孙世贵派的。

张一筱说完，四叔说："麻袋里没有香水味，说明人没有被抬走？"

片刻思考，张一筱说话了，这也是他感到蹊跷的地方。看戏吃饭时，洋顾问浑身通香，装进麻袋抬走也就半个钟头时间，香水味不会马上散去，如果吕克特在麻袋里，船夫一定会闻出，既然没有闻到香味，确实说明洋蛮子不在。不抬走人的最大可能原因是，吕克特人高马大，抬着走必然速度很慢，风险实在太大，狡猾的孙世贵采用了缓兵之计，绑人时派的人手多，得手之后，他们把人藏在县城某个地方，留下一两个看守，其余的人撤退。孙世贵一定想到官府后面会找到摇船之人，所以，撤退时故意抬着麻袋，像是装有人质，为后面用人换枪换弹制造瞒天过海的假象。

众人点头同意张一筱的分析，四叔也同意，但他没有像其他人那样兴高采烈，而是沉下脸，低头不语。

"四叔，有问题吗？"张一筱问。

四叔摘下眼镜框，掏出眼镜布，慢慢擦起镜片，四叔是个眼镜专家，两只圆圆的镜片整天雪亮雪亮的，每隔上个把钟头就要擦拭一遍。耐心擦拭完镜片，四叔开了口："一筱，你的分析很有道理，也最有可能，但我一直在想，是否还存在其他可能呢？你前面不是说过，有时最不可能的事最有可能发生吗？"

"四叔，说说你最不可能的可能！"地下仓库里顿时安静下来，张一筱看着四叔说。

"有没有这样一种可能，孙世贵确实想绑洋顾问，也确实派人来绑了，但他们没有绑到，而是被别人抢先一步把洋顾问绑走了？"

地下室内鸦雀无声，大伙被四叔的话给镇住了。

"四叔，不对呀，孙世贵的人如果没有绑到人，还抬着麻袋走干嘛，多碍事呀？"韦豆子忽然想到了四叔话中的破绽。

"孙世贵在咱们巩县做了二十多年的山大王，至今不死不残，说明这个家伙不简单。你问的这一点，也正是这个土匪头子的高明之处。到东义兴饭店绑人的路上，孙世贵的人一定扮成进城购买东西的农民，如果行动成功，就把东西倒出装人，如果绑不到人，撤退时是个掩护，好让盘查的官府士兵瞧瞧，抬着东西回家呢，怎么会绑架人质？！"

张一筱看着四叔，心里充满着无限敬佩。

最终，两人商定，给中共豫西工委发电报，说孙世贵有重大嫌疑，同时，不否定日本人这条线索。

下午，张一筱没有在家等待洛阳大哥的来电，而是带着人马，在县城四处搜寻着，搜寻时每个人不但要像猎鹰一样看，还要像猎犬一样闻。有人问，巩县城里饭庄香，酒酿店甜，醋厂酸，屎茅子臭，味道各异，到底要闻哪种？张一筱说，这些他都不要，哪里闻出有狐狸味，就赶快回来告诉他。傍晚时刻，洛阳急电，令张一筱一人明早六时化装且不带任何武器，赶到城西南十八里沟前一个磨盘嘴村西头的大树下，与吴政委会合。

吕克特失踪后第五天大清早，走了半夜的张一筱满头大汗赶到了磨盘嘴村西头，正在大槐树底下诧异为何没有吴政委踪影时，灰蒙蒙的对面走来了两个人，其中一人手里还牵着一头黑猪。两人经过张一筱身边时，一阵熟悉的声音传来："一筱，还愣着干啥，快跟着走！"

是吴政委的声音。一身破旧农夫衣服的张一筱见到了模样大变的吴政委，他竟一眼没有认得出来。这些天来，他没有机会见到和自己一样到处找人的政委，眼前的吴政委整整瘦去了一圈，长短不齐的胡茬布满了腮帮，一身破棉袄棉裤，腰里还系了一盘长长的麻绳。

"这是磨盘嘴村的老方，咱们的同志！"吴政委介绍完，牵猪的人扭头冲张一筱笑了一下。张一筱跟在政委身后，匆匆上了路。在路上，吴政委说，中共豫西工委昨天接到张一筱发来的电报后，不敢片刻懈怠，制订了让他们三人深入孙世贵虎穴进一步摸排的计划。孙世贵如何获得吕克特看戏吃饭的消息和洋顾问现在到底在不在他手里是摸排重点，同时下令老方了解土匪山寨情况。孙世贵今天要在十八里沟大摆宴席，庆祝前天那场不费一枪一弹的重大胜利，附近村寨按照惯例备齐烟酒猪羊前去道喜，老方所在的磨盘嘴弄了一头猪，今天赶着就是为了去五里外孙世贵的老巢十八里沟。

张一筱问政委:"咱们不带一枪一弹,在十八里沟出现情况怎么办?"

听完张一筱的话,吴政委笑了:"孙世贵那个老狐狸,外表粗内心细,狡猾得很!咱们身上不能有半点带刃带尖的铁器,更不要说枪和弹啦,因为进入十八里沟的每个人都要通身检查。"说完这话,吴政委朝黑猪瞧了一眼。

"政委,恁啥意思?"张一筱没有明白政委的眼神。

走在前面的老方说话了:"人不能带,猪可以呀!"

张一筱这回明白了,猪肚里藏着家伙。

"等到了十八里沟,俺就不是政委了,是杀猪的老吴头。"吴政委边说话边用手比画杀猪的动作。在浮戏山游击队里,如果有人抓了獐子、野猪和山鸡,都由吴政委出马,动刀、吹气、煺毛、扒皮、开膛、剖肚,动作干净利索,不该流的血不流,不该剖的地方不剖,用徐司令徐麻子的话讲,老吴一定是畜生脱胎而来的。

"那俺的身份呢?"张一筱赶紧问。

"俺大儿子呀!有吃肉的机会,俺不能让给别人啊!"吴政委一本正经地说。

三人大笑。

"老方,俺来牵,恁一个村长不能干这活!"吴政委从前面走着的老方手里一把夺去了绳头。

"恁是政委,让俺牵吧!"老方争执。

"什么政委,杀猪的老吴头,从现在开始就这么叫。"吴政委拉下了脸。

三个人一路走一路商量着对策,接近半晌午时,经过孙世贵手下呼呼啦啦一通搜身,便进了村。

老方去拜见孙世贵,张一筱陪着吴政委在灶房旁边杀起猪来。

吴政委的杀猪场面只能用精彩来形容。

吴政委掐掉了手中的卷烟,顺手扔出了丈把远,那边的烟头还没落地,这边的人儿扑通一声扑向了在地上来回走动的黑猪身上,黑猪猝不及防摔倒在地,脖子被吴政委一只胳膊死死抱住,动弹不得,旁边的围观者看过无数杀猪的场面,每次都是三四个壮汉一齐上阵才能把肥猪按倒,哪里想到眼前的这位老汉徒手单干,个个惊奇万分。黑猪虽被按倒,但四蹄仍在使劲扒地,死命挣脱逃窜,可惜时机已过,只见吴政委一个侧身,来了个一百八十度的翻转,黑猪四蹄凌空乱弹,说时迟那时快,吴政委一手瞬间从腰中拉出麻绳,呼呼啦啦就绑起了黑猪前蹄。黑猪前半身哗啦一下落地的同时，后半身被吴政委死死压住，又是呼呼啦啦一阵，后蹄在众目睽睽之下被牢牢捆死。

黑猪俯首帖耳横在地上。

"好！好！'一手功'！"站在旁边的孙世贵大厨子赞叹不绝。

人群中发出了一阵尖叫。

人在叫，猪也在叫。在刺耳的人和猪尖叫声中，吴政委在脸盆中洗罢了手，尺把长的尖刀衔在嘴里，来到已经被抬到石板上的黑猪身边，双手在猪脖子四周先是左拍拍右摸摸，接着左摸摸右拍拍，正在看客对其动作百思不得其解时，突然瞧见尖刀刹那间从嘴边抽走，在空中划了个一百八十度的弧度后，扑哧一声扎进了猪身，又迅即拔出，刀口处先是嘭的一声闷响，接着暗红色的血汩汩而出，源源不断射进了一米开外的瓷盆里。

放完血，吴政委用尖刀在一只猪蹄边割开一个小口，然后把长长的细铁棍插进小口，顺着猪腿连捅了三五下，接着嘴对小口，开始吹气。一袋烟工夫后，猪肚子膨胀起来，吴政委边吹边用铁棍轻敲猪的全身，使气顺走四肢，又是一袋烟的时间，整个猪身变得滚圆，铁棍一敲，像落在皮鼓上面，砰砰直响。

吹气涨猪程序完成后，在张一筱的帮助下，吴政委很快完成了烫猪和刮猪毛，现在轮到了开膛剖肚。

只见吴政委卷起袖口，左手按住猪头，右手拎起尖刀，扑哧一声刀入猪脖。尖刀进入后，吴政委的右手并没有停歇，而是顺势紧握刀把向下而行，只听哧哧哧一串声响，猪肚皮从脖子以下至屁股底尽被划开，划出的刀线不左不右，齐整整留在中间，这还不是最要命的，最要命的是用刀的深浅，随猪皮厚度和皮下的肥油薄厚而变，一刀下来膛内内脏不但一处没有划破，而且滴血未流。

"好！好！'一刀功'！"孙世贵的大厨子再次赞叹不绝。

麻利地摘取完猪内脏，吴政委在张一筱屁股上踢了一脚，"快端到井边洗洗，猪肚子脏，要洗干净！"说这话时，还朝张一筱使了一个眼神。

张一筱明白政委的意思，因为吴政委事先从猪嘴里塞进了一颗手雷。

杀完猪，开始剔肉的时候，孙世贵的大厨子给吴政委递了一根烟，两人聊起了天。

"好把式，好把式！大哥杀猪活干了几个年头？"

"十六岁学，差三月四十年！"

"就恁这手艺，三村四寨肯定月月请恁去杀猪，猪下水一年到头吃不完吧？"

"不瞒老弟，年纪大了，俺一般不再接活。这次老方要俺跟他一道来这，俺愿意。"

"为啥？"

"从心底佩服恁家主人，俺干的这都是粗活，人家干的才是大活！"

吴政委在和孙世贵的大厨子交流的时候，观察了他的双手，厨子手上裂口遍布。吴政委开始实施他的计划。

"老弟，大冬天洗菜做饭不容易，看手裂得像娃娃嘴！"

"咱又没钱买东西擦，裂就裂吧，没有办法。"

"俺给恁做一块猪胰子吧，一擦手就不裂了！"

吴政委开始做猪胰子。杀完猪取内脏时，吴政委已经单独把胰脏摘了下来。这时，他借来厨子的剪刀，一根一根地挑出里面的筋络，然后将其在干净的案板上一刀刀剁碎，最后放在院子里光滑的石板上用粗擀面杖敲，敲成糊状后，放进捣蒜的石臼里用细擀面杖按顺时针方向使劲搅动，一边搅一边把蒸馍用的碱面水滴入进去。搅到最后，石臼里的东西变得黏稠如面团。吴政委洗净手，每次挖出一块，揉圆搓光，外形如核桃，一块猪胰子就做成了。

吴政委一共做了十块。

吴政委最后告诉大厨子："挂在窗户外晾干，就可使用了，擦了保证恁的手不裂！"

"俺听说过猪胰子防冻手，但不会做，没想到这回老兄来给俺做。"说这话的大厨子脸上流露出感激之情。

大厨子在灶屋做饭的时候，吴政委带着张一筱帮起了下手。张一筱烧火，吴政委切菜，两个人与大厨之间的距离迅速拉近。

"爹，孙寨主真厉害，把那个县长吓得屁颠屁颠的！"张一筱边烧火边感慨。

"县长不怕能中吗，他有人在俺们寨主手里。"大厨子说。

"俺在村里也听说啦，孙寨主把县城一个什么洋蛮子顾问弄到手，换来了一大堆长矛大刀！"吴政委附和。

"不是什么长矛大刀，是真家伙，洋枪洋弹，打起来突突叫唤。"孙世贵的大厨子是个能喷的家伙。

"孙寨主真是个能人，能掐会算，知道啥时候洋蛮子会在哪里出现。"张一筱十分佩服孙世贵。

"是啊，寨主就是寨主，恁今后得学着点，除了一顿喝两碗稀饭，啃四个窝窝头以外，还有啥中？"吴政委一边赞扬孙世贵一边贬低张一筱。

孙世贵的大厨子笑了，他看着吴政委说了一句话："大哥，别尿俺大侄子啦，事儿不是恁想的那样。"

吴政委和张一筱知道时机到了，该是从大厨子嘴里掏出东西的时候了，但越是这样，越不能着急，两人仍然漫不经心地干着各自手中的活，但四只耳朵竖得比兔子的还高。

吴政委均匀地切着萝卜，慢悠悠地冒出一句："啥样？让俺这个笨蛋孩子听听开开窍，俺老了，咋样学也学不会啦。"

大厨子朝门外看了一眼，见门外无人，便压低嗓门说起话来："俺给恁说个稀奇的，明年恁得再来给俺做次猪胰子。"

大厨子说，他们寨主聪明是聪明，但还没有像三国戏里诸葛亮一样能掐会算，换枪这事半年前就想到了，还做了一番准备。

"还准备个啥，孙寨主那么多人马，动动嘴不就行了？"吴政委道。

"不中啊！一次寨主喝酒，俺去送菜，他说巩县城里的洋蛮子不一般，在工厂里屁股后面跟的人多，硬抢不中，得找个他身边的人透点口风，趁他外出放松时下手。"孙世贵的大厨子低声说。

"孙寨主真不简单。"烧火的张一筱瞪大了眼睛。

"听好，多学着点！"吴政委踢了一下张一筱的屁股。

"最后恁们知道俺们寨主找了谁？恁们肯定想不到，他把给那个洋蛮子跟班的亲外甥给绑来了。"大厨子说。

张一筱和吴政委大吃一惊，没有想到孙世贵会来这一手。吕克特有好几个"跟班的"，下一步他们要弄清到底是谁的外甥。

"要俺说，弄他外甥有个屁用，直接弄他本人不就中啦！"张一筱这会儿变成了一个急性子。

"弄他外甥安全，直接弄他本人不就露馅了？俺们寨主绑他外甥时，也没说要绑洋人，而是说，让他帮忙让寨主和那个蛮子见一面，想让洋蛮子给工厂疏通疏通买几条枪。"

正在切菜的吴政委放下了手中刀，跷起了大拇指："孙寨主这一招高明，高明！那个跟班的给寨主把事办成了吧？"

听完吴政委的问话，孙世贵的大厨子"唉"的一声叹息。

"信儿说得挺准，寨主也派人去了，可谁能想到，不知哪帮龟孙提前下了手，硬是把到手的货给绑走了。绑走就绑走吧，还杀了小孩舅。"

大厨子说完，吴政委和张一筱彻底明白了，那个上了孙世贵的当，为其通风报信的人就是吕克特的卫士"镢头"。更让两人震惊的是，孙世贵并没有绑到吕克特，而是另有其人。

孙世贵的大厨了见父子两人不再吭声，以为他们俩会小瞧寨主孙世贵，于是接着唠叨起来："俺们寨主也不是吃素的，不会做人家偷牛自己拔桩之类的事。失手的第二天，见没有人承认绑走那个洋蛮子，就去洛阳弄来了一个念经的洋和尚……"

真相大白。

吴政委和张一筱嘴里夸着孙世贵了不得，心里却是翻江倒海，痛苦难言。他们真希望吕克特是孙世贵绑的，现在还藏在县城的某个地方，这次来，获得消息后，可以及时通告裴君明和洪士荫，一是可以查找出那个地点，二来也就洗刷了国民党对游击队的诬陷。而事实是，孙世贵果真做了一次人家偷牛他拔桩的愚蠢事。

事情又回到了原点。

后来，从大厨子嘴里，吴政委和张一筱知道了"镢头"十几岁的外甥还关在孙世贵的地牢里。由于"镢头"提供的情报不符，没有办成事，且听说"镢头"已一命归西，所以小孩随时都有被灭口的危险，如果小孩子死了，这条重要的线索恐怕就要断了。趁大厨子出去搬东西的间隙，两个人在灶屋里商量着对策。

酒宴开始，孙世贵在一处大宅子里办了八桌酒席，桌桌坐满了人，吆五喝六吃着喝着。商量好对策的吴政委和张一筱接过几个仆人的盘子，想趁机进入院中，被拦了回来。

"孙寨主，恁吃出来没有，今天的猪肉味正肉香，咋做的？"方村长和孙世贵坐一桌，敬酒时问道。

"恁这一说，俺也觉得是的，就是和往常不一样。妈里个×，咋做的哩？"孙世贵问。

大厨子被唤了过来。

大厨子说，不得了，"一手功"和"一刀功"做的。

吴政委和张一筱被带进了院子。

孙世贵一通询问，吴政委把杀猪过程添油加醋叙述一番。

"愿不愿意留下来给俺杀猪宰羊？"孙世贵问。

"愿意！"张一筱赶紧回答。

"恁愿意顶个屁用，俺问恁爹呢！"孙世贵看着吴政委。

吴政委低头不语。

"问恁话呢？有屁快放！"孙世贵手下的人骂道。

"俺有个要求，俺留下可以，能不能放一个人走？"

"谁？"孙世贵低声问。

"地牢里的那个娃娃！"吴政委声音很低，但孙世贵听到此言，如同一声炸雷。

孙世贵伸手去摸腰间的盒子炮，不料他的手刚到腰间，就被吴政委的一只手牢牢抓住。一只手抓住孙世贵手的同时，吴政委的另一只手迅速从棉袄袋里摸出了一颗手雷，抓着手雷的手并没有停下，而是从背后环绕勒住了孙世贵的脖子，另一只手松开后，食指伸进了手雷上的插销环。

"孙世贵，俺告诉恁，这可是德国货，俺手一动，十米之内甭想留活物！"吴政委一声高喊。

孙世贵惊慌失措之际，吴政委从他腰间一把拔出了盒子炮，随手扔给了张一筱，张一筱一手接过空中飞来的盒子炮，另一只手迅速出击，从背后抱住了老方的脖子，枪口瞬间顶在了老方的太阳穴上。

孙世贵的手下举起了长短枪，齐刷刷对准了吴政委和张一筱。

双方对峙着。

五分钟过去了，谁都没有讲话。

十分钟过去了，谁都没有讲话。

十五分钟过去了，还是没有人讲话。

二十分钟快到的时候，孙世贵软了下来。孙世贵软了下来，并不能说明他是个熊包。前面二十分钟，孙世贵没有讲话，而是在静静感觉紧贴自己后脑勺的吴政委的心跳。五分钟后，后面人的心跳没变，十分钟、十五分钟后还是没变，根据自己的经验，二十分钟到来的时候，一般人的心跳在这种场所都会变，要么变快，要么变得无序，但当了几十年刀客王的孙世贵第一次感觉到，身后这个人的心跳变了，不是变快，也不是无序，而是变慢了。变慢意味着什么，绑人撕票无数的孙世贵知道，身后之人死心已定！

"事情好谈，事情好谈！请问身后何方神仙？"孙世贵讲话了。

"狗屁神仙，俺村杀猪的老吴头！恁这个王八蛋，知人知面不知心，恁咋敢下孙寨主的黑手！"老方看着吴政委，一阵怒骂。

张一筱使劲用手勒紧了老方的脖子，他说不下去了。

"孙世贵，恁是老江湖，做事得仗义，恁杀了娃的舅，绑了洋蛮子，得了一批好枪好弹，大事办成了，恁又是喝酒又是吃肉，为啥还不放娃回去？"这个时候的吴政委说起话来依然一字一句，不慌不忙。

"恁到底是谁的人，是洪士荫那个龟孙派来的吧？"孙世贵问。

"还有必要搞清楚这件事吗?!"吴政委既不肯定，也不否定。

"这个王八蛋是俺村杀猪的，想不到他——"方村长手指吴政委刚冒了半句，张一筱的胳膊勒着了他的喉咙，下半句没有说出来。

"方村长，都是恁惹的好事，这笔账咱们后面再算。"孙世贵恶狠狠地瞪了老方一眼。

吴政委听罢孙世贵的话，哈哈笑了一声，随即甩出一句话来："孙世贵，俺杀猪不眨一下眼，杀人照样不眨一下眼！恁今天不把话说清，就没有后面啦！"

孙世贵在江湖上闯荡厮杀了大半辈子，还没有见过身后如此大难大祸面前这般心静如水之人，从心底相信杀猪匠的话是真的。

"兄弟是个直爽人，俺孙世贵今天当着大家伙的面，也说几句爽快话。绑那个洋蛮子顾问的事半点不假，俺也派人去了，但没有想到，俺的兄弟正在东义兴饭店门外等待动手的机会，忽然院子里大叫起来，说是人被绑走了，还把'镢头'给杀啦，妈里个×，老子真是撞了鬼！第二天，见没人认账，老子就弄了个假洋蛮子去顶，把狗屁李县长给搅糊涂啦！"孙世贵和盘抖出了老底。

孙世贵和他的大厨子的话完全一致。

"俺的要求挺简单，让俺孩押着这个王八蛋村长和那个娃离开，俺留下来给恁杀猪宰羊！"吴政委说起话来不急不慢，好像在开玩笑。

"为啥还带走俺的客人方村长，恁孩带着那个小龟孙走不就中啦？"孙世贵答。

"不中，一定得押着他，否则半路上恁会使绊子。俺丑话说在前面，看不到对面山顶上燃火堆，今天晌午就是恁孙世贵的最后一顿饭！"

张一筱看着自己的政委，心里有太多太多的感触。浮戏山游击队如果说是个家，那么徐司令就是严厉无比的男家长，而吴政委就是慈祥的女主人。吴政委比自己大二十几岁，打起仗来冲在前头，吃起饭来总是最后一个端碗去盛锅中剩下的稀汤，嘴里的理由还很充分，年纪大了牙不好，喝点稀的舒服。刚来到浮戏山雪花洞时，因为不适应洞中潮湿的气候，张一筱生了一身疥疮，前半身自己可以抹药，后背和屁股上自己够不到，吴政委就每次先用热毛巾把他的光身子擦干净，然后端着药瓶，从他的脖子一直抹到屁股沟，这么一抹就是半个月，边抹边骂："小兔崽子，咱们做个交易，等俺老了不中用啦，恁得给俺端碗红薯稀饭喝！"那时的张一筱还敢和政委开玩笑，笑嘻嘻地回答："既然老了不中用，稀饭里也就别放红薯了，端碗寡稀饭吧！"吴政委在张一筱的屁股上使劲拍了一巴掌，"小兔崽子，疼恁有个屁用！"刚才，两人在灶屋商量应对的措施，吴政委想到了挟持孙世贵救出那个娃娃的计谋，吴政委和张一筱心里都清楚，留下来意味着什么。张一筱提出自己留下来，但立刻遭到政委的拒绝，只得执行。吴政委看出张一筱脸上痛苦的表情，拍着部下的肩膀说："一筱，这事已经不是恁和俺个人的事了，是抗日的大事！俺之所以这样做，救娃娃是其一，其二是可以让娃娃爹娘给咱们提供更多的信息，最后一点，就是给裴君明和洪士荫看看，咱们共产党是在豁出性命救那个洋顾问，没有一点使绊子的歪心。"

"镢头"十几岁的外甥被领过来了，孩子神情恍惚，枯瘦如柴。

"还不快滚！"吴政委冲着张一筱一嗓大吼。

张一筱深情地看了政委一眼，这一眼，他心里清楚，可能是最后一眼。张一筱也看清了政委的眼睛，那双布满血丝的眼睛里没有恐惧，没有胆怯，没有绝望，是一种淡定、一种自若、一种希望的眼神。

张一筱手握盒子炮，扼着老方的脖子，领着"镢头"外甥慢慢退出了孙世贵的大院。

"孩，再给俺读一遍来的路上恁念的那首诗后两句吧！"吴政委看到张一筱即将跨出门槛，突然喊了一声。

"爹，孩给恁念，恁听好了！"张一筱眼含泪珠，扭过头来，先是深深鞠了一躬，然后举头闭目，一字一字喊着：

洛阳亲友如相问，

一片冰心在玉壶。

听罢两句诗的吴政委眼眶里噙满着泪水，他望着愣在门旁的张一筱，没有说出半句话，只是轻轻点了一下头，脸上露出满意的笑容。张一筱带人走了，离开大院十几步远，院内突然传来了吴政委的声音：

洛阳大哥如相问，

一片冰心在玉壶。

政委把"亲友"换成了"大哥"，张一筱明白其中的含义。走在回去的路上，张一筱泪流满面，嘴里一直重复着这两句诗：

洛阳大哥如相问，

一片冰心在玉壶。

后来，老方也加入了进来，和张一筱走着喊了一路。

洛阳大哥如相问，

一片冰心在玉壶。

再后来，山顶上燃起了篝火，徐麻子派的一辆车把老方一家转移去了洛阳，徐麻子则亲自带另一帮人护送张一筱回巩县县城。在县城边和徐司令分别时，张一筱牵着孩子的手，再一次哭着朗诵起来。

洛阳大哥如相问，

一片冰心在玉壶。

吴政委再也没有回来。

后话前说。1950年3月，解放军大部队剿灭豫西匪徒，捕获了孙世贵。枪毙他之前，孙世贵道出了实情。那天傍晚，看到对面山顶燃起篝火，杀猪的老吴头押着他撤离。孙世贵说，自己是个孝子，想在走之前到祠堂给死去的爹娘再磕一次头，算是这辈子的了结。吴政委押着他去了祠堂，祠堂里空无一人，两人进去后，老吴头关上了大门。

"恁看看，这祠堂里就咱俩，俺也跑不了，让俺给爹娘磕过三个头后恁再卡着俺的脖子吧！"孙世贵哭丧着脸说。

看到孙世贵的一片孝心，吴政委的心软了下来，他把胳膊收了回来，站在孙世贵身后一米开外，紧握手雷，留给孙世贵独自磕头的尊严。

孙世贵跪在一个破旧的棉垫上磕了一个头，接着又磕了一个头，正准备磕最后一个头时，地上的右手拔去了棉垫下的暗道插销，整个人连同棉垫眨眼工夫扑通一声落了下去。

吴政委扔下去的手雷响了，但孙世贵并没有死，因为暗道里还有岔道，他顺势拐进了岔道里。

孙世贵的手下从祠堂外冲了进来，吴政委牺牲在乱枪之中。

## 第 8 章

张一筱没有回瑞祥眼镜钟表店,而是去了娃的家。

"镢头"表姐和表姐夫看到自己孩子回来了,发了疯似的扑了过去,把娃紧紧搂在怀里,全然没有旁边张一筱这个救命恩人。一把鼻涕一把泪的孩子向爹娘叙述了事情经过,哭成泪人的两个大人扑通扑通跪在地上,捣蒜似的给张一筱磕起头来。

"不要谢俺,要感谢得谢俺爹,是他把娃换回来的。"一提到仍留在虎穴之中的政委,张一筱的心头像压了一块巨石。

"俺怎么谢谢恁们的大恩大德呢,恁们把俺家的香火续下去了,恁们把俺家的香火续下去了!""镢头"表姐夫拉着张一筱的手,久久不愿松开。

这时的张一筱刚想开口说明自己是浮戏山游击队的人,眼下正在想着法子寻找洋顾问的下落,但脑筋一转,怕节外生枝,还是认为暂不告诉为好。

"大姐大哥,俺不要恁们谢,俺就要恁们一句老实话!俺爹是个仗义人,看不惯孙世贵那个王八蛋杀了娃的舅还不放娃,才这么做的。在孙世贵那里,他八成会出事,因为他哪有什么真手雷,手里的东西是红薯,杀猪刀刻成手雷模样的红薯在炉膛里粘了灰。恁们得让俺知道事情的底细,一是对得起俺爹,还有,俺回家好给娘个说法。"杀猪匠的儿子张一筱蹲在了地上,双手捂着脸,哽咽着说出了自己的心里话。当然,他把真手雷说成了假手雷。

"大兄弟,为了俺娃,都把恁们害成这个样子啦,俺还有啥不能说的。"说这话的"镢头"表姐夫赶紧上前把张一筱扶了起来。

"孙世贵那个丧尽天良的王八蛋,绑走俺娃后,派人给俺'镢头'兄弟说,他那里有白馍和肥肉,让俺娃到他那里享一段福,只要俺兄弟告诉他个准信儿,他们只想见见那个洋蛮子,请他帮忙买几把枪,不会动他一根毫毛。只要安排见面，不管枪买成买不成，都放俺娃回来，想不到那个千刀万剐的不但杀了俺兄弟，绑走了洋人，还不放娃回来。""镢头"表姐夫把孙世贵如何绑走他儿子，然后要挟"镢头"的事详详细细说了一遍，和孙世贵的大厨子嘀咕的一模一样，这么一佐证，张一筱确定了事情的真实性。

"那恁们和恁们兄弟怎么不告诉官府？"张一筱问。

"镢头"表姐说："王八蛋孙世贵让手下人放了话，这事如果说出去，就让俺们抬着门板去十八里沟收尸！"

张一筱理解娃一家人的处境，毕竟他们都是目不识丁的农民，整天围着一亩三分地转，村庄以外的事情没有经历过，因为照顾一个死去了爹娘的表弟，才摊上了一场猝不及防的大难。对吕克特的卫士"镢头"，张一筱的态度就不一样了，既为他的做法而气愤，同时也可怜他的下场。但张一筱目前最想知道的是，孙世贵怎么想到了"镢头"这个人，并且对他的家世和亲戚了解得这么清楚。当时吴政委由于时间仓促，没有问孙世贵这个问题，现在，他必须了解到这个情况，看看其中有没有什么蹊跷之处。

张一筱想好了一句话，"大哥大姐，王八蛋孙世贵原来认识恁家兄弟吗，怎么大难都摊到恁们头上了啊？"

"镢头"表姐夫回答："不认识啊，俺家兄弟说，他从来没有见过那个杀人魔王，也不知道大难咋就摊到了自己头上。"

"他不认识，恁们家有什么亲戚在孙世贵手下做刀客或者什么的吗？"张一筱继续神不知鬼不觉地往下引导话题。

眨眼思考了一阵，"镢头"表姐夫搭话道："俺兄弟家爹娘都不在了，也没有什么叔叔婶婶，他几乎没有回去过。'镢头'只有俺媳妇一家亲戚，俺媳妇娘家的人不要说认识孙世贵，只要一听到他的名字，就差尿一裤裆啦！"

排除娃家亲戚堆里没有和孙世贵存在关联的人，张一筱随即把话题带入另外一个范畴。这个范畴，他还必须说得十分巧妙。张一筱这时脸上露出了气愤的神情，口出怒气："那一定是兵工厂里恁兄弟有仇人，想着法子把大难往恁家兄弟身上引，否则，几十里外的孙世贵怎么知道恁家有个传香火的娃娃？"

"不会，俺兄弟从来没有说过厂里他有什么仇人！"娃爹赶紧否定。

"不管恁兄弟有没有仇人，那个给孙世贵报信的人不但认识恁家兄弟，也对恁家特别熟悉。"张一筱尽量提出最多的可能性，让对面的两个大人一一排除。

娃的爹娘陷入的沉思。

过了一会，半天没有说话的娃娘突然想起了什么，嘴里嘀咕起来："认识俺兄弟也认识俺一家的人倒是有一个，但他和俺兄弟关系好着呢，绝不可能是他。"

娃爹听完媳妇的话，丝毫没有停顿，一边摇头，一边望着媳妇说："恁是说咱村的简毛子吧，他还和咱沾点亲，人家咋会害咱？！"

"简毛子是谁？"张一筱漫不经心地问。

"和俺一个村的，大名叫简化民，也在兵工厂当差，前几年还当过护厂队队长呢，不知道什么原因被撤了，现在在兵工厂看大门。"

听到同村的简毛子也在兵工厂上班，张一筱没有觉得有什么奇怪的。在巩县，兵工厂几万名职工，绝大多数是当地人，一个村有两个或者更多的人在里面上班，并不是什么稀奇的事。但听到简化民几年前当过兵工厂的护厂队队长，后面被撤职看大门后，张一筱心里暗暗吃惊。

"人家毛子待俺弟兄好着呢，如果有人欺负俺兄弟，他还出面帮'镢头'说话呢！"娃爹喃喃自语。

"就是，毛子前一段还张罗着给俺兄弟说媳妇呢，现在媳妇还没见上面，人就被那个王八蛋孙世贵给杀了。""镢头"表姐一边也替简毛子说话，一边骂杀人越货的魔王孙世贵。

"镢头"同村的简毛子简化民有问题，张一筱心里有了谱。他心里这么想，嘴上却没有言语。

"俺也认为这个人没有问题，都是同村同族的，别冤枉人家。"

又坐了一会，"镢头"姐夫一家要给张一筱做顿好饭酬谢，被张一筱推掉了，他说，爹还在孙世贵那里押着，他得赶快报告官府，另外也得回家给娘报个口信。

张一筱离开村子，急匆匆回城，从昨天后半夜出来，他还没有见过瑞祥钟表眼镜店里的同志，他要赶紧和四叔会面，一是向中共豫西工委汇报吴政委的事，二是商量下一步尽快核查简化民的行动。

张一筱哪里想到，一个更加严酷的现实在等着他。

接近夜里十点，疲惫不堪的张一筱回到了县城，离瑞祥钟表眼镜店还有二三百公尺的距离，他看到，前方一家店铺门口左左右右围了一大堆人。一身破烂衣服的张一筱赶紧加快了步伐，低头往前走，走到距人群百十公尺的地方，眼前的景象使张一筱不寒而栗，围观人群看的不是其他店铺，正是瑞祥钟表眼镜店。店门前，一队持枪的国军站着岗，屋里一片漆黑，几道手电光在里面忽左忽右闪着，几个便衣进进出出，张一筱一看走路的姿势和动作，就知道那是洪士荫的人。

混在人群中的张一筱低着头，心急火燎地观察着事态。

"大爷，出啥事了？"张一筱低声问旁边的一位老人。

大爷瞧了张一筱一眼，同样低声说道："响枪啦！"

从大爷嘴里，张一筱获知，大爷正在钟表眼镜店对面的一家茶水铺烧炉子，忽然听到铺子前面四五十米外的大街上一声枪响，就出来看个究竟。这声枪响之后，一队黑衣人群中的一个扑通一下栽倒在地，其他人没有顾他，而是提枪便往前面几十米的店门口冲，店内外响了几排枪，枪声一停下，门外几个穿黑衣的人就扑了进去，又是几声枪响，就再也没声息了，后面汽车便拉着更多穿军装的士兵过来了。

钟表眼镜店是自己来到巩县县城的落脚点，几天以来，自己和手下的人都是蹑手蹑脚，神不知鬼不觉地进出，而且还是单个进出，洪士荫怎么会发现这个据点呢？张一筱琢磨不出一个合适的理由。张一筱还不光想到这些，今天自己不在店里，但四叔、四叔手下的一个伙计，还有自己带来的五个弟兄都在店里啊，刚才听说店里店外响过几排枪，说明双方肯定交了火，交了火就会有伤亡，他们现在怎么样？混杂在人群之中的张一筱心如刀割，自惭不已，时间已经过去了五天，不但没有摸到一点吕克特确切的讯息，现在联络点又被发现，如果四叔和自己的人再出一点差错，咋向洛阳大哥交差啊？张一筱不敢再往下想，在心里默默祈祷，他希望店里的每个人都能平安。

半个钟头后，四个士兵抬着两个人的尸体走了出来。张一筱瞪大眼睛，直勾勾盯着士兵手中两具耷拉着脑袋的尸体，心里怦怦直跳，他踮起脚尖，伸长脖子向前望去，他不希望看到自己熟悉的面孔，他不希望昨天自己走时还鲜活的面孔今天就不再鲜活，自己尊敬的政委目前还吉凶未卜，再有不幸的事情发生，他张一筱实在受不了。四个士兵抬着人从张一筱面前走过时，他看清了，被抬的两个人浑身黑衣，身穿皮棉靴，这身装束不是自己熟悉的人，悬着的心终于落了地。

不过事情没有张一筱想象的那么简单，他刚刚低下头暗自喘了一口气，灾难出现了，又有四个士兵抬着尸体走出店门，瞪大双眼的张一筱看着四个人从自己面前走过后，他的心差一点从胸膛里迸发出来，这个时刻，张一筱真想放声大哭，像愤怒的狮子一样猛扑过去，撕碎抬人的士兵，撕碎屋内的杀人者。第一具尸体，张一筱看了半天才认出来，是从身上的灰色马褂辨认出的，是四叔店里二十来岁的伙计，头上被子弹打了个窟窿，还在往外淤着黑乎乎的血；第二具尸体经过自己面前时，张一筱一眼就认了出来，那是他最怕的结果，也是他最不愿意看到的结果，可却偏偏发生了。被抬着的这具尸体，身着长衫，灰色长衫上满是血迹，当张一筱看到他的鼻梁上架着一副破碎的眼镜时，双眼发黑，差一点昏厥过去，这个人是四叔！

　　昨天半夜，张一筱出发时，四叔和小伙计早早就从床上爬了起来，给张一筱炕了一打烙馍，还用开水冲了一碗鸡蛋茶。张一筱出发时，四叔笑着说："大侄子，看清了，纯白面的，大小厚薄都一样，带不回好消息，算是瞎子戴眼镜傻子看钟表，糟蹋俺俩的手艺啦！"四叔说完这句话，身边的小伙计哧哧笑了几声，也跟着起哄，"队长，两个鸡蛋可是俺师傅半天才挣出来的，没有好消息，师傅半天的活白干不说，老母鸡辛辛苦苦待在鸡窝里，两天算是白趴啦！"张一筱用手戳了一下小伙计的屁股，笑着回答："恁个半大孩放心，俺这次去，逮孙世贵家里的两只老母鸡回来，补偿恁的两个鸡蛋中不中？"现在，一切都成过去，一切都戛然而止，两人的笑貌音容还在自己的脑海里，但人已经变成了冰冷的尸体，被面无表情的人抬着，扑通扑通扔进了卡车斗里。

　　泪水从张一筱的眼眶中滑落。

　　痛苦和仇恨充满了张一筱的胸膛。

　　又过了半个钟头，店门里走出来一个人，张一筱一眼就认了出来，是洪士荫，如果只有洪士荫一个人在场，张一筱一定会毫不犹豫冲上去，拧断杀人者的脖子，为四叔和他的小徒弟报仇，但他现在不能，看着洪士荫在一群人的簇拥下登上汽车，张一筱瞪得滚圆的双眼没有眨一下，嘴里的大气没有喘一口，他相信，这笔血债，一定要用血来偿。

　　店门被封，门口留下两个士兵持枪把守，众人逐渐散去。

　　走在冷风飕飕的大街上，张一筱不知道去哪里。洪士荫带着人马离开，钟表眼镜店门被封，说明自己从山里带出来的韦豆子他们几个肯定不在里面，他们现在怎么样，人又在哪里是这个时候最让张一筱惦记的，还有那台从山里带来的发报机，是游击队最值钱的家当，它会落在洪士荫的手里吗？如果被洪士荫搜走，不好向徐司令交代暂且不说，更大的问题是他怎么把县城发生的事情向洛阳报告，后面怎么和洛阳联络？

张一筱毫无目的地走着想着，徘徊不定，痛苦不堪。凛冽的北风呼呼作响，吹进他行走了一天满身大汗的领口、袖筒和裤管里，如刀割一样锥心刺骨。大街两旁的店门吱吱呀呀纷纷关了起来，关上之后，屋内的煤油灯也迅速熄灭，街面上瞬间失去了光亮，失去了生机，变成了一片黑暗，变成了一片肃杀。在这绝望的街道上，张一筱口袋里没有一文钱，剩下的半打烙馍中午时分全部给了"镢头"的外甥，自己已经大半天没有吃过一口干粮，在空旷的大街上，张一筱腰里没有一件武器，没有枪，甚至连一把刀都没有，如果遇到巡逻的国军，他不知道自己如何对付。就这样，饥寒交迫、忧心忡忡的张一筱蹒跚前行，心里盘算着自己能去哪里度过这个阴森凄凉的夜晚。

张一筱首先想到了两个地方。

张一筱父亲在巩县开了两家商铺，一家丝绸店一家桐油店。前一个就处在诗圣街，桐油店开在巩县另外一条主街道三彩街上。前几天化装经过这两个店门口时，张一筱没有告诉自己的部下，只是偷偷侧目瞥了一眼，店里生意不错，人来人往，柜台前总是站满了人。两个店铺的掌柜张一筱再熟悉不过了，是看着他长大的两个远方亲戚，小时候不懂事的张一筱每次来店里，两个掌柜忙得前脚不搭后腿，刚烧好一碗鸡蛋荷包，又急忙搬出了一大块灶糖，搅和得店里顾客一肚子怨气。这个漆黑之夜敲他们的门，只要张一筱哼上一嗓，尽管已经几年没有见面，两个掌柜不用开门就知道是张家大公子的声音，不要说住一晚，就是住上个十天半月，两个掌柜也绝不会道半个不字。张一筱想到了这两个地方，但他并没有去，自己与父亲脱离了父子关系，这两个店已经与自己无半点瓜葛。

最后，张一筱又想到了一个地方。

想到这个地方时，张一筱心里不觉有了一股温热，这个地方就是红樱桃在戏院后面的住处。吕克特被绑走的前三天，红樱桃、戏院的杨老板以及所有的戏子们都被洪士荫圈在了兵工厂的宿舍里，三天三夜的折腾后，因为没有发现半点可疑之处，戏院的全部人马都被放了回来，勒令待在住处不得外出，随时准备应付提审。红樱桃放回来的路上，张一筱看见过她，而红樱桃却没有认出张一筱，尽管头发凌乱，身心疲惫，但张一筱仍然感觉出对面走过的人儿那股脚下之风，那股舞台之气，那是穆桂英的轻盈，是花木兰的飒爽，是金枝的秀媚，是白素贞的无瑕。已经好几年没有见面了，过去的好像是时间，停留的却是心中美人的容颜。张一筱真想轻轻喊上一嗓，唤上一句，但他不能，直到红樱桃消失在自己的视线里，直到红樱桃钻进自己的那间宿舍，再也没有走出来。如果张一筱今晚来到红樱桃的窗前，在窗户中间先快敲两下，再慢敲两下，他相信，屋内的人儿一定不会忘记几年前那刻骨铭心的声音，然后轻轻打开木门，在这寒风呼啸之夜，接纳他这个无处栖身的游荡者。

但张一筱没有去。

在伸手不见五指的大街上，张一筱独自一人惆怅地走着。即将走到这条街的尽头时，张一筱忽然看到街口处站着一队巡逻兵，正在一个接一个盘查过路之人，不得不退回街内。退回时顺势看了一眼街道两旁的建筑，装作走错了道，漫不经心地按照原路返回。站在街口正在抽烟的巡逻队队长还是注意到了张一筱，原来准备走出街口却又退回的行动引起了他的怀疑，便手提盒子炮，唤了一个端长枪的士兵跟着，加快步伐，从后面追了上来，边追边吆喝，"站住！站住！"在巩县这条主要大街上，张一筱清楚，街两头的明处有固定的巡逻队盘查，中间也一定有流动的暗哨，这个时候，他不能躲，更不能跑，否则明枪暗箭一齐来到，赤手空拳的自己肯定在劫难逃。行走着的张一筱在思考对策的时候，巡逻队队长和手下的士兵已经紧追到他的背后，手摇盒子炮，一声大呼："再不站住，老子就开枪了！"张一筱不得不停下脚步，一场危险的对峙即将开始。正在这千钧一发之际，一辆黄包车在张一筱面前嘎吱一声停了下来，车上跳下来一个人，对着张一筱一阵吆喝："山子，恁姐不是告诉地址了吗，恁咋摸到这里啦，家里人到处找恁，快上车走！"张一筱看清了，一边跳下黄包车一边高声大喊的人是兵工厂的姜大明。姜大明拉着张一筱要走，被巡逻队队长一声喝停："等会，恁是什么人？"姜大明掏出自己的证件，不慌不忙地说："兵工厂的，这是俺内弟，来巩县找工作，迷了路。"巡逻队队长从证件上看出，姜大明不但是兵工厂的，还是个小头目，便递回了证件。事情还没完，巡逻队队长扭头看看一身破烂衣服的张一筱，来了一嗓责问："让恁停下，为啥还走？""俺怕手里拎枪的，刀客孙世贵手里拎枪，一口气杀了俺村里七个人，俺一见拎枪的就害怕！"士兵搜查完张一筱的全身，毫无发现，便放走了张一筱。

姜大明手拉张一筱上了黄包车，拉车的不是别人，正是那位姓贾的胡须汉子。

张一筱接触到姜大明手时，他才感觉到，对方手心里满是热汗。车子跑出街道，姜大明才轻轻开了口："四叔出事啦！"

张一筱赶忙接过话，"俺都看到了，那个王八蛋洪士荫下的毒手！"说完这句话，又赶紧追问一句："韦豆子他们几个呢？"

"差一点点，枪一响，四叔就让他们从后院翻墙逃走了。"姜大明说话的声音颤抖，仍然心有余悸。

"咱们这是去哪？"张一筱问。

姜大明回答："先到俺家避一避，豆子他们都去了。出事后，俺们估计恁也该从十八里沟回来了，好几个人分头找恁，可把俺几个吓坏了。"

黄包车七拐八绕之后，进了一家深巷小院。

进了屋，张一筱看到，韦豆子五个人都在里间坐着，人人抱着头，低声啼哭，显然，他们也已经知道了四叔和小徒弟牺牲的事情。韦豆子一看到队长进屋，立马哗啦啦站了起来，个个脸上露出愤恨之色。

"队长，是洪士荫那个王八蛋杀的四叔他们，咱们去报仇吧！"韦豆子喊。

众人齐声附和。

张一筱没有说话，而是摆了一下手，让大家坐下。姜大明告诉身边的一个女人："恁别站这，去门口看着，有响动赶紧回来叫一声。"女人是姜大明媳妇，一看就是个精干的家庭妇女，便急匆匆关了里屋门，又关了堂屋门，去了院子里。

"血债血还！这个仇一定要报，但不是现在，现在要弄清情况，赶紧向洛阳大哥汇报。"张一筱语气坚定。

韦豆子向张一筱叙述了事情经过。夜里九点左右，他们一帮人正在地下室焦急等待队长张一筱的到来，忽然，四叔慌慌张张地跑了进来，说出事了，街道里刚才响了一声枪，让他们赶快带上家伙和发报机从后院翻墙逃跑，去姜大明家。韦豆子问四叔，他走不走，四叔说，他和徒弟不能走，否则谁都跑不掉。说完这话的四叔就带着徒弟，拎着手枪去了堂屋。正在翻墙的韦豆子他们听到，先是一阵砸门的声音，随即就是一排枪响……

听完韦豆子的叙述，张一筱对事情有了一个基本的了解，这与他在人群中听到的情况大致吻合。但一个疑点凸显出来，洪士荫率便衣队来钟表眼镜店抓人，肯定是神不知鬼不觉地扑来，怎么离钟表眼镜店还有几十米的距离，就响了一枪,并且还放倒了洪士荫手下的一个人?这声枪响,必定不是洪士荫手下人开的。

想到这个疑问,张一筱急忙问姜大明:"老姜,这一枪是我们在钟表眼镜店外面的同志放的吗?"

"不是,肯定不是!今天晚上没有其他同志去钟表眼镜店的任务。"姜大明说。

"那会不会是咱们的同志偶尔在街上看到洪士荫往店的方向走,来不及告诉四叔他们就提前放枪,既是反击也是报信?"张一筱分析另外一种可能。

姜大明想了一会,回答得还是十分干脆:"不会!事先恁和四叔都讲过,如果钟表眼镜店出事,大家有紧急情况,应该采取第二套方案,也就是到俺家里报个信,现在这么长时间过去了,没有一个人来过。说明其他同志不但没有开枪,到现在连店里出事也不一定知道。"

这一枪,既不是洪士荫一方开的,也不是自己的人放的,肯定另有其人,但这个人是谁呢?张一筱解不开这个谜团,陷入了沉思之中。

一天以来遇到的情况,是张一筱始料未及的。他的心情压抑到了极点,山里的吴政委在孙世贵匪窝中生死未卜,城里的四叔和徒弟却死在洪士荫的枪口之下,现在又突然冒出蹊跷的一枪,他不知道下一步还会出现什么新情况,但时间紧迫,一时半会他不可能得出结论,必须向洛阳汇报。

张一筱命令手下向洛阳发了一份电报,把吴政委深陷十八里坡、钟表眼镜店遇袭和简化民的可疑之处等做了汇报,等待下一步任务指示。

发完电报,张一筱先是布置胡须汉子拉着黄包车马上去通知县城里的其他同志,即刻切断与钟表眼镜店的一切联系,在家等待通知;然后又向姜大明、韦豆子他们交代了明天的任务。

姜大明家的里间只有一张床,大伙挤坐在这张床上,靠着墙,手里拎着枪睡着了,但张一筱没有睡意,他在和发报员等待洛阳的来电。这个时候,张一筱才感到饥肠辘辘,悲伤、紧张和不可思议的枪声使他忘记了问姜大明要一点东西吃。实际上,在他来到姜大明家时,女主人也问过他,他说吃过了。现在,人家都已经休息了,张一筱不想打扰别人,就一杯接一杯喝桌子上茶壶里的冷水,冷水穿过喉咙和肠胃,张一筱浑身打了一个冷战。

凌晨时分,洛阳来电。电文里说,之所以迟复,是因为半夜时分,他们收到了裴君明军长的急电，邀徐司令必须明早赶到巩县康百万庄园有要事相商。洛阳已通知徐司令明早赶到，同时要求张一筱可以开始摸排简化民的底细，但其他大的行动必须等裴徐两人会面结束，收到洛阳电告后才能进行。

鸡鸣三遍的时候，徐麻子赶到了康百万庄园。

徐麻子不是一个人来的，身后带着两个人，一个是卫兵，另一个是背有电报机的话务员。自从张一筱带走游击队唯一的一台发报机后，有重要情况，洛阳大哥都先通知离浮戏山最近的偃师地下党，然后由他们通知徐麻子。这一次，干脆把偃师的人和机器都调来了。

徐麻子一进康百万庄园南大院的门，裴君明和康奕声就迎了上去。

"徐司令，请问早饭可用过了？"裴君明虽然沉着脸，但礼节还是周到。

徐麻子是个直性子，没吃不会说吃，于是大声答道："吃个屁！赶了半夜的路，喝的还是昨晚上的汤，裴军长的急电，俺徐某人哪敢懈怠半刻！"

一行人进入西方三丈，稀饭、馒头、油条、鸡蛋和咸菜上桌。

"徐司令，事不宜迟，咱们边吃边说。"裴君明看着浑身热气直冒的徐麻子，一刻时间都不想耽搁。

徐麻子一手抓着油条，一口下去就拧断了半根："请说！"

"徐司令，我们签订过共同抗日协定，你们为什么首先破坏这个协议？"裴君明开了口，脸色一如既往地板着。

"什么？我们首先破坏抗日协议？"徐麻子放下手中的半根油条，嘴里的半根也吧嗒一下吐在了地上。

"想必你也应该知道，洪士荫站长奉命去瑞祥钟表眼镜店，本来是例行检查那里有没有藏着洋顾问，但离店还有几十米的路程，你们的人突然就开了枪，把洪队长的一个部下给打死了。巩县县城按照协议是我们的防务地盘，你们却跑到县城里，不分青红皂白就开枪杀人，不是破坏抗日协议是什么？"裴君明言之凿凿，语气逼人，眼睛瞪着徐麻子。

"原来是这事，那您先让我吃根油条再说。"说完这句话，徐麻子三下五除二把一根油条给吞得无影无踪，然后又送了两口稀饭。

稀粥入肚，徐麻子用手抹了一把嘴，好像来了力量和勇气，镇定自若地讲起话来："裴军长，巩县县城是您管辖的地盘不假，但您上次要我们交出那个洋蛮子，现在你我都清楚，洋蛮子还被人藏在县城里，要我们交，也得让我们到县城里找，找到才能交啊！您裴军长兵强马壮，我们来到县城，只有一个目的，就是找洋蛮子，不要说给您捣蛋，给您添乱，就连大气也不敢出，怎么会破坏抗日协议？"

"那为什么先开枪杀人？"裴君明再次逼问。

"军长，馍得一口一口嚼，话也得一句一句说。洪站长的人马好端端地走在大街上，我的手下为啥就向他开枪？"徐麻子话慢理不迟。

"你不要给我装糊涂，洪站长去查你的老窝，怕隐藏洋顾问的事情败露，你的手下无奈提前开枪报信，屋子里的人才得以押着人离开。"裴君明终于说出了实情。

徐麻子知道洪士荫这次去搜查瑞祥钟表眼镜店，说明他已经掌握了那里是共产党联络点的底细，但洪士荫从哪里得知这个极少数内部人才知道的秘密呢？徐麻子要利用这次机会，打探出一点风声，于是，他接了裴君明的话："军长，您后半句的话是真是假俺先不说，咱们先理论理论前半句。谁告诉您瑞祥钟表眼镜店是我的老窝，我可从来没有说过这话。"

裴君明知道徐麻子在和自己拧麻花，如果他提到的问题不说清楚，事情很难往下进行，外加徐麻子不是个软蛋，弄不好谈话就闹崩了，想到这些，裴君明干脆把发现瑞祥钟表眼镜店的内幕给抖了出来："徐司令，洪站长隔离审查了一批人，其中朱荻和王炳生两人你该认识吧，他们为了抗日大业，放弃两党前日隔阂，给我们说出了你们在巩县的联络点，还说这个联络点仓库里有个秘密的地洞。一听有地洞，洪站长带人去搜查，有什么不妥吗？"

尽管裴君明说得轻描淡写，但徐司令听后心里如锥刺般痛心。四叔出事，看来真如中共豫西工委分析的一样，内部出了叛徒。叛徒带来的直接后果，除了四叔和徒弟的牺牲，更给张一筱下一步在县城的搜寻带来极大的麻烦，时间只剩两天，洋顾问仍然杳无音信，徐司令异常沉重。此时的徐司令清楚，现在不是考虑谁是叛徒的时候，还必须与对面的裴君明唱完一场已经拉开帷幕的大戏。知道瑞祥钟表眼镜店的底细后，洪士荫以搜寻洋顾问之名，能不能找到失踪的吕克特暂且不论，趁机端掉对手的一个老巢，则是顺手牵羊之事，这正是裴君明和洪士荫的逻辑。既然对手已经摸清了钟表眼镜店的底细，徐司令掂量着如何把裴军长后半句话应付好。

"巩县是老兄的地盘，怎么查都是应该的，况且还是为了抗日的大局。瑞祥钟表眼镜店过去是我们的一个联络点不假，但两党合作后，这个点就再也没有做过对两党之间不利的事情，不但没做，还在积极打探洋顾问的下落，这次店里的两个人也被洪站长枪杀了……"徐麻子讲过一阵话，心中酸楚难受，再也讲不下去了。

裴君明没有给徐司令喘息的机会，而是咄咄逼人："恁们才死了两个，我方死了三个，这个责任不能说说了事，要追究谁先开枪的责任！"

"裴军长，谁先开枪谁就必须承担责任，这句话我现在就答应您，但一件事必须搞清，到底是谁先开的枪？怎么不清不楚就断定是我们的人先开的枪？"徐麻子不依不饶。

"洪站长带人去搜查你们的老巢，你们不开枪谁开枪？"裴君明有理有据。

"去搜查钟表眼镜店，洪站长是秘密行动，人人穿着便衣，店里的两人并不知道，知道了难道还不撤离等着吃枪子？枪声响在离店里几十米外的大街上，当时满街都是人，凭什么断定是我们的人开的枪？"徐麻子是个老游击，对此类事情经历无数。说完这一段话，徐麻子看了一眼裴君明。见对方一时没有反应，徐麻子放出了狠话："裴军长，咱俩都是军人，咱们今天立下军令状，写三份，一份给政府，一份给我们游击队，第三份咱们贴到巩县大街上，如果最后查清是我们的人先开的枪，我立马来到南大院，用这把手枪自我了结！如果是其他人开的枪，您裴军长敢用腰里的家伙自我了结吗？"徐麻子说完这句话，从腰间拔出手枪放在了饭桌上。

裴君明没有想到徐麻子会来这一手，顿时沉默下来。

徐麻子看到裴君明顿住，马上追击上来："老兄，我先把这几天我们得到的消息给您通报一下，我们再讨论到底是谁先开的第一枪中不中？"

裴君明不语。

徐麻子把游击队吴政委去十八里沟摸到的情况做了通报。裴君明听后大吃一惊，随即就是一句："胡说！"

"老兄您去'镢头'表姐家核实核实，如果我说的话有半句假的，一切责任我承担，抓去坐牢和枪毙都可以。现在看来，孙世贵的可能性已经排除，一定有其他人暗中捣鬼，绑架洋顾问另有主谋！"徐麻子没有被裴君明的气势吓倒，而是理直气壮。

"谁?"裴君明大声质问。

"老日!"徐麻子断然回答。

当徐麻子说出老日两个字时,裴君明心里咯噔了一下。这些天来,他和洪士荫不分黑天白夜地搜寻,越搜寻,一个可怕的念头在脑海中越是强烈,这就是绑架吕克特的对手是内行,而且是极为专业。五天过去了,该使用的人力和技术全都使用了,整个县城翻了几遍,始终没有发现半点蛛丝马迹,这种手法和组织程序,绝非一个小小游击队所能策划,日本特务组织的参与越来越成为裴君明和洪士荫判断的主向。这种判断一产生,越发令两人毛骨悚然,两人更是一口咬定共产党游击队不敢放松,他们要为今后寻找不回吕克特找一个替罪羊。

裴君明从饭桌旁站了起来,气势汹汹地开了口:"徐司令,你说是老日从中作梗,离间你我,挑起争斗,好从中浑水摸鱼,可我们一连查了五天,没有发现半点老日的蛛丝马迹,倒前前后后都有你们的人马时隐时现,这是怎么回事?既然你说我们都是军人,那我现在也明确告诉你,军中无戏言,咱们前面定过时限,现在还差两天,后面的事情你们看着办,我们大后天早上这里见!"

说罢此言,裴君明踢开身边的凳子,扬长而去,走到门口时,对门外的康老板撂下一句话:"康老板,麻烦你帮我送客!"

## 第 9 章

太阳跃出地平线的时候,徐司令把在康百万庄园与裴君明唇枪舌剑的情况及时汇报给了洛阳。洛阳迅速给张一筱做了通报,随即下达了三项命令,并说这三项任务已经得到延安社会部批准。电报布置的首要任务是搞清谁开了瑞祥眼镜钟表店外的第一枪,然后顺藤摸瓜找出吕克特藏匿之地;其次是查清谁交代了瑞祥眼镜钟表店的地址,是朱荻,是王炳生,还是两人都叛变了;最后一项任务与第二项有关,如果两人都叛变,取消第三项任务,对于未变节的同志,一定要设法营救,这样的人是当下抗日有用之才,国民党囚禁不用,我们用,延安兵工厂特别需要。

接到电报,张一筱把人手随即分成四组。姜大明负责摸清厂内的情况,胡须汉拉着黄包车蹲在厂门口跟踪门卫简化民,韦豆子等五个人继续打探几个可疑点,张一筱化了装,独自一人在昨晚打响第一枪之处重点摸排。他的想法与洛阳来电一致,查不出谁开的第一枪,就解不开四叔和徒弟遇袭身亡,钟表眼镜店被捣毁之谜。

姜大明一大早来到食堂,刚泡好一杯茶,还没有来得及喝一口,桌子上的电话就叮铃铃响起来了。电话是厂办公室打来的,通知从中午开始,送的盒饭减少三份,说是吕克特的司机蔺天基、制枪分厂的车工王炳生和给顾问打扫房间的一个清洁女工审核结束出来了。蔺天基被洪士荫放了出来,姜大明一点不觉得奇怪,目不识丁的清洁女工出来,他也同样毫不惊奇,但王炳生出来,朱荻没有同时获释是他没有想到的。在巩县兵工厂内部,有地下党的两条内线,一条是以朱荻为首的工人线,一条是姜大明这条线,两条线都单独和四叔联系,要不是吕克特出事,姜大明至今还不知道朱荻和王炳生是自己的同志,只知道平常工厂里工人要求涨工资和增加夜班补贴,两人都是带头的,深受工人的拥戴。由于保密工作的需要,尽管总务处的伙夫们在他面前称道朱荻和王炳生是两条汉子,姜大明从来不表态,不但不表态,还经常说上几句讽刺之语。在自己的手下面前是这样,在工厂的管理层,姜大明也是这种态度。洪士荫在厂内开展过几次甄别共产党的活动,姜大明都是第一批被剔除掉。白天在工厂说过口是心非的话,下班回到家,姜大明经常一个人闷坐在里屋,半天不说一句话,内心充满无尽的痛苦。四叔批评过他好几次,干这一行,就得白天是鬼,晚上是人。

王炳生能出来,姜大明心里十分高兴,出来一个是一个,自己的同志脱离洪士荫的魔窟,他求之不得。从另一个方面想,如果从他那里知道洪士荫藏人的地方,或许今后组织上能够用得上。他要把这个消息尽快告诉张一筱,同时还要尽可能利用自己总务科长的身份接触蔺天基或王炳生,套出一点有用的信息。

姜大明接完电话,就去伙食班通知做份饭的炊事员老郭头。老郭头一听,脸上露出了惬意的笑容,自己一连做了六天不明不白的饭,有时半夜三更还要爬起来加做审讯人员的夜宵,心里不顺畅。之所以说是不明不白的饭,是因为老郭做好的每顿饭,都由一辆带斗的摩托车来取,用一床棉被蒙上装满饭盒的车斗后,呼呼开出了厂门,吃下顿饭时再把脏兮兮的饭盒送回来,饭盒到底送到了哪里,老郭头一概不知,自己做饭却不知道谁吃饭,更不知道吃饭人对饭菜的评价,掌了一辈子勺的老郭头心里所以有点不顺畅。

"姜科长,恁说说,到底他们在哪吃俺做的饭菜?"正在洗一大堆饭盒的老郭头嘟囔道。

"老郭头,这事别问俺,俺就管恁这几个秕谷子烂糠货,这么大的事恁要么去问厂长,要么去问洪站长。"姜大明向来言辞犀利,手下人都怕他三分。

老郭头看着姜大明,咧嘴笑了起来。

"从今晌午开始,就做十一个人的饭,减少三份乙类饭。"姜大明继续说道。老郭头做的饭分两类,审讯人员吃的称甲类,被审人吃的叫乙类。甲类的有荤有素,外加白米饭。乙类的统统红薯面窝头,白水煮萝卜或者白菜。

"那三个家伙的和尚日子熬到头了?"老郭头感慨地问。

"这个问题恁不用去找厂长和站长,俺可以告诉恁,顾问的司机蔺天基,扫地的清洁工,还有一个叫什么王炳生的。"姜大明回答得干净利索。

"三个好人,三个好人!好人总是吃苦受埋怨,就像俺!"老郭头边洗饭盒边唠叨。

这回轮到姜大明笑了。

姜大明笑完,正准备转身离开伙房,无意间听到了一句老郭头的抱怨,这句抱怨后来帮了姜大明和张一筱极大的忙。

老郭头说:"少三份乙类饭好,这猪食一样的饭好做,但饭盒太难洗。"

姜大明停下了脚步,扭头望着水池边的老郭头:"又嘀嘀咕咕说个啥?"

老郭头用手指着水池里的浑水,对姜大明说:"姜科长,恁瞧瞧,俺做的饭按照洪站长的要求,一滴油没放,但送回来的饭盒一进水池,水面上漂的全是油花,洗几遍都洗不净。"

姜大明赶紧往水池中看去,果真像老郭头所言,池中热腾腾的水面上漂着一层密密的油花。几天来,姜大明按照张一筱的吩咐,一直在打探洪士荫关人的地点,可惜一无所获,对任何一点可疑的蛛丝马迹,都不会放过。

"老郭头,恁没放油不假,是不是他们在吃饭的时候,偷偷放了油,这样饭盒里才会有这么多的油花?"姜大明知道自己说的话不成立,还是说出了口,他想借老郭头的经验,看看能否挖出一点有用的信息。

"不可能!科长恁仔细瞧瞧,这油和咱们吃的棉籽油不一样,棉籽油漂在水面上是黑色的,这油的颜色是褐色的,一点都不黑。"老郭头对炒菜用的油盐酱醋的颜色了如指掌。

"可能是大油吧?"巩县人把猪油叫大油,姜大明再次试探。

"不可能!大油凝固时是白花花的,见到热水溶化,虽然油光光的,但都是无色的。这油见热水溶化后在亮光处一晃,却变成花花绿绿的彩色,俺做了一辈子饭,没见过这样的大油。"老郭头说得确确实实和姜大明亲眼看到的一样。

"恁那双秫米子割的小眼俺不相信,别光看颜色,闻闻味道!"姜大明虽然表面上和老郭头有一搭没一搭地开着玩笑,心里却一直盘算着下一步。

"俺闻过好多次了,没有一点香味。"老郭头的话很利索。

"俺也闻闻。"姜大明说完话,伸出食指,在水面上轻轻刮了一下,满手指都是油花,他把手指放到鼻子前面,嗅了很长时间,果真一点香味没有,不但没有香味,还有一点奇怪的味道。

这种味道,姜大明好像在哪里闻到过。

"别管他了,洗恁的碗吧,说不定洪站长用的是德国进口的大油,给那些被审的家伙补补脑子，好回忆交代过去的事吧！"姜大明扯起嗓门对老郭头说。他拿起案板上的抹布，擦掉手指上的油花，走出了伙房。

姜大明动了个心眼，他擦干净的不是食指，是中间的那根指头，食指瞬间被他藏在了手心里。回到自己的办公室，关上门，姜大明再次把食指放在鼻孔前闻了又闻，看了又看，他在思考食指上的东西到底是什么。

这种味道，姜大明并不生疏，但他就是想不起来。细心的姜大明坐在桌前，静静地琢磨起这种神秘的东西来。

首先，这种东西是油，只有油类才会漂在水面上，而且在热水里一溶化，看起来油花花的。姜大明决定采用排除法，在自己知道的油类中一一过滤。姜大明的排除法先从食用油开始。棉籽油和大油被老郭头排除了，在食用油中还有羊油和牛油，巩县地区回民比较多，很多人家吃羊油和牛油。羊肉有一股膻味，姜大明闻了手指，一点膻味没有，说明不是羊油；牛油没有膻味，但放在热水里和猪油一样，是无色的，不可能是褐色的，同样也可以剔除。

排除完食用油，姜大明往见过的非食用油类上联想。他第一个想到了蓖麻油，但很快也被他否定了，因为他抽斗里就有蓖麻油。蓖麻油在中医上是一种泻药，如果哪个工人吃了食堂的饭消化不好，喝一丁点蓖麻油就可以了。姜大明拉开抽斗，从瓶子里倒出几滴在大拇指上，大拇指上的蓖麻油是种黄色的黏稠液，而食指上的东西是褐色的，对不上。顺着褐色这条线，姜大明想到了桐油。姜大明分管的仓库里有好多桶桐油，每年他都会安排工人拿着刷子刷桐油，用于兵工厂机器的保养和室内木地板、天花板、座椅以及室外围栏、木桥等的养护。桐油颜色是深咖啡色，与褐色接近，但气味不对，桐油有着一种特有的松香味，而食指上的东西是另一种味道。

最后，姜大明想到工厂的机器用油上，只有这种可能了。柴油是姜大明第一个想到的。之所以想到柴油，主要是因为柴油放到热水里溶化后，也会产生花花绿绿的颜色，想到这一点，姜大明心情一阵激动。但当他再一次闻过食指上的东西，心情马上阴沉下来，柴油的味道整天弥漫在车间里，他太熟悉了，与手指上的味道对不上。不是柴油，是什么呢？苦苦思索数分钟后，姜大明才想到了煤油。一想到煤油，姜大明同样是一阵不小的激动，因为工厂停电时，他必须点煤油灯照明。不但在厂子里点，在家也一样。想起煤油灯，姜大明回忆起一件事：一次儿子挑煤油灯灯芯时，不小心弄翻了油灯，煤油溅了儿子一脸，只得用清水洗，洗完之后，儿子冒了一句话："爸爸快来看，煤油在灯瓶里没有颜色，咋到水里就变成花颜色啦？"食指上的东西在水里也是"花颜色"，与漂在水面煤油颜色相似，这一点相似使姜大明激动。颜色相似，气味呢？姜大明又一次闻了闻食指，还是不对，煤油有一股很重的臭味，但食指上的东西丁点儿臭味都没有。姜大明不得不否定掉煤油。

不是柴油，也不是煤油，会不会是汽油呢，汽油在工厂里也用得很多啊！汽油具有极强的挥发性，饭盒上沾有汽油的话，从被审问的人吃饭到把饭盒送回，起码得有两三个钟头的时间，早就挥发完了，怎么还能出现在老郭头的水池里？管吃喝拉撒的姜大明只熟悉这三种工业用油，现在一一排除了，黔驴技穷的姜大明坐在竹椅子里，一动不动，苦恼至极。

苦恼至极的姜大明继续苦思冥想。

半个多钟头后，姜大明突然想到了一种油：机油！

对机油，姜大明没有像柴油、煤油和汽油那样熟悉，他不敢贸然下结论，必须去找点机油来，和食指上的东西作个对比，他才能下结论。

姜大明勾起食指，捏在右手手心，走出总务科办公室的大门。姜大明去了制枪分厂。之所以去制枪分厂，姜大明一是去偷偷弄点机油，二是去会会刚刚回来的王炳生，看看能否从他那里得到一点有用的信息。来到制枪分厂，分厂主任黄全收看到了姜大明，寒暄道："老姜，哪股风把恁吹来了！"姜大明笑嘻嘻地答道："老伙计，恁这是咱全厂的主力，白天黑夜忙得屁颠屁颠的，俺这个烧锅做饭的来问问，伙食咋样？"话一说完，姜大明给黄全收递了一支烟，两人站在分厂办公室门口攀谈起来。黄全收一口气提了好几个问题，什么白菜里油渣太少，馒头碱水过了头，还有糊涂稀饭里有面疙瘩等，姜大明听后直点头。待黄全收说完，姜大明表了态："全收，饭不是恁一个人吃的，不能光听恁一个人叽喳，俺得到厂房去，多问几个人！"

黄全收领着姜大明进了车间，车间内机器轰鸣，喧嚣鼎沸，一支接一支的中正式步枪正在组装、测试、上油。姜大明走到一位工人面前，问过两个关于饭菜的问题，那个工人一转身，姜大明背在身后的左手没有闲着，食指悄悄地在机油桶里浸入一个指节，然后迅速抽出，团进手心。

姜大明接着随意在车间走了一段距离，又询问了另外一个工人。问完之后，他又在几十米长的车间内随意走动，准备再询问一个工人，黄全收知道姜大明是在用随机抽样的方式了解食堂的伙食,但姜大明边走眼角边朝四处瞥瞅,他要寻找一个人,这个人就是王炳生。

姜大明和黄全收最后停在了王炳生跟前,王炳生正在给枪管上润滑油。

"这是厂里总务科的姜科长。"黄全收介绍姜大明。

"这位师傅,食堂这一段的伙食怎么样?"王炳生不认识姜大明,姜大明认识王炳生,但这时他只能装着不认识。

王炳生胆怯地站立着,不知如何回答。

"大明,他叫王炳生,刚解除审查回来,这一段没在厂里食堂吃饭,别问他啦!"黄全收急忙解释。

姜大明立马装出十分惊奇的样子,但旋即脸上露出了笑容:"哎呀,恁就是王师傅,早上厂办刚通知过总务科,别再做恁的份饭了,出来就好,出来就好!这几天都吃的凉饭吧?"

"凉饭。"王炳生嘴里挤出两个字。

"都是厂里的兄弟,又不是犯人,咋不让县监狱里的伙房生个炉子热热,身体垮了还生产个屁枪?!"姜大明有点愤愤不平。

"不是监狱,是一处破旧的老宅子,没有炉子。"王炳生回答。

姜大明知道不能多问了,再问半句就是多余,在扭头走开之前,对着王炳生说了一句:"出来了就好,今后可以吃上热饭啦!"

黄全收陪着姜大明走出了车间。

"老伙计,明天俺就让食堂按恁和师傅们提的意见改正,今后保准恁们吃得满嘴都流口水。"姜大明笑着说完话,拔腿要走。

"不再喷会,这就走!?"黄全收挽留姜大明。

姜大明没有停下脚步,而是应了一嗓:"俺再到其他地方听听意见。"

急匆匆回到办公室,姜大明从里面锁上门,迅速伸出左右两个食指并排放在一起,不比不知道,这么一比,姜大明傻了眼。左手食指上的机油呈现出蓝色半透明状,而右手食指上的东西则是褐色的。

姜大明扑通一屁股坐在了竹椅上,这个结果出乎他的预料。

低头坐着的姜大明痛苦郁闷,两个钟头过去了,还是没有找出一点有用的线索,他真想大声喊上一嗓,"他奶奶的,这东西到底是什么油?"但他不能,张一筱交代的事没有完成，他不能泄气。

姜大明抬起头来，准备调整思路。忽然，他看到了桌子上自己的茶杯和茶杯旁边的热水瓶，一个想法瞬间涌现在他的脑海里，自己右手食指上的东西是从热水里捞出来的，何不把左手食指上的机油放在热水里一会，然后再捞出来，对比一下呢？

姜大明迅速从热水瓶往茶杯里倒了大半杯热水，然后把左手食指浸入热水里，一阵热辣辣的感觉过后，左手指头上的机油全部漂在了水面上。姜大明先用布擦干左手指，然后毫不犹豫地在茶杯里捞起油来。

当两根食指再次放在一起的时候，姜大明差一点惊叫起来。

两根食指上的颜色一模一样，全都是褐色。不是工程师出身的姜大明哪里知道，清洁的机油本身是蓝色半透明的，但如果加热之后，就变成了褐色。

坐在竹椅上，姜大明满额都是汗水，他自己也分不清是由于紧张还是由于激动。对他来说，这些都不重要了，他要马上分析出，饭盒上的机油到底来自哪里，这个问题分析清了，审讯人的地方也就有点眉目了。

点了一支烟，姜大明坐在竹椅上，他在思考饭盒上的机油到底是从哪里来的。老郭头每次做饭，都用两个锅，好馍好菜盛到大一点的甲类饭盒中，杂面窝头和清水煮菜盛到小一点的乙类饭盒里，盛好后用毛巾把饭盒外面擦得干干净净，放进了同样干干净净的铁皮箱，随后老郭头和驾驶员把铁皮箱抬进摩托车车斗里，又用保温的棉被蒙上，全程没有沾上一点机油；而拿回来的甲类饭盒上没有机油，而乙类饭盒个个都有，可能是在吃乙类饭时沾上的。这说明吃乙类饭的地方有机油，吃乙类饭的有十几个人，不可能关在一个房间，个个饭盒上都沾有机油，说明他们关押的房间都有机油。

下一步，姜大明要确定巩县除了兵工厂，哪些地方用机油，哪里还能看得到机油。之所以排除兵工厂，姜大明知道，摩托车每次在食堂装完饭盒之后，都是轰隆隆地发动，然后风驰电掣地驶出厂门，最终不知去向。这就说明，饭不在兵工厂内吃，饭不在兵工厂内吃，人也就不会在兵工厂内藏匿。开摩托的年轻家伙是洪站长手下的人，腰里别着枪，一天到晚板着脸，从来不多说半句话。老郭头好奇，斗着胆子问过一次饭送到哪里，结果碰了一鼻子灰。开摩托的人对老郭头凶巴巴，对姜大明还是客气的，姜大明按照张一筱的吩咐也试探着问过一次。那次他问得很委婉，说这样送来送去怪麻烦的，就让总务科派个人去做饭吧，这样可以吃个热乎饭，遇到连夜审问，也好给洪站长炖个蛋羹擀碗面条什么的，但开摩托的人一笑了之，回答说他自己只管开车送饭，在哪里做饭，做什么饭的事还是向洪站长反映。

姜大明是郑州人，来兵工厂工作已经十几年了，对巩县虽然很熟，但哪里有机油的问题对他来说却是个难题，靠自己一个人的力量是分析不出来的，他必须去找一个人。这个人就是厂门外拉黄包车姓贾的胡须老汉，姜大明叫他老贾。

姜大明手拎一个空酱油壶走出了办公室，来到厂门外后，坐上了贾老汉的车。

姜大明告诉贾老汉去酱油店。

"老贾，咱们巩县城里，哪里有用机油的地方？"一上车，姜大明就急匆匆地问贾老汉。

"都啥时候啦，恁还操机油的心？"贾老汉不知道姜大明葫芦里卖的什么药。

姜大明探头看看路两边没人，身子向前倾斜，低声说道："老贾，俺比恁心里还急呢，这是张队长需要的信息，恁赶快帮忙想想！"

张一筱来到巩县后，给大家做过规定，行动时要相互协作，但不能打听别的同志查询的目的，拉车的老贾知道这一点，现在姜大明需要这方面的信息，他必须配合，但不能打探为什么。老贾每次修理自己的黄包车，都要在修车铺加点机油，于是扭过头来，同样低声说："南街的修车铺。"

"修车铺多大？"姜大明问。

"街边上的一个破棚子，最多两间房大。"贾老汉没有犹豫就回答了问题。

姜大明迅速否定掉了南街的修车铺，因为那里不可能关得下十几个人。焦急的姜大明没有停顿，接着问道："老贾，还有其他啥地方？"

"咱巩县火车站。站台边除了卖票的屋子，还有两间办公室和三间修理房。俺每次拉客人从旁边过，都听到里面敲敲打打的，说不定有机油。"贾老汉说完这段话，低头不语继续往前拉，坐在车上的姜大明则反复斟酌起来。听到火车站修理房有三间宽，姜大明心里一阵激动，这与王炳生无意间提到的几间破房子，不能生火热饭很是相似。巩县火车站的这些建筑，姜大明虽然没有贾老汉那般熟悉，但模模糊糊有印象，毕竟每年去洛阳、郑州和开封都要来回十几趟，他知道火车站旁确实有几间破屋子。既然屋子里如贾老汉所说都是修理的机器配件，要修理这些沾油带腻的东西，自然是不能生火热饭的，外加房子有三间，关押十几个人绰绰有余，是个可疑的地方。姜大明的思考是双向的，不但想到了可能的一面，他也分析了不可能的一面，就是火车站白天黑夜人流不断，就是三间房能装得下十几个人，摩托车轰隆隆一天几个来回，狡猾的洪士荫会把关人的地点选在那里吗？

姜大明这次判断不了了。

姜大明接着再问贾老汉还有没有其他地方，拉了十几年黄包车的贾老汉对整个县城虽然烂熟于心，但再也想不起其他地方。

在酱油店打完满满一壶酱油，姜大明坐在车上马上回厂。在回去的路上，贾老汉向他问了一个问题："姜科长，俺从天亮一直蹲在厂门口，咋没见简化民那个王八蛋在门卫房露头？"

"会不会他昨天夜里上的后半夜的班？"姜大明问。

"这个俺倒没有想到。"贾老汉边走边说。

"老贾，这样，俺马上回去帮恁打听一下简化民的情况，恁把俺放到厂门口，拉着车子去趟火车站，仔细瞧瞧那三间修理房。咱们中午按照张队长的要求在我家里碰头。"

贾老汉点了点头。

食堂开饭了，大厅里乌压压坐满了人，人人都是一手拿着馍，一手捏住筷子夹菜，吃得津津有味。姜大明左手拎着一个小本本，右手拿着钢笔，在饭桌旁询问吃饭人对伙食的反应。姜大明询问三个人之后，走到了给吕克特开车的蔺天基桌边，实际上他早就瞄上了对方，询问前面三个人只是做铺垫。姜大明之所以找蔺天基，是想核实王炳生所说话的真假。

"天基老弟，看恁都瘦成皮包骨头啦，心里一定在骂老哥俺吧，但今个俺要说明白，给恁送的饭菜俺也想放肉加油，上面不让啊！"姜大明的话里一半是关切，一半是内疚。

"不关老哥的事！"蔺天基说。

"看把老弟折腾的，看来恁在监狱里不但没吃上东西，也没有睡过囫囵觉？"姜大明开始了自己真正的问话。

姜大明的这句话勾起了蔺天基的痛苦记忆："比监狱还差，几间破草房，窗户上连纸都没糊，每天半夜都冻醒好几次，还睡个屁囫囵觉！"蔺天基愤愤不平。

"出来就好，出来就好！今后老弟想吃点什么，言语一声，老哥给弄！"姜大明拍了两下蔺天基的肩膀，既是同情也是安慰。

"谢谢老哥！"蔺天基站起来点头道谢。

离开蔺天基的饭桌，姜大明又在饭厅里征求了几个人的意见，最后来到了护厂队队长任青山的座位旁。

姜大明笑着问道："俺的任大队长，今天晌午的饭菜咋样？"

"中，中，油渣多了两筷子，塞得俺满牙缝都是！"任青山用手中的筷子指了指盆里的白菜烧油渣。

"花卷馍呢？前几天老简骂食堂做的花卷馍杂面多白面少，恁尝尝今晌午的咋样？"姜大明不动声色地把话题引到了简化民身上。

任青山先看了一眼花卷，又使劲咬下一口，吧嗒吧嗒在嘴里嚼了起来，边嚼边嘟囔："噫！俺说老姜，别听那个龟孙的，满嘴喷屎，说话没个球数。"

"任大队长，恁可以骂老简，俺可不敢，饭菜再做不好，他一状告到黄厂长那里，总务科长的位子就不是俺姜大明的了。刚才俺找了他半天，想听听他今天的意见，咋在大厅里找不着人呢？"姜大明说完话，又举目在饭厅里横扫了一遍。

"老姜，别找了，不但恁找不着，俺也找不着。昨天夜里人都没来上夜班，今天上午也没来，派人去家里找，他那个胖母猪老婆也不知道人到哪里去了，嚷嚷着还问俺要人呢！俺要是厂长，早就开除了这个龟孙。"任青山放下筷子，显得十分气愤。自从因为蒋介石一句问话没有回答上来撤掉简化民的职务，由任青山顶替以来，简化民和任青山两人间就明里暗里矛盾不断，相互使绊子，这在护厂队里是公开的秘密。

"那今后见到老简再说！见到老简再说！"姜大明笑着搪塞。搪塞归搪塞，姜大明听说简化民从昨天晚上就不见了踪影，心里暗吃一惊，老天爷啊，自己的同志都在打探这个简化民的下落，希望从他身上发现有用的线索，现在他突然不见了身影，后面的事该怎么办啊？

姜大明帮拉车的贾老汉探清了简化民的情况，贾老汉同样不是偷懒的人，拉着黄包车马不停蹄去了巩县火车站。

火车站位于巩县县城北部，是郑州和洛阳之间的三等小站。来到火车站，贾老汉把车停在离维修房三十米开外的一棵大树下，抱着头，眯起双眼躺在车斗里，装作等客人的模样静静地观望。维修房只有一个大门，开在中间，从敞开着的大门里，贾老汉看到里面有两个工人手举焊帽，弯腰低头，全神贯注地在焊接铁架子，飞溅的火花把整个屋子都给映红了，屋子里弥漫着电火花产生的白色雾气，雾气从门口向外溢出，给维修房蒙上了一层神秘色彩。在外边蹲了个把钟头时间，贾老汉没有看到人进人出，估摸这儿不是关押十几个人的地方。贾老汉还是不放心，毕竟自己是从外边瞭望，看到的也仅是中间那间房的情况，如果这些都是假象，两间里屋内藏有玄机，自己没有发现，那责任就负担不起啦。想到这里，贾老汉跳下黄包车，松了腰带，提着裤子蹑手蹑脚地走进了维修房内。

维修房门口的两个人正在焊接铁架子，没发现有人走进房内。贾老汉先在三间房的东间转了一圈，又在西间屋转了一圈，转圈的时候，两只眼睛四处观望。三间修理房，墙壁边没有柜子，也没有桌子，只是摆着一个接一个的铁架子，铁架子上面挂满了大大小小，奇形怪状的火车配件。不光架子上挂着东西，地上也全是黑乎乎油腻腻的车轴、横梁、轴承、曲柄连杆、铁条钢棍，火车和黄包车不一样，火车上的东西贾老汉说不出来名字。贾老汉是在找人的，眼里这些冷冰冰的钢铁铜铝器物他一点都不感兴趣，就这么望了一圈，贾老汉彻底放下了心，因为三间房内没有半点人居住的痕迹。正当贾老汉准备走出维修房的大门时，一个工人看见了他。

"干啥哩？"工人盘问闯进来的陌生人。

"师傅，俺到恁这里看看有没有屎茅子，俺今个冒肚！"贾老汉双手提着裤子，脸上露出尴尬的表情。巩县地方话把拉肚子叫冒肚。

两个工人哈哈大笑起来。

"恁真会找地方，这里像冒肚的地方吗？"一个工人嚷。

"快走，快走，脱了裤子到前面坟地边冒去！"另一位工人叫。

"那好，那好，俺去坟地边冒，声音大点也没啥。"贾老汉提着裤子走出了维修房的大门。身后传来两个人的一阵嬉笑。

贾老汉确认了火车站维修铺没有问题。

离开火车站，贾老汉看时辰尚早，还没到响午接头碰面的时间，便拉着黄包车去了他经常修车的铺子。去黄包车修理铺，并不是他的车子有问题，而是想再打听一下巩县哪里还有机油。

"老伙计,给车子加点机油,跑起来像在地里拉犁子。"贾老汉与修车铺的小老板很熟。

小老板很是诧异,劈头就问:"恁不是前两天刚加过吗?"

"这两天跑得多,油耗得快。"贾老汉边说边给小老板递了一支烟,然后又掏出火柴点上火。

"老贾,抽了恁的烟,这回就不收钱了,不过下次得收。"小老板嘴里叼着烟,给贾老汉的车轴加了几滴机油。

等对方加完机油,贾老汉切入了主题:"老伙计,恁的机油在哪里弄的,俺也想去备点,往后就不来占恁的便宜啦!"

"噫,恁老贾说的啥球话,啥叫哪里弄的,买的!咱巩县就一家五金杂货铺卖机油,其他地方想弄也弄不来。"小老板数落贾老汉。

贾老汉从小老板那里得到了那家五金杂货铺的地址。

拉着黄包车,贾老汉径直去了五金杂货铺。杂货铺门面很小,生意冷冷清清,一个老人双手插在袖筒里在门旁打着盹。贾老汉进屋时,老人哼了一声,并没有起来,仍然坐在原地似醒非醒。杂货铺只有一间屋子大小,沿着四周墙壁架了一圈长条桌子,桌子上零乱地摆着锤子、老虎钳、扳子、铁钉、电线等物品,桌下的几只铁桶内装着煤油、机油和腻子等物什,显然都是些待售之物。贾老汉左瞥右瞄许久,断定这个破败的店铺藏不了任何猫腻。

贾老汉什么都没买,低头悄悄瞧过一阵之后,便出了店门,拉起车子走了。

自己知道的巩县三个有机油的地方贾老汉一一查验了一遍,晌午与姜大明和张一筱碰头的时候,他可以踏踏实实说话了。

拉着黄包车去姜大明家的路上,贾老汉看到,街两旁的不少商铺门都已经用又粗又长的铁拔钜牢牢地钉上了,街上的人们大多行色匆匆,似乎丢了魂魄。自从日本人开到了黄河北岸,把大炮口瞄准黄河南岸,巩县县城变了样,原来熙熙攘攘的人群不见了,满街弥漫的饭馆的香味消失了。他贾老汉过去每天能拉个十个八个客人,现在能拉上一个两个都不错了;在这个两军对垒、大战即将来临的当口,很少有外地的客人再来巩县。非但如此,巩县当地一些有钱有势的商人和官员也都纷纷把家眷往豫南信阳、武汉以及西安方向转移了,整个县城一下子萧条了许多。眼见这一切,贾老汉的步履沉重了许多,他不知道自己一家老少今后的日子怎么过，也不知道生活了几十年的家乡巩县今后将面临怎样的厄运。

巩县后来的命运比黄包车夫贾老汉想象得更糟。

这是后话。

# 第 10 章

吕克特失踪第六天的半晌午，姜大明和贾老汉各自分头打探的同时，张一筱带着韦豆子来到了诗圣街，他们要摸排谁开了第一枪。

根据昨天晚上茶水铺烧炉子那位大爷的描述，第一枪是在离瑞祥钟表眼镜店五十来米处的大街上响起的，他们就决定把摸排的重点放在枪响处附近几家店铺。之所以把重点放在这一段，是张一筱昨天后半夜思量再三决定的。

张一筱一夜未睡，最终得出三个结论：一是开这一枪地方选得精妙，离瑞祥钟表眼镜店不是一百米，也不是一二十米，而是五十来米处。对前去偷袭的一方来说，自然会想到是被搜捕者的同伙或者线人所开，这一枪，既是报信，也是狙击，意在延缓偷袭速度，打乱搜捕计划；况且偷袭者还没有到达目的地，一人已经中枪毙命，肯定胸中怒火中烧，使偷袭不得不变成强攻；对被搜捕者来说，这一枪看似暗地里帮了忙，其实不然，因为路程实在太近，即使听到枪声，也已没有过多时间准备，更不可能从容判断袭击者是哪路神仙，只能仓促应战，持械做拼死抵抗，最终造成了双方火并的后果。通过这么一分析，张一筱更加坚定昨天的判断，这一枪是挑拨离间的一枪，是引发双方生死冲突的一枪。张一筱的第二个结论是，开这一枪的人肯定躲离在枪响之地附近不远的地方。洛阳发来的电报中已经说明，洪士荫带人去搜查，是临时决定的，没有走漏一点风声，告知手下十来个人后，就立刻乘车到达诗圣街口，因怕汽车和摩托声音太大惊动对方，便徒步前行，在离钟表眼镜店五十来米的地方就挨了冷枪，只有一种可能，有人在响枪的地方设有一个秘密观察哨，并且观察哨里的人对洪士荫及其手下的人特别熟悉，他们一看到洪士荫带领一队人马急匆匆来到，就马上认出了他们，而且及时采取了行动。第三点结论是，开枪之人或者同伙不但对洪士荫的人很熟悉，同样对瑞祥钟表眼镜店也很熟悉，洪士荫带人在诗圣街一露面，他们立刻明白了是去瑞祥钟表眼镜店，便毫不犹豫地执行了早已准备好的方案，在恰当地点开枪，使得双方相互怀疑，相互残杀，自己这一方则坐收渔翁之利。

　　基于以上推理，张一筱这回百分之百地认为，能有如此缜密部署的第三方只剩下一种可能！共产党没有做，国民党不会做，土匪孙世贵已经被排除，巩县城里的三帮地痞也已经排除，再没有其他可能性。之所以说没有其他可能性，张一筱的根据是，在这种时候，巩县城里的任何一个帮派或个人没有能力和胆量在戒备森严的街道开枪滋事，更没有能力和胆量挑起国民党和共产党两派之间的血拼。

　　必是日本人所为！

　　确定是日本人所为之后，张一筱心里一阵莫名的酸楚。

　　作为一个洛阳人，张一筱在开封上大学时，不但读过很多日本诗人的诗，也知道洛阳和日本文化的渊源。

　　张一筱对日本的了解来源于大学里一位姓顾的教授。顾教授是洛阳城人，早年在日本学习日本诗词，留学的城市是京都。在课堂上，一身西装的顾教授告诉刚刚入学的张一筱和同学们，京都太像洛阳了，简直就是日本的中国洛阳，他自己在那里学习的时候，有时竟分不清到底身在中国还是在日本。从顾教授嘴里，张一筱才算彻彻底底理解了什么叫"一衣带水"。顾教授说，日本过去的首都不是现在的东京，而是京都，京都的历史要追溯到平安时代，那时叫"平安京"，直到一千多年后的明治维新时才把首都迁到东京。平安京最初被分成东西两个子城，东城"左京"被叫作"洛阳"，西城"右京"被称为"长安"。后来，时过境迁，"右京"由于地势低洼渐渐没落。偌大个平安京最繁华的就是"左京"——"洛阳"了。京都完全按照中国洛阳的城市格局建成，以至于顾教授这样地地道道的洛阳人在京都经常生出"梦里不知身是客，常把异乡当故乡"的感觉。中国的洛阳为十三朝皇城，自古是帝乡，而日本的"洛阳"在古代日本不仅是政治、文化、宗教的中心，也有着其他城市不可媲美的独一无二的繁华景象。在古代日本人的眼中，"洛阳"之外尽是蛮荒之地。顾教授还告诉张一筱他们，直到现在，京都城内仍然有洛中、洛西、洛南、洛北等称呼，前往京都被叫作"上洛"或"上京"，回到自己居住的城市京都时，都自豪地称为"归洛"。最使张一筱难忘的是，顾教授说，在他学习的京都大学旁边，有很多以"洛阳"命名的地方，什么"洛阳幼儿园""洛阳高级技工学校""洛阳中学""洛阳客栈""洛阳茶寮"

等等。

顾教授最后还告诉同学们，从公元七世纪初至九世纪末约两个半世纪里，为了学习中国文化，日本国先后向唐朝派出十几批遣唐使团。这些遣唐使团在唐朝受到盛情接待，他们一进入中国境内，地方官员马上迎进馆舍，像贵宾一样安排食宿，同时奏请朝廷予以接见。这些遣唐使回到日本后，把中国的文化、教育、法典、建筑等方面的模式在日本复制，促成了日本的快速发展，也搭建了两国友好往来的桥梁。

张一筱清楚地记得，文质彬彬的顾教授讲到中日甲午战争时，在课堂上差一点流出泪来。

过去的朋友再一次成了对手，成了敌人，不但张一筱没有想到，那位顾教授也没有想到。更让顾教授没有想到的是，1937年4月，一位来自京都的日本旧友从天津来到了开封，请他出面为大日本帝国做点事，所托之事使顾教授心惊胆颤，立即婉言谢绝。旧友走后，顾教授认为这事算是过去了，但老学究错了。四个月之后，"八一三"淞沪会战爆发，那位旧友再次来到开封，恭请顾教授出马做事，薪水是大学教授的十倍，顾教授这次不是婉拒，而是断然拒绝，旧友只得鞠躬离开。一个月后，顾教授在开封一家医院看过胃病后，嗓子却突然莫名其妙地哑了，再也说不出一句话，再也背不出一句日本诗词。

现在，张一筱必须面对来到洛阳的日本人，他心里有着无比的酸楚。

从酸楚之中回过神来，张一筱把响枪之地左右三十米的范围列为重点排查区域。第二天一大早，农民打扮的他和韦豆子便出现在这一带的街面上。在六十来米的距离内，诗圣街总共有十九家商铺，其中十家关着店门。前一段张一筱住在钟表眼镜店时，日夜在诗圣街上活动，哪家店哪天关门歇业，张一筱早已心中有数，这是他在延安培训班学到的基本功夫。在张一筱准确的记忆中，这十家店都是出事前关的店门，每个店门不但上了铁锁，而且都用拔钜牢牢地钉死了。走在街上的张一筱仔细观察了这十家店的店门，拔钜没有弯曲，门板上也没有新的钉空，说明门板自从封钉后就没有重新开启过，没有重新开启过也就证明这十家店铺里没有住人，也没有外人进入，所以张一筱排除了这十家店铺作为日本人观察哨的可能性。

剩下的九家店铺分列在诗圣街的两侧，北侧三家，南侧六家。张一筱先从北侧摸起。北侧的第一家是个私塾，巩县人崇文重教，诗圣街上就有两家学堂，一家在瑞祥钟表眼镜店的隔壁，另一家也在北侧，但已经关门了。来到巩县后的第一个晚上，张一筱问过诗圣街的情况，听四叔讲过，这家私塾的先生是个瘸子，乡下人，六十多岁，和老伴两人租房开了学堂。

张一筱来到私塾门前，正要进屋，屋内传出了娃娃们每天上课前必唱的河洛童谣，他自己从小也唱过。

> 月婆婆，
> 明晃晃，
> 开开后门洗衣裳。
> 洗得净，
> 捶得光，
> 打发哥哥上学堂。
> 读诗书，
> 念文章，
> 锦旗插到咱门上，
> 看那排场不排场！

张一筱没有进屋打断娃娃们的美好歌声，大敌当前的巩县，再没有比娃娃的梦想更美好的东西了，尽管这种梦想是短暂的，是虚幻的，是不可能实现的。立在门口，直到孩子们哼唱完，他才进屋。

"老先生，要兔子皮吗？做个皮帽不冻脸蛋，做个坐垫不冻屁蛋！"肩上扛条扁担，扁担上挂着五六张兔子皮的农夫样的张一筱一本正经地问。

老先生一听张一筱的话，扑哧一声笑了起来，学堂里的娃娃们也跟着哄堂大笑。

在老先生和娃娃们大笑不止的时候，张一筱的眼神迅速察看了一遍学堂里的情景。三间房子，两间是教室，说是教室，实际上就一个三尺长三尺宽挂在墙上的黑板和十几个坐在高高低低小板凳上的娃娃，另外一间既是灶屋也是睡觉的地方，里面除了一张破床、床边一个装衣裳的木箱、一张做饭的案板和一个煤炉外再无他物。一贫如洗的教书先生勉强维持着生计，早上娃娃们来时开门，傍晚时关门的寒酸私塾,不是自己寻找的地方,张一筱心里明白。

"这位大哥,俺不要,快走吧,娃娃们要背书啦!"老先生和蔼地说。

张一筱向老先生鞠了一躬,退出门外。

紧挨私塾的一家店是个箩店。箩是巩县家家户户都有的用具,家里面粉发霉生了虫子,舍不得扔掉,就用箩摇一摇、晃一晃,面粉从箩底的细孔漏下,上面的虫子倒给鸡啄。年成好的时候,巩县人喜欢喝酸浆面,把黄豆磨碎,用箩滤除豆渣,再把豆汁置一晚发酵,用发酵过的豆汁下面条,酸中带甜,甜中有香,再泼半勺辣椒酱,更是酸甜香辣兼备,没有三碗四碗是不会撂碗的。箩店有两间房,一间是工坊,另一间空荡荡的,地上摆满了大大小小的箩,箩店里制箩的有三人,一个寡妇带着两个小女孩。肩扛灰白黄各色兔皮的张一筱从门口走过一遍,瞄了店里的情景,没有进去,这样的店铺张一筱认为不但行动起来没有回旋的余地,一个驼背的女人也不可能敏捷地击毙训练有素的特工后,迅速逃离得无影无踪。

北边一侧剩下的最后一家店是个花圈寿衣店,门口两边各摆了一只破旧的花圈招揽生意。张一筱毫不犹豫地闯了进去。

"请问师傅,要兔子皮吗?做个皮帽不冻脸蛋,做个坐垫不冻屁股蛋!"张一筱重复自己的贯口。

花圈店的老板正在和一个低头哭泣的人谈生意,不经意间看到一个穿得破破烂烂的年轻人进来了,嘴里说着不三不四的俏皮生意话,显得十分生气。

"去去去,不要,不要!"老板大声吆喝。

张一筱之所以进这个店,实际上不是因为怀疑这个店。张一筱早就知道,这个花圈寿衣店早上开门,晚上关门。昨天晚上出事时,店门肯定是紧闭的,因为巩县有个习俗,店里的老板和伙计是不会睡在花圈之中的,那样不吉利,只有死人才会躺在花圈丛中过夜。张一筱之所以还是进来了,他是想看一看店里制作花圈寿衣的工具和制成的花圈与寿衣摆放的样式。在张一筱眼中,三间房摆放得杂乱无章。张一筱眼中的杂乱无章不是做生意上的杂乱无章,是特工行动上的杂乱无章。花圈寿衣和工具摊间的通道弯弯曲曲,没有形成直线,直线间也没有相连,这在主动出击或者被动撤退时,是要误时的。张一筱于是断定,这个店是个生意人的店,与日本人无关。

在张一筱摸排北侧三个店面的时候，韦豆子也摸排了南侧的四个店。韦豆子查看的这四个店都是一间房的店，瓷器店、吹糖人店、炒凉粉店和瓦盆店，张一筱提前给他吩咐过，先查小店，大店留到最后。这四个店面都十分狭小，里面也没有吃饭睡觉的家什，并且做生意的都是单个人，眼中缺乏韦豆子寻找的那种眼光。从人的眼神中捕捉到常人难以察觉的信息，张一筱有这手本领。前几年，他还特别对韦豆子作过训练。这次韦豆子进入四家店铺，不但注意店里的摆设，还特别留意四位店主的眼睛，弄得对方以为大清早洗脸时粗心，眼角还留有眼屎。经过一番细致的观察，韦豆子认定这四家店铺和店主都没有可疑之处。

南侧剩下了两家店铺，一个铁匠铺和一个糊涂茶店，两家店相连。

所有的可能都系于这两个店了。张一筱和韦豆子没有直接进入这两家店铺，而是退到几十米远的街边，手里数着钱，装着是在计算卖了几张兔皮的钱，嘴里说的却是别的。张一筱告诉韦豆子，这两个店他们两个一块侦察。铁匠铺小，先查铁匠铺，他自己进到店内，韦豆子绕到街后察看铁匠铺和糊涂茶店后边的情况，半小时后两人碰头，合计后再打探糊涂茶店。

张一筱扛着挂有兔皮的扁担进了铁匠铺的店门，耳朵里立刻传来熟悉的敲打撞击声。这家铺子在张一筱见过的铁匠铺里面，不算小也谈不上大，方方正正两间屋面，两间屋的后墙中央开了一道门，通向后院，而这时的门是关着的。两间屋子中间，放着一个半人高的火炉，巩县人叫烘炉，烘炉里正蹿动着半尺来高的火苗。火苗蹿动不是自发的，动力来自炉边的一个四尺长、三尺高、一尺半宽的风箱。张一筱之所以对风箱大小如此感兴趣，他心里核算过风箱的体积，估摸过这样的体积能否装得下人高马大的德国顾问吕克特。张一筱在延安时，接受过裸眼目测物体体积和重量的严格训练，不但目测静物，还得目测动物。一次培训班正在窑洞上课，一位陕北老汉赶着三只羊从门口晃过，上课的老师马上停了下来，让学员估算三只绵羊的身高、体长以及大致重量，实际上老师的问题不是随便提的，那是一场目测培训的考试，全体学员中只有三个人的答案八九不离十，其中一个就是张一筱。六天以来，只要在可疑地点见到可疑的东西，张一筱观察长宽高之后，都要核算它的体积，刚才他核算过私塾里床头装衣裳的木箱，核算过箩店里一只大箩的体积，因为其他的箩都面朝上敞着口，而那只大箩面朝下盖着，不知道里面有没有东西，最后他还核算过花圈寿衣店老板置放各种纸张的柜子，核算之后，他都排除了里面藏人的可能。不光自己算，早上来诗圣街的路上,他指着一辆下面前后椭圆,上面堆成尖顶的运煤的人力车,让韦豆子算体积,急得韦豆子一头虚汗。

话再回到铁匠铺的风箱。拉风箱的是一位满脸淌汗的女人。风进火炉,烘炉膛内的火苗上下蹿跳,炉内通红闪亮的煤块里埋着两个需要锻打的铁件,铁件已烧得通红。烘炉边上,稳稳竖立着一个砧子。巩县人嘴里所说的砧子,实际上就是一个半尺见方的大铁墩。张一筱进屋之后,看到砧子四周围站着三个人,其中一位是五十多岁的师傅,左手握着铁钳不停翻动通红灼热的铁件,右手拎着一把小锤,不紧不慢地用特定的手势指挥两个壮实的年轻人轮流锻锤铁件。不一会儿,一块厚实的铁件变成了一个扁扁的铁片,又过了一会,一个做饭用的锅铲的雏形就出现了。

"老师傅,要兔子皮吗?做个皮帽不冻脸蛋,做个坐垫不冻屁蛋!"张一筱又是那句贯口。

一手握钳另一手拎锤的老汉看了张一筱一眼,嘴里吐出两个字:"问她!"随后回头看了拉风箱的女人一眼。女人并没有停下手里的风箱,而是用嘶哑的声音嚷了起来。

"这位小兄弟,恁走错地方了,都说冷跳井,热打铁,恁睁眼瞧瞧,大冬天俺们一家个个都流汗,还要暖和的兔皮干啥?"女人说话的同时,边瞅其他三个男人。

听了满脸汗水女人的这句话,张一筱迅速捕捉到两点信息:一是四个人是一家人;二是这家人个个都耳背。不管是老汉还是女人说话,声音都高得出奇,他们离张一筱的距离顶多两米左右,常人说话不需要这么高的音量,肯定是经年累月铁锤震坏了耳朵。

张一筱听女人说话的时候,眼睛也没有闲着。两间房子的铁匠铺内,四圈地面上摆满了农耕用的耙钉、锄头、镐身、镰刀、马掌和日常家户用的菜刀、铁勺、刨刀、剪刀、门搭吊等。除了这些铁器铁件,烘炉旁边还有一个直径两尺长、高一尺有余的圆形石槽,里面盛满了冷水,供淬火时用。

墙边上还有一张木床,上面卷着一床被子。

"大嫂,恁们白天生炉子暖和,夜里不生炉子,睡在这屋不就冷了,给俺叔做顶兔皮帽,夜里戴上暖和!"张一筱这句话,是看到了墙边的床和老师傅的光头后才说的。

"这位小兄弟，恁还真是块做生意的料，俺一家四口人，夜里就一个地方冷，一眼就被恁看中了。好，那就给老头子的光葫芦买个夜里戴的！"爽朗的女人不但声音大，笑声也大，明显是四人当中做主的。

"老头子，恁要黑的还是灰的，自己挑！"女人朝着男人一声吆喝。

锤声停歇了下来，女人、老师傅和两个儿子围过来挑兔皮。当四人翻动兔皮的时候，张一筱首先看清了四双手，手心里老茧满布，手面上裂口条条，让人一瞧就知道是凭力气挣饭吃的人，眼前的情景，正应了巩县流传着的一句顺口溜："人间三大苦，打铁撑船磨豆腐。"看过这四双手后，张一筱初步判断女人和家里的三个男人不是歪门邪道之徒，但他不会轻率地确认，因为自己要辨认的对手实在太精明老辣了，不能仅凭皮肉之相就下结论。就在四人挑选兔皮的几分钟内，张一筱逐一扫视过四双眼睛。这四双眼睛大小不一，清浊有别，转动时的灵活程度也稍有差别，都有一个共同点，就是发出的光芒是明净纯洁的。多年的经验告诉张一筱，这种明净纯洁与年龄和职业毫无关系。张一筱还注意到，见到兔皮时四人脸上都挂着微笑，兔皮拿在手里时又反复掂量查看，然后轻轻揉搓。四人的神情和动作告诉张一筱，他们对这些算不上贵重却又非日常必需的物品内心有着本能的渴望。这种渴望有钱人无法伪装。

到了讲价的时间了。张一筱还要进行最后的测试。思考一番后，他开了一个价钱，故意把声音压成了正常人都能听清的程度。张一筱的话一出口，女人就反问："多少？俺没有听清！"女人一脸茫然，张一筱判断，女人确实没有听清自己的话，其他三个男人的表情和女人如出一辙，表明他们个个都没有听清。到这里，张一筱认定，这一家四口人是长年累月围着风箱和烘炉劳作的人，不可能是一时半会为了特殊需要装扮成打铁的。

买卖做成，张一筱的任务也就完成了。张一筱给一家人鞠躬致谢之后，女人笑着对老师傅说了一句话，把一家人都逗乐了，也把张一筱逗乐了。

"老头子，看这小兄弟，不光生意厚道，人也长得顺溜，要是恁有个闺女，就让他做恁的姑爷吧！"

被铁匠家看上的张一筱会心一笑之后退出了铁匠铺，直接来到了与韦豆子约定的地点。他手里一边佯装数着钱，一边和韦豆子说话。韦豆子讲起了自己所看到的铁匠铺和糊涂茶店后面的情况。韦豆子说，诗圣街上所有的店铺都不是相连的，而是自建的，因此一个店铺和另一个店铺之间都有个一人肩宽的小道通向店后。每家店铺后面都有个后院，后院都用一人高的土墙围着，土墙中间开着一扇门。围墙后面有一条小路，小路很长，几乎与前面的诗圣街并行，小路的后面就是别人家的房子了，因此小路也可以说成是一条巷子。韦豆子怕引起两户人家的怀疑，并没有直接趴到围墙中间的那扇门边往里看，而是攀上巷子里一户人家屋后的大树看的。铁匠铺后院中央有一口水井，井边堆着一堆劈好的木柴，别的就再无他物，而糊涂茶店后院中央同样也有一口井，井边全是碗筷，看来这井是用来洗碗的。张一筱问韦豆子，两个后院有没有不同的地方，韦豆子说有，糊涂茶店后院里有一棵大洋槐树，树底下有一个小房子，而铁匠铺后院里没有。

韦豆子汇报完，张一筱沉默了很长时间，最后对焦急的韦豆子说，走，先回去，咱们得换换装再去查糊涂茶店。

最后只剩下了一个糊涂茶店，命悬一线的糊涂茶店！如果再查不出线索，一切都将前功尽弃，一切希望都将化为泡影。张一筱感到了空前的压力，时间只剩下一天半，至今一条重要的线索还没有突破，他心里清楚，这次是最后的机会了。

张一筱两人一前一后回到姜大明的家，半个小时后，两人再次一前一后离开，朝诗圣街走去，去进行最后一次的摸排，希望与绝望几率相同的摸排。

在家化装的时候，张一筱脑子也没有空闲。他想起了巩县的一句俗语："宁和响器对门，不与铁匠隔墙。"意思是响器班虽然吹吹打打，喧嚣不停，但奏拉的赖好都是曲子，耳朵忍受得住；铁匠铺就不一样了，风箱哗哗啦啦地响，小锤叮叮当当地敲，大锤轰轰隆隆地砸，小铁件收拾的时间短，大铁件整理的时间长，时长时短，杂乱无章，轮番不歇，住在隔壁，耳朵和脑袋都受不了。几年来，糊涂茶店的生意一直很红火，诗圣街上仍然还有不少空闲的店面，明知这些，却仍然不搬不迁，张一筱觉得里面有文章。

队长说过自己的想法后，韦豆子忽然浑身一惊，想起了一件事。三天前的那个晚上，四叔派手下的伙计去街上买酒肉为他们几个人送行，结果伙计提来了一壶糊涂茶。吃到一半的时候，有人敲门，原来是糊涂茶店的掌柜来取壶。由于事先得到情报，洋顾问已经用枪弹从孙世贵手里换回来，尽管韦豆子从四叔和伙计那里知道糊涂茶店的掌柜来过，但没有报告张一筱。

张一筱听完韦豆子迟到的报告，不禁大吃一惊，瑞祥钟表眼镜店遭袭，四叔和伙计出事,十有八九是那次露的馅,钟表眼镜店就两个人,怎么一顿喝得下那么多碗糊涂茶,房内一定隐藏着一伙人。分析到这一点,张一筱和韦豆子两人不寒而栗,糊涂茶店肯定有问题。

半晌午,张一筱和韦豆子的身影再次出现在诗圣街上。这一次,张一筱摇身一变,上身穿了一件蓝色丝绸长衫,走在路上忽闪闪亮,头戴深色呢子礼帽,鼻梁上还挂着一副圆墨镜,完全是个生意人的打扮,不慌不忙地朝糊涂茶店走去。身后的韦豆子身着灰色马褂,头顶瓜皮黑帽,一副伙计模样,说时迟,那时快,两人一前一后进了店。两人抬脚入门的时候,心情几乎一样,六天时间了,费了九牛二虎之力,终于锁定了这里,一定要拿下这个店,发现有用的线索,成败在此一举。

这天,糊涂茶店里的生意不如往常好,搁在过去,半晌午时分店里面全是人,有坐的,有蹲的,还有站立的,人人手中一碗飘香的油茶,而今天店里面稀稀拉拉的客人围坐在三张桌子旁,呼呼啦啦低头喝着。

两人进了屋,韦豆子直接去了门边桌子后坐着的掌柜处,开口便道:"掌柜的,来两碗糊涂茶,要摇摇铜壶,别弄两碗稀汤寡水的糊涂茶。"

敦实的中年掌柜一听这话,就知道眼前的这位小伙计懂得油茶。在油茶店,铜壶在出茶之前得使劲前后摇上几下,把壶内的茶水和杏仁、核桃仁、花生仁给摇匀了,否则倒出来的都是上面的稀汤,好东西出不来。

韦豆子在和中年掌柜言谈的时候,张一筱背着手,在屋子里寻找喝茶的位子。张一筱人在走,藏在黑色镜片后面的一双眼睛翻动不停。

三间房子的糊涂茶店前后有两个门,前门是临街客人出入的正门,后门通向院子。店里除了低头趴在桌子上喝茶的顾客,一共有三个人在忙活,一个是店门边正和韦豆子说话的掌柜,一个是在桌边跑前跑后收拾碗筷的小伙计,另一个就是在三间房中央一只大铜壶边站立的老汉。铜壶立在平地上,足足到老汉的胸口处,铜壶边摆了一张小方木桌,桌上放着一叠碗和一堆汤勺。门口的掌柜报声几碗油茶,老汉就摇动大铜壶两三下,然后扶壶柄倾斜着倒出相应的碗数,从铜壶嘴里倒茶的时候,长长的壶嘴中首先冒出的不是茶,是一股热气,呼呼直响,倒完油茶后,老汉扶正壶身,但这股热气仍然没有停息,只不过吱吱声减弱,喝糊涂茶的客人都清楚,店里的香气,一半来自自己的碗中,一半来自这个壶嘴里。

三间房的店面打理得干干净净，中间和东边一间摆了四张桌子，桌子周围各有四张长凳，是用来招待客人喝茶的，这两间屋子，除了桌子和板凳再无他物。西边的一间是工坊，靠南墙边离后门最近的是个大水缸，水缸边垒着一方灶台，烟囱通向后院，灶台上的铁锅直径四尺有余，紧挨着是个小风箱，灶台前堆着劈开的木材和麦秸，麦秸生火用，木材才是烧锅的主材。西间的西墙边，一排儿置放着四口缸，大豆缸、花生仁缸、杏仁缸和核桃仁缸，每口缸上都有个木盖，缸身中间都贴张红纸，红纸上的字标明缸里的藏物。四口缸边还有一个小孩儿高的石臼，石臼是用来捣碎油茶原材的。张一筱在几个桌子旁走了一圈，才找了空位坐下。走这一圈，看似在选择合适的座位，实际上他在观察三间房子内的摆设，步测房间的大小，最后他在离西屋最近的一张桌子旁坐下，面朝正门，跷起二郎腿，悠然自得地等待着韦豆子的糊涂茶。

坦然坐定的张一筱还没有观察完，他留了一面待坐定后再仔细观察，否则就会引起店里人的怀疑，这一面就是西间工坊的北侧。张一筱坐下后，从长衫口袋里摸出一包"大宋府"香烟，两指夹出一支，然后轻划一根火柴，悠然地点上。张一筱平常不抽烟，但他今天必须抽，因为巩县有身份的人不抽烟的不多。喷出两口烟儿，张一筱把自己的眼光聚焦在西间工坊的北侧。北侧墙边并排放着三个碗橱，每个碗橱尺宽、尺半厚、五尺高，没有门，敞开着，里面是一层一层叠起的木板隔层，碗柜最下边，放着五六个小铜壶，每个铜壶外边都包着棉胎，上面的隔层上放着碗筷和汤勺，还有盛放油盐酱醋的瓶瓶罐罐。三个并排放着的碗橱之上是一个脸盆大小的圆窗户，窗户不是空的，用木格装饰着，每个木格间的空隙有核桃般大小，说是窗户，实际上地上站着的人看不到外边，街上的人也看不到里面，说成是透气窗更为准确。这样的透气窗三间房子里共有两个，另一个在灶台上方，与北侧的这扇圆窗一般高一般大，看来是形成对流用的，用来排出弥漫在房间的烟气。

两碗香喷喷的糊涂茶由老人端上了桌，张一筱掐灭烟头，和韦豆子用汤勺品味起来。一勺下肚，香气从双唇直入喉咙，又从喉咙直逼食道，一种沁人心脾的味道油然而生，是那个味！张一筱从小就喜欢油茶，每次上街，父母都会给他来上一碗，在开封上大学那阵，寒暑假回到巩县，他都要先来到诗圣街上来上一碗再回家，认识"红樱桃"后，两人也经常来店里喝上一碗，边喝边讨论诗词和梆子戏唱词的关系，虽然几年前糊涂茶店换了主人，但味道没变，还是那么香，那么醇，和洛阳城里的老坛杜康酒一样，一口穿喉过，满肚迂回香。

"味道不孬，味道不孬！"张一筱喊。

"掌柜的，恁要是喝中了，俺天天陪恁来喝。"韦豆子奉承道。韦豆子说这话的时候，原来坐在门口的那位糊涂茶店的掌柜走了过来，站在了张一筱两人的背后。

"那么说，俺来一趟，要付两张嘴的钱啦？"张一筱只当没有看见来者，和韦豆子打趣。韦豆子傻笑一声，接着应话。

"掌柜的，俺每天勤快一点，多卖它二两桐油，一碗糊涂茶的钱不就赚回来啦。"韦豆子这句话，是说给身后来者听的。

"原来也是开店的同行啊，两位，糊涂茶咋样？"中年汉子和蔼地问。

"俺掌柜的说好，俺也说好，不稠不稀，没有倒给俺稀汤寡水的。"韦豆子的一句话，把张一筱说笑了，也把中年汉子说笑了。

"早上俺一开店门，门口窝个'码义翘'叽叽喳喳，就知道今天日子不错，没想到喝到一碗正宗的糊涂茶！不孬，不孬！"张一筱说了一句地道的巩县话。

"'码义翘'是喜鸟，不是'马挤老'，窝在谁家门口吱喳，谁家就有大喜事，俺这糊涂茶店小啦，恁这个掌柜的等着更大的吧！"中年汉子应付得很得体。

"码义翘"是巩县土话，意思是喜鹊。张一筱说这个巩县老人才讲的土话，是在测试中年汉子是不是巩县人。中年汉子不但知道，又说出了一个同样土的词"马挤老"，"马挤老"的意思是蝉，说明中年汉子是本地人。

"那两位慢喝，今后多来！"中年汉子打过招呼，重新回到门口桌边。

糊涂茶店掌柜走后，张一筱和韦豆子埋头不语，继续喝茶。喝茶的时候，张一筱不但脑袋转着圈，两个墨镜片后面的眼珠又把屋子内的物件重新扫瞄了一遍，他在核算哪里能藏得下吕克特。中间和东间店面只有桌子和板凳，不可能藏着一个大活人，要是糊涂茶店有问题，问题一定出在西边这间工坊和后院里。西间工坊里，灶台里藏不下人，因为灶口只有碗口大，风箱的体积张一筱算过，最多容下吕克特的两条腿和两只胳膊，四个盛糊涂茶原材的缸，也最多装得下吕克特那个大啤酒肚，石臼是实心的，就是空心的，因为只有小孩儿高，怎么也塞不下一个一米九的大活人。北侧的三个碗橱，体积可以，但都是敞口的，里面的东西清清楚楚，除了碗筷、汤勺和瓶瓶罐罐，再无其他物什。

西间工坊里，只剩下了一口水缸。

张一筱又瞄了一眼那口水缸，水缸半截埋在地下，露出的上半截有两尺高，宽度足有两尺半，从地上的缸体的体积，张一筱迅速推算出了地下缸体的大小，两者加在一起，体积完全大于吕克特的身躯，所以，只有水缸才能装得下失踪的吕克特。这个念头刚在张一筱的脑海里出现，他随即就否定了自己的推算，虽然水缸体积足够大，但里面盛满了水，他自己进屋寻找座位的时候，亲眼看到水缸里还有大半缸冷水，吕克特虽然是洋人，也得呼吸，大冬天也怕冻，冷水缸里肯定藏不住活人。

对三间房子的判断，使张一筱心里凉了一大截。

糊涂茶店是最后一个线索，张一筱不会就此打住，也不能就此打住。张一筱喝着油茶，不停地思考着，屋子里不能藏人，只能藏在后院里。后院里只有一口井和一间小房子，上午韦豆子从高处看过，自己刚才也瞄了一眼，再无其他可以藏人的地方。小房子和水井照说可以藏人，但凭自己的经验，两者看似隐蔽，但恰恰是最不隐蔽的地方，前几天，裴君明的部队和洪士荫的人马在诗圣街上翻天覆地不知搜查了多少遍。正屋不会放过，后院里的水井和小房子他们自然也不会放过。张一筱清楚地记得，几天前，七八个军警在搜查四叔的钟表眼镜店时，先后有三批士兵用绳子悬挂着，拿着刺刀下到后院的水井里，一点一点从上往下在井壁上用刀捅，看看井壁上是否有侧洞。四叔后院没有小房子，但有一个杂货间，里面堆着烧火的煤饼，每次士兵都把煤饼翻个底朝天，又用镐头铁锹在地上挖出一米多深的洞，不要说人，就是条蚯蚓也别想蒙混过关。

张一筱确认，狡猾的日本人绝不会犯愚蠢的错误，把吕克特挖个洞藏在后院的水井里或者小房子里。

想到这些，张一筱的眼光再一次回到三间屋里。又是一圈扫瞄，张一筱最后的眼光还是落在了水缸上。盯着水缸看了一阵，张一筱觉得这个水缸和自己家、和店里的水缸不一样。仔细观察后，张一筱终于找出了两者的差异。张一筱家里的人多，水缸也就大，水缸使用一段后，一般要清洗，要清洗的话都会把水缸倾斜，这样才能用小扫帚接触到缸底，把缸底沉淀的渣滓清掉，因此水缸不会埋半个身子在地下，那样搬动起来不方便。不但家里灶房的水缸如此，父亲开的桐油店盛油的缸也是这样，桐油有杂质，卖完一缸桐油，张一筱都记得店里的伙计要撅着屁股在倾斜的缸底挖去杂质，因此，也不会把油缸埋进地里。

看来必须采取第二套方案了，他偷偷给韦豆子使了个眼色。

"掌柜的，俺家掌柜的想给店里的伙计带回去五碗糊涂茶，咋个带法？"韦豆子走到中年汉子桌边询问。

"有办法，有办法，用俺的小铜壶拎，咱们还不熟，得交份铜壶的押金，一回生二回熟，下次就不用啦！"中年汉子说。

"三彩街上的桐油店，恁难道不知道，还交个球押金！"韦豆子平常不说脏话，但这次他说了。

"这——"中年汉子有点为难。

"听掌柜的，一回生二回熟，下次就不用啦！"张一筱说。

中年汉子笑着看了张一筱一眼，脸上现出了感谢的神情，张一筱没有讲话，回了一个微笑。

"老崔，洗把小铜壶，倒五碗糊涂茶！"中年汉子对屋子中间的老汉嚷道。

负责倒茶的老汉从碗柜里取出一把铜壶，拿到后院洗刷去了，这时候，小伙计也正好把用过的糊涂茶碗抱到后院井边，韦豆子在给中年汉子付钱的时候，用身体挡住了他的视线。一个千载难逢的好时机，张一筱迅速站起，迈开步子走到缸边，摘掉墨镜，仔细检查起缸身和平地的接触面来。

张一筱看到的缸身和平地接触部分的土与周围土不一样，周围的土是平的，这部分土也是平的，但周围的土平滑光亮，是时间久了自然板结所致，缸身周围的土应该同样平滑光亮，但却是灰暗的平整，没有一点亮光，有人为压平的嫌疑，这是张一筱第一眼看到的情景。对眼中看到的情景，张一筱脑袋一琢磨，旋即失落起来，这种现象有两种可能所致，一是每天伙计从后院向缸中挑水时，木桶架在缸沿往里倒水，空缸就会摇动，一摇不就松动了缸身旁边的土了吗？第二种可能是，十天半月清除缸底泥巴时，别的缸可以倾斜，但这口缸动不了，小伙计只能弯腰探头进去清洗，伙计用力的时候，空缸也会摇动，缸摇动土就会松动。不管是哪种情况，缸身周围的土松动后，掌柜的用砖或者刀背砸平，是再自然不过的事了。

张一筱虽有些失望，但他还想再做一次努力，于是绕到缸身紧靠墙体的一侧，弯下腰去，详详细细地看了几秒，没有发现什么蹊跷之处，地上散落着几个核桃壳碎片，其中三个半拉空核桃壳聚在一起。核桃是糊涂茶的原材之一，店里边角处掉落几个空核桃壳没有什么稀奇，张一筱准备起身离去，但好奇的他还是伸手轻轻拨动了这三个核瓢部分向上的空核桃壳。这么一拨，一个意想不到的情况出现了，核桃壳中间竟然露出了大拇指粗细般的一个圆孔！张一筱的心脏怦怦直跳。是老鼠洞？他迅速否定了，因为洞口太细，老鼠钻不进去，也出不来。是蟑螂洞？快速思考的张一筱也想否定，因为巩县冬天天气冷，不可能有蟑螂。但转念一想，糊涂茶店整天热气腾腾，油烟味弥漫，外边冷，店内可不冷，蟑螂完全可能生存下来。张一筱初步确定是蟑螂洞后，还是多长了个心眼，再次仔仔细细观察了一遍洞口，这么仔细一瞧，瞧出问题来了。如果是蟑螂洞，就不可能藏着一只蟑螂，蟑螂群进进出出，洞口四周一定会留下食物碎渣或者油痕土粒什么的，但眼前的洞口干干净净，一尘不染。不对，一定不是蟑螂洞。张一筱还想琢磨，但已经没有时间了，自己在缸边停留太久，一定会引起怀疑。在准备起身的时候，张一筱还想再做一次努力，他伸出小拇指，插进了小洞里，洞口外边没有油痕土粒，洞壁上呢？张一筱的小拇指在洞里上下动了几次，然后抽了出来，自己的手指上还是什么都没有。张一筱正在疑惑万分的时候，他本能地把小拇指放到了鼻子底下。

张一筱闻到了小拇指上一股若隐若现的气味。老天爷啊，竟是一股狐臭味！

顿时，张一筱浑身打了个冷战。

有透气孔，就证明地下有洞，洞里藏着六天六夜不可能洗澡的洋顾问吕克特！张一筱明白了一切，迅速还原好三个空核桃壳，戴上眼镜，回到了自己的座位上，好像什么都没发生一样。

韦豆子和掌柜的结完了账，直接走到后院，这是张一筱提前交代好的。走向后院的韦豆子边走嘴里边喊："老师傅，把铜壶洗净啊，别喝出一嘴铜锈味。"

后院里，小伙计在洗碗勺，老汉在刷铜壶，两人各自忙着，谁也没和谁讲话，韦豆子是个闲不住的家伙，进到后院就嚷嚷开了。

"恁这井边都是半半拉拉的豆子和花生仁，除了树上的'马挤老'不下来，'古古瞄'、'斯古赌'可有吃的啦，老师傅，恁说对吧？"韦豆子望着老汉问。

佝头弯背的老汉不得不抬起了头，脸上显露出不解的神情。韦豆子嘴里的"古古瞄""斯古赌"是土得掉渣的巩县方言，前者是猫头鹰后者是野鸽子。很显然，老汉没有听懂自己的话，韦豆子暗想。

"小老弟，恁们的该苍儿院里都是铁渣子，不能吃，'古古瞄'、'斯古赌'一定常来恁这儿吧？"韦豆子把问题引向了二十出头的小伙计。

"该苍儿"的意思是邻居，巩县人常说。小伙计听明白了，他笑了笑，说：

"对对，它们都是铁渣子！"但韦豆子从小伙计尴尬的表情上看得出来，自己的后半句话，他也没有听明白，毕竟古古瞄、斯古赌都不是常讲的东西。

韦豆子断定，这一老一少两个人虽然在巩县干活，但绝对不是地道的巩县人，甚至也不是巩县附近孟津、偃师一带的洛阳人，因为洛阳一带都应该知道"古古瞄"、"斯古赌"是什么东西。

韦豆子正在测试一老一少的时候，张一筱也在完成他最后一项侦察任务，糊涂茶店里的人是如何发觉洪士荫带着队伍袭击瑞祥钟表眼镜店的。

张一筱心里已经盘算了很长时间，洪士荫夜里率领人马从诗圣街上由东往西奔，糊涂茶店的人只有从两个地方才能看到，一是临街的前门门缝，第二个就是临街的西间工坊的木窗。对这两个地方，张一筱做过比较，由于门比窗低，从门缝向外观察，顶多看到东边街上二十米左右的距离，就是看到了东边来人，再从后院奔出，拐到巷子里隐蔽，站定，瞄准开枪，时间来不及。如果有人爬到碗橱上面去，从上往下俯瞰，张一筱经过估算，至少可以看清东边街道五六十米的距离，这个距离，完全够糊涂店的人有充分的时间采取行动。

张一筱认定，问题出在圆木窗上。

认定问题出在圆木窗，但张一筱不能爬上去观察，他得想办法，还得是对方不能察觉的办法。张一筱从桌子旁站了起来，走到碗橱旁，若无其事地看了起来。

"掌柜的，俺从恁碗柜的剩碗和剩勺能暨摸出店里的生意！"张一筱嬉笑着说。

"恁暨摸摸！"店里的客人都走完了，这时还没有新客人，店掌柜的闲着无聊，应了张一筱的话。

"生意好时，来店里同时喝茶的有六十来人，生意清淡时四十来人。"张一筱说。

"好眼力，好眼力！不愧是同行啊！"中年掌柜赞叹道。

张一筱明里在数碗橱里的剩碗和剩勺，实际上他坐着的时候早就数好了，站到碗橱边的时候，墨镜后的两个眼珠并没有看碗橱里面，而是在看与他一样高的碗橱顶端。张一筱本来想在上面发现一个或者两个明显的脚印，但他没有发现。这令张一筱非常失望，但失望并没有让他停止继续观察。一阵仔细地观察后，张一筱透过墨镜上方的余光，终于看清了橱柜顶部的灰尘上有一个半圆形的痕迹。

半圆形像什么呢？是瓷盆，不像，没有那么规规整整的圆！是小铜壶，也不对，小铜壶的底部没有那么大！是小伙计打水的木桶底，还是不对，木桶的直径大得多！一时想不出来，张一筱只好把双手背到身后，装出轻松悠闲的样子，当他的双手碰到自己屁股的时候，不觉浑身一惊，对了，是屁股，屁股坐在碗橱顶部留下的痕迹。

此时的张一筱真想大声喊上一嗓，或者长长地舒一口气，但他不能，只能暗暗、狠狠地咬了一下自己的嘴唇。

# 第 11 章

时间回到两年前，也就是 1935 年初春的一个深夜。

东北长春关东军司令部一间地下会议室内，正在举行着一场"绝密级"会议，参加者仅有四人。关东军司令菱刈隆一一介绍参会人员后，半个小时前刚刚从东京抵达长春的日本陆军参谋本部第二部部长山本首先讲话。

山本说："根据参谋本部的研判，大日本皇军对中国东北控制已成定局，自从《塘沽协议》签订一年多来，'华北自治运动'正在全力推行，不久之将来，中国华北纳入'大东亚共荣圈'将是必然之势，但必须看到，黄河以南和长江以南的纳入将是长远和艰苦之事，须及早准备和策划。中国有句古话叫作'兵马未动，粮草先行'，我们今后要拿下黄河和长江以南，必须事先打探清楚支那的兵工厂，在今后决战之前，坚决摧毁之，使支那战斗部队如无米之炊，无源之水。中国在南京、武汉还有河南巩县有三大兵工厂，南京和武汉是中国的战略要地，政府和军方对这两座兵工厂防范甚严，现在不便行动，故参谋本部决定首先在巩县采取行动，获得经验后供其他两地参照。据欧洲情报站报告，我们的盟友德国秘密派往该厂一名兵工专家，作用甚大。下面，我宣读参谋总长闲院宫载仁大将手谕。"

会议室内，四个人齐刷刷从座位上站立起来。

"陆军参谋本部决定，即刻启动'鲽鱼计划'，任命菱刈隆为计划总顾问，任命土肥原贤二为计划总指挥，任命吉川为计划行动组组长。"

宣读任命之后，山本随后布置了"鲽鱼计划"的具体任务，三个月之内，在巩县建立行动组，做好长期蛰伏准备，摸清巩县兵工厂内部结构和生产情况，同时搞清德国顾问在巩县组织生产枪械型号、批次、数量及其生活与活动规律，待大军夺取华北，强渡黄河向南挺进之前，里应外合，炸毁工厂。

"届时，德国顾问也一并解决掉吗？"吉川问。

"参谋本部的意见很明确，该厂的中国技术人员和工人皆为我方部队之后患，能消灭多少就消灭多少。但对德国专家，由于涉及与盟友之合作关系，前期只是摸清情况，对他的一切行动由东京总部另行拟定计划，在此之前，任何人不得与其发生丝毫关系，更不能让中国情报部门知道我们在打德国人的主意！"

第二天，山本飞回东京。一个星期后，由土肥原贤二亲自拟定的"鲽鱼计划"分步行动方案获得东京陆军参谋本部批准。

这里得穿插介绍一下两个人物。第一个是土肥原贤二，人称"东方劳伦斯"，此人是山西军阀阎锡山在日本士官学校留学时的同学，精通汉语，熟悉中国各地方言，长期在中国各地活动，日本陆军特务系统中有名的"中国通"。在中国干过数十起惊天动地的大事，诸如担任奉系军阀张作霖的顾问、从天津劫持溥仪到东北并建立伪满洲国傀儡政权、扶持汉奸殷汝耕设立"冀东防共自治政府"等，目前担任奉天特务机关长，是东北华北的日本特务总头子。第二个是吉川，与土肥原贤二相比，吉川在日本情报界默默无闻，瘸了腿的日本父亲早年在哈尔滨开了一家书店，后来与当地一位中国穷人家的姑娘结婚后，就再也没回日本。在哈尔滨出生的吉川取了个中文名，叫杨之承，之所以姓杨，是因为父亲对中国大宋忠臣杨家将顶礼膜拜，希望自己的儿子今后能像杨家将一般，为日本卖命效力。杨之承在哈尔滨上完中学，被选中并秘密送回东京接受三年特工培训后返回佳木斯，负责日本东北开拓团的移民安置事务。几年后，三十出头的杨之承结识土肥原贤二，当时土肥原贤二正在中国各地建立情报点，便委派他携家眷从东北来到河南省府开封，以开书店为名潜伏了下来，这一潜伏就是十六年。在开封期间，一口河南话的杨之承不但靠书店发了财，还酷爱起了河南梆子戏，是开封戏院里的常客，但戏院里没有一个人知道，身边摇头晃脑听戏的竟然是个日本特务。十天之前，土肥原贤二派人找到了杨之承，命他即刻赶赴东北长春接受任务。

土肥原贤二和蛰伏多年的杨之承一起，将在中原大地上空炸响一声惊雷。

按照土肥原贤二的指示，杨之承没有立刻回河南，而是去了长春警察局户籍科，在几十万居民中查找河南巩县籍人的信息，最终找到了两人，一人是铁路局的机修工，另一个是位厨子，在一家小巷内开了一个馒头房。化装之后的杨之承接触了两人，前者随父母移居长春多年，巩县话已经说不出半句，但后者带着老婆孩子刚来长春不到两年，满口仍是地道的巩县方言。

坐在馒头房里的杨之承一边津津有味地啃着馒头，一边问厨子："听口音，师傅是河南人吧？"

"噫，恁的耳朵真中，咋一下子听出来俺是河南人？"对方十分惊奇。

"俺也是河南人！"杨之承说。

"怪不得呢，俺确实是河南人，巩县哩！恁是……"对方有些惊喜，主动亮明了身份。

杨之承脸上挂着笑容，欣然接话："俺是大宋开封府哩！"

"老乡，老乡！俺的馒头味咋样？"

"中，中！是老酵头发的面！"

馒头房内响起一片爽朗的笑声。随后，两人互报了姓名，厨子说他姓朱，叫朱福贵，杨之承介绍自己叫杨之承，刚来长春半年，在这里开了个书店。

三天之后的一天傍晚，一个东北人来到朱福贵的馒头房，一下子买了十个馒头，买好之后走出店门十来米远，突然扭头回来了，手里举着一只掰开的馒头，大声骂开了："王八蛋，你蒸的是什么馒头，里面竟然有半截老鼠尾巴！"

听到这话，朱福贵一家如五雷轰顶。

馒头房门前排队的人一下子围了过来，果然从馒头中间看到了半截光秃秃的老鼠尾巴，人人骂起了朱福贵。

"砸了这个王八蛋的店！"人群中一个人突然起哄。

话音一落，那个买馒头的人带头动起手来，操起灶台前的煤铲，一把铲翻了锅台上的蒸笼，白花花的馒头四处滚落，其他人捡起板凳和砖头，四处打砸，一会儿工夫，铁锅、和面的瓷盆、盛面粉的缸、案板和煤炉子被砸了个稀巴烂。

朱福贵一家蜷曲在门后边，抱头痛哭，直至人群散去。

半个小时后，杨之承来到了馒头房，来买馒头。

"咋啦，这是咋啦？"杨之承大惊失色。

一见老乡来了，朱福贵的哭声更大，边哭边说："说俺馒头里有老鼠尾巴，俺昨天买回新面后就放到了面缸里，上面一直用木盖盖着，怎么会进去老鼠？"

一阵安慰后，杨之承说：看来这一带恁是开不成馒头房了，还是去其他街区新盘个小店吧！"

"为找这个店，俺寻了两个多月，上哪再找第二个店啊，就是找到了，这事被买馒头的人知道了，也卖不出去啊！"朱福贵痛哭不止。

"俺帮恁寻寻！"杨之承面露同情之色。

朱福贵一连等了三天，杨之承才来，说兵荒马乱的，没有寻到合适的店铺。

又过了两天，绝望的朱福贵终于等来了杨之承。杨之承说："馒头店的事俺还没着落，但倒给恁儿子找了份差事，不知恁们愿意不愿意？"

"啥差事？"朱福贵问，实际上他十八九岁的儿子一直想离开馒头店，到外边谋个固定的工作。

"俺有一个老朋友在邮局人事股，他说局里招邮差，也就是骑着自行车送信送报纸的人！"杨之承带来的消息，朱福贵两口子始料未及，儿子听后兴奋不已。

第二天，杨之承领着朱福贵儿子去邮局报了到，傍晚时刻，穿着崭新制服，骑着崭新自行车的儿子回来了，说今后每个月的薪水比一家人蒸馒头挣得还多。

又过了两天，杨之承来了，说馒头房一时找不到，但一个来他书店购书的朋友告诉说，一家宾馆招两个打扫房间的，问他们愿意不愿意，朱福贵两口子满口答应下来，就跟着杨之承一起去宾馆看看。

进了这家宾馆，朱福贵两口子的一生从此改变。

对外是宾馆，实际上这里是关东军在长春的一个秘密情报站。杨之承把他们带到地下室，说是自己去叫宾馆老板，随后，进来了四个陌生人，四人进来后，大铁门被关上了。

其中一个老板模样的人问："朱先生，听说你和夫人在找工作？"

"是的，是的，想找个地方开馒头房！"朱福贵急忙回答。

"我们现在有一个大馒头房正缺师傅呢，不过不在长春，在河南，恁愿意回去吗？"对方问。

"俺儿在这里刚谋到一个好差事，就不回去了！"朱福贵答。

"如果需要你们回去呢？"对方又问。

"那俺们就不干了，反正俺儿的薪水够俺们一家吃的了！"朱福贵两口子还不知道对方话里有话。

"如果你儿子干不下去呢？"对方的脸上刚刚还挂着笑容，现在却阴沉了下来。

朱福贵两口子一时不知所措，不知道对方葫芦里卖什么药。

这时候，其中一个人拿出了两张表格，说是馒头房的协议让朱福贵两口子签字画押，朱福贵不干，两名壮汉一下子扑了过来，一串耳光扇得两人鼻孔和嘴角喷血。

"签不签？"老板模样的人问。

"俺不签！"捂着流血鼻子的朱福贵回答。

又是一阵拳打脚踢，朱福贵两口子抱着头，躺在地上，嘴里一直呼喊着老乡杨之承的名字。

杨之承始终没有出现。

"签还是不签？"

"俺，俺不签！"

这一次，壮汉没有再动手。

老板回了一句话："那好，邮局局长是我的同学，你儿子明天脱了制服，还了自行车，就回家吧！"

一提儿子的事，朱福贵两口子慌了手脚，不得不签字画押。朱福贵两口子算账可以，但不识字，只会签自己的名字。

签完字，老板模样的人坐在椅子上，开始读起一份协议内容。

"本人朱福贵，自愿加入大日本帝国关东军情报部，为大东亚共荣圈效力效命，如有反悔，以儿子朱高山性命担保……"

读到这里，朱福贵才知道对方是日本人，会说中国话的日本人，他知道做汉奸的下场是什么，立马从地上爬了起来，抱着老板模样人的大腿，哭叫连天地哀求起来。

"俺儿子也不干了，放俺回河南吧，俺们都不干了！"

"你反悔可以，既然签了字画了押，你们两个回去，把朱高山的性命留在长春！"

朱福贵两口子一把鼻涕一把泪拼命叫喊，但结果已经无法改变。

半个小时后，满脸是血、头发蓬乱的杨之承也被两个人抬了进来，扑通一声扔到了地板上，众人离去。

"老乡，恁也签了？"朱福贵问杨之承。一问这话，杨之承哇的一声号啕大哭起来，边哭双手边在地上疯狂地拍打起来。

"老天爷，俺倒了八辈子的霉，被那个买书的人骗了，不签不行啊，他们要杀俺两个儿子一个闺女！"杨之承说这话的时候，鼻孔和嘴角里仍然向外冒着血，鲜血滴在地上，染红了一大片地板。

朱福贵知道，自己一家和老乡杨之承的命运一样，倒了八辈子的霉。

朱福贵两口子认了。

当天夜里，放走朱福贵两口子前，宾馆老板举着协议书说："从明天八点开始，你们两人就到宾馆上班，签协议的事不能告诉儿子，也不能告诉他人，否则，你们知道后果！我现在也把话说在前边，如果你们俩和儿子一块逃跑，我们会在全中国找你们，在找到你们之前，先杀掉你们在河南巩县的老娘、两个哥哥和一个姐姐全家……"

当着朱福贵两口子的面，宾馆老板一把抓起杨之承的头发，把整个人给提了起来："你也一样，如果不听话，敢反悔或者逃跑，先烧掉你在长春和开封的书店，然后像黑老包一样，一个一个把你开封的亲戚铡成三截，扔到潘家湖中，最后再把你签字画押的协议书贴到开封府的大门上……"

宾馆老板就是土肥原贤二，从此他再也没有露过面。

从第二天开始，朱福贵两口子和杨之承每天都来宾馆上班，在地下室接受培训。一个月之后，杨之承回了开封，两个月之后，朱福贵两口子告别儿子，也回到了巩县。两口子回巩县时，还另外带了一老一少两个人，身份是朱福贵在长春店里的伙计，要跟着发了点小财的老板回老家，看看能不能盘个店。

朱福贵回到巩县十天后，诗圣街铁匠铺隔壁糊涂茶店的老板一家乘坐马车回乡下老家时，马车摔落到了一百多米的深山沟里，车上的人无一生还，朱福贵盘下了糊涂茶店。

一个月之后，朱福贵在去乡下收购大豆、花生仁的途中，遇到了杨之承。杨之承告诉朱福贵，他也来到了巩县，说春风戏院原来的老板得了急症，上吐下泻，三天后一命呜呼。几天前他听到戏院转让的消息，现在接了戏院。

杨之承临走时告诉朱福贵，这半年两人不要见面，先各自安顿下来再说。

先说朱福贵这边。

同来巩县的两个日本人，老的取名叫崔进财，小的叫宋喜旺，平常朱福贵直呼老崔和喜旺。朱福贵接手糊涂茶店后，另在巩县城里租了两间草房，作为自己和老婆居住之用，老崔和喜旺夜里则住在店后院的小房子里。朱福贵女人一日三餐做好粗茶淡饭后送到店里供三人吃用，同来的喜旺刚开始时吃不惯朱福贵老婆做的饭，一次趁店里没有客人时，自己偷偷从铜壶中倒出一碗糊涂茶喝了起来，朱福贵没敢说什么，却被老崔一把夺去了瓷碗，哗啦一下把大半碗糊涂茶倒进了垃圾盆里，瞪大的眼睛里射出两道凶狠的贼光：

"哪有穷伙计喝糊涂茶的道理，如果你再敢倒第二碗，老子让你永远不再端碗！"

从此之后，店里剩下一碗两碗卖不掉的糊涂茶，朱福贵几次三番端给这一老一少喝，但两人从不瞧瓷碗一眼，最后不得不带回家给自己的女人喝。看着两人就着一小碟咸菜，大口大口地吃着黑乎乎的窝头，呼呼啦啦地喝着寡稀饭，隔壁铁匠铺、炒凉粉店、瓦盆店里的人都暗暗在朱福贵面前跷起大拇指，说："朱掌柜，恁店里的那两个伙计真是不孬！"

只有朱福贵两口子知道自己伙计的底细。

刚回到巩县的前两天，朱福贵两口子白天去诗圣街上选店面，夜里必须回到租来的草房里给老崔汇报，朱福贵相中的不是糊涂茶店，而是其他两间空店铺，都被老崔一一否决。最后一次，当朱福贵无意之间说铁匠铺隔壁一家糊涂茶店生意红火时，老崔眼里立刻发出异样的光色，是惊奇、是亢奋还是暗自高兴，朱福贵闹不清。

第二天，老崔一个人去了糊涂茶店，要了一碗糊涂茶，慢慢腾腾喝了足足有个把钟头，之后还在糊涂茶店周围前前后后逛荡了一整天。

晚上回来的老崔对朱福贵讲："就是这家店了！"

朱福贵说："老崔，不中啊，人家开得好好的，不会转让啊？"

老崔看了朱福贵一眼，没有说话。

"老崔，与铁匠铺隔壁，整天咣咣当当的，耳朵受不了啊！"朱福贵对糊涂茶店的位置极不满意。

老崔又看了朱福贵一眼，还是没有说话。

三天之后，糊涂茶店原来的老板一家出车祸死了。

朱福贵盘下糊涂茶店后，对原来的店铺没有做大的整修，只是在临街的西间房墙壁上掏了一个脸盆大小的圆木窗。周围几家店的人问，灶台上面不是有个通风孔吗，朱福贵按照老崔的话回答，一个不够，两个就形成了对流，店里就不会雾气腾腾的啦！大家一听有道理，后来也都在自家的墙壁上掏了一个洞，效果果真不错。

三个月过去了，朱福贵苦心经营，老崔和喜旺两个伙计细心打理，糊涂茶的味道慢慢接近了老糊涂茶店，店里的客人慢慢回拢，多了起来。在这个过程中，朱福贵发现了两件蹊跷的事情，一是店里无客人时，老崔一个人默默坐在店里的桌子旁，一言不发，右手的食指指端老是在油腻腻的桌面上轻轻敲打，看过几次之后，朱福贵多少看出了点门道，老崔敲打桌面与隔壁铁匠铺的大锤小锤声好像有关系，小锤声传来时，老崔的食指在桌面上点得轻，大锤声发出时，食指则敲得重，小锤大锤快，老崔敲得也快，小锤大锤慢，老崔也慢。由此，朱福贵认为，老崔这人闲着无事，自找乐子。朱福贵发现的第二件事是，白天，这一老一少从不出门，糊涂茶店晚上关门打烊后，老崔和喜旺总是一个人外出，一个人留在店里，从来不一道。更为奇怪的是，两人刚到巩县一个半月时，一把给客人送糊涂茶的小铜壶漏了底，老崔告诉准备去修壶的朱福贵老婆，巩县有两个能焊壶的摊子，一家在西城门边，"遍地绿"毛尖茶叶店的对面，另一家位于大中路东段，夹在麻绳店和布鞋铺之间。

半年的期限很快就要到来了，转眼间到了初夏，朱福贵糊涂茶店的生意红火起来。一个大清早，朱福贵来到店里，老崔一把关上店门，神秘兮兮地问朱福贵：

"掌柜的，恁看看咱们店里有什么变化没有？"老崔现在已经能讲简单的巩县话。

朱福贵在屋子里走了一圈，也看了一圈，最后回答没有什么变化。

老崔仍然阴沉着脸，让朱福贵再看一遍，半支烟工夫的东瞧西瞅之后，朱福贵还是没有发觉店里的任何改变之处。

老崔最后说："掌柜的，恁仔细瞅瞅水缸！"

朱福贵这次看出来了，原来整个水缸都在地面上，今天怎么半截水缸埋在地下了。

老崔趴在朱福贵耳边一番低语，朱福贵浑身打了个寒战。

"恁知道这事，就到此为止，不能告诉任何人，更不能进去！"老崔语气严厉，与店里有人的时候相比，完全变了样。

原来，前两天巩县一直下着瓢泼大雨，白天店里的客人不多，晚上大街上更是行人寥寥，糊涂茶店早早就关了门。就在这两个电闪雷鸣的夜里，水缸底下被一老一少掏了个两米多深的地洞，地洞底部向四周扩延，形成了直径超过两米的巨大空间，形状类似巩县庄户人家的红薯窖，平躺两个人没有问题。从地下掏出的泥土两人没有堆在后院里，而是一筐一筐倒在了屋后小巷的排水沟里，被哗哗流水冲得无影无踪。

从此糊涂茶店里的大水缸白天都是满满的。

半年期限刚过第二天，杨之承也就是现在春风戏院的杨老板在店准备关门打烊时来过一次，边喝糊涂茶边和三人嘀咕，一碗茶竟喝了个把钟头，从此他再也没有来过糊涂茶店。

杨老板来过五天后的一个深夜，一辆马车拉着劈好的木柴和两麻包大豆、花生仁来到了糊涂茶店，店里一老一少很快卸完了车，关上了门。木材是烧火的木材，但两个麻包里除了装着豆子和花生仁外，一个里面藏有一台发报机和几瓶书写情报的专用药水，另一个里面藏着五支手枪、几百发子弹、十颗手雷、十颗燃烧弹和一小盒用于暗杀的氰化钾药片。

再说杨老板这边。

杨老板接手春风戏院后，先是对剧场的舞台进行了改造，换上了三寸厚的圆木板，上面还刷了一层暗红的油漆，戏子们走在上面，上下忽闪忽闪的，飘飘欲仙的感觉油然而生。原来的舞台是实心的，用熟土一层一层垒成，最上面垫了一层薄木片，这样的舞台省钱是省钱，但舞台效果不好，唱文戏的生角旦角走在上面无所谓，但武生在其上翻跟头劈双叉，因为没有弹性，效果总是出不来，所以，巩县城里的戏迷们总是抱怨："春风戏院啥都好，就是舞台孬。在洛阳看戏，武生一跺脚，戏院里如闷雷一样响，而在巩县，林冲和杨六郎就是把靴子跺裂了，还是没有大姑娘的屁响。这还不说，最关键的，是武生蹲起的高度总比人家洛阳的欠两寸……"

改造过戏台，杨老板还更换了帷幕，原来的帷幕又破又旧，有好几次该合的时候合不上，闹得躺在老包铜铡下边的陈世美当着众人的面竟然死而复生，一溜烟地跑到后场；还有一次，帷幕只拉开了一半，岳家将从拉开的左边入场，人人端枪持戟，而右边金兀术的人马却上不了场，因为帷幕就是拉不开，岳云本该喊一嗓："金贼兀术，我们岳家军今日与你决一死战！"一连三声喊过，帷幕才拉开，急得满头大汗的金兀术急忙上场，扮演金兀术的老演员上场不忘补漏子，嘴里念念有词："不急，不急，天幕刚刚打开，这就下马与你决战！"在巩县戏迷中成为笑柄。换过帷幕的新戏台焕然一新，收放自如，整个春风戏院经过三个月的修缮，万事俱备，只欠观众。

巩县的戏迷急，杨老板却不急。在正式演出之前，他要去拜访巩县城里的头面人物，拜访的时候，手里没有空着，从县长李为山开始、文化局局长、警察局局长、税务局局长、财政局局长、师范学校校长、兵工厂厂长、火车站站长等一个不落，硬是走了半个多月。当时国民党巩县站还专门去开封秘密调查了杨老板的身世，开封反馈回来的情况是一个本分的书店老板，唯一的爱好就是酷爱梆子戏。

三个半月时，杨老板从洛阳邀请了一个著名的豫西调戏班子，头场大戏唱的是巩县戏迷们人人都爱看的《南阳关》。

西门外放罢了催阵炮，
伍云昭我上了马鞍桥。
打一杆雪白旗空中飘，
那里上写着提兵调将我伍云昭，
一霎时南阳关士气变了……

唱伍云昭的演员脚踩弹性十足的木板一出场，浑身上下顿觉飘逸赛若神仙，因此唱腔是从未有过的高亢。这段经典唱段一结束，春风戏院里掌声如潮，巩县戏迷平生第一次在县城的戏院里听到只有洛阳戏院里才有的效果，个个激动不已，戏台上南阳关士气霎时变了，戏台下，观众对杨老板接手春风戏楼的观望态度也变了，杨老板一夜之间成了巩县的名人，巩县文化艺术圈的有功之臣。

杨之承杨老板在巩县站稳了脚跟。

在随后的时间里，春风戏楼几乎十天半月就换一场新戏，场场爆满，场场掌声如潮，巩县各行各业的头面人物、地方绅士、巨商富贾、平头百姓夜夜出入春风戏楼。对每一位顾客，杨老板都是毕恭毕敬，笑容可掬。不但对顾客，对来唱戏的戏班子，杨老板也是大方慷慨，给的演出费用比周围几个县的戏院都高上两成，武生演员上台唱戏前不能吃馒头酥肉之类的硬饭，但又需要力气蹦跶，杨老板便自己破费每晚从糊涂茶店买一壶不稀不稠的油茶，让他们上台前饮上一碗。

朱福贵的糊涂茶店专门给几家大客户准备了几把铜壶，也给春风戏院备了一个，负责拎送油茶，不过这把铜壶与其他铜壶不一样，在旧壶底又焊了一层新壶底。日本人在巩县的情报组负责人杨之承就是通过一个从开封带来的同伙，把情报塞进两层壶底之间的夹缝间拎来拎往,指挥着糊涂茶店的三个手下。

到这年的六月,"鲽鱼计划"完成第一阶段蛰居潜伏的任务,正式进入第二阶段。

比杨老板早一年到达巩县的德国人吕克特,晚上寂寞无事,时不时也会来赶春风戏楼,杨老板认识他,但由于不是"鲽鱼计划"的主要内容,按照计划,摸清他的身份和角色后,就没敢深入打探,怕引起周围人的警觉。自从红樱桃所在的剧团在春风戏院演出,红樱桃的高超唱技和花容月貌出色吸引吕克特之后,洋顾问来戏院的次数陡然增多,但每次都由前呼后拥腰里别着家伙的卫士保护着,虽然在自己的戏院里,杨老板也接近不得。都说"踏破铁鞋无觅处,得来全不费工夫",这话对杨老板正适合,吕克特来戏院看戏,接二连三地找碴子,杨老板终于有机会和他搭上了腔,但关于枪械生产的信息从他嘴里半个字都没有获得。

要获得兵工厂的内部情况,必须另找他人。

这年十月中旬,杨老板从来看戏的兵工厂人事部门主管嘴里打听到,护厂队队长简化民被一个大人物削官为民,正窝着一肚子气!杨老板指示朱福贵,接触简化民这个人。朱福贵每次去兵工厂门口送糊涂茶,都会顺带给值班的简化民捎上一碗,每次朱福贵都会拍着他的肩膀说:"过去简队长常带着弟兄们来店里喝俺的糊涂茶,对俺的生意很是照顾,现在茶店红火了,俺老朱不会忘记过去的恩人!"

除了糊涂茶,逢年过节,朱福贵还派人送几斤肉拎几瓶酒来到简化民家里,就这么一来二往,两人成了朋友。半年过去了,朱福贵没有问过简化民半句兵工厂的情况,也没有托简化民办过一件事情。简化民倒是忍不住了,一次两人喝过酒,满脸通红的简化民一通臭骂蒋介石后,说:"福贵兄弟,厂里人现在都瞧不上俺,只有恁够朋友,今后有用得着小弟的时候,尽管言语一声!"

又是几个月过去了,朱福贵按照杨老板的布置还是没给简化民提过任何要求。没有对简化民言语什么,不等于对他失去兴趣,杨老板暗地里派老崔和喜旺夜里轮流跟踪他,目的是摸一摸这个简化民是否为国民党或者共产党的诱饵,答案很快就有了,简化民不但不是,夜里还经常到一个烟馆里抽大烟,后半夜才扭扭晃晃,一脚深一脚浅地回家。

时间很快到了1936年的春季,杨老板通知朱福贵,开始从简化民肚子里掏东西。

在一个小饭店里，酒过三巡之后，朱福贵好奇地问："化民老弟，恁们厂好几万人，整天神神秘秘的，光门口背枪的就站了一大排，里面做犁还是做耙啊，给俺喷喷！"

"既不是犁也不是耙，是准备打老日的枪和弹。"简化民得意地回答。

"都说老日厉害，咱们的家伙能打得过人家吗？"朱福贵敬了简化民一盅酒，接着问道。

"咱们的家伙还真不少，给恁说恁也不懂！"简化民摆起谱来。

"喷喷吗，天天听说老日厉害，恁的话能给俺壮壮胆。"朱福贵对简化民态度越加敬重，招待越加殷勤。

简化民把兵工厂生产机枪、步枪、手枪、手榴弹、子弹的情况一股脑给倒了出来，边讲还边解释，生怕只懂糊涂茶的朱福贵听不明白。朱福贵早在长春接受过枪械弹药知识的培训，只要简化民一提枪的尺寸，他马上就知道是什么型号。

"告诉恁，咱巩县兵工厂最近干了两件大事呢。"简化民压低嗓门，显得十分神秘。

"噫，俺是巩县人，这得让俺听听！"朱福贵赶紧斟了一盅酒，双手递给了简化民。

"这两件事还是俺当护厂队队长那阵知道的，一件是改进德国的 M1924 式步枪，改进后的长度和老日的'三八大盖'差不多，往后，双方打光了子弹，咱们的部队和老日拼刺刀就不吃亏啦！这枪啥都好，就是名字孬，叫什么'中正式'步枪。"简化民对蒋介石撤自己的职仍然怀恨在心，说话之中仍不忘骂上一句。

"好，好，咱巩县干了一件大好事！不过老弟，在别的地方恁千万不要骂委员长，那是要掉脑袋的啊！"朱福贵拍着醉得摇摇晃晃的简化民肩膀提醒道。

"这不是给老兄恁说嘛！"简化民人醉心不醉。

"另外一件肯定也是大好事?！"朱福贵明里夸，暗里是诱导简化民继续倒出自己所知道的兵工厂秘密。

正在兴头上的简化民夹了一筷子菜，塞进嘴里之后，呼哧呼哧嚼了三下，然后停下："咱巩县兵工厂不光生产枪弹，现在还偷偷生产别的东西呢！"

"是犁还是耙?"朱福贵赶紧问。

简化民咧嘴笑了起来，手指朱福贵说："恁怎么老是忘不了犁和耙，是不是与铁匠铺隔壁，他们的小锤大锤把恁的脑袋给咣当坏了！"

朱福贵也咧嘴笑了起来。

"在生产防化用品呢！"简化民说。

"啥，纺花用品？"朱福贵故意打岔，又与巩县当地纺棉花之类的东西结合起来。

简化民大笑一阵之后，把巩县正在秘密生产的防毒面罩的形状、大小和用处一一做了解释。

在随后的几个月时间内，朱福贵在酒桌上一点一滴从东倒西歪的简化民嘴中进一步打探到了兵工厂生产、动力和仓库的位置，还有成品在火车站装车的时间规律和发送的目的地。对朱福贵早已把这些情报报告给日本特务机关，简化民浑然不知。

时间到了1937年9月中旬，杨老板接到日本东京陆军参谋总部密信，进入"蝶鱼计划"最后一个阶段。不过原来的计划有重大变动，一是若进入兵工厂直接实施爆炸困难，则详细测绘好兵工厂地理方位，待大军部署在黄河北岸时，在强渡黄河前先炮轰该厂；二是做好绑架德国顾问吕克特的准备工作，拟订好详细周密的计划，不能有任何伤害，要给友邦送一个"活生生的礼物"。

这里对"蝶鱼计划"的两点变动做个交代。杨老板先后拟定了几个炸毁巩县兵工厂主要车间和仓库的计划，但由于蒋介石视察后加强了防范，里里外外设置了三道岗，不要说外人，就是本厂职工进出都要严格搜身检查，他们的计划一直未能得逞，东京总部不得不调整计划；"八一三"淞沪会战后，日本人在正面战场领教了德国人战略战术的厉害，决定不惜代价抓个德国人作为"活生生的礼物"，迫使德国撤走在华顾问团，而在国民党部队中的德国顾问有重兵护卫，不得不调整方向，把这一有着战略意义的任务交给了杨老板。

九月底的一个深夜，朱福贵的糊涂茶店又来过一辆马车，装大豆和花生仁的麻包袋里同样装着其他东西，一套手提式测量仪、几十只空飘气球和充气设备。在接下来的十几天，老崔和喜旺白天在糊涂茶店做生意，夜里则围绕着兵工厂做实地测量，绘制出了兵工厂详细地形图。加上前期从简化民口中得到的情报，他们已经大致摸清了兵工厂内部的结构。

日本人很快取走了这份地图。"蝶鱼计划"的第一个任务完成后，杨老板立刻着手实施第二个任务，绑架德国人吕克特。

对训练有素的杨老板来说，暗杀个人如掐死只猫，易如反掌，可用冷枪一枪毙命，也可下毒让目标无声无息赴黄泉，或者制造神不知鬼不觉的交通事故，让目标随车马一起摔进山涧掉入悬崖。但绑架不是暗杀，只能智取，不能强夺。这让杨老板费尽了心思，伤透了脑筋。

绑架吕克特，必须在厂外，这是杨老板确定的基本策略。什么时候吕克特出厂，身边有几个人，到哪里停留，停留多长时间就成了问题的关键。一开始，杨老板曾计划在自己戏院里实施行动，但模拟很多次后，还是取消了这个打算，因为，一是确定不了吕克特来不来看戏，因为戏票不是吕克特自己或者卫士来买，而是厂办的其他人买；二是就算吕克特来，身边总是少不了四五个带家伙的护卫坐在周围，吕克特看起戏来上蹿下跳，忘乎所以，而这几个家伙个个眼观六路耳听八方，右手一直伸进腰里候着。还有，除了这四五个人外，每场大戏，兵工厂总有十个八个自发来看戏的，他们虽与吕克特不是相约而来，但个个认识吕克特，如果看到有人绑架厂里的洋顾问，肯定不顾一切冲上前去解救，这样一来，杨老板的四五个人就势单力薄了。

杨老板最后还是把希望寄托在简化民身上。

朱福贵仍然隔三岔五请简化民吃饭，事情终于有了突破。一次，简化民被朱福贵灌醉后，支支吾吾地说出了一件事。

"老兄，知道刀客孙世贵吗？"

"咱巩县谁不知道大名鼎鼎'瓦刀脸'！"朱福贵不隐不瞒。

"这家伙托人找俺帮忙！"简化民说道。

"噫！他的忙得帮，不帮小命就没啦！"朱福贵也知道孙世贵的厉害。

简化民环顾饭店四周，见旁边无人，低声说道："他让俺引荐引荐，想见见厂里那个洋蛮子！"

朱福贵一听这话，心脏像鼓敲打般怦怦直跳：老天爷，除了自己一伙，竟还有人也敢打洋蛮子的主意。朱福贵知道事情重大，强制自己平静下来，顺着话头问：

"恁有那么大的本事？"

"就是嘛！怎么办呢，他的人硬塞给俺一条小黄鱼，还不能不要，说，不要就是不给孙世贵面子！"简化民说这话的时候，声音有点颤抖。

朱福贵这时也扭头看了一圈饭店里的情况，见并无异常，低头细语：

"恁咋办啊？看看俺这个大哥能不能帮上恁的忙！"

"知道那个洋蛮子有个跟班的吧，叫'镢头'，他表姐和俺一个村，俺得请他帮帮俺，告诉俺一个准信儿，就是那个洋蛮子何时出厂，就说有人想见见他，看看能不能从他手里弄点枪的配件，用金条换。"简化民道出了实情。

"'镢头'会听恁的吗，他可是吃公家饭的人啊！"朱福贵继续设局套话。

"孙世贵派来的人问过俺'镢头'表姐家几口人后就回去了，过了三天给俺回话，说'镢头'的事不用俺操心，他听也得听，不听也得听！"

后来，孙世贵绑走了"镢头"表姐家儿子，让简化民转告"镢头"，对方想和洋顾问做笔生意，成了是朋友，不成也是朋友，决不勉强。"镢头"起初不同意，简化民劝说，不就是想买点配件吗，又不杀不剐那个洋蛮子，何必眼看着让表姐家断子绝孙。

孙世贵哪里是购买什么配件？从一开始就想绑票换枪，但年纪轻轻的"镢头"相信了简化民和孙世贵的话。当11月7日中午得知吕克特明晚要去看戏的消息时，"镢头"就告诉了在厂门口值班的简化民，还特别嘱咐道："等戏散场，顾问走出戏院大门时，俺就告诉顾问，有个朋友想和他说句话，他要是愿意，孙世贵的人可以过来说，他要是不愿意，俺就没办法啦！不管说不说上话，俺的承诺算是完成，孙世贵得放了俺外甥！"简化民按照孙世贵的吩咐点头答应。吃中午饭时，简化民没有去工厂食堂，而是借故去医院看病，把消息及时转给了孙世贵在巩县城里的一个窝点。

简化民的一切行踪，都被跟踪其后的杨老板手下看得清清楚楚，手下回去报告杨老板后，联想起明晚"红樱桃"要在戏院上演新戏《打金枝》，于是断定，吕克特明天晚上肯定来春风戏院看戏。

情报迅速上报日本东京陆军参谋本部。本部批准了杨老板的两套预案，一套是当孙世贵绑人时，肯定与吕克特护卫发生火并，这时先按兵不动，待劫匪与护卫两败俱伤之时，再突然强力介入，掠走吕克特；二是估计吕克特会参加戏后李为山县长老母的寿宴，届时应抢在孙世贵之前，里应外合，在包厢内秘密绑人。

得到简化民报告，孙世贵行动起来了。

借助简化民情报推算出吕克特明晚要来的消息后，日本人在洛阳、郑州和开封几个秘密情报点的人手也按照参谋本部的指令，秘密潜入巩县，协助配合杨老板行动。

吕克特懂得造枪造炮，却万万没有想到刀光剑影已经逼近自己。

第二天下午，洪士荫知道了洋顾问晚上要去春风戏院看戏的事，便亲自跑到吕克特办公室，劝说顾问取消晚上的外出活动。洪士荫之所以让吕克特取消外出活动，是因为南京最近发来了绝密情报，称近日多地电讯侦察截获异常信号，怀疑日本在华特务将有新的计划实施，严令各地情报站点多加防范。吕克特见洪士荫阻拦自己去看喜爱的女人唱戏，大发雷霆。

"洪先生，您知道吗，您在干涉我的私人生活，干涉别人私生活，在德国是要坐牢的！"

洪士荫在别人面前凶狠，在吕克特面前不敢，听完顾问的话，他接着说：

"那我今晚陪顾问去！"

"您陪我去，那还叫什么私生活！"吕克特心里装着红樱桃，最怕别人打搅自己的好事，于是断然拒绝。

洪士荫阻拦不成，自己又不能去，只好增派八九个人在戏院内贴身保护吕克特，又另派十几个人便装在戏院门前担任警戒。

八日晚上，大戏开场，孙世贵的刀客、杨老板的精兵、洪士荫的强将都会集来到了春风戏院门前。戏院前面的大街上，拉黄包车的，卖香烟瓜子的，摆馄饨摊的，扛着糖葫芦叫卖的，挎着白面馍篮子吆喝的，还有擦鞋的、耍猴的、斗鸡的、下棋的，各色人等，熙熙攘攘，春风戏院门口从来没有这般热闹过。巩县人喜人多爱热闹，特别是孩子，见戏院门口突然来了这么多人，也都赶了过来，无银子进戏院看大戏，瞧瞧戏院外的热闹场面不要钱。

戏院内，吕克特眼盯戏台之上的红樱桃，摇头晃脑，如痴如醉。

戏院外，三帮人马不期而遇，热闹非比寻常。

大戏散场，一个人走了出来，这人身着皇帝戏服，脸上还化了妆，一个地地道道的"中国皇帝"。"中国皇帝"不是一人出来，前后左右围着十几个人。明白人都清楚，这十几个一只手插进怀里的家伙不是吃干饭的。看到这番情景，戏院门前孙世贵派来的人一下子愣着了。之所以发愣，一是因为走出来的人个头上很像德国洋蛮子，但简化民提供的信息是，洋蛮子看戏只穿戏服不化妆，一眼就能分辨出来，但今晚脸上却化了妆，加上周围灯光昏暗，他们无法判断此人是中国人还是洋蛮子。二是简化民讲过，德国洋蛮子来看戏，只带四五个随从，这次怎么来了十几个，不但随从突然增多，就连戏院门前也陡然生变，来了那么多意想不到的生意人和闲杂者。孙世贵来之前给手下人反复叮咛，对手是老谋深算的洪士荫，一定要再三观察，不可贸然动手，如果气氛不对，取消行动，再候时机。基于以上两点分析，外加寨主孙世贵的交代，刀客领头者断定，今天晚上春风戏院情况不对头，必定有诈，于是发出了取消行动的信号。

老崔率领的十几个日本人化装散布在戏院门前四周，没等安排停当，也都暗暗叫苦。他们事先估计刀客会来十来人，可眼下混杂在戏院门前的可疑人员有三十多。疑惑不止的老崔通过流动暗哨把戏院外边的异常情况转告了行动的指挥，正在戏院里面忙前忙后的杨老板。令老崔没有想到的是，经验丰富的杨老板今晚也是一头雾水，一般跟随德国人吕克特进入戏院内的只有四五个人，今天怎么突然多出了几乎两倍？还有，大戏开场之前吕克特突然要求化妆，这可是从来没有过的现象啊！一番思考之后，杨老板断定自己的对手，那个神出鬼没的洪士荫设了埋伏，于是通知老崔，取消第一套方案，静观待变，做好实施第二套方案的准备。

吕克特在众人的簇拥之下进入了戏院对面的东义兴，洪士荫派去的一群贴身保镖也想进去，被吕克特一声喝止，这些人无奈，只好立在饭店门口，挨个搜身盘查进入的人。

孙世贵的人没有任何行动。

日本人也没有任何行动。

但日本人即刻启动第二套方案。

吕克特从东义兴西厢被抬出窗外后，立即被外边的三个人装进了一个麻包袋，一个大汉背起麻包袋快速离开。一男一女两个仆人并没有随三人同行，而是从他们带来的包里取出两套服装匆忙换上，连夜离开了巩县。东义兴所在的街道叫乾坤街，乾坤街与糊涂茶店所在的诗圣街是两条并行的街道，中间通过一条七八十米长的巷子连接，从东义兴后面进入这条巷子，经过铁匠铺旁边的巷口可以直接到达诗圣街。绑架行动进行之时，日本人在这条七八十米的巷子内布置了好几个流动暗哨，吕克特被从后院背入糊涂茶店后，流动暗哨才撤走。由于是半夜十一点，巷子里当时只有一个蜷曲在墙角的流浪汉看到了慌慌张张的三个人经过。第二天一大早，这个流浪汉在诗圣街要饭时，一个热心的路人往他怀里塞了一个热乎乎的白面馍，流浪汉狼吞虎咽吃下后，就再也没有站起来。

吕克特在糊涂茶店被秘密洞藏了六天六夜，傍晚关门打烊时，老崔侧身去检查水缸后面的几个空核桃壳，这么一看，浑身立马出了一身冷汗，空核桃壳被人动过了，与他自己早上摆的方位不一样。

他立即想到了上午来过的两个人，穿长衫的桐油店的掌柜和他的伙计。

十万火急的情况立马转告给了春风戏院的杨老板。

# 第 12 章

晌午时分，各路人马陆续抵达姜大明家，姜大明媳妇心疼一帮把脑袋别在裤腰带上行事的汉子，特地做了一顿卤面条。巩县的卤面条做工复杂，先把面条上笼蒸个八成熟，然后取出放在炒锅里与汤汁丰富的黄豆芽烧肉丝一起拌匀，再回笼继续蒸，这么一回笼，不但面条全熟了，炒菜中的肉汁也完全浸入了面条内，吃起来不但喷香可口，而且嚼劲十足。张一筱、韦豆子、贾老汉各吃了两大碗，嘴里啧啧称赞不休，说这是两天来最香的一顿饭。姜大明自称在食堂吃过了，吃的大米饭肉臊子，就没有动筷子。实际上姜大明在食堂并没有顾上吃饭，是看锅里的面条不多，才这么说的。

姜大明媳妇看着正在吃饭的张一筱，说："一筱兄弟，等将来咱们巩县不打仗了，让俺儿跟着恁学诗文吧，每天晌午俺都给恁做卤面条！"

张一筱扑哧一下笑了起来，放下筷子，显得一本正经："好，等将来不打仗了，俺就回到县城教书，中国三大诗人咱洛阳占两个，说不定经过俺提携栽培，洛阳会再出一个和杜甫、白居易齐名的姓姜的后生。杜甫说'丹青不知老将至，富贵于我如浮云'，白居易说'山寺月中寻桂子，郡亭枕上看潮头'，两人都是大胸怀的才子，嫂子，恁是希望儿子成为杜甫还是白居易呢？"

"都中！都中！"姜大明老婆笑逐颜开。

吃完卤面条，姜大明媳妇去门口放哨，屋子里的几个人开始碰头。

张一筱先把上午摸到的糊涂茶店的情况给大家做了通报，姜大明和贾老汉听毕，两人一拍大腿，几乎同时站了起来，这可是六天以来听到的最大最好的消息了，两人激动得无法言表。

张一筱摆了两下手，示意两人坐下，然后自己情不自禁地说道："大家高兴，俺心里也一样。这一次，咱们可能找到了藏匿洋顾问的地点，一是可以救吕克特性命,让他可以继续留在巩县,帮助咱们中国人生产更多的枪支弹药打老日;二是可以一把掀掉裴君明、洪士荫扣在咱们游击队头上的屎盆子。"

冬日的阳光本来就不明媚,外加是在阴暗的里屋里,四个男人谁也看不清谁的脸部,但四个男人的心田如春风沐浴,灿烂无比。

"队长,啥时候行动救人?"韦豆子急切地问。这个问题,他自从糊涂茶店回来的路上就想问张一筱,但怕队长批评自己沉不住气,一直没敢开口。

"这不是俺这个小小的队长能决定得了的事,得向'洛阳大哥'汇报!另外,弄清楚谁是叛徒以及营救之事也得一并汇报。"张一筱说。

姜大明和贾老汉原来并不认识张一筱,六天相处下来,两人对眼前的这个年轻后生打心眼里佩服。虽然是大户人家出身,但事事吃苦在先,从来没有见他叹过一声气,喊过一声累,吃什么说什么香,穿什么道什么暖,自己的队伍里能有这样的年轻人,两人从心底里自豪。

"说说恁们两人上午摸的情况!"张一筱说。

姜大明一共讲了三件事。第一件事是他从手下的伙夫老郭头那里发现饭盒底下黏附机油的情况。说到这件事的时候,贾老汉做了一个很长的补充,把自己在修车棚、火车站修理铺和五金杂货铺亲眼所看的情况一五一十地倒了出来,最后的结论是,机油肯定不是来自这些地方。

姜大明接着讲了王炳生放出来的情况,还说自己尝试从王炳生嘴里套点有用的情报,王炳生说,他自己不是关在监狱,是一处破旧的老宅子,这与自己在食堂听蔺天基讲的一样。

最后,姜大明把在饭堂从护厂队队长任青山嘴里得到的简化民失踪的消息也做了描述。

两人汇报完,张一筱没有马上答话,而是陷入了沉思。房间内寂静了很长时间,张一筱才开了口。

"老姜,恁说的前两件事可以合并起来考虑,只要一件事理出了头绪,另一件事就会迎刃而解,咱们先一块议议机油的事,中不中?"

看着张一筱,姜大明和贾老汉点了点头。

"综合恁俩刚才的讲述,俺有一个想法。机油这东西,一般家户用不着或者用得极少,因此巩县县城两个地方才有,这两个地方又被老贾一一排除了,这就使咱们的思路进入了一个死胡同。咱们不能局限在这两个地方,得从机油本身的用处想起，只有转动的机器和车辆才用机油，俺想问恁们，咱巩县哪个地方的机器和车辆最多？"

"兵工厂。"姜大明回答。

张一筱听完姜大明的回答，没有停顿，直接接话："好！俺还有一个问题，用机油最多的兵工厂是从这两个地方买的机油吗？"

"不是，是国防部兵工署直接调拨来的。"总务科科长姜大明对自己工厂的原料来源十分熟悉。

"这么说，巩县县城里有机油的地方一共有三个！"张一筱说完这话，再一次看了看其他三个人，三个人一齐点了点头。

"一共有三个，现在其中两个已经排除，因此，饭盒上沾的机油一定来自兵工厂！况且这些人不会关在一个房间里，个个房间都有机油，其他地方没有可能，只有兵工厂！"张一筱斩钉截铁地说。

"不对啊，送饭的摩托车每次都开出工厂大门了啊？"姜大明说出了困扰自己许久的疑问。

对这个问题，张一筱胸有成竹，娓娓道来："俺在延安学习的时候，特工课上讲得最多的恁们知道是什么吗？障眼术！老狐狸洪士荫使了障眼法，故意让车轰轰隆隆开出工厂门，迷惑所有的人。"

姜大明、贾老汉和韦豆子一时说不出话来，但个个都确信队长分析得有理。

"老姜，恁再想想，工厂里哪个地方能装这么多人又不被发现？"张一筱接着问。

姜大明思考了一会，把工厂里的分厂、车间、办公室、职工宿舍、仓库和危险品存放点挨个说了一遍，没有发现能藏下那么多人的地方。

张一筱看姜大明排查不出一处可疑的地方，便轻轻地问了一声："咱们再改变一下思路，送饭的摩托车回到工厂后，停到了哪里？"

"开摩托车的人送完饭后，就直接回到他住的工厂招待所休息，直到下一顿饭前，他才开车把空饭盒送来，老郭头洗净之后直接装饭再送走！"姜大明很清楚摩托车在厂内的行踪，他亲眼看到过。

"兵工厂招待所多大？"张一筱紧追不舍。

"一个小院，四五间供客人住的屋子，这一段时间，洪士荫手下的几个人都住在那里，他们的饭也是我们食堂送的。"姜大明知道张一筱怀疑招待所，他把自己知道的实情一一说出，意思是招待所容不下那么多人。

"招待所内还有其他建筑或者什么吗？"张一筱再次紧追不停。

这次，轮到姜大明陷入沉思。

张一筱、贾老汉和韦豆子静静地等待，他们三人都没有直视姜大明，那样会影响他的思绪。

"噢，想起来了，想起来了！"安静中的姜大明突然一声惊叫。

"想起来什么？"张一筱心里一惊。

"兵工厂地下防空洞一个出入口就在招待所会议室内！"姜大明用手拍打着自己的脑袋说。

张一筱强摁住内心兴奋，接着问："防空洞一共几个出口？"

"三个！另外两个在工厂内部的车间里，主要是运进原材料和运出成品，招待所内的通道小，只能进出人员。"

"好！朱荻一定被洪士荫关在地下防空洞里！"张一筱语气坚定。

姜大明、贾老汉和韦豆子一致同意队长张一筱的分析，刚刚紧绷着的三人脸上立即露出轻松的表情。

三个人拍着各自大腿，异口同声地喊了起来："终于找到了，终于找到了！"

张一筱待他们三个情绪稳定下来，也啪的一声拍了一下自己的大腿："洪士荫藏人的地点是地下防空洞，那么，老姜调查的第二个问题也就水落石出啦，王炳生说自己被关的地方是间破房子，洪士荫手下蔺天基也这么说，两人的话完全一致，说明是串通好的，是王炳生供出了瑞祥钟表眼镜店的地址！朱荻仍然被关押着，说明他什么都没说！"

"王八蛋！"韦豆子一声怒骂。

"王八蛋！"姜大明和贾老汉也同样骂道。

关于简化民的问题，张一筱说，虽然他现在已经不影响藏匿吕克特的大局，但他与土匪孙世贵、与日本人有怎样的瓜葛还不清楚，还有，是他一个人因被撤职而报私愤的单独行动，或者是他已经在兵工厂内发展了一个组织尚不明晰，还必须进一步追查，以免使兵工厂遭受更大损失。

紧接着，几个人讨论起如何解救吕克特和朱荻的方案来。

由于藏匿吕克特的准确地点张一筱和韦豆子已经摸过底，经过半个多小时的商量，详细方案拟订为十人化装成各类人员做外围警戒，阻截日本人可能的外援，十人从正门和后院同时突袭，两面夹击，截断屋内三人的退路。如何迅速打开糊涂茶店的正门，不给对手孤注一掷杀害吕克特或者劫持逃窜留下时间成了行动能否成功的关键。

韦豆子首先开口："俺想不用叫门，趁晚上糊涂茶店还没关门，咱们就冲进去制伏三个家伙就可以啦！"

"店里没有其他喝茶的顾客，这个方案可行，但如果有，特别是有妇女和娃娃在场，老日腰里除了短枪都配有手雷，制伏过程中如果他们拉响手雷，无辜百姓伤亡就大了！"张一筱否定了这个方案。

"俺从工厂找来一把三十多斤的大油锤，两下三下就能把门砸个大窟窿！"姜大明说。

张一筱摇了摇头，轻轻回答："糊涂茶店夜里有人坐在碗橱上瞭望，恁拎个大油锤，肯定会被发现，一排子弹射出来，大油锤就举不起来了！"

"在俺的黄包车上装上两百来斤重的磨盘，三五个人推着，从街北侧一直冲到南侧撞击大门，谁家的插门闩也顶不住这一家伙！"贾老汉想问题时离不开他的黄包车。

张一筱还是摇了摇头，然后笑着说话了："万一一下撞不开呢，还要退回去撞第二下？"

屋子里一片寂静。

张一筱突然问道："四叔和他的小伙计怎么死的，大家还记得吗？"

"糊涂茶店里老日发现那儿是咱们的据点后，趁洪士荫去搜查，挑拨离间开了一枪才造成的。"韦豆子记忆深刻。

"对！糊涂茶店里老日以取空壶名义发现了咱们的据点，使四叔他们两个不明不白就牺牲了，咱们也来个以其人之道还治其人之身，以送空铜壶的名义让他们打开店门，为四叔他们报仇，让老日偿还血债！"张一筱最后说出了自己思考许久的一个方案。

房间内人人拍起了大腿，巩县当地人有个习惯，同意和欣赏对方观点时不鼓掌，习惯拍大腿。

张一筱还特别强调，必须避开糊涂茶店内瞭望哨的观察视域，韦豆子一人敲门还壶，从正面突袭的四个人躲在糊涂茶店西山墙小巷子内，其他五个人藏在后院墙根，门一打开，以韦豆子的一声呐喊为信号，屋前院后同时进攻。

突袭糊涂茶店的方案尘埃落定，几个人开始讨论营救朱荻的方案。

讨论营救朱荻的方案，难度要比营救吕克特的大得多，因为除了姜大明一个人进过地下防空洞外，包括张一筱在内的其他人都没去过。张一筱先请姜大明详细介绍防空洞的内部结构。

姜大明说，十几里地长的防空洞实际上就是一个备用的地下兵工厂，半年以来，由于战事吃紧，里面和地上的厂房一样，白天和前半夜都在加班加点生产枪支弹药，里面机器轰轰隆隆的。防空洞是个狭长的通道，两边开有大小不同的厅，十几个大的厅里装有机床机器，还有几个小一点的厅作为原材料间、办公室和工人的休息间、吃饭间。

"恁想想，洪士荫可能把人藏在这些厅里吗？"张一筱插话。

姜大明不假思索地回答："自从刚才分析出藏人的地方是防空洞后，俺一直在琢磨。这些厅里肯定是藏不住人，因为每天都是人来人往的。"

张一筱站起，拎起暖水瓶给姜大明茶碗里加了半碗开水，说道："甭急，恁喝口水再想想，防空洞哪里能藏下十几个人？"

房间里再一次寂静起来。

"刚才说过啦，大小厅内不可能，通道里也不可能，不能一直站着啊！除了这些地方，还有几间男女厕所，但也不可能，那么多工人，有吃就有拉，厕所也忙得很，不可能藏人……"姜大明喃喃自语。

张一筱、韦豆子和贾老汉各自低头喝茶，喝茶的声音也特别轻微，他们怕打断姜大明的思路。

"难道——"当姜大明嘴里吐出这两个字时，其他三个人几乎同时抬起了头。

姜大明结结巴巴说完了整句话："难道他们关在防空洞尽头的仓库间里？"

"什么仓库间？"张一筱没有来得及放下茶碗，就急急地追问。

"在防空洞的尽头，有一扇大铁门，里面是座仓库，仓库门口有人登记入库的成品。"姜大明解释说。

张一筱急忙问："恁进去过？"

"没有。一次在食堂吃饭的工人讲过，仓库里两边开了许多洞，像小窑洞，面积没有前面的厅大，每个洞上都装有铁门，还落着锁，生产好的枪管、枪膛、枪托、扳机都分别编好号放在各自洞里，洞里一圈是放部件的铁架子，中间的空地方一点点大。"姜大明边回忆边说。

"肯定是这里！"张一筱说。

其他三个人的目光齐刷刷投向了张一筱。

"大家想想，枪管、枪膛、枪托、扳机这些东西在机床上生产时肯定会或多或少沾上机油，生产好后里面还得再上些机油防止生锈，这些东西置放在铁架上，时间一长，机油就会浸到铁架上。洞里关押的人员吃饭时，肯定把碗放在与胸口等高的架子上好夹菜，就是一部分人把碗放在地上吃，吃完之后，由于中间地方较小，也会把空碗放在铁架上，留出空间走动走动好消化。"张一筱娓娓道来。

"不对啊，那为啥大号的饭盒都没沾机油？"姜大明突然想起一个问题。

"恁说过，大号的饭盒装的都是好饭菜，一定是给审讯人员吃的，他们的饭盒底下没有机油，说明他们根本就没在防空洞里吃饭，一定是在招待所会议室吃的，会议室桌子上自然不会有机油。"

张一筱的话音一落，姜大明这次没有拍大腿，而是用双手挠起了自己的头，嘴里话音不停："妙，妙，实在是妙啊！"

"恁说谁妙啊？"韦豆子笑嘻嘻地看着姜大明。

"设局的洪士荫妙，破局的咱们张队长更妙！"

姜大明的话音一落，屋子里随即一片嗤嗤笑声。这笑声尽管十分微弱，但在巩县一个普普通通的宅院内屋里却似荡漾的春风，驱散了初冬里的丝丝寒意，激荡在每个人的胸间，温暖着每个人的心田。

张一筱第一个凝固了笑容，因为还有艰难的任务等着他和他的伙伴们："大家别高兴得太早，还没有找到进入这些洞的法子呢！"

姜大明接了张一筱的话："咱们都不是钻地虫，进防空洞必须从三个入口进，招待所会议室的那个洞口肯定不行，只能从另外两个洞口进，俺自己可以找个借口混进去！"

"先不说恁一个人进去中不中，就算凭自己进得了这道门，还有仓库那道门呢？"张一筱看着姜大明说完这句话后，低下了头。

"俺去劝劝俺姐夫，他能进去，让他帮帮老姜的忙！"韦豆子自告奋勇。

"不中！干咱们这一行，最忌讳临时拉人凑数，不但成不了事救不出人，很可能又会搭进去一个无辜的人。"张一筱否定得十分干脆。

半天没有讲话的贾老汉这时开口了，他的样子好像胸有成竹："俺有一个最笨，但是最安全的办法，就是需要的人手多点！"

"说！"张一筱看了贾老汉一眼。

"找准仓库的地点，从上面往地下挖，挖它一天一夜，准能把仓库挖通！"

张一筱转过头来，面朝姜大明问："恁下去过，防空洞有多深？"

"估计至少二十多米！"姜大明回答。

"不行，太深！三五米还可以，那么深的防空洞仅挖土就得一天，人多也使不上力，因为挖洞时容不下两人，只能换着人挖，另外防空洞是防炸弹轰炸的，最底层一定还有很厚的砖墙，挖砖墙时声音还不能大，没有半天时间肯定不行！"张一筱认为这不是一个好方案。

"防空洞一圈确实有厚厚的砖墙，还是德国人烧的砖，结实得要命，有的工人捡去没用的半截砖头回家磨刀！"姜大明的一句话补充完，算是彻底否决了贾老汉的主意。

思路又进入了死胡同，怎样进入防空洞的仓库里面，难倒了屋子里的四个男子汉。

"再想想，再想想！"张一筱这次坐不住了，他站起来，在姜大明家的里屋中来回走动起来。

巩县今年的初冬，不知咋的，气温比往常低了许多，一连数天，寒风凛冽，光秃秃的树枝在呼呼北风中摇曳，像是哀鸣，更像是哭泣，姜大明媳妇一个人袖着双手站在紧闭的院门后面，眼睛眨也不眨地透过门缝注视着巷子里的一草一木，一举一动。她虽然搬来了一个板凳，板凳上还放着一个厚厚的棉垫，但她一直没有坐下来，不是她不累，而是紧张得坐不下去。屋子里的几个男人谈论什么内容她不清楚，但她清楚自己的丈夫是个好人，张一筱的身份她不知道，丈夫也没交代，但这个人吃饭时动不动就来几句古诗古词，坏人喜欢动枪动刀，只有好人才吟诗诵词，因此她坚信张一筱也是个好人，好人在一起是不会做坏事的，自己给一群好人放哨，心里特别激动，也特别紧张，生怕自己的马虎给好人带来危险，那样她实在愧疚难当。想到这些，读过几年私塾的女人紧张得心里怦怦乱跳，额头上甚至冒出了一层虚汗，她必须找到一个法子压住自己的紧张，不能让丈夫看到了骂自己没出息。女人想了半天，还终于想出来了，是张一筱那句说儿子的话:"嫂子,恁是希望儿子成为杜甫还是白居易呢?"当时自己紧张,说两个都中,现在自己有时间,要好好想想,自己的宝贝儿子今后是做杜甫好还是当白居易好呢?

院子里,姜大明媳妇对自己儿子未来充满憧憬的时候,屋子里的四个男人还在为即将发生的生死搏斗琢磨着对策。

已经半个小时过去了,还是没有一个良策。

突然,张一筱说话了:"老姜,防空洞那么深那么长,里面又有那么多人,咋呼吸呢,光靠三个洞口,进不了那么多新鲜空气啊?俺小时候在家,虽说窑洞冬暖夏凉,但俺住不惯,因为窑洞只有一个窑口,胸闷!在开封上大学时,学校里有座外国人设计的大礼堂,大礼堂特别大,能容下千把人,校长训话时大门都关着,但一点也不感到胸闷,原来礼堂上面有透气孔。"

"队长说得对,俺下过防空洞很多次,一点也没有感到胸闷,主要是有通风道,还是德国人帮助建造的。"姜大明回忆起来了。

张一筱没有停顿,接着问:"地面有几个通风口?"

知道情况的姜大明回答道:"厂里人都知晓,六个,中间两个,两头各两个!"

听到张一筱问这句话,姜大明忽然眼光一亮,他隐隐约约感到对方的所思所想。

"中间的两个在厂内,两头的在厂围墙边!"姜大明轻松作答。

"能从通气道爬进去吗?"张一筱问。

姜大明已经猜到了队长肯定会问自己这个问题,没有停顿话就出了口。

"不中!每个通气道两头都装了个大换气扇,换气扇的叶片旋转起来不但声音大,还特别锋利,听在里面上班的人说,每天都有'码义翘'、'斯古赌'绞死后落在防空洞的通道内。"

姜大明的话一下子阻断了张一筱的思维。张一筱心里清楚,鸟过不了换气扇,人自然也过不了。

"从外边剪断工厂的电线不就行了吗?"韦豆子插话。

张一筱一听韦豆子的话,急了:"胡扯!咱们只能救人,不能影响武器生产,因为朱荻被救走,洪士荫肯定猜得出是咱们干的,他抓人正没有借口,这一下子不就有了,说游击队破坏抗日,还真辩不清!他悄悄抓人,咱们只有悄悄救人,事成后才能让他哑巴吃黄连,有苦难言!"

"老姜，通气道里的换气扇一天到晚都旋转不停吗？"张一筱又想到了一个新问题。

姜大明知道这个问题的答案："听一个电工讲过，六台不是全开，是三台一组轮换着开，人需要休息，换气扇也一样，开得时间长了，电机吃不消！"

"好！太好了！"张一筱喜出望外。

"老姜，恁赶快回厂把这件事确认一下，如果真是这样，咱们就从换班没有转动的那个通风道里进，拆掉进出口的两台换气扇，然后把人救出来。"张一筱立即做了部署。

姜大明刷的一下站了起来，脸上露出激动的表情，起身准备离开，但还是被张一筱叫住了："不光摸清这件事，还要摸准哪个通风道能进入仓库那头，别费了半天劲，进错了通风道！对了，最后要带回一套拆卸换气扇的工具，七点钟回来碰头！"

姜大明点了点头。

"工具不要带了，俺家里有全套的！"贾老汉拉黄包车，工具少不了。

姜大明走了。

张一筱接着给贾老汉布置任务，命令他拉车马上去通知正在外面摸排的四位游击队队员，停止其他活动，从前后两边蹲守糊涂茶店周围，如果糊涂茶店里的三人外出，派人跟踪！

贾老汉也走了。

屋子里剩下张一筱和韦豆子两人。两个人没有顾上喘一口气，准备把刚才解救吕克特和朱荻的方案再捋一遍，他们心里十分清楚，方案中不论哪个环节出丝毫差错，那就是一着不慎，满盘皆输。

解救吕克特的方案前前后后捋过后，没有问题。

第一个方案重新梳理后没有漏洞，张一筱顿时轻松了许多，这时他想从暖水瓶中倒水喝，但瓶中的水已经空了。姜大明媳妇交代过，灶屋炉子上温着开水，不够就去倒。张一筱拎着暖水壶去了灶屋，当他弯腰低头用瓢从砂锅中舀好满满一瓶水，抬头准备离开灶屋时，忽然看到了灶台上方墙壁上的通风口，兵工厂防空洞的通风口功能不就和这个口一样吗？出于好奇，张一筱爬到了灶台上，用手一摸，满手指都是油污，再把鼻子凑到通风口闻，一股刺鼻的油烟味扑面而来。

张一筱心里不觉一惊，刚才忽略了一件事！从不运转的通风道进入是可以的，但通风道不是直上直下，而是弯弯曲曲几十米长，几十米长的通风道内由于常年换气，防空洞中各种机器产生的油垢和粉尘肯定沉积在壁道里，味道同样呛人；外加那么长的通道不通风，氧气稀薄，下到里面去的人既要拆掉两个换气扇，还要慢慢爬行一段时间，呼吸肯定有问题，重者还会昏迷，不要说救人，自身性命也难保。

韦豆子听队长说到这个问题，浑身起了一层鸡皮疙瘩。一个严峻的考验摆在面前，两人再一次陷入沉默。

时间在一分一秒地过去，张一筱的额头上甚至沁出了一层薄薄的汗珠，他为自己刚才的粗心感到懊悔，徐司令、吴政委把这么重要的任务交给自己，"洛阳大哥"还有远在千里之外的延安也在时刻关注着这项任务，自己竟然在节骨眼上如此大意，他在心里骂起自己来，骂自己愚蠢，骂自己愧对组织多年的培养，骂自己辜负了组织的天大期望！

自责之中的张一筱一把擦干额头上的汗珠，静静地坐在板凳上，他必须想出解决的办法，给他的时间已经不多，因为必须马上向"洛阳大哥"电告详细方案，洛阳还必须请示延安，而这些都需要时间，而且是不短的时间。

张一筱抱头坐在板凳上一动不动。韦豆子还是第一次看到自己敬佩的队长这副模样，斯跟队长几年时间，他还是第一次看见队长被难题折磨得如此痛苦。看着刚刚二十八岁，原来英俊潇洒，谈笑自如，而现在消瘦不堪，宛如三十七八的张一筱，韦豆子真想流泪，流泪不是可怜队长，而是恨自己太年轻，太缺乏智慧，太没有经验，帮不上队长的忙，从而使队长遭受如此大的痛苦。

时间还在一分一秒地过去，张一筱和韦豆子各自默默抱住头，两人甚至能听到对方的怦怦心跳。

寂静的屋子里，张一筱突然站起，一声惊叫："豆子，好像听恁说过一件事，恁姐夫宋双水和吕克特试戴过防毒面罩？"

韦豆子被队长的怪异行为吓了一跳，待惊魂过去，马上回答：

"有这事，几个月前的事！他还得到了一个防毒面具作为纪念，现在还在俺姐的衣柜里放着呢，俺还戴过一次，看起来像鬼！"

回答是回答了，韦豆子不知道队长怎么突然想起了这个古怪的东西。

这时的张一筱两眼发光，声音急促："豆子，恁想想，戴上防毒面具既然在毒气室里能待很长时间，在呛人的通风道里是不是也应该没有问题？"

明白了队长的意思，韦豆子身体从凳子上腾起，嘴里坚定地迸出三个字："没问题！"

尽管自己也知道没有问题，但他依然需要自己同志的这句话，这句话是佐证，是确认，是肯定，更是支持，听到韦豆子嘴里喷出"没问题"三个字，张一筱眼里流出了泪水。在几年来的艰难岁月里，张一筱没有流过泪，但这一次，他流了，是激动的泪水，还是苦涩的泪水，自己也搞不清。

韦豆子也流泪了，不过他用手捂住了双眼。

下午三点，一封电报迅速拟好，电波飞向了洛阳。

电报里张一筱汇报了下一步行动的计划，计划分四部分：一是今天深夜组织十人突击小组突袭糊涂茶店，解救吕克特，并把抓获的日本特务押送给裴君明、洪士荫，以证游击队清白和抗日决心；二是如果明天吕克特回到厂内，但朱荻得不到释放，说明他处境危险，明天夜里将通过通风道进入兵工厂防空洞，营救朱荻，然后把其安全转移出巩县城；三是继续跟踪打探简化民的情况；四是后天凌晨在游击队员撤退前，顺手牵羊，解决叛徒王炳生。

电报发完后，张一筱一屁股瘫在了板凳上，大口大口地喘着粗气，一直持续很长时间才平息下来。

韦豆子去姐姐家"骗取"防毒面罩。

独自留在屋内的张一筱等待"洛阳大哥"的回电，他闭上眼睛休息，双眼刚刚合上不到三分钟，人就睡着了，不但睡着了，还做了一个梦。在梦里他静静地坐在春风戏楼里，整个戏楼就他一个人，戏是他最喜欢的《凤还巢》，扮演女主角雪娥的不是别人，是自己心爱的红樱桃。听着雪娥华丽别致、明快跌宕、如诉如歌的唱腔，看着雪娥轻盈妩媚，翩翩若仙，曼舞拂袖的风姿，他竟在座位上朗诵起自己最喜欢的几句诗词来：

北方有佳人，

绝世而独立。

一顾倾人城，

再顾倾人国。

宁不知倾城与倾国？

佳人难再得。

　　下午四点半的时候,电报机嘀嗒的预警声把张一筱从《凤还巢》中拉回,他迅速戴上耳机,接收来自洛阳的电报。

　　"洛阳大哥"批准了上报方案的前三项,并强调所有行动以营救吕克特为主,营救过程中如突发意外,应不惜一切代价保护其生命安全,绝对不能出现任何疏漏;对于计划中的第四个行动,电报明确指示,立即取消!大敌当前,王炳生是枪械生产技术工人,只要不投靠日寇,不得捕杀。电报的最后两句话是:"你们承担国之大任,如遇突发情况,时间紧迫,可自行处置,不必上报!洛阳和延安等待你们成功的消息!"

　　手握电报,张一筱的心情久久不能平静,看完那句"洛阳和延安等待你们成功的消息",他的双手竟颤抖起来。

　　张一筱把第一次行动的时间确定在今天夜里十点。

　　确定了行动时间,张一筱轻轻划了一根火柴,烧掉电文,然后重新化好装,匆匆出了门。按照行动计划,他要去会会巩县地痞,鱼帮老大焦仁卿。

　　一场接一场的血雨腥风在等待着张一筱。

## 第 13 章

吕克特失踪的六天六夜，河南情报站站长洪士荫如坐针毡。

撬开东义兴饭店老板孙北邙的铁嘴后，洪士荫确认对手是共产党而不是日本人，不觉心中一阵狂喜。日本特工装备齐全，训练有素且狡猾凶残，他们参与，肯定经过了长期准备，精心策划，反复演练，那样的话事情就复杂多了。而洛阳地区的游击队和巩县城里的地下党，手里拎的是土枪大刀，穿山栖洞，左藏右躲的本事有，运筹帷幄，设局布阵，监听突袭的能力和东洋鬼子相比就不可同日而语了。这次洋顾问失踪一案发生在河南，洪士荫刚开始认为自己命运不济，但后来转念一想，是上天眷顾自己。如果拿下这个惊天大案，他不但可以为举国一致的抗日热潮抹上一层亮丽色彩，书写一段经典传奇，同时，也可以借此栽赃共匪，给他们头上扣上一顶假抗日真内讧的帽子，为委员长"攘外必先安内"的英明决策找到有力佐证。那样的话，自己在老板戴笠面前就能挺直腰板，如果戴老板再在委员长那里美言几句，他洪士荫可能就遂了久已有之的心愿——离开贫瘠的河南，到南京情报总部或者其他政府重要部门另谋高就了。

突破孙北邙的当天，洪士荫就急令洛阳站迅速行动，抓捕那个洛阳公学学生会头头，同时通过戴老板急电第一战区司令长官程潜，对洛阳城进行了地毯式排查，可是整整折腾了一天，却怎么也寻觅不到那个年轻学生的蛛丝马迹。第二天，陪裴军长一道与徐麻子、张一筱在康百万庄园会面时，尽管老对手矢口否认参与绑架之事，但洪士荫坚持认为是共匪指使那个洛阳学生会头头所为。没有找到学生会头头，洪士荫的属下抓到了年轻人在洛阳的父母，严刑拷打之后，还是没有得到一点点有用的线索，跪地求饶的父母说，他们的儿子除了跟家里要钱，其他没有什么联系。不过年轻学生母亲一句不经意的话一下子触及了洪站长敏感的神经，母亲说她儿子去年去了一趟平津，回来之后不知咋的，性情大变。

平津地区不是共产党活动频繁的地方，年轻学生的突然变化应该与共匪的赤化无关。思路至此，洪士荫并没有打住，而是继续延展。这么一深究，隐约有了一个不祥的预感：平津地区近几年日伪特务网络迅速扩大，活动猖獗，四处罗织人马，尤其是涉世不深的青年学生，难道这个洛阳学生遇到了他们？

从那一刻起，洪士荫一边死死咬住徐麻子、张一筱他们不放，一边也多了一个心眼。

吕克特失踪的第二天晚上，孙世贵突然跳了出来，声称自己绑走了洋蛮子吕克特。洪士荫从县长李为山处第一个得到消息后，自然是一番激动，原来是刀客蠡贼孙世贵兴风作浪，劫人换枪，这是他没有想到的。但一番深思细琢之后，洪士荫还是对孙世贵的诡异举动产生了怀疑。洪士荫协助裴长官前前后后与豫西诸帮土匪明争暗斗了好些年，由于重点任务在于剿共而非剿匪，豫西土匪在夹缝中存而不灭，这使裴君明和自己伤透了脑筋，丢尽了脸面；尽管脑筋伤透脸面尽丢，但也不能说毫无收获，洪士荫摸清了各帮土匪的底细和秉性。对悍匪孙世贵，洪士荫相信，这个人完全有胆量和能力绑架德国顾问；可孙世贵一贯的出牌套路是绑了人就在第一时间通知对方来赎，一是不让劫持对象在自己手里停留时间过长，免得人质因过度惊吓恐惧而毙命，落个竹篮打水一场空；二是不给人质家属或者官府留足时间做解救人质的准备。过去几年，孙世贵绑票数起，次次都是票一到手，即刻告知家属或者官府赎人，干得漂亮利索，从未空过手，失过蹄。唯独这一次，过了整整一天才写信声明，而且还不是即刻赎人，要等到第二天中午，这是出乎洪士荫预料的。

尽管洪士荫对孙世贵的举动产生怀疑，但因事关重大，也不敢像过去对付巩县土匪吴绊子一样，在枪弹上虚晃一枪，只能乖乖按照孙世贵的要求，不折不扣备好赎人的枪弹，送县长李为山上路。洪士荫在和裴君明讨论解救对策时，曾提出自己亲自化装跟随李为山前去，被裴君明劝住，一是为洪士荫自身安全考虑，二是为吕克特性命负责，因为孙世贵在信中已经做过交代不让他洪士荫前去交换人质，洪士荫只好作罢。自己去不了，洪士荫并不心甘，而是派了两个得力手下化装成县府工作人员前去，但还是被老狐狸孙世贵玩弄于股掌之间，使自己在戴笠跟前颜面尽失，电话里戴笠那句"要是在巩县，看我不掏枪毙了你"吓得洪士荫哆嗦了半天，仍回不过神来。

在与孙世贵周旋的同时，裴君明和洪士荫在巩县县城和全县乡村撒下了天罗地网。德国顾问吕克特出事当晚，洪士荫一边命令把在东义兴吃饭的人统统押到县城监狱，一边又急忙派人把巩县县城三帮地痞——西街帮领头"土鳖"、东街帮头目郭大社和北街船帮帮主焦仁卿一个一个唤到跟前，气急败坏地一通咆哮。说如果他们谁要是一时糊涂，财迷心窍，不慎误绑了洋顾问，现在执迷而返还来得及，半个小时之内交人既往不咎，否则即为通敌卖国，到时候就是他洪士荫念及旧情想帮忙，戴老板和蒋委员长也不会答应。听罢洪站长的训斥，三人惶恐不安接连表态说，在巩县，就是有敢绑县长李为山的贼胆，也没有绑架洋蛮子的贼心，因为洋蛮子屁股后边跟班的比县长多，而且在巩县，县长不敢做的事，他洋蛮子敢做，哪头轻哪头重三人掂量得清，万万不敢在洋蛮子这个太岁头上动土！表过态发过誓，三人联名当着洪士荫的面写了血书，结尾一句是："如有半句谎话，是杀是剐，任凭洪大人发落！"洪士荫不是好骗的，在质问三个地痞首领的同时，分别派出三帮手下到了他们的老巢，不但对骨干分子一个一个过堂审讯，立下字据，还对他们经常出没的窝点详细搜查了一遍，直到一无所获，洪士荫才放走三个巩县地痞。放人时，洪士荫撂下一句话："听好了，我找不到洋顾问，你们谁敢离开县城半步，满门抄斩！"

　　裴君明和洪士荫的两千多人马在随后的几天内，对巩县县城的车站渡口、大街小巷、工厂煤窑、商铺居家、妓院赌场连续翻查了三遍，对所能想到的可疑之处，比如地窖水井、砖窑煤坑、旧墓新坟、祠堂寺庙、棚户仓库、驿站旅社、教堂书场等，按照洪士荫的说法，叫作"挖地三尺"；对眼中所见，可能藏人的地上物件和器物，比如大衣橱藏书柜、苞谷圈稻草垛、骡马槽牛羊窝、烧火的风箱送水的车厢等，叫作"重见天日"。县城里每家住户和每间房屋无一漏网，年老者说："从清朝活到民国，这阵势一辈子没见过。"

　　在巩县乡下，村村庄庄，堡堡寨寨也都发动了起来，邻居间展开了相互举报，邻村间的保长带人展开了相互检查，一时间巩县的山川沟壑、河塘枯坑、荒野坟地、树丛草堆尽是手持棍棒鼓捣之人，方圆百里的巩县满山遍野鸡飞狗跳，鼠窜鸭鸣，乾坤大乱。那几天，巩县村童传唱起一首新童谣：

　　　　日圆圆，
　　　　月弯弯，
　　　　东边母狗叫，

西边老鼠窜,

天塌啦,

地陷啦,

城里洋蛮子不见啦!

吕克特仍然杳无音信。

洪士萌白天在外边巡视,夜晚就回到兵工厂防空洞指挥审讯抓来的可疑人员。

时间已经过去了三天,鼻青脸肿的王炳生仍然没有交代。第四天凌晨,看守端来了一碗肉,提来了一壶酒,说这是最后一顿饭、一顿酒了。王炳生大口吃肉大口喝酒,待碗里和壶里都空了,两个全副武装、戴着口罩和墨镜的行刑人员走了进来,当两人从口袋里拿出麻绳准备动手捆人时,王炳生扑通一下跪在了地上,大喊:"俺说,俺说!"

王炳生说不出吕克特藏在哪里,因为他根本不知道,他把四叔的瑞祥钟表眼镜店交代了出来。

到了第五天,和王炳生一道进来的朱荻已经被摧残得站不起来了,牛皮鞭、老虎凳、辣椒水、铁火钳还有电棍、电椅,把整个人折磨得面目全非,每吐出一句话,都要喘上半天气。洪士萌再次来到了朱荻的仓库间。王炳生已经交代出了四叔的店铺,洪士萌仍不放过朱荻,一是他认为朱荻在巩县地下党内部的地位比王炳生高,能从其嘴里掏出更多的情报,第二条理由很简单,洪士萌就是想让一个共党死硬分子在自己面前屈膝求饶,他不相信人的骨头硬得过他的手段!

"朱先生,这一段让你受苦了!"

"听声音,是洪站长吧,顾问有,有消息吗?"朱荻没有抬头,而是断断续续说着话。

"这个问题我正要问你呢,你的组织把人藏在哪里?"洪士萌声音比朱荻的洪亮许多。

"洪站长,这个问题,俺已经回答几十遍了,俺,再说一遍,俺是兵工厂的工人,不是共产党。"说完这话,朱荻先是一阵狂咳,接着喘息不止。

"再给你一次机会,说,你们把顾问藏在哪?"洪士萌紧追不放。

"洪站长,俺和顾问一块工作,四年啦,嘴里的话相互间闹不懂,但心和心,懂！俺算是他徒弟，徒弟不会害师傅！"朱荻说完这话，昏厥过去。

第六天黎明前，两个全副武装、戴着口罩和墨镜的行刑人员来到了朱荻的仓库间。朱荻明白了一切，既没有吃肉，也没有喝酒，只说了一句话：

"两位弟兄，等会别用手枪，用俺参与改造的'中正式'吧，让俺死得有点面子！"说完话，朱荻不等两个行刑人动手，自己扶着身边摆满枪栓的铁架，摇摇晃晃地站了起来。

这句话，朱荻是眼里噙着泪说的。

像眼前这样大义请死的，两个行刑人没有见过。五花大绑的朱荻被两人架着走出了仓库间。

躲在暗处的洪士荫一直在观察着朱荻的表情，他多么期望看到自己希望看到的那种表情。但他失望了，自己眼中看到的不是惊慌，不是恐惧，而是从容，而是淡定，这种表情，他在原来工作的南京见过，在上海见过，想不到今天，在巩县兵工厂地下防空洞里，他再一次看到了。

两个行刑人架着朱荻慢慢走完一百多米的防空洞通道，洪士荫眼中看到的这种表情始终没有一丝丝的改变。

走到通道尽头，守护士兵打开了仓库大门。两个行刑人架着朱荻走出大门，进入了不远处的地道出口，一步一步向上走了二十多分钟，终于来到进口，进口是在一间办公室内，办公室内列着两排荷枪实弹的宪兵。朱荻心里清楚，自己要和工作十几年的巩县兵工厂告别了。他想透过办公室的窗户看看自己熟悉的那片天地，但每扇窗户都吊挂着黑色帆布，什么都看不见。

朱荻看到了两排宪兵手中的步枪，正是自己参与改造的"中正式"，枪身的色泽森然冷峻，长长的刺刀寒光凛冽，朱荻苍白无色的脸上露出了笑容。

"走吧！"朱荻说。

朱荻被押上了办公室外的一辆带篷的卡车。

卡车静静地停在原地，却没有发动。

卡车停在原地十几分钟，还是没有发动。

这是洪士荫亲手导演的一场假枪毙大戏，朱荻没有被吓住，再次被投进了防空洞的仓库间。

在此之前，洪士荫一直想借机处理掉朱荻，但被裴君明制止。裴君明说，人可以关押，但不能枪毙，人一死，一是不好给厂里的工人交代，二是不好给共产党交代。

吕克特失踪后的第六天大清早，徐麻子应邀再次匆匆赶到康百万庄园与裴君明见了面，裴君明和洪士荫的意图是想让徐麻子承认是自己的手下昨天夜里首先开枪杀人，却没有料到徐麻子再次断然否认，并把矛头指向了日本人。不但把矛头指向日本人，还趁机说出了自己手下"镢头"的问题。

根据徐麻子提供的信息，洪士荫立刻派人到"镢头"表姐家核实，核实人员回来报告后，气得他顿时火冒三丈，摔了手中的茶杯。原来，洪士荫已经向南京总部为"镢头"申报了烈士抚恤金，没有想到自己手下竟是如此不明大义之徒。一番思量后，洪士荫决定把事情压下来，不能再做汇报。对上隐瞒，洪士荫对内毫不含糊，顺着"镢头"这条线，终于挖出了泄露情报的简化民。

洪士荫马不停蹄布置人手，抓捕简化民，可他们却扑了个空。简化民不在家，谁也不知道他去了哪里，他的胖老婆反过来哭闹着向工厂要人。

简化民这条线彻底断了。

断了简化民这条线，洪士荫一番琢磨后，再次产生了栽赃徐麻子游击队的计谋。他在心中盘算，游击队先买通了对巩县兵工厂内情了如指掌的简化民，当简化民串通"镢头"摸清洋顾问的行踪信息后，被杀人灭口，不让自己绑架洋顾问的计划暴露。洪士荫来到裴君明军部，说出了自己的推断。

"不对呀，洪站长，如果徐麻子杀了简化民，他们还告诉我们'镢头'的事干嘛，如果我们知道了'镢头'的事，很快就会从'镢头'表姐家查到简化民，有杀了人后再跑到你面前告诉真实线索的吗？因此，杀'镢头'和杀简化民的肯定是一帮人，但绝不是共产党！"

洪士荫瞠目结舌。

"我敢保证，徐麻子手下的人一定知道了简化民的事，是他们故意透给我们的，目的是让咱们盯紧这个人！这个时候简化民突然失踪，一定是真正的绑匪所为，且必死无疑！"见洪士荫不言语，裴君明继续推论。

洪士荫沉默不语，他是在思考和联想。手下去"镢头"表姐家盘问回来后说，一个二十八九岁的年轻人领着"镢头"外甥回来的，从手下人描述的这个年轻汉子的外貌来看，一定是徐麻子手下的张一筱。洪士荫怎么也没有想到这个书生样的年轻人竟然走到了自己前头。

否定徐麻子手下杀掉简化民的可能，裴君明和洪士荫倒吸了一口冷气，因为两人想到了一起，孙世贵没杀人，共产党没杀人，只剩下了唯一可能的日本人！日本人参与绑架德国顾问吕克特的可能性确定无疑。

两人最不愿看到的情况发生了。

从第六天下午开始，洪士荫把侦破的重点放在了日本人身上。

时间紧迫，只剩下最后一天一夜的时间，洪士荫把手下人分成两帮，一帮继续追查简化民这条线，厘清他在巩县经常出入的地方和与哪些人接触；另一帮只有两个人，洪士荫亲自带着一个年轻人，化装到诗圣街昨天晚上打响第一枪的地方摸排，现在的洪士荫相信，这一枪定是日本人所开。

实际上，洪士荫在那不明不白的一枪打响之前，已经派了好几轮人到三四里长的诗圣街上秘密摸查了好几遍。巩县情报站很长时间以来，监听到诗圣街一带有发报机发出的微弱信号，由于当时监听定位装备比较落后，最多只能确定发报地点在诗圣街一带，准确的地点就难以确定了。诗圣街上有几百家店铺，每天人口流动好几万人，又不能明目张胆搜查，此事难坏了洪士荫。更令洪士荫感到头痛的是，发报机的发报时机违反情报界常规，不是在夜里，而是在熙熙攘攘，喧嚣杂闹的白天，外加发报时间极短且毫无规律，有时隔两三天一次，有时十天半月也毫无动静，更让监视人员束手无策。洪士荫自己学过电讯，靠突出的电讯能力起家，他亲自监听过诗圣街电报机的声音，听过之后顿时傻了眼，对方发报的手法极其特殊，每次都是一声轻，然后紧接两声重，这在洪士荫熟知的电讯圈中是从来没有过的。

就这么监听来监听去，就是没有任何办法确定诗圣街准确的发报地点，直到诗圣街响起不明不白的一枪。洪士荫现在把两件事串并思考，得出了响枪地点周围百米之内一定有日本人窝点的结论。

诗圣街今天撞了鬼，上午两个年轻人叫卖兔皮，下午又来了一老一少推销木底草鞋。巩县的草鞋底是块厚厚的木板，在木板一圈钻上十几个孔，每个孔里装上一根细麻绳，以这些麻绳为筋络辅助芦苇花就编织成了又厚又软的鞋帮，在冬天泥泞雨雪路上行走，既不冻脚，也不损鞋。今天，肩扛扁担，扁担上晃荡着大大小小十几双木草鞋的那位长满胡须的老人不是别人，正是洪士荫。

和上午的张一筱一样，洪士荫和他的那位手下一口气摸排了十几个小店，一一做了排除，最后剩下了两个最大的店铺——铁匠铺和糊涂茶店。洪士荫之所以把大店留到最后，因为凭自己的经验，承担如此重要的秘密行动窝点绝不止一两个人，一间房没有周旋的余地，两间或者三间房的店铺嫌疑性更大。

和手下人分了工，洪士荫自己进了铁匠铺。

洪士荫一踏进铁匠铺，"叮咚咚"的响声扑面而来。

听到响声的洪士荫一下子愣住了。

"叮咚咚！"

"叮咚咚！"

这节奏，这顺序，这频率不就是电报机的指法吗！

惊呆着的洪士荫赶紧恢复常态，他没有忘记这会儿自己是个卖木底草鞋的商人，匆忙点头哈腰地喊了一嗓："皇帝的毛毡靴，俺家的木草鞋！"

铁匠一家大笑不止，拉风箱的那位女人开了口："今个不孬，今个不孬，上午来了个顾头的，下午来了个顾脚的！"

洪士荫最终没有推销出他的木草鞋，点头哈腰给铁匠铺一家四口鞠过躬后脸上挂着失望离开了。表面上失落，洪士荫内心却是十分激动，因为日本人终于露出了隐藏已久的狐狸尾巴。洪士荫踏进铁匠铺前已经把它周围的情况看过一遍，铁匠铺东边是糊涂茶店，西边没有房子，是条巷道。因此，能借用铁匠铺叮咚咚震动和响声趁机发报的地方只有两处，一处是铁匠铺自身，一处就是隔壁的糊涂茶店，别无他处。

洪士荫的手下在糊涂茶店不仅没有卖出一双木草鞋，也没有发现任何可疑情况。这对老辣的洪士荫来说已经不重要了，不管手下在糊涂茶店发现没发现可疑情况，他自己都不会放过已经怀疑的地点。

傍晚时分，洪士荫回到情报站，一把扯下粘在下巴和嘴唇上的胡子，听取另一组人对简化民的摸排情况。和洪士荫一样，这组人也是收获颇丰，他们摸清了其中三个与简化民接触较多的人，其中一个就是糊涂茶店的掌柜朱福贵。

听完汇报，洪士荫点上一支烟，静静地坐在椅子上，暗自思考起来。

从响枪地点与发报地点这条线索确定了日本人窝点的两种可能——铁匠铺或糊涂茶店，现在又从简化民这条线上得到了糊涂茶店掌柜朱福贵的线索，洪士荫把两条线串并，就形成了一个唯一的交集——糊涂茶店。第一支烟燃完的时刻，洪士荫把原来的两个店铺缩小成为一个。

把目标进一步确定为糊涂茶店后，洪士荫并没有兴奋，因为一个或者两个怀疑对象对他来说没有太大差别，自己既不缺人也不缺枪，到时候两个店铺一块端就是了。他现在急切要思考的是，顾问吕克特是不是在糊涂茶店里窝藏着？

点燃第二支烟，洪士荫再一次陷入了沉思。

洪士荫想起了三件事。第一件是最近属下侦探到的电讯信号。洋顾问被绑后的前三天，诗圣街上的电报机毫无响动，第四天发送和接收各一次，到了第五天，发送和接收达到了各三次。第五天电报收发量突然变得频繁，洪士荫一番琢磨后认为，日本人将要采取行动，定是在向上边汇报请示。到底是什么样的行动让日本人如此高度谨慎，联系密切呢？只能是如何处置被绑架的德国人吕克特！如果吕克特已被转移或者已经死亡，狡猾的日本人绝不会在巩县多待一天，更不会冒极大的风险无事生非，一日之内多次发电联络。

出现在洪士荫脑海中的第二件事是简化民的失踪。简化民在顾问吕克特失踪后，表现和行踪本无异常，怎么会突然失踪了呢？况且早不失踪晚不失踪，偏偏第五天下了晚班后失踪了！又是第五天！洪士荫突然脑袋一惊，一个念头划过脑海，这是日本人在行动之前的最后一个程序，过河拆桥，杀人灭迹，不让对手抓到活口，然后顺藤摸瓜，找到自己的窝点。

第三件事是白天日本人在糊涂茶店里发电报，电报机藏在哪里？自从洪士荫下午发现日本人借打铁锤声做掩护，大白天竟敢收发密电之后，心眼里十分佩服日本同行的胆识和技巧，这绝非一般人所能想到和所能做到之事。感叹之余，一个疑问始终浮现在他的脑海里，发报机不是纽扣，不是鸡蛋，也不是一只鞋子，随便找个地方藏起来就能遮人耳目，日本人一定有一个常人意想不到的万全之地，而且这个万全之地一定不在地上，而在地下。吕克特顾问失踪后的前三天，裴军长的士兵把诗圣街店铺挨个搜查了一遍，先是对店里的器物翻箱倒柜，接着把能移动的器物全部挪动，检查了下面的地面，最后用步枪枪托咕咕咚咚敲了一遍店里的地面，也没有发现任何可疑之处。想到这里的洪士荫没有死心，再次叫来了下午到过糊涂茶店的那位手下，让他再详详细细说一遍店里的摆设和物件。对方一五一十说过之后，洪士荫紧锁的眉头舒展开来，看来糊涂茶店只有这三个地方了：风箱底的地下、灶台底的地下和盛满水的巨大水缸底的地下。

窝藏吕克特的地点终于被洪士荫圈定！

一拍桌子，洪士荫一声大喊："小日本，老子看你往哪跑！今晚十点，不，不，十二点，集合所有人马，拿下糊涂茶店。到时候如果店里的人不交代，就是地挖三尺，屋揭三层，也要把顾问找出来！"

洪士荫的行动时间比张一筱整整晚了两个小时。洪士荫原来也想把行动确定在晚上十点，因为"十"与"实"谐音，行动喜"实"怕"虚"，迷信的洪士荫喜欢这个点。但想到如此重大的行动自己无权做主，必须层层上报，最后还得有委员长和德国那位总顾问决定，无奈把时间往后推了两个钟头。

巩县发现吕克特藏匿之地的消息很快报告给了戴笠、俞大维和何应钦，三人一番商量后，决定给委员长和总顾问法肯豪森汇报时，暂不说是日本人所为，万一不是，法肯豪森肯定会火冒三丈，认为中国人在利用此事离间良好的日德关系。

蒋介石在国府接见了三人，何应钦一通连珠炮般的报告后，委员长几天来冷峻的脸面终于显现出一丝笑意，说："这次无论如何要办好此事，不能让绑人者跑掉一个，更不能伤着吕克特博士一根指头！"

三人点头鞠躬退出。

半小时后，当法肯豪森看到何应钦三人满脸欢喜走进自己的官邸，立刻感觉到自己的部下吕克特有救了。

"报告总顾问，藏匿吕克特顾问的地点已经发现，今晚十二点，我们将实施解救行动。"何应钦一五一十汇报发现过程后，铿锵有力地道出了最后一句话。

"几位将军辛苦了，巩县的那位洪先生也辛苦了，请向他转告我的诚挚问候！今天夜里十二点，我就坐在这个会议室等待巩县的消息！"法肯豪森从来没有像今天这样高兴，一反常态，没有半句责怪，取而代之的是满口慰问和赞誉。

"我们准备了一百多人的突击队，今晚将准时包围和突袭藏匿吕克特顾问的那个店，另外还有两个步兵营参加行动，十二点整同时关闭巩县四座城门，不但要平安救出博士，也要保证不让一个绑匪逃离巩县！"何应钦最后说。

"好！我相信几位将军的能力，也相信远在千里之外的裴先生和洪先生的能力！"法肯豪森突然从座位上站了起来，一一与何应钦、戴笠和俞大维握了手，以德国方式表达自己的尊敬之意和诚挚谢意。

地上各路人马正在摩拳擦掌备战时，地下的吕克特浑然不知。

四肢依然被捆得结结实实的吕克特博士开始了新的一天或者说新的一夜，因为两个人又进洞了。两人进洞后的第一件事，吕克特再熟悉不过了，就是帮他撒尿拉屎和喂他吃饭。吕克特实在分不清马上要吃的是早饭或者是晚饭，因为地洞里一直黑暗着，只有两个人下来时才会点燃一盏灯，这盏灯还不是为他点的，他眼上的黑布从来没有被取下过。进来的两个人强制吕克特撒完尿拉完屎，接着就是喂饭。前几天，吕克特趁吃饭时还勇敢地问上几句话，现在一句也不问了，因为每次问完，对方不是用嘴回答，而是用耳光回应。两人麻利地做完"伺候"吕克特"出入"之事，只有一个人拎着屎盆和碗筷离开，另一个人留了下来。这个人为什么留下来，吕克特也是清楚的，要发电报。吕克特刚被抓进来的几天，没有人发电报，但从近几天开始，吃完饭躺在麦秸堆里的吕克特就听到了身边"滴答答""滴答答"的电报声。除了地洞里"滴答答""滴答答"的电报声，吕克特还从打开的地洞口隐隐约约听到外面传来的"叮咚咚""叮咚咚"的铁器撞击声，令吕克特蹊跷万分的是，地洞里"滴答答""滴答答"的电报声和地洞外"叮咚咚""叮咚咚"的铁器撞击声竟然完全重合。

　　尽管蒙住了双眼，但吕克特的判断是准确的。这里费点笔墨作个交代。杨老板和老崔之所以选择铁匠铺隔壁的糊涂茶店作为栖息地，就是要挑选一个出乎常人意料，看起来最公开，但实际上是最隐蔽的地点。第一，糊涂茶店位于熙熙攘攘的诗圣街上，整天店里人来客往，热闹非凡，任何人都不可能想到这里就是日本人的秘密窝点；第二，在这样的店铺里，深更半夜发电报，还有一点点可能，但在白天，是无论如何没有机会发出一个字的。因此，洪士荫手下的电讯侦察组在糊涂茶店周围暗查过很多次，次次都把糊涂茶店首先排除了。按照杨老板指令，老崔夜里从来不发电报，只在白天发。白天发电报，老崔都会提前给坐在门口的朱福贵使个眼色，朱福贵马上站起来，在门外挂上"糊涂茶卖完"的木牌，待店里的客人全部离开后，立刻关上大门，舀空水缸并搬到一边，朱福贵爬到碗橱上面，从圆木窗向外瞭望，老崔下到洞底，喜旺则站在洞口外手举从洞里引申出来的天线，和着隔壁铁匠铺小锤大锤"叮咚咚""叮咚咚"的巨响，"滴答答""滴答答"地发起电报来。

　　今天也一样，短暂的"滴答答"和"叮咚咚"过后，发电报的那个人旋即离开了地洞，地洞口被重新覆盖，吕克特再一次陷入漫漫寂静之中。

　　地洞里关了六天六夜的吕克特已经瘦弱不堪，扭动一下麻木的双腿，摇动一下酸痛的脖子对他而言，都是困难的事情，虽然前几天滚烫的高烧退去，但吕克特心里依然焦躁不安。这两天，他再也没有心思回忆自己在德国、在中国的美好经历，而是思量起自己暗淡无望的未来了。

吕克特不知道自己到底还能活多少天。

除了思考自己的性命时限，吕克特思考最多的问题是自己为什么从事枪械制造这份职业，为什么来到遥远的东方。

吕克特清楚地记得，当自己从柏林工业大学博士毕业，第一次进入埃森克虏伯兵工厂时的情景。看到生产线上一支接一支手枪、步枪、卡宾枪、机枪、火炮组装起来，听到上百台大大小小机器的轰鸣，他陶醉得飘飘欲仙，他幸福得热泪盈眶，他想为德意志民族的智慧而振臂高喊，他想为伟大元首拯救德国的计划而欢呼雀跃，他为自己出生在这个伟大时代而庆幸，他为自己即将投身这个伟大时代而自豪。在埃森克虏伯兵工厂工作的那几年，他吕克特是勤奋的，是卖力的，也是有成绩的，自己很快当上一个兵工分厂的副厂长就充分说明了一切。自己勤奋，自己卖力，自己取得成绩皆来自一个动力，那就是尽快改变德国的现状，重振德国一战前的雄风英姿，法国人、英国人打败了德国，但不能摧毁德国的意志，德国才是欧洲的灵魂，德意志民族才是欧洲乃至世界最优秀的民族，伟大元首的话说到了他吕克特心里，说得他吕克特温暖如春，说得他吕克特热血沸腾！而重振昔日德国雄姿，最直接、最可靠的途径与方法就是强化军队实力，而提高军队实力最快的办法就是制造大量先进武器装备！吕克特认为自己找到了一条最好的报国之路，救国之途，因此在埃森克虏伯兵工厂那几年，他有使不完的劲，流不完的汗，加不完的班。自己娶了埃森市市长千金之后，本想使自己的职业生涯攀上顶峰，为实现伟大元首的理想多做一点贡献，哪里料到，愚蠢的女人只顾音乐，对枪械机器没有丝毫兴趣，更没有料到，愚蠢的市长岳丈以小人之腹从中作梗，使自己辉煌的枪械制造职业断然葬送，沦落成一个在家乡科布伦茨天天以喝酒度日的无业游民。就是在那段他自己认为暗无天日的时期，吕克特也没有对自己的职业失去希望，伟大元首那声嘶力竭但激动人心的演讲时刻回荡在自己耳边，他相信，自己的职业一定会迎来重生，自己也一定会再有机会为元首和国家效力，因为，他吕克特坚信，自己离不开德国，德国需要枪械武器，所以德国也离不开他吕克特。机会终于来了，他吕克特被派遣来到了远东中国，重操旧业，当上了兵工厂万人敬重的专家顾问，当亲眼看到自己所在的巩县兵工厂生产线和埃森克虏伯兵工厂一样制造出数以万计的各种枪械武器时，吕克特终于找到了当年的感觉，他振臂，他欢呼，他庆幸，他自豪！他为自己而振臂，自己的专业终于在遥远的东方发挥出了作用；他为自己而欢呼，自己拥有的德国技术让中国人佩服得五体投地；他为自己而庆幸，在德国不但那个愚蠢的市长岳丈欺负自己，连他愚蠢的女儿也瞧不上自己，而在中国，个个见了面都得喊"吕顾问威武"；他为自己而自豪，来中国之前，按照元首的指令，要全力以赴推介德国武器，只有让中国人相信德国武器，依赖德国武器，才能让中国源源不断地为德国供应钼、镍、铬等稀有金属，这些金属德国奇缺，欧洲国家也限制向德国出口，同时用销售昂贵武器赚来的钱，从中国购买价廉物美的棉纱、粮食、煤炭、钢材等战略物资运回德国……

　　后来，吕克特的激情、梦想、勇气、信心着着实实打了折扣。

　　转折发生在吕克特一次翻看巩县情报站编印的"前线捷报"之后。那期的宣传单上文字很少，大部分是照片，照片上的红军有的被子弹射中了胸口，摄影者扯下死者破烂的衣服照的相，指头般粗细的弹孔前胸有，后背对称着也有；有的被炸弹炸开了肚子，血淋淋的肠子溢出盘在草地上；还有被机枪子弹击碎的脑袋，如铁锤砸碎的西瓜，鲜血脑浆摊了一地……吕克特看到了自己兵工厂生产武器的威力，怎么也激动不起来，一幅幅血腥的照片使他端起饭碗就想吐，闭上眼睛就噩梦连连。在梦里，照片上的那些红军不是别人杀的，是他吕克特亲手扣动的扳机。半夜里，噩梦不停的吕克特突然坐了起来，他被两个问题折磨得再也躺不下去了：中国人杀中国人，用的是德国枪德国弹德国炮，到底自己扮演了什么角色？他一个德国人，跑到遥远的东方干什么来了？这两个问题，他吕克特整整想了半夜，内心充满着迷茫和困苦，使吕克特对自己的职业开始产生了动摇，特别是兵工厂一位共产党被洪士荫捕获前说出的一句话更使他吕克特刻骨铭心："赶走洋蛮子，请他滚回老家生产枪弹，让柏林人杀汉堡人，慕尼黑人杀汉诺威人去！"当第二天洪士荫在他吕克特面前炫耀，说用兵工厂最新生产的一种子弹把那个共产党的头打得稀巴烂时，吕克特一言不发，抱头蹲在地上，半天没有起来。

　　吕克特为此苦恼了很长一段时间。

　　直到1937年7月，日本人发动卢沟桥事变，巩县情报站又编排了一期宣传图片，上面是日本人在东北和华北枪杀轰炸中国人的照片。照片上不但有日本人机枪扫射手无寸铁中国人的惨状，也有释放毒气弹集体屠杀妇女儿童的狰狞场面，更让他吕克特永生难忘的，是日本人竟然把抓获的活生生的中国军人绑在几百米外的木桩上，测试"三八大盖"步枪的最远射程和杀伤力，很多士兵身中二三十枪，射击仍没有停下。研究制造枪械的吕克特最熟悉枪械测试的基本准则和国际公约，就是严禁用人体，包括死去的人体做标本进行测试，他为日本同行的非人道感到震惊，也为日本同行漠视职业道德感到羞愧。日本人的这些所作所为，使吕克特为自己从事的职业找到些许的心理平衡，为自己在巩县的辛劳找到了一丝自我安慰，一种道义上的自我安慰。一个月后，当他看到"八一三"淞沪会战的画报后，这种平衡和安慰更加强烈，尤其是联想到总顾问法肯豪森最近秘密对所有来华德国军事顾问所说的"对中日之战，我们德国保持中立，既和日本结盟，也和中国合作，用日本牵制苏联，从中国获取必需物资和道义支持"一番话之后，吕克特终于从现实中慢慢醒悟过来，要利用自己的专长，为中国抵抗强大的日本效力，为德国获取重大的利益效力。

国与国之间，没有永远的朋友，只有永远的利益，他吕克特相信总顾问法肯豪森的这句话。

吕克特重新振作了起来，一心扑在了设备维护和加班加点的生产上。

哪里想到，时隔不久，日本人就来到黄河北岸，在大战一触即发之际，中国部队的千军万马正需要武器弹药的当口，自己却稀里糊涂地被人绑到了这个令他万分恐惧的地洞里。

想到自己凶多吉少的性命，在黑暗地洞里动弹不得的吕克特无奈地发出一声叹息，接着扑簌簌流出泪来。

正流着泪，吕克特突然笑了起来，全身浮肿，眼冒金星，口吐白沫的吕克特开始变得喜怒无常。笑着笑着，一股鲜血从吕克特的鼻孔和嘴中喷涌而去，一下子染红了他的半边脸，连日来洞中混浊稀薄的空气使他的脑海里出现着一个又一个的幻觉，暂时还算清醒的吕克特明白，自己离精神失控和死亡已经不远了。

# 第 14 章

第六天下午五点刚过，一副生意人模样的张一筱独自出现在船帮老大焦仁卿的府门前，"砰砰砰"擂击了三下大门。

"谁？"门内人大声问道。

"徐麻子的外甥，大舅托俺给卿爷带点礼物！"张一筱自报家门。

片刻之后，大门打开，家丁把头探出门外，见张一筱身边再无他人，才放他进入。

这里顺带交代一下徐司令和焦仁卿的关系。

两年前的一个冬天，徐麻子派人化装成猎人挑着十几张羊皮、狼皮和一张虎皮到巩县县城皮毛行去卖，打算用卖皮的钱购置食盐和药品带回。刚进城门，那张巨大的虎皮就被街上四处游荡的焦仁卿手下看中，不分青红皂白给抢了去，临走时还撂下一句话："卿爷看上恁的东西是恁的福气！"第二天半夜，焦仁卿房上的青瓦呼呼啦啦被石块砸碎了一半，大门上贴着一封信："卿爷好！老虎皮恐怕已经铺在府中太师椅上了吧，麻烦恁明天傍晚日落之时派手下一人背二十斤粗盐到东城门外抵债，过期不候！浮戏山游击队徐麻子。"焦仁卿没把徐司令放在眼里。哪里想到，两天过后，自己乡下的三间祖宅失火了，大火整整烧了半夜。第二天天没亮，侄子慌慌张张送来了一封信，信中写道："卿爷好！给脸不要脸，对不住了！麻烦恁明天傍晚日落之时派手下一人背四十斤粗盐到东城门外抵债，如有不从，五日之内，取走恁项上人头！浮戏山游击队徐麻子。"焦仁卿知道了徐麻子的厉害，乖乖派人背着四十斤粗盐去抵债。家丁回来时，竟又取回一张虎皮，还是只母老虎皮。母老虎皮尾巴上还绑着一只小布袋。焦仁卿打开布袋，哗啦啦掉在地上三十块大洋和一封信。信依旧为徐麻子所写："卿爷好！四十斤粗盐已收到，谢啦！委员长提倡夫妻平等，现再为尊夫人送去老虎皮一张。另置大洋三十块，是修复乡下三间失火祖房之费用。愿与卿爷交个朋友，请卿爷方便之时到山里做客！浮戏山游击队徐麻子。"

进入大门，张一筱看到一亩地大的院子里三四个斜挎步枪的汉子来来回回走动，个个紧盯着自己。

张一筱在家丁带领下不紧不慢走向堂屋，焦仁卿已经坐在五间瓦房中间大堂内，太师椅上铺着一张巨大的老虎皮。

"卿爷，俺大舅向恁问安！"张一筱跨进大堂门槛，鞠躬致礼，随即把一包点心放在了大堂中间的八仙桌上。

"不敢当，不敢当呀，徐司令可好？"焦仁卿起身迎接。

"他可没恁这份福气！恁也知道，城里那个洋蛮子不见了，他天天带着五千多人的队伍在浮戏山转悠，忙活着找人呢！"徐麻子的队伍实际上也就千把人，到了张一筱的嘴里，一下子翻了好几倍。

"坐，坐，城里裴军长和洪站长也一样，快把县城给抖落散啦！前几天还把俺给唤了去，逼着写过血书呢！"焦仁卿一边给张一筱让座，一边抱怨自己所受的怨气。

看着八仙桌旁另外一张太师椅上也铺着张老虎皮，还是只母老虎皮，张一筱不敢坐。

"卿爷，这是俺师娘的座位，俺还是站着说话吧！"

"坐，坐，这还是恁大舅送给俺的礼物呢！"焦仁卿瞅着母老虎皮说完话，随即一声大笑。

坐定之后，张一筱灵机一动，顺着焦仁卿的竿子爬了上去："恁写血书的事俺大舅也听说了，怕卿爷受到惊吓，才交代俺来瞧瞧！"

"徐司令也知道这事？"焦仁卿急忙问。

"咋不知道哩，现在不是国共合作嘛，相互之间有事都吭吭声，俺大舅说的！"张一筱喝了一口家丁端上来的茶水，轻描淡写地说道。

"中，中！咱中国人不打中国人，得一块掏出屙屎劲防老日！"地痞焦仁卿是个识时务者。

一番寒暄问候之后，焦仁卿话入正题。

"大外甥，徐司令派恁来，有何吩咐？尽管言语！"焦仁卿是个聪明人，知道徐司令派人来是无事不登三宝殿。

"其实也没啥事！"张一筱扭捏起来。

"大外甥，俺和恁大舅是老朋友啦，说！"虽然焦仁卿根本没有见过徐麻子，但嘴里却和徐司令称兄道弟。

"那俺就说啦！俺还有一个小舅，前两天为争一个店铺，和人动了拳脚，失手把对方捅成了重伤，现在那帮人正在拼命找他呢！"张一筱一脸苦色。

"小事，小事，大外甥告诉俺地址，夜里俺派十个八个弟兄过去，弄平那几个龟孙！"此类事情，在焦仁卿那里，小菜一碟。

"俺大舅不让这样做，他怕家丑坏了自己的名声，在队伍里不好说话！"张一筱的语气十分坚定。

"恁说咋办？"焦仁卿做事从来不拐弯抹角。

"俺大舅想请恁派条船，把俺小舅偷偷从巩县县城弄到洛阳去，租船的费用他出。"张一筱说出了这次来的真实目的。

"俺的船只在咱巩县黄河滩边打鱼，不出远门！"焦仁卿没有答应。

张一筱听完焦仁卿的话，知道他在说瞎话。

"听说卿爷经常派船去郑州、洛阳！"张一筱随即抖落出一点猛料。

焦仁卿一听这话，哗啦一下站了起来，暴跳如雷：

"哪个王八蛋胡说的，老子扒他的皮抽他的筋！"

"卿爷别生气，都是人瞎说咧！卿爷能不能破次例，让恁手下的渔船跑趟洛阳？"张一筱不死心。

"这个不中啊！大外甥，恁也知道，裴军长和洪站长这一段查得死紧，任何船都不能在黄河里走！"焦仁卿把裴君明和洪士荫当作了挡箭牌。

"黄河里不中，走伊洛河不就行了吗？"张一筱对巩县到洛阳的水路了如指掌。

"大外甥，伊洛河也一样啊！要不恁让徐司令给裴军长和洪站长打个招呼，俺一定派船送！"焦仁卿堵死了所有的路。

张一筱知道，老奸巨猾的焦仁卿是不会轻易答应自己要求的，该是让这只老狐狸就范的时候了。

于是说："卿爷，俺大舅除了点心，还让俺给恁带来了一个小礼物！"

"啥东西？"焦仁卿紧张起来。

张一筱慢慢悠悠从上衣口袋里掏出一个布团，放在了八仙桌上。焦仁卿急忙打开布团，裹在里面的东西露了出来，是焦仁卿塞进鱼肚里用来装大烟的空铁管。

这件东西在焦仁卿手里，不亚于一颗手雷。

焦仁卿霎时面色苍白，额头冒汗。他心里清楚，徐麻子已经摸清了自己贩大烟的事，不得不答应张一筱的要求。

临走时，张一筱说："卿爷，俺替大舅先谢谢恁！不过他说了，这事不能让裴军长、洪站长和李县长他们知道，不能因为自家私事丢了名声。"

焦仁卿先是点头同意，随即补了一句："徐司令的私事俺一定办好，俺的那点私事万万请恁大舅不要对外言语啊！"

张一筱说："俺大舅说话行事的方式恁还不知道？"

"领教过，领教过！"焦仁卿一连说了两遍。

"卿爷，俺走了，小舅的事就拜托了！"

拿起八仙桌上的空铁管，不急不忙用布裹好，轻轻装入上衣口袋，张一筱出门飘然而去。

至此，营救出朱荻后，使他从戒备森严的巩县县城安全撤离的交通工具已经办妥。

晚上六点半，各路人马回到姜大明家。

姜大明不但摸到了六台换气扇确实是三台一组轮换开的信息，而且摸准了从地面上进入防空洞仓库通风道的入口。韦豆子花言巧语，从姐姐那里"骗来"了防毒面罩。贾老汉不但送来了全套拆卸通风道的工具，还告诉张一筱，他来的路上，看到糊涂茶店关上了大门，挂出了"糊涂茶卖完"的木牌，不过，四位游击队员已经埋伏在糊涂茶店前后监视着，他们跑不了。

"好！明天晚上营救朱荻的所有工作准备妥当，这事先放一放，现在吃饭，吃完饭准备干今晚上的大活！"张一筱冲着大家说。

说完这话，张一筱把贾老汉拉到一旁，吩咐说："老贾，恁现在还不能和俺们一起吃饭，在街上买两个馒头啃啃吧，得马上去通知巩县地下党所有成员，备好枪弹，晚上八点到诗圣街糊涂茶店周围埋伏，十点进攻！通知完后，赶紧回到诗圣街，让那四位同志盯紧点，今晚糊涂茶店这么早关门，说不定有情况。"最后，张一筱还给贾老汉详细交代了人员的分工和各自行动时的位置。

贾老汉二话没说，匆匆离开了姜大明家。

张一筱完全可以提前让交通员贾老汉去通知，但他没有，不是因为遗忘，而是想尽量减少泄密的环节和时间周期。

快到七点钟的时候，姜大明媳妇把一筐热气腾腾的白面馍端上了桌，平常都是一个菜，今晚，按照姜大明的叮嘱，她一连备了三个菜，凉拌萝卜丝，大葱炒豆腐，还有一盆大肉炖粉条，张一筱和韦豆子一看傻了眼。

"嫂子，肉都上啦，难道往后的日子不过啦?!"张一筱笑着说。

"看恁说的，咋不过哩，还等着恁教俺孩杜甫白居易的诗呢！"姜大明媳妇又从灶屋里拿来了碗筷。

"吃，吃，大家吃！"姜大明从馍筐里给张一筱和韦豆子各拿了一个发面馍，然后给身后的媳妇使了个眼色。姜大明媳妇明白丈夫的意思，赶紧在围裙上擦了两把手，去到院子外的大门口放哨。

当张一筱和韦豆子正握着又香又软的白面馍往嘴里送时，他们俩、姜大明两口子以及巩县城所有的老百姓意想不到的大祸降临了。

轰隆隆！

轰隆隆！

天崩地裂。

大地在颤抖，房屋在摇动。

"飞机投炸弹了，快跑到院子里去！"张一筱大吼一嗓，屋子里的三个人冲向了门外。来到门外的张一筱看到，头顶上的夜空中，六架低空盘旋的飞机轰鸣而过，接着又是一阵"轰隆隆"的巨响，顿时地动山摇，狼烟弥漫。姜大明媳妇吓得趴在了地上，嗷嗷直哭。这时候，远处传来了"哒哒哒"的呼啸，张一筱知道，那是地面高射炮还击的炮声。

日本人的飞机轰炸县城，张一筱马上明白了一切。

飞机的响声渐渐消失。刚才一直弯腰蹲在地上的张一筱这时站了起来，站立之后，他抬头向空中望去，一个奇怪的现象出现了：巩县县城的上空，大约百十米高，悬挂着四个巨大的火团，火球还在向上慢慢移动。

连续观察五六分钟后，三人眼中的火球才慢慢变小，最后熄灭。

没有一个人知道这是什么东西。

"不好！兵工厂那边有大火！"姜大明突然一声惊呼。张一筱赶紧朝姜大明手指的方向看，果然城北兵工厂那边地面上一片通红。

"老姜，恁赶紧回厂，去摸摸情况！"张一筱说。

姜大明跑出了家门。

张一筱没有心思继续琢磨夜空里发光的到底是什么东西，他必须尽快思考夜里计划好的行动是否能如期进行。今晚实在太蹊跷，日本人早不轰炸晚不轰炸，偏偏这个时候派飞机来，天都快黑了，怎么能看清地面要轰炸的兵工厂目标呢？但现在兵工厂方向火光冲天，说明日本人找到了判别目标的办法。那么进一步想，既然日本人找到了办法，为什么还向诗圣街一带投掷炸弹呢？因为姜大明家离诗圣街不算远，张一筱刚才听到的两声巨响是从诗圣街那边传来的。

"不好！老日不但要轰炸兵工厂，还要制造混乱，掩护糊涂茶店里的人撤退！"张一筱恍然大悟。

张一筱和韦豆子跑进屋内，匆匆化了装，别上手枪，冲出了姜大明家的院子。

来到诗圣街上，张一筱他们看到了惨不忍睹的景象：诗圣街的最西头，几间商铺被炸弹夷为了平地，散落四处的木梁、棉被、麦秸燃着熊熊大火，附近很多商铺屋顶上的盖瓦被炸弹气流掀落，街面上满地都是炸成碎片的瓦砾，各家各户木窗上遮风的黄纸全被震穿，留下的尽是大大小小的窟窿。大街上，鬼哭狼嚎，鸡飞狗叫，乱成了一锅粥。更多的人是在逃难，男人们有的拉着板车，车上坐着老婆孩子，有的身上背着大包小包，身后跟着女人孩子，哭喊着向街两头奔跑，一边奔跑一边哭喊："老日来了，老日来了！"

拨开一拨接一拨逃难的群众，张一筱和韦豆子向街中央糊涂茶店跑，离店还有二十多米的时候，张一筱看见了自己从山里带来的一位游击队员，他正蹲在大街边的一家商铺的屋檐下，眼睛直勾勾地盯着糊涂茶店的大门。

"有什么情况？"焦急万分的张一筱直奔主题。

一看队长到来，那位队员想站起身来说话，被张一筱一把按住。随即，队长和韦豆子也都蹲了下来。

"队长，出大事啦！二十多分钟前，不知哪里来的飞机投下了两颗炸弹，突然有人就在街上大声吆喝，老日来了，老日来了，快往城外跑啊，整个街上就乱起来了！"游击队员惊魂未定。

"糊涂茶店里的人呢？"张一筱急忙问。

"也随着街上的人群向东跑了!"

"跑了?!"张一筱大吃一惊,滚圆的眼睛盯着自己的手下。

没等手下反应过来,张一筱劈头盖脸又是一句:"他们带走那个顾问没有?"

"没有!他们三个人跑的。那个姓朱的身上背着一个方形的大布兜,一老一少抬着糊涂茶店里的那个大铜壶,急慌慌跑的,没有看见顾问出来!"游击队员报告。

"有人跟踪没有?"张一筱已经急得满头大汗。

"小五子跟去了!"

张一筱这才松了一口气。

"他们跑后,看见有人出来过或者进去过?"张一筱接着问。

"没有!前面俺在看着,后面还有咱们的两个人守着!"

蹲在街边的张一筱不再问话,望着满街逃难的男男女女的身影,听着呼爹叫娘的孩子们的哭喊,他必须尽快想出解决问题的办法。时间久了,不但日本人会越跑越远,而且裴君明和洪士荫的人马很快就会赶来。

"没有时间了,恁去告诉后面的两个队员,恁仨马上翻墙进院子!我们两个从正门冲进去!"张一筱告诉手下。

张一筱两人扑向了糊涂茶店的正门。

他用匕首一把撬开了门上的铜锁,和韦豆子一起拔出手枪,从门两边闪电般冲了进去。

进屋后的韦豆子迅速打开了后门,三位游击队员也扑了进来。

糊涂茶店三间房内死一般寂静。

搜查一遍后,没有发现半个人影。张一筱让其他三人去检查后院小屋和水井,自己和韦豆子划亮火柴,又仔仔细细检查了一遍,只在屋中间的地面上发现了一个纽扣,这种纽扣,张一筱大眼一瞧就知道不是中国人身上的,因为要比中国的纽扣大上许多,一定是洋顾问西装上的纽扣。三个人也从院子里回来了,说没有可疑的地方。

"快,快搬开水缸,下去救人!"张一筱喊。

水缸原来每天都是满满的,但今夜却是空空的。几个人一齐用力拔出水缸,缸底立刻露出了一个巨大的窟窿,一股刺鼻的狐臭味扑面袭来。

张一筱浑身一惊,自己原来的判断是正确的,这儿果真是个藏人的密洞。但现在他没有时间为自己准确的推测兴奋，必须立刻入洞救人。

韦豆子爬进了洞内。

韦豆子在洞内擦着了一根火柴。

"有人！"洞内传来了韦豆子的一声大喊。

张一筱紧张得已经说不出话来。在韦豆子入洞的几秒钟内，他最害怕里面传出一声"没人"的喊声，要是那样的话，他不知道自己该怎么办，怎样向"洛阳大哥"交代，向延安交代。现在确定了洞内有人，他紧张的心缓解了许多。

"是洋顾问，他还穿着戏服，化着妆呢！"洞内再次传来韦豆子的声音。

"快检查一下，顾问受伤没有？"张一筱朝洞内喊。张一筱喊这话的时候，盼咐屋子里的其他三人守好前后两道门，他自己准备入洞。

洞内传来韦豆子"啊"的一声惊叫。

张一筱浑身一抖。

"队长，不好啦！顾问死，死了！"洞内传出来的声音，无疑是晴天霹雳。

原来，韦豆子入洞后，划了一根火柴，不但看见洞内有人，而且看到躺在麦秸堆里的人脸上化了妆，浑身穿着戏服。待他走近麦秸堆准备仔细看时，第一根火柴熄灭了。韦豆子接着划了第二根火柴，他要按照队长的要求检查日思夜盼的洋顾问受伤没有。当他举着火柴小心翼翼凑近顾问身边看时，"啊"的一声惊叫，洋顾问的喉咙已经被割断，脖子四周的麦秸被血迹染红了一片。

正准备入洞的张一筱犹如五雷轰顶。

张一筱不顾一切，扑通一下跳进了洞里，他必须尽快核实韦豆子的话，否则他会疯狂的。跳进洞里的张一筱顺着韦豆子的喊声就扑到了洋顾问身边，在黑暗中，他抓到了洋顾问的手，千真万确，手是冰凉的，是那种死亡的冰凉！张一筱在自己的战友牺牲后，他都要最后握一下他们的手算是告别，因此，他太熟悉这种感觉了！完了，完了，一切都完了！张一筱浑身颤抖起来，事情到了这个地步，不但没法给"洛阳大哥"交代，给延安交代，也难以给裴君明、洪士荫交代啊！自己来救人，却寻到个死人，不被裴君明、洪士荫栽赃陷害是不可能的！自己受不受处分已经无所谓，但这将给组织带来多大的伤害啊！张一筱沮丧万分，使劲用手搐起地来。

"豆子，再划根火柴，让俺最后看一眼洋顾问！"张一筱费尽心机找了六天六夜，还从来没有见过洋顾问真面目，现在人死了，他想瞧一眼。

韦豆子划亮了一根火柴。

胆大的张一筱趴近死者的脸旁，仔细观察起来。尽管没有见过真人，但洋顾问的头发、鼻子、嘴、耳朵的各自形状以及它们组合起来的整体模样早已深深印在他的脑海里。

"哎呀！不对！"张一筱一声大呼。

韦豆子举着火柴凑到了死人脸上。

"快看，头发不卷，鼻子不高，嘴巴不大，耳孔里也没有长毛！不是洋顾问！"张一筱又是一声惊叫。

当韦豆子擦亮第四根火柴后，张一筱嘴里喊道：

"简化民！"

简化民被日本人移花接木残忍地杀害了。

确认麦秸堆里躺着的死者不是洋顾问吕克特，而是简化民后，张一筱只有短暂的兴奋，随即便冷静了下来。因为，前面自己和战友们六天六夜的工夫打了水漂，一切都得从头开始，打探到命悬一线的吕克特的下落就成了他们即将面临的天大问题。

张一筱和韦豆子一道爬出洞外后，没有让水缸还原，他想让裴君明、洪士荫的人马进屋后马上发现线索，从而节省他们的时间。

"快！撤退！"张一筱下达了命令。

当张一筱五个人从后院围墙翻越而去的同时，前门外传来了四五辆摩托和汽车嘎嘎的刹车声。

洪士荫带着三十多手端冲锋枪的人马扑了过来。


逃出糊涂茶店，张一筱带着几个人沿着黑暗的巷子离开了诗圣街。这时他的脑子里思考着一个问题，洋顾问现在到底在哪里？自从部下告诉他朱福贵三人逃走时并没有押着、扶着、搀着、背着或者抬着吕克特后，他的心里怦怦跳个不停。难道这个洞本来就没有藏匿吕克特，而是藏匿简化民？张一筱迅速否定了这个想法，因为他们几个搬开沉重的水缸时，一股刺鼻的狐臭味极其强烈，这说明吕克特在这个洞里藏匿过。是不是简化民身上也有狐臭呢？这一点，张一筱在洞里时就核实过了，他掀开了简化民身上的戏服和里面的棉袄，用手指触摸了一下简化民的腋窝，鼻子里没有闻出半点狐臭味。那么是否前几天朱福贵三个人已经把吕克特转移走了呢？张一筱边走边想，还是否定了这个疑问。如果吕克特已经被转移，他们三个还有留在糊涂茶店的必要吗？在目前戒备森严、日查数遍的巩县，日本人应该比谁都清楚，多待一分钟，就多一分暴露的危险，他们绝不会因为多卖两天糊涂茶而冒命丧黄泉之险的！因此，不存在吕克特被提前转移走的可能。

吕克特没有被提前转移走，三个人也没有带走，三间店屋、后院小屋、水井和地洞里更没有他的人影，难道吕克特挣脱三人的看管，或者施展拳脚打倒三人后逃跑了吗？想到这种可能性，张一筱抿了一下嘴角，轻轻一笑便否定了。自从傍晚时分开始，四名游击队员一直盯着糊涂茶店的前后门，突然从屋内蹿出人高马大的吕克特，游击队员不可能看不见。

让人牵肠挂肚的吕克特啊，你到底在哪里？

走在漆黑一片的巷子里，紧张和无奈使张一筱顿觉饥饿寒冷，浑身冷颤不断，从中午到现在，他粒米未进，半口热汤未喝。这时候，他下意识地将自己冰凉的双手伸进裤子口袋里。他的右手刚一伸进口袋，心里瞬间一惊，自己摸到了一个圆圆的硬物，是那枚在糊涂茶店地面上发现的纽扣。

张一筱忽然停了下来。他一停，前后四个人也都停了下来，每个人的右手咻溜一下都伸进了怀里，紧紧握着枪把，他们都以为队长发现了可疑情况。

看不清纽扣颜色和形状的张一筱用手反复搓磨着圆圆的纽扣，继续紧张地思考：明明是吕克特身上的东西，没有出现在洞里，为什么会出现在店铺中间的地面上？

事情蹊跷。

两个问题迅速出现在张一筱的脑海里。

一是谁把这枚纽扣放在或者遗忘在地面上？难道是纽扣自己挣脱并扯断缝线掉在了地上？张一筱摇头否定。是吕克特本人？张一筱认为同样不可能，吕克特人高马大，从收集上来的情报看，虽说不懂中国功夫或者西方拳击，但也有二分蛮力，老日押解他，一定不会让他舒舒服服，肯定从头到脚捆得结结实实，不可能让他随便捡东西或者丢东西。是老日？张一筱认为更不可能。自从探得糊涂茶店的水缸下有密洞那刻起，张一筱相信自己的同行是专业的，他们不可能遗留半点吕克特的东西在店铺三间房内，甚至吕克特的一根黄色卷发也不会。这么一琢磨，张一筱认为，这枚纽扣肯定是吕克特本人在场，老日慌乱时不慎用外力碰掉了纽扣，无意中掉落的!

第二个问题是，这枚纽扣什么时间掉落或者遗忘在地面上的？大白天？张一筱不假思索就否定掉了，因为大白天吕克特在洞里，他自己上不来，老日一般也不下去，就是下去也不会带个纽扣上来。况且，大白天地面上有个扎眼的东西，不被他们三个人发现，也肯定会被来喝糊涂茶的顾客看到。只有晚上，晚上店里灯光昏暗，掉个东西才不会被发现。

"晚上、地面、吕克特在场、日本人慌乱、外力"五个关键词被张一筱提炼了出来。张一筱的大脑快速转动着，他在营造五个关键词同时出现的那种情景。

"只有老日夜晚转移时，从洞内把吕克特提出地面，制服吕克特时留下的!"张一筱构思出了这种情景。老日把吕克特从洞中提出，强行制服他，只有一种可能，那就是带他一块逃跑转移!

所以，三个人不是独自走的，他们一定带着吕克特!

张一筱急忙把刚才看到三人逃跑的那位游击队员叫到跟前，让他把三人逃跑时随身携带的东西再说一遍。

"没什么可疑的东西！姓朱的身上背着一个大布兜，另外两个人抬着糊涂茶店里的那个大铜壶。"

听完游击队员的描述，张一筱忍不住在地上跺了一脚，轻轻叫道：

"王八蛋！他们把洋顾问藏在铜壶里!"

韦豆子和其他三人大吃一惊。

"不可能啊！大铜壶上面的壶口只有小碗碗口粗，旁边的壶嘴比茶壶嘴粗不了多少，他们怎么把又高又大的洋蛮子塞进去？"韦豆子疑惑。

"俺刚才一直也都是这么想的，所以一开始就把大铜壶否定了。恁们想想，如果把大铜壶从中间锯成两半，藏个人还困难吗？"张一筱说。

"把大铜壶锯成两半，里面藏个人，外边一定得用绳子捆啊，这样不就容易引起外人的怀疑了吗？"韦豆子不相信。

"恁们别忘了，这把大铜壶外边还套着一层厚厚的棉被，是保温用的。有棉被裹着，与平常没有任何区别。"张一筱立刻回答韦豆子的问题。

韦豆子和其他三人听完队长的分析，倒吸了一口凉气。

"俺原来以为他们和其他逃难的人一样，带上贵重的东西跑，铜壶值钱，他们才那样做的！王八蛋小日本，太狡猾了!"看到三人逃跑的那位游击队员感叹十分。

"从恁刚才说的朱福贵身上大布兜的形状看,里面一定是发报机!因为除了发报机,俺在店里从来没有见过方方正正同样大小的东西!"

韦豆子四人再次惊叹队长的分析。

张一筱随即命令,三位游击队员立刻去寻找跟踪的游击队员小五子,并指示他们发现朱福贵三人的落脚地后不要惊扰,立刻派一人来姜大明家报告。张一筱接着说明了这样做的原因。今天朱福贵他们一定是察觉出吕克特被藏匿的地点暴露,才在日本军方的配合下,趁夜色冒死将他转移到另一个安全地点,最终目的是将他挟持到黄河北岸。但也由于飞机的轰炸,裴君明的部队肯定在黄河南岸筑起了铜墙铁壁,他们今夜不可能把吕克特转移过河,肯定择日行动。

三位游击队员敬礼后离去。

张一筱带着韦豆子匆匆回到姜大明家,因为张一筱心里明白,贾老汉通知巩县地下党今晚参加营救行动,而现在县城突然遭到日本人轰炸,一定乱了方阵,急切期待下一步如何行动的指示。

果不其然,张一筱和韦豆子回到姜大明家时,贾老汉正焦急地等待队长的到来。张一筱把刚才发生的事给贾老汉叙述之后,贾老汉顿时傻了眼。

"这可咋办哩,这可咋办哩?"贾老汉急了。

"通知了多少人?"张一筱问。

"全部通知了,大家一听可高兴啦,就等今晚十点动手呢!"贾老汉回答。

"恁赶快再去通知,取消计划,但不要说明原因。"张一筱命令贾老汉。

贾老汉起身准备再次出发。

"老贾,通知完恁马上回来!"张一筱吩咐道。

贾老汉转身离开,离开前,张一筱从馍筐里拿出两个白面馍,掰开夹了几筷子大肉炖粉条,塞进了贾老汉手里。他知道贾老汉不可能有时间在街上吃东西。

张一筱和韦豆子吃起了晚饭,姜大明媳妇本想把馍和菜拿到灶屋里馏一下,被张一筱拒绝了,他想快点吃,等姜大明摸清情况回来后,赶快制订下一步的方案。

贾老汉十点钟回来了,姜大明十点过一刻也回到了家。

姜大明摸来的消息令在场的人惊叹不已。

姜大明说:"今晚快到七点钟的时候,兵工厂围墙外边的四个角突然升起了四个火球，火球不是自己飞上天的，而是由四个大气球拉上去的，火球刚上升四五十米，飞机就从黄河北岸飞过来了，一批三架，飞来了两批，他们投放的炸弹全部扔在了厂内。"

"炸死人没有？"张一筱打断姜大明的话，问道。

"炸死了五个人，炸伤了几十个，工厂的十几间厂房被炸毁了！"姜大明答。

"里面的机器呢？"张一筱再次问道。

"他们炸的车间都是兵工厂最重要的地方，不过，里面的机器早就转移到防空洞里了，里面只有一些钢材毛坯。"姜大明说。

张一筱心里轻松了许多。

姜大明的话还没有说完，他看着张一筱，又说了一句："俺临回来时，又打听到一个消息，说诗圣街西头也在飞机飞来前突然燃起了一团大火，六架飞机中的一架返回时在那里投了两颗炸弹！"姜大明最后说，自己之所以回来那么晚，是在厂内参加了救火，火全部扑灭后，他才脱身回来。

张一筱清楚，这两颗炸弹是投给糊涂茶店里的日本人的，好让他们趁机突围。

在随后的半个多小时里，张一筱几个人一直在分析这突如其来的情况。今晚上本来计划好的行动泡汤后，将直接影响他们明天晚上营救朱荻的行动。因为按照"洛阳大哥"和延安的指示，他们在巩县的所有行动必须以营救德国顾问吕克特为主。

在张一筱心里，营救出德国顾问吕克特自然是最重要的任务，但救不出延安急需的兵工人才朱荻，他会终身遗憾。

时间到了半夜十一点的时候，小五子回来了。上气不接下气的小五子说，他一直跟踪着朱福贵三个人，他们抬着铜壶走出诗圣街东头没多远，就上了路边的一辆马车，马车混进逃难的人流中，离开了东城门，最后驶进了七八里地外的石窟寺内，他在外边盯了一个多小时，见没有动静，就赶紧回来报告，正好在东城门外遇到了找他的三位战友，他们三个又过去继续盯梢了。

"一老一少抬壶在街上走时，恁发现什么奇怪的现象没有？"张一筱急问。

"他们抬的好像不是空壶，看起来重得很，当时俺就想，壶里难道装着很多东西?!"说话的小五子疑惑不解。

小五子的话印证了张一筱的推测。

小五子按照张一筱的命令赶快吃饭，因为吃过之后，他还要赶回石窟寺，换其他三位游击队员回来吃饭休息。小五子吃完饭临走时，又说了一件事：

"队长，还有一件事俺刚才忘了。就是下午三点钟时，糊涂茶店老板朱福贵的老婆提着小铜壶出来了，好像是去送糊涂茶。俺按照恁的要求，就悄悄跟在后面，她最后去了春风戏院，出来接壶的不是别人，是那个戏院的老板。她一直站在戏院门口十几分钟，还不时往四周观望，后来还是那个老板把壶送出来的。"

小五子的话解开了张一筱一个晚上以来的疑惑，原来他估计日本人在巩县只有一个窝点，看来自己错了。因为今天晚上除了朱福贵三个人，有很多人参与了行动，而且还是计划严密、分工详细的行动。

春风戏院的杨老板是日本间谍！张一筱断定。

小五子走了。

屋子内的几个人又是紧锣密鼓地讨论，讨论的焦点是如何处理解救吕克特和朱荻的时间冲突。

时间到了十二点的时候，张一筱忽然从板凳上站了起来，斩钉截铁地说：

"改变计划，今天夜里先救朱荻，明天白天和晚上全力营救吕克特！"

"还向洛阳汇报吗？"姜大明问。

"延安不是说了嘛，如有紧急情况，我们可以自行处置，今晚的情况太紧急了，不用请示，出问题俺一个人负责。"张一筱比任何一次都果断。

下一步，是要选一个人进入通风道，下到仓库间里去。

韦豆子、姜大明和贾老汉都表示自己最合适。韦豆子说自己长期打游击，经常舞枪弄棒，救人这事自己在行；姜大明表示自己一直在兵工厂，对厂里情况比较熟悉，他自己也认识朱荻，是最佳人选；贾老汉强调自己是拉车子的，经常修理的车轮是转动的，通风道的换气扇也是转动的，两者原理相通，他比别人合适，还有工具是他带来的，使唤起来顺手。

张一筱思来想去，最后选定了贾老汉。因为韦豆子是明天营救吕克特的主要人手，动不得！姜大明是地下党在兵工厂唯一的内线，也断不得！临出发时，张一筱告诉贾老汉，下到仓库后，他要趴在门口说上一句暗语，等对方对出下一句暗号后，再撬开小仓库间的铁锁，里面的人就是朱荻。

贾老汉说的暗语是："昔有佳人公孙氏。"

对方回答的暗语是："一舞剑器动四方。"

张一筱逼着贾老汉背诵了好几遍，听到已经朗朗上口，才命令各人备好武器和救人工具出发。

四个人离开了姜大明家。

半个小时后，他们分批来到了兵工厂围墙外，找到了姜大明事先侦察好的那个入口，给贾老汉戴好防毒面具并在他腰里系好两个绳头后，正式启动了营救朱荻的计划。

给贾老汉的时间只有一个小时，一个小时后卸掉的换气扇不能工作，警报将会响起。

十五分钟过去了，贾老汉拆掉了进口处不远的那台换气扇，换气扇被贾老汉腰里的一个绳头拉了上来。空绳头再次被送入洞中。

张一筱一直看着手表，心脏也像表针一样，一下一下怦怦地跳着。

三十五分钟过去了，两根绳中的一根被洞里人抖动了两下，张一筱他们知道，这是他们几个和贾老汉约定好的暗号，可以向上拉绳了，第二个换气扇被他成功卸下。

一分钟之后，第二个换气扇被提了出来。

张一筱的心被揪着，还有二十四分钟时间，他在心里默默祈祷贾老汉一切顺利。

贾老汉下到了仓库中间的通道内，下面关键的一步，就是要找到朱荻被关的那个小仓库间。

贾老汉蹑手蹑脚，从第一个仓库间开始，趴在铁栅栏外轻轻喊起暗语来："昔有男人公孙氏。"

一紧张，贾老汉把暗号喊错了，他记不起来自己该说的那一句话里是"佳人"还是"男人"了，"佳人"被他叫成了"男人"。贾老汉之所以这样叫，有他自己的道理。一是这句话里有个"公"，"公"不就是男的意思嘛！第二，下一句话说"一舞剑器动四方"，舞剑耍刀的哪能是女人。

一连喊了五扇门，没有一个回应，贾老汉只是看到第三个仓库间里有个人从地上爬起，听了他又说一遍"昔有男人公孙氏"后，竟又躺下了。

时间过去了四十八分钟，洞口外的张一筱三人不知道洞内发生了什么情况，个个急得满头大汗。因为按照计划，这个时候，应该把一个人拉出地面了。

正准备趴到第六扇门前喊"昔有男人公孙氏"的贾老汉突然回过了味来,不对,不对啊!张队长教自己那句话时,为了方便记,他在心里还做过解释呢!"佳人"当时不是被自己暗记为自己"贾家的人"嘛!

当时间还有八分钟的时候,贾老汉回到第三扇门口,嘴里轻轻喊道:"昔有贾人公孙氏。"

"一舞剑器动四方!"地上躺着的人突然坐了起来,对出了下半句。

贾老汉掏出怀中的铁棍,撬开了仓库间的铁锁。

"快走,四叔让俺来救恁!"贾老汉没有说别人,说的是四叔,因为只有四叔才知道这句暗号。

贾老汉急忙把朱荻背到洞口,帮他戴好防毒面罩,绑好绳子,便使劲抻了两下绳子,朱荻立刻被外边的三个人凌空拉起,向上而去。

当朱荻刚被拉出通风道洞口的时候,刺耳的警报在防空洞内响起。

几十米远的仓库大门打开了,一队士兵从外边冲了进来。

空绳头吊着防毒面具被放了进来,如果这时贾老汉戴上防毒面具,系好绳子上去,时间刚刚还来得及。

贾老汉放弃了。

他心里十分明白,他一走,进来的士兵很快会发现朱荻的仓库间空着,那样的话,整个县城就会很快实施戒严,张队长他们就没有时间把朱荻送到焦仁卿那里了。自己不走,士兵看在押人员一个不缺,只能认为是警报系统出了问题,待他们查清问题出处再实施搜查,朱荻应该早已脱离了危险。用大字不识一箩筐的自己换取一个兵工人才,组织和延安会得到多大好处啊,这笔买卖划算!

想到这里,贾老汉使劲抻了三下绳子,这是他与张一筱约好的信号,意思是自己走不了啦。

贾老汉迅速跑到朱荻的仓库间,学着朱荻的样子躺在了地板上。

三下抻绳的信号传来,张一筱明白了一切,望着黑洞洞的通风道,再也控制不住自己的情绪,捂着嘴呜呜地哭了起来……

## 第 15 章

第七天的黎明如约而至。

鸡叫三遍的时候,张一筱已经在姜大明家院子里的井边用冷水洗了把脸。这个习惯是他在延安学习时养成的,不光早上用冷水洗脸,晚上还用冷水冲澡,一年四季不变。今天早上,他用冷水洗过脸后,又用冷水洗了头。第七天是"洛阳大哥"交给他完成任务的最后期限,同样也是向裴君明、洪士荫交出洋顾问吕克特的最后期限,张一筱需要一个清醒的头脑。

昨天夜里,救出朱荻并把他安全转交给焦仁卿后,张一筱躺在床上为贾老汉的事痛心疾首了很长时间,自己救出了一位同志,却又搭进去了另一位同志,不管是什么原因,他都不认为这次是个圆满的行动。后半夜,张一筱努力从痛苦中挣脱出来,仔仔细细琢磨起即将面临的更为艰巨、更为严峻的营救洋顾问吕克特的行动。他在心里暗下决心,这次行动,不能再出一点点闪失,不管是对自己还是对组织。

张一筱靠着床帮,在战友的鼾声中闭上眼睛,脑海中掠过一个个救出吕克特的方案,然后不断地否定,再肯定,再否定,直到凌晨四点,才理清行动的头绪,有了一个基本的行动框架。心里一有底,困顿立马袭来,张一筱倒头便睡,片刻工夫,张一筱的呼噜声与战友们的呼噜声混成一片。

六点不到,姜大明媳妇已经把早饭端上了桌,她自己拿了一个馍,到院门口放哨去了。

围着饭桌而坐的,一共六个人,张一筱、韦豆子、姜大明,还有后半夜回来的三位游击队员。

"同志们,第七天到了,关键的一天也是最后一天的期限到了,多吃点,今天要干场重活!"张一筱说完,第一个从馍筐中拿了个馍,大口大口地吃了起来。

所有的人都在大口大口地啃着馍，大口大口地喝着稀饭。姜大明媳妇想给大伙炒个就馍和稀饭的荤菜，被张一筱阻止了，"嫂子，把菜留下来，等俺们救回了那个洋顾问，恁再补上，到时候，还得请嫂子去买坛酒，让俺们喝个痛快！"

"大家说说，为什么日本人把藏匿吕克特的第二个地点选在石窟寺？"张一筱边吃饭边问大家。

三位游击队员中的一位说话了。他说，石窟寺那个地方离城七八里，偏僻安静，没有人会想到那里，所以藏人安全。话音一落，另一位接着发表了不同意见。他说，石窟寺偏僻是偏僻，但不安静，听前面赶到的小五子说，前半夜只有拉着洋顾问的马车去了那里，后半夜，有上千人都到那里避难了。第三位队员也补充了一句，这句无意间补充的话引起了张一筱的注意。

第三位队员说："昨晚上，俺们仨在东门外碰见小五子时，城门边一个男人喊，走，快去石窟寺，那里是佛教之地，日本人不会轰炸那里！"

张一筱马上打断了这位游击队员的话："恁再想想，昨晚上那个男人怎么喊的？"

"走，快去石窟寺，那里是佛教之地，日本人不会轰炸那里！"那位游击队员重复了一遍。张一筱又请旁边的另外两人回忆确认，两人都说是那样喊的，喊了还不止一遍。

"这个人有问题！咱巩县人都喊'老日'，不会喊日本人，另外也不会说'佛教之地'，一般会说'烧香的地方'。"张一筱话一出口，心里有了基本的判断：有人故意把大量逃难的群众往石窟寺引，这个人不是日本人就是汉奸。

一个问题随即而来，既然朱福贵三人把吕克特藏在了石窟寺，应该人越少越好，为什么还故意引那么多逃难的人过去？人多眼杂，这样对他们的行动没有半点好处啊！三位游击队员都这么认为。

张一筱说："这正是老日的狡猾和高明之处！"

姜大明、韦豆子瞪大了眼睛，看着张一筱。

"朱福贵三个人上半夜把洋顾问拉到石窟寺藏好后，后半夜同伙就在城门外吆喝鼓动逃难的群众也去那里，成百上千的群众到达石窟寺，看似人多眼杂，对他们的秘密行动不利，其实他们早已藏好了人，是借乱哄哄的难民做掩护，让前去搜查的部队大海捞针，无从查起。"张一筱把自己的分析告诉大家。

韦豆子紧接着问："队长，有那么多群众在，日本人不好进进出出给吕克特送吃送喝呀，总不能活活饿死洋蛮子吧！"

"俺也考虑过这种情况，老日不笨，他们肯定也想到了这点。大家琢磨一下，这次老百姓逃的不是水灾，而是老日的飞机轰炸。水灾没有十天八天是回不去的，而飞机轰炸有头没尾，三两天后，老百姓的慌乱一过，肯定断断续续都要回家，因为寺里冷得要命，又没吃没喝，不可能久留！"张一筱解释了韦豆子的疑惑。

"那就是说，老日只要派个人进去，带上三四天的水和干粮，就能度过这个阶段，然后等老百姓走光了，再采取下一步的行动。"姜大明顺着张一筱的思路跟进分析。

"应该是这样！否则老日绝对不会引那么多人过去！"张一筱肯定了姜大明的分析。

"这么说，石窟寺里一定有老日的内应？"韦豆子怀疑。

"一定有！这么大的行动，朱福贵三人不可能临时决定去石窟寺。俺断定，他们藏人的地点肯定做了长期精心的准备。"张一筱神色凝重。

接着，韦豆子又把大家的思路引到了另一个问题上。

"那么三四天之后，老日怎么办？"

对这个问题，张一筱昨天半夜思考了很长时间，因为这涉及日本人用什么手段最终处理绑架的人质，也涉及吕克特的命运。

"有三种可能的结果，而且都不是好结果。"张一筱准备把自己昨天夜里的分析拿出来和大家一起琢磨琢磨。

屋子里顿时寂静下来。

"现在，吕克特已经被关押七夜六天，他不是间谍特工，没有受过专门的训练，估计身心都已到了极限，时间不能再拖，再拖人就不行了。老日也明白这一点，一定做好了多种处置吕克特的方案。吕克特本人的命运不外乎有三种，一是洋顾问自己不行了；二是老日秘密转移计划成功，把人交给德方，德国人在活生生的证据面前，不得不撤走德国顾问团；三是老日因为搜查和阻截实在太严，无法将活人转移，被迫杀人，杀人后一定会把痕迹清理得干干净净，不给中国和德国留下任何他们绑架吕克特的证据。"张一筱详细说出了自己的分析。

所有的人愣在了座位上，个个都倒吸了一口凉气。

"那该怎么办呢？"一位游击队员感叹。

"必须尽快救出吕克特！"张一筱斩钉截铁。

大家接下来的讨论焦点，放在了日本人把洋顾问藏在了石窟寺什么地方。屋子里的人都去过石窟寺，而且不止一次两次，每个人都有自己的推测。

巩县城东北约十里的伊洛河北岸，邙岭的大力山脚下，坐落着闻名中原的佛教圣地，距今已有一千四百多年的北魏石窟寺。石窟寺里的石窟石雕的建造晚于山西大同云冈石窟和洛阳龙门石窟，规模虽比不上二者气势磅礴，但正由于开凿时间稍后，在雕造技术与艺术上更臻完善，把印度的佛教艺术完全融入中原艺术之中，创造出了中国化的佛教造像，是为数不多的具有中国艺术特色的佛教石窟。石窟寺内除设有大殿、东西禅堂、钟鼓楼、山门等建筑外，寺后临大力山山崖开凿五洞石窟、三尊摩崖大佛、一个千佛龛，还有自北魏以来的摩崖造像龛三百三十个，题记一百八十多篇，七千余尊造像，五洞相连长约一百二十多米，形成了一个相对集中，令人叹为观止的石窟群落。不过由于多年风化剥蚀，外加中原连年混战，地方军阀和农民起义军的不时侵占，欧人及日本文物贩子盗取，寺中的很多佛龛和造像损坏严重，景况已经大不如前。

张一筱是巩县人，打小至今，不知去过多少次石窟寺，对那里的一山一木，一窟一像，自是熟记在心，不但如此，他还能一口气背诵出多位才子佳人、文人墨客写给石窟寺的赞美篇章。这会儿他在心中想起唐代诗人喻凫《宿石窟寺》的诗来。

  一刹古冈南，孤钟撼夕岚。
  客闲明月阁，僧闭白云庵。
  野鹤立枯桥，天龙吟净潭。
  因知不生理，合自此中探。

为了"探"究石窟寺中的无限秘密，张一筱小时候跟随父母来过，上中学和上大学时他和同学来过，后来认识了红樱桃，他们俩也一起来过。在光线昏暗的第三个石窟里，张一筱第一次勇敢地拉了红樱桃的手，对方羞怯地想缩回，但被他死死地拽在手心，等两人一同走出石窟时，两个年轻人的脸绯红一片。那天，张一筱不但给红樱桃一字一句背诵过这首诗，还一字一句解释过这首诗。解释完，张一筱没有尽兴，还给不是巩县人的红樱桃讲起了巩县的历史，说："巩县为秦置,属三川郡。商代谓阙巩,周称巩伯国,西汉属河南郡,东汉属河南尹……"如坠云山雾海的红樱桃听完张一筱的介绍,低下头扭捏着回了一句话:"恁巩县的历史真复杂,比记戏词都难!"张一筱不讲巩县的历史了,开始谝起巩县的名人,说"汉尹勋、晋嵇含、唐杜甫、宋蔡齐、元张恩、明王升、清李时升、牛凤山还有王抟沙,到了民国啊,就更多了,任同堂、刘镇华、张静吾,外加恁的同行张妙玲(常香玉)……"张一筱朗朗上口的一串名字中,除了张妙玲,红樱桃一个都不知道,再次低头轻声细语:"人家张妙玲,今年年初连演了六部《西厢记》,前两部演闺旦应工的崔莺莺,后四部唱花旦应工的红娘,唱得真是好,真是妙,比俺强呢!"张一筱赶忙回答:"都好,都好!"一句话把红樱桃说得心花怒放,捂住嘴,咯咯地笑了起来……

万万没有想到的是,张一筱离开巩县几年,这一次他又要到石窟寺做一番"此中探"了。这次来,陪自己的不是父母,不是同学,也不是心爱的红樱桃,而是穷凶极恶的日本人。"探"的对象也不是万物之理,不是佛龛造像,不是诗词绝句,而是来自天的另一边的德国顾问吕克特。

"要俺说,老日一定会把洋蛮子藏在石窟寺后面的大力山上,山上树木茂密,视野又好,可藏可跑!"一位游击队员说。

"不会!裴君明和洪士荫一定不会疏忽那里。如果看到搜查的人马来了就跑,怎么跑,还抬个大块头怎么跑得掉?!非把那一老一少累死不可!"另一位游击队员不同意他的看法。

众人大笑。

最后一位游击队员说话了,他们会不会逼着洋蛮子剃掉头发,穿上僧人服或者逃难的破烂衣服,混在人群中?

"头发剃掉看不出来,眼睛和鼻子改变不了,裴君明和洪士荫的部下不是喝稀饭的,怎么会漏掉一个奇奇怪怪的大活人!"没等张一筱说话,其他两个游击队员否定了这个假设。

见吕克特被剃掉头发扮成僧人或者难民不可能,韦豆子又提出了一个新推测。信心十足的他娓娓道来:"大家伙都知道石窟寺有很多佛龛,应该每个佛龛里都雕刻着东西,一小部分佛龛因损坏空着,大多数佛龛里面雕刻的不是佛像,就是怪兽、阎王,还有吹排箫、弹箜篌、击腰鼓、鸣法螺的伎乐人。这些石雕中的人像头都不是光的,有的盘起发髻,有的戴着帽子。会不会狡猾的老日强逼那个洋蛮子戴上遮掩黄头发的帽子，然后再把他的白皮肤染成灰色，放在空空的佛龛里盘腿坐着，扮成石头人躲过盘查呢？"

姜大明说："不可能！估计这会儿顾问吕克特已经坐不起来了，就是能坐，他又不是常年念经的僧人，盘腿能坚持多久？"

听罢姜大明的分析，大伙又笑了起来，但这次张一筱没笑。他严肃地说，韦豆子说的这种情况他也考虑过，洋顾问吕克特坐不了多久，不代表日本人也坐不了多久，一个训练有素的特工，不动声色地坐上一天应该没有问题。他提醒大家在后来的搜查中，对可疑点不光用眼看，还要用手摸。

说是早饭，其实是战前分析会。

会议在继续着。

这次轮到姜大明发表自己的意见了。他说："刚才大伙都往石窟寺里的后院想，忽略了前院。前院里除了山门，还设有大殿、钟鼓楼和东西禅堂，老日会不会把人藏在这三个地方？"姜大明提出问题后，还把这三个地方的内部情况说了一遍。

一阵你一言我一语的讨论后，张一筱还是否定了这三个地方。他的理由有三点。一是这三个地方僧人多，僧人不可能全是日本间谍，如果后面军队来搜查，他们肯定会将发现的可疑情况及时报告；二是这些地方必是军队排查的重点，任何一点可疑的地方都不会放过；三是这几个地点全部是在室内，吕克特身上有狐臭，洪士荫也一定知道这一点，闻味识藏人的几率要比后院的地方大得多。

一切可能都被否定了，藏匿吕克特的地方还是个未知数。

大家都等着张一筱的推断。

藏匿吕克特的地方自然是昨夜张一筱思考最多的问题。除了大伙刚才提到的石窟寺的前院和后院，他还想过石窟寺中部的唐塔、放生池、水井、两侧的藏经房、斋堂和僧人的住房，经过一一分析，他都先后排除了，因为这些地方不是处在显眼之地，就是僧人来往频繁之处，不被内部人发现，也一定会被洪士荫搜查出来。

"藏人的唯一地点是后院，藏人的唯一地方是地下秘洞！"最后，张一筱说。

人藏在后院，大家都相信，因为前院、院中间和院后的大力山都被排除了，只能是后院。但为什么是秘洞，秘洞又藏在哪里呢？大家都聚精会神地等待张一筱的解释。

张一筱开口了:"俺说老日把人藏在秘洞,是综合了大家的智慧和自己的思考得出的。大家想想,要想在石窟寺的后院里藏匿大块头的吕克特,还得藏上一天两天,什么地方最安全?茂密的松柏树上、地面上混杂的人群里、五个石窟洞的中心支柱后面、高大石碑的顶端,或者模仿石像坐在空空荡荡的佛龛里?这些都不是最佳的办法,老日不是猪脑袋,他们蓄谋已久的计划绝对不会这么简单。要想把吕克特藏得安安全全,毫无声息,使得他无法自救,旁人也发现不了,只能在地下,而不是地面!"张一筱的这段解释,说明了第一个关键词"地面之上"不可能。

下面,他要解释第二个关键词"地下之洞"。

"地面上藏不住,老日只能把人藏在地下。所谓地下,就是在地洞里。什么样的地洞呢?在石窟寺依势而建的大力山崖壁上挖个洞?在五个石窟的地面上挖个洞?在石窟没有佛龛的石壁上挖个洞?这三种都是最容易办到的,但俺不相信老日会这样做。因为寺里的僧人对石窟寺太熟悉了,据俺所知,每个佛龛,每个旧洞他们都会登记入册,突然出现个新洞,不要说是绑架吕克特之后新挖的,就是提前个三年四年挖掘的洞,也是隐瞒不过去的!"张一筱这次否定了在地下新开洞穴的可能性。

屋子里的每个人都听得全神贯注,没有一个人敢大声出气。

"俺想来思去,看来只有两种可能。"张一筱说。听到队长说出这句话,每个人都知道,关键的时刻到来了,屋子里的气氛陡然紧张。

"一是老日偷偷掏空了一个大石像,从背后或者侧面开了一个可装可卸的门,把吕克特藏了进去;二是他们在五个石窟里发现了一处其他僧人不知道的秘洞,这个秘洞暗藏机关,他们把人藏了进去!"张一筱说完了自己的推断。

众人皆惊。

"队长,那这个秘洞到底在哪啊?"韦豆子从惊奇中回过神来。

"俺要是知道这个秘洞在哪,不就成老日啦,还会和恁们坐在一起分析来琢磨去,早掏枪把恁们几个撂倒了!"张一筱的话音一落,屋子里再次响起一阵笑声。

待笑声结束,张一筱立刻神色冷峻:"如果是第一种情况,俺倒不怕,大家在寺里寻找时,偷偷用脚踢手打就可以,只要发出空响,说明石像一定有问题。但如果是第二种情况,问题就大多了。俺听说过很多寺庙里都有秘洞,里面深得很也大得很，藏的不是金银财宝，而是极为珍贵的经卷经书，或者当时皇帝所赐的御笔手迹。"

"那咱们怎样才能发现这样带有机关的秘洞？"三个游击队员中的一位问。

"说实话，俺也没有见过这样的秘洞。但俺想，若要人不知，除非己莫为。鼠过留痕，雁过留声，万物皆有印迹，只要咱们细心外加运气，一定能找到秘洞的机关。"尽管张一筱自己心里也没底，但他还是说出了十分坚定的话，因为他知道，在这千钧一发的时刻，士气可鼓不可泄。

要找到秘洞，必须先找到它的机关。关于机关的样式和形状，热烈的讨论开始了。有的说一定是个踏板，只有连踩两下，才能打开；有的说一定是个楔子，一推一拉，就能出现裂痕；有的说一定是人像或者怪兽像的某根脚趾头，拍打三下就自动移开了；有的说是动物或者飞禽的尾巴，连拉个三下四下它就闪到了一边……

半个小时过去了，有关秘密机关的讨论才停止下来。张一筱说："同志们，没有时间再讨论了，咱们到实地后，除了注意刚才所说的可能性外，还要再动脑筋，细心细心再细心，没有其他办法！就是俺们找到了机关，打开了秘洞，问题才刚刚开了个头。"

"找到了机关，打开了秘洞，咱们几个掂着枪，一齐冲进去救人不就是啦？"韦豆子说。

"这一次，像咱们起先分析的那样，洞里一定有老日看押着吕克特，咱们这样进去，俺敢保证，不但洋顾问活不了，大家也都活不成。既然秘洞已经被发现，说明老日的计划彻底失败，他们绝对会孤注一掷，不是用枪，而是用炸药炸毁整个秘洞，让人分不清炸成碎片的是德国人、日本人或者中国人。"张一筱的表情异常严肃。

"挑水往里灌，老日不是王八，他们肯定带着人爬上来！"一个游击队员说。

另一位游击队员接了话茬："从寺里斋堂抱来一捆麦秸，点燃后扔进去！"

两个人的话打开了姜大明的思路，不等第二个人说完，他就说出了自己的点子："恁俩的动作太大，不中，不中！俺食堂有变松花蛋的石灰，咱们去时带上半布袋，到时候一把一把地往里撒，把里面的人熏出来！听说有人用这个法子逮过野兔子。"

张一筱说话了："这些法子好是好，但忽略了一个细节，难道老日全都藏在洞里？绝对不会，到时候咱们的行动被外边的老日一发觉，非发生火并不可。外边一响枪，洞内的人肯定听得见，最后肯定还是鱼死网破的结果！"

大家听完张一筱的话，刚才激动的表情顿时收敛起来。但这时张一筱自己倒微微笑了起来。他说："大家的点子虽然不能用，但还是启发了俺，俺有法子啦！"

"什么法子？"大家几乎异口同声。

"俺自己准备就是了！"张一筱平静地说。

按照纪律，大家也都不好继续追问了。

这时的屋子内，气氛变得轻松了许多。饭吃完了，大家一个个放下了碗筷，等待队长张一筱做最后行动的分工。

"同志们，这次行动事关重大，光咱们几个人不行，一定得在合适时机通知裴君明和洪士荫的人，请他们帮助。前期的侦察咱们来干，因为侦察是秘密行动，不需要很多人手，人手多了反而容易暴露。但最后救人和押走人，必须由裴君明和洪士荫的人来做，现在是在人家的地盘上，不能让人家说咱们游击队的闲话。"张一筱再次开口说话。

所有的人都不同意，说快要到嘴的果子，何必拱手让给别人，屋子里的人手不够，可以通知巩县地下党参与，二十来个带家伙的人足够了。

"同志们，不要争了，这也是'洛阳大哥'和延安的意思，现在是抗日统一战线刚刚建立，咱们不能把所有功劳揽为己有，伤了来之不易的和气，况且，巩县地下党成员缺乏战斗经验，而裴君明和洪士荫则兵强马壮。"

一听是"洛阳大哥"和延安的意思，尽管大家有意见，也都不再吭声了。

"同志们，现在布置任务！"张一筱站了起来。

屋子里的所有人都站了起来。

"韦豆子带领三位队员化装成难民，马上去石窟寺，与小五子会合后混入难民中，分散在石窟寺后院五个洞窟内秘密排查，俺半晌午也赶过去！"张一筱说。

韦豆子和三位队员进里屋化装去了。

"队长，俺呢？"站在一旁的姜大明问。

"老姜，在石窟寺的行动恁就不参加了。"张一筱说得十分干脆。

"不中，不中！俺得参加，恁不能关键时候把俺抛下，俺虽然没有他们几个年轻，但还没老！"姜大明异常激动。

"老姜，多一个人多一把力，俺何尝不想让恁参加？！但这不是俺的决定，也是'洛阳大哥'和延安的意思，他们在给俺的回电中明确说明了这一点，只不过当时怕影响恁的情绪，没敢告诉恁。"张一筱细心解释。

"不中，不中！俺一定要参加，九十九步都走了，不在乎这最后一步！"姜大明十分固执。

"俺的话不听，难道恁还不听'洛阳大哥'和延安的话?!"张一筱使出了撒手锏。

姜大明一屁股坐在了板凳上，嘴里发出一声长叹。

"老姜，俺理解恁的心情，但俺想，'洛阳大哥'和延安自有他们的想法，咱们都是普通的党员，不听组织的还能听谁的！"张一筱动了感情。

姜大明默默无语。

"不参加石窟寺的行动，不等于恁在厂里闲着！"张一筱忽然话锋一转。

姜大明顿时眼睛一亮，抬起头来看着张一筱。

"老姜，恁马上回厂，一定想方设法给俺弄一罐氯气来。"张一筱说。

"那是毒气啊，恁要那东西干啥？"姜大明大吃一惊。

"不用问啦，半晌午俺在厂门外西侧烧饼店里等恁！"张一筱盼咐道。

姜大明点了点头，随即离去。

约莫二十分钟后，从姜大明家里屋走出了一位年约六十来岁的驼背老人，下巴上长着长短不齐、半黑半白的凌乱胡须，皮肤是风吹日晒的黄黑之色，头裹黑色毛巾，上身穿着好几处挂花的破棉袄，下身穿着脏兮兮的破棉裤，双脚上的棉鞋前部各有一个破洞，从洞口可以看出没有穿袜子的脚丫子大拇指。老人一只手拄拐棍，另外一只胳膊上挎着一只破旧的竹篮子，竹篮子里好像塞满了东西，上面搭着一块灰色的棉布巾。

"恁是谁？"正在门口观望的姜大明媳妇看见了老人，一阵惊慌。

"恁再看看！"老人说。

姜大明媳妇又看了一阵，还是没有看出来。

"嫂子，是俺呀！"老人又说。

听到熟悉的声音，惊慌之中的姜大明媳妇笑了起来。

"像，真像！俺看不出来！"姜大明媳妇认出了张一筱。

在张一筱蹒跚地即将迈出大门时，姜大明媳妇轻轻说了一句话：

"大兄弟，晚上办完事早点回来，俺还欠恁一碗荤菜和一坛酒呢！"

张一筱没回头，径直走出了大门外，他要去春风戏院，侦察戏院杨老板的动静。从隐藏的深度和几年来没有露出任何蛛丝马迹的举止上分析，张一筱认为这个人肯定是条大鱼。这么大的行动，他估计这条大鱼绝对不会暗藏水底，肯定会有所动作。

逮大鱼必须有好渔夫出手。

大鱼就是大鱼。今天早上，杨老板一如往常，没有因为飞机的轰炸而惊慌失措，而是带领戏班子的所有成员，在戏院内排练着新戏《精忠报国》。半个巩县城的人几天前都听到了消息，按照县长李为山的盼咐，杨老板要用新戏慰问驻扎在巩县城的国民党官兵和兵工厂人员，激励他们像岳飞一样，精忠报国，同仇敌忾，抗击日寇。

三天后，第一场新戏将在春风戏院隆重献演，裴君明部队连长以上军官和兵工厂骨干手里都已经拿到了戏票。

手拄拐棍的张一筱进了戏院。从前两天听到的消息讲，杨老板在排练期间打开戏院大门，请买不起戏票的巩县老百姓观看彩排。今天戏院里的观众稀稀拉拉，不是前几天的人山人海，因为大人带着孩子们都逃到城外避难去了，座位上坐着的大都是歪歪扭扭，能听一场戏就多听一场的老年人。

戏台上，正在排练着大戏的第一场"草堂刺字"，岳母手持金簪为跪在地上的青年岳飞在背上刺字，边刺边含泪泣唱。扮演岳母的不是别人，正是红樱桃。

鹏举儿站草堂听娘言讲，
好男儿理应当天下名扬。
想为娘二十载教儿成长，
惟望恁怀大志扶保家邦。
怕的是俺的儿难坚志向，
因此上刻字铭记在心房。
叫媳妇拿笔砚宽衣跪在堂上，
提羊毫抚儿背仔细端详。
厉节操秉精忠做人榜样，

勤王命誓报国方为栋梁。
俺这里把四字书写停当,
持金簪不由俺手颤心慌。
血肉躯原本是娘生娘养,
为娘的哪能够将儿的肤发伤。
无奈何咬牙关把字刺上,
含悲忍泪狠心肠。
一笔一画刺背上,
刺在儿背娘心伤。
俺的儿忍痛无话讲,
点点血墨染衣裳。
刺罢了四字俺心神恍,
"精忠报国"语重心长……

  看着红樱桃动情的表演,听着老迈岳母感人肺腑的唱词,台下的每位老人无不老泪横流。张一筱更是泪如雨下,仿佛岳母不是给儿子岳飞唱的,是给自己唱的。如今大敌当前,豺狼使奸,自己即将奔赴吉凶未卜的战场,听到这段唱腔,怎不使他热血沸腾,激情满怀?
  红樱桃动人的唱腔仍在继续,张一筱捂住脸抽泣不止。一向沉稳坚定的张一筱不仅为岳母的话所感动,他还看到了"岳母"手腕上的一只手镯。那只手镯是乳白色羊脂玉的手环,是张一筱与家庭断绝关系的那一天,母亲含泪偷偷塞给他的:"筱儿,等恁将来娶了媳妇,就将这双祖传的手镯送给她吧,恁娘俺反正也见不到她啦!"张一筱后来送给红樱桃一只,另一只用手绢包好随时带在身上。等后来红樱桃决心与张一筱断绝关系,想退回这只羊脂玉手镯时,他已经离开巩县,走在去延安的路上了。今天,张一筱看到红樱桃手腕上戴着自己所送的手镯,知道她仍然深深惦念着自己,记恋着自己,禁不住泪如雨下。这时的张一筱多想从口袋里掏出另外一只手环,轻轻戴上,然后高高举起手腕,让台上的红樱桃看见啊,但他不能。
  大戏继续排练。
  戏台上,军旗挥舞,锣鼓激昂,岳家军浩浩荡荡,士气高昂,正在排兵布阵，准备迎击来犯金军的进攻。

戏台下，杨老板身穿长衫，挥舞双手，一会儿微笑一会儿板脸，对着台上指指点点，拿捏着各色演员的站位、刀枪剑戟的分布和唱腔节奏的高低长短……

张一筱一方面惊叹杨老板的胆识，另一方面也彻底明白了他的狡猾。外面军车一辆接一辆呼啸着，持枪搜查的士兵一队接一队奔跑着，巩县县城闹翻了天，他竟然若无其事地在戏院内指挥排戏，绝非一般素质间谍所能企及。"平静蕴含着最大的风暴。"张一筱相信一位德国诗人这句诗句，他从座位上拄着拐棍站了起来。

几天前听到消息，说杨老板要排新戏《精忠报国》慰问抗日的巩县军民，张一筱从心底嘀咕了好半天，嘀咕的结果是佩服戏院杨老板这个人的爱国热情。但自从昨天晚上知晓杨老板的身份后，张一筱又联想起三天后的第一场大戏是专场演给裴君明手下的，不禁大吃一惊，里面肯定有诈，还不是小诈，而是天大的阴谋。张一筱于是决定，今天早上他要亲自来探个虚实。

张一筱进到戏院时，没有找个位子直接坐下，而是绕戏院一圈才落座的。在一摇三晃走这一圈时，他发现戏院四个角站着四个维护秩序的年轻人，他们的眼神不同寻常，眼珠忽左忽右转个不停。张一筱从座位上站起后，慢慢腾腾走到座位的尽头，然后贴着戏院右边的墙根往后走，边走边低下头往地面看。戏院地面是砖铺地，他没有看出什么异样，但当他细看墙角处时，一个疑问出现在他的脑海里。每隔十米八米，紧贴墙根的五六块地砖要稍稍高出周围的地砖。沿着戏院右边几十米的墙根，张一筱一连看到了三处。

"干啥哩？"当张一筱走到戏院右边拐角处时，一个年轻人拦住了他。他观察张一筱的神色不对。

"俺找茅房，屙泡屎！"张一筱一手捂着肚子答。年轻人没有办法，只得让张一筱进了后院的茅房。

假装解完手的张一筱从茅厕出来后，并没有沿右侧原道返回坐到自己的座位上，而是绕到戏院的左侧低头侦察。令他吃惊万分的是，戏院左侧也有三处同样的情况。这六处紧贴墙根的砖头被人动过。为什么几十米长的两边通道仅仅有六处地方动过地砖？张一筱边走边想，当他即将走出戏院大门时，幡然大悟，有人在这六处地砖下埋了东西！什么东西？不是别的，一定是炸药！三天后，当德国顾问从石窟寺被转移或者转移不成被杀害后，巩县城里的春风戏院同样也有一场天大的行动，炸死坐满整整一个戏院的部队军官和兵工厂骨干！

最后看了一眼戏台上的红樱桃，张一筱走出了春风戏院。

手挎竹篮的张一筱来到了兵工厂门外西侧的烧饼店里，买了十来个红薯面烧饼放在篮子里，这是自己和伙伴们中午和晚上的伙食，又要了一碗稀饭，一口一口地喝了起来。快喝到一半的时候，姜大明来了。

"大侄子，恁也来吃烧饼？"张一筱冲着来人喊。

从声音和外形上，姜大明知道是化装后的张一筱。先冲着门外炉子旁的老人喊了一句："来个好面烧饼！"急忙坐在了张一筱身旁。

姜大明把一罐氯气在桌子底下偷偷塞给了张一筱。张一筱迅速把报纸包着的氯气罐压在了篮子里的烧饼底下。

张一筱说完戏院里的情况，姜大明说，裴君明的部队准备十二点重新封闭城门，过往人员都得一个一个盘查，请张一筱赶快离城。

张一筱离开烧饼店时，告诉姜大明，从下午四点开始，请姜大明选一个机灵的地下党员守候在县城邮局门口右侧二十米处，到时候他会派小五子来接头。接完头后，请那位地下党员在邮局按小五子所说的时间，给裴君明和洪士荫各打一个电话。

"老姜，俺走了，恁多保重，后会有期！"张一筱说。

"后会有期！"姜大明看着张一筱，回了一句。

两个人谁都没有想到，这竟是亲密战友的最后一次见面。

张一筱半晌午赶到石窟寺时，平常寂静的寺院内仿佛在唱大戏，喧嚣沸腾，人满为患。不光如此，仍然有拖家带口，成群结队的难民往寺内拥挤。进入大门的张一筱看到，前院里的大殿、钟鼓楼和东西禅堂内坐着、站着全是人，两侧的藏经房、斋堂和僧人的住房中也都乱哄哄挤满了大人小孩，就连唐塔、放生池、水井边也铺天盖地围满了群众。张一筱挤了很长时间，才来到后院。后院的景象更使他吃惊万分，成百上千的难民窝在五个洞窟内，躺着、站着、蹲着、坐着，黑压压一片，不少年轻的汉子甚至爬到了佛像被盗走后留下的空洞内，耷拉着双腿坐在里面。

在第一和第二个洞窟内，张一筱见到了小五子和韦豆子，两个人悄悄告诉他，他们五个人从早上到现在，一直在五个石窟门外连接处的石壁上查找，一点线索都没发现。小五子还说，裴君明的部队昨天后半夜和今天早上哗啦啦来了一两百人，人人端着枪，不但把所有僧人挨个询问，还把石窟寺里里外外翻了个遍，半点可疑的线索都没有翻到。张一筱感到了事情的严重，但他没有表现出来，让小五子把自己带来的烧饼分发给大家，说现在进入五个窟内寻找，不要放过洞里的任何一个蹊跷的地方，游击队已经没有退路了。

张一筱和韦豆子去了第一个洞窟，因为五个石窟中它是最大最高的。

艰难的寻查开始了。

张一筱和韦豆子所查的第一窟，是个宽高均超过六米的正方形洞窟。洞窟中央是座起支撑作用的中心方柱，四面凿有佛龛，基座四周雕有大大小小、千奇百怪、面孔狰狞的力士和神王，让人看后顿时产生阴森恐怖的感觉。石窟四壁分三层，上层雕凿着千佛龛，东、西、北三面的千佛龛下开凿了四个大佛龛，内有飞天、莲花、忍冬和火焰等花纹图案。洞门内壁即南壁两侧，千佛龛下即为保存完好的著名浮雕"帝后礼佛图"。四壁最下层尽是浮雕，画面是形色各异的伎乐人和怪兽。

围着中心方柱，张一筱开始在第一个石窟内的人群中慢慢挪动，表面上是在寻找一个立足之地，实际上他在用心侦察。挪动的时候，他抬头细看方柱上的每个佛龛，低头审视地面上的每一块石板。佛龛中每个石雕他先看头，接着看身体，最后看脚面四周，看完这些，他还悄悄挤到每个佛龛跟前，假装靠在方柱上喘口气休息，实际上从侧面偷偷观察石雕后面的情况；对地面的石板，他先察看大小是否与周围不一样，接着查看是否平整，最后查看颜色，所有这些查完，他还要用脚暗暗踹上两下个别奇怪的石板，看看是否发出沉闷的瓮响。用脚踹地时要发出声音，有声响就会引起周围人的注意，张一筱早做了精心安排。他在走进石窟寺之前，跳进路边的一个泥坑内，让鞋帮和鞋底上沾满了稀泥，现在稀泥变成了半干，他踹脚是想顿掉上面的泥巴。就这样查完中心方柱，时间过去了一个多小时。

韦豆子、小五子和其他三名游击队员也都在同样细心地检查着。虽然已经是午饭时候，五个洞窟里的逃难的人们都在抱着窝窝头或者苞谷面饼啃，但韦豆子他们顾不上吃张一筱带来的红薯面烧饼。

张一筱继续自己的寻找。查完东侧，已经是下午一点半，毫无所获。这时，他抬头看了一眼正在检查西侧的韦豆子，韦豆子朝他使了个眼色，也是毫无发现。张一筱挤出人群，去了茅房，当他走到剩下的四个洞窟门口时，都会咳上两嗓，小五子和其他三个游击队员听见咳声，一个接一个给队长使了眼色，表示没有找到要找的机关暗道。

去过茅房，张一筱开始检查第五窟的北侧，韦豆子则开始了南侧的搜索。

又是一个多小时过去了，两人毫无进展。

这时的张一筱口干舌燥，饥肠辘辘，时间已经接近三点，想到自己和四个战友还是一无所得，心里开始发慌，强压着心慌，他慢慢移到西侧，开始了下一波的侦察。韦豆子也偷偷来到了队长刚刚察看过的东侧，上下左右观察，丝毫不敢懈怠。

时间过了四点，张一筱和韦豆子再一次双目对视，眼神告诉对方：还是没有新的发现。这次轮到韦豆子去茅房，十几分钟后，韦豆子回来了，其他四人查看的结果同样让人失望。

剩下最后一面，也就是南侧的洞门内壁了，张一筱实在坚持不住，一屁股蹲在地上，从竹篮里拿出一个黑黑的红薯面烧饼，低头啃了起来。吃饼的时候，张一筱内心如针刺般难受，他在心里默默地祈求洞内的神佛发发慈悲，帮自己和战友一把，让他们找到那个神秘的地方！

时间已经过了四点半，守候在巩县邮局门口的那位游击队员心急如焚，身边走过了几十个人，没有一个停下脚步，说出姜大明告知他的那句暗语，他不知道自己还要等多久。

张一筱和韦豆子开始检查各自最后一面洞壁。

南侧的洞门内壁和其他三面相比有些窄，不到五点的时候，张一筱已经认认真真，仔仔细细，上上下下，左左右右看了一遍，摸了一遍，也暗暗在地上踹了一遍，仍然是一无所获。当他无奈地看了一眼韦豆子时，对方露出了他最不愿意看到的那个眼神。

还是一无所获。

张一筱蹲在洞门口，尽管天寒地冻，但他额头上冒出了一层薄薄的汗珠，棉袄里的脊背上却是大汗淋漓。完了，完了，一切都完了，天色已经暗淡下来，再有半个小时，就会全部变黑，到那个时候，什么都看不见了，怎么办啊？他真想大喊一嗓，但他不能。

焦虑万分的张一筱抱着头，嘴里像其他逃难者一样哀叹连连，心里却在快速思量着对策，留给他和战友们的时间只有半个钟头了。

五六分钟后，张一筱猛然抬起了头，这时的他想到，第一个石窟内的中心方柱检查了，窟内的四壁也摸排了，但自己进来时，看到石窟门外两侧石壁也有石雕，自己却忘了摸排了。

张一筱抖擞精神，朝石窟门外的石雕走去。

第一个石窟门外两侧的石壁上雕凿着两个威武的力士像，身高三米有余，张牙舞爪，挺胸鼓目，外形阴森可怕。张一筱来到左侧的力士跟前，用了十来分钟的时间，从上到下先是看了一遍，然后又用手指敲了一遍，没有可疑的外观，也没有可疑的响声。

趁着昏暗的暮色，张一筱走到了右侧力士前面。这是他要检查的最后一件石雕了，再找不到可疑的地方，就意味着这次行动的彻底失败。因为就在几分钟前，韦豆子又去了一趟茅厕，其他四名游击队员给他传递的眼色一如从前。

时间在慢慢地耗着，心在一点点拎起。

这一次，张一筱的视线从下往上移，因为下部的光亮消失得快，上部的光亮消失得慢，他必须赶在亮光完全消失前检查完力士的下半身。脚没有问题，腿没有问题，肚子没有问题，张一筱的心脏从来没有像这次跳动得如此之快，检查完力士的下半身，他失望了。

光线越发暗淡下来。

张一筱不敢丝毫迟疑，抬起头来向上看。

胸口没有问题，脖子没有问题，下巴没有问题，张一筱的心仿佛被绳子拴住吊起，滴血不止，力士的上半身只剩下嘴、鼻子、眼睛和额头四个部分了，再没有新发现，他不知道如何收场。

嘴巴没有问题，鼻子没有问题，张一筱的心在滴血！

只剩下了眼睛和额头！痛苦万分的张一筱继续举目向上看去。当他看到力士眼睛的时候，一个奇怪的现象出现了，力士眼窝里没有眼珠，竟是空的！他扭头往左侧同样大小的力士看去，两个铜铃般大小的眼珠镶嵌在里面！

右侧的力士像有问题！

还有其他不一样的地方吗？必须迅速对比一左一右两个力士像了，张一筱站在两像中间，一眼盯着一个，从上到下慢慢扫了一遍，再没有丝毫发现。正面没有，侧面呢？张一筱走到左侧像的边上，还是一眼盯着一个，从上往下慢慢地扫着，当双眼同时扫到两石像左耳时，张一筱浑身打了个寒战，左侧石像的左耳孔里没有任何东西，而右侧石像的左耳孔里竟凸出着一个圆圆的东西，是个大拇指粗细的石柱头。

张一筱不敢再有片刻停留，走到了右侧石像的边上，发现了同样的疑点。张一筱没有停止自己的对比，而是继续从耳孔一直比较到脚底，两个力士像再无半点差别。

天黑了下来。

发现了三处疑点的张一筱慢慢坐在了右侧力士的脚面上，他激动万分，但这时的他还是强装无奈，愁容满面。一脸愁苦的张一筱实际上在思考为什么右边力士像的眼窝是空的，双耳孔里凸出着两根短短的石柱头。一刻钟之后，他得出了答案。两个眼珠一定是被人挖去了，留下的两个洞没有别的用处，只能是两个透气孔！力士像两个耳朵里露出的石柱头，也是人为塞进去的，是两个插销，如果同时取出，一定可以卸下力士磨盘大的前半边脸，而这半边脸后也一定是个秘洞。

张一筱如释重负。

想明白力士身上的奥妙之后，他先连咳两声，接着慢咳了三声。

队长的这五声咳，犹如五声炸雷，韦豆子听见了，他和张一筱一样兴奋不已，激动万分，因为这是他们事先约好的暗号，秘洞找到了。

韦豆子再次去了茅厕，每到一个洞口，他都轻轻咳了五下。这五声咳，还有另外一种含义，咳几声就乘上二，夜里十点行动。第二个石窟里的小五子听到韦豆子传来的五声咳之后，悄悄离开了石窟寺，去了城里的邮局。

九点钟之前，其他石窟内的三名游击队员悄悄来到了第一个石窟。在战前分析会上，张一筱做过布置，哪个石窟发现秘洞，就到哪里集中，以防日本人混藏在洞内人群中。

夜里九点半的时候，裴君明和洪士荫先后接到了邮局打来的电话，一个自称张一筱的人报告了两条消息，一条是石窟寺后院第一个洞窟藏着德国顾问吕克特，另一条是春风戏院杨老板是日本间谍，戏院内部紧贴墙根的地下已埋好炸药。

洪士荫半信半疑，说不要上共产党的当，延误搜救德国顾问的时间，但裴君明说死马当活马医，加强戒备和防范就没有坏处。洪士荫拗不过裴君明，只有服从。两路人马集合完毕后，即刻出发，因德国顾问吕克特事情甚为重大，洪士荫随裴君明去了石窟寺。

九点三刻的时候，张一筱从篮子里掏出最后一个红薯面烧饼，慢慢地一口一口吃了起来。十几分钟后，待裴君明的大队人马来到石窟寺门前，他将独自进入秘洞内，按他的推测，洞内除了吕克特之外，一定还有看护之人，与看护之人搏斗，一定需要力气，他必须吃下这个红薯面烧饼。张一筱吃得很慢，越嚼越感觉到满口的香味，香得和小时候自己家里的白面馍一样，和延安的小米粥一样，和四叔亲手蒸的花卷一样，和吴政委炖的野猪肉一样，和红樱桃舞台上的笑靥一样……

枪响了！按照行动方案，从邮局快速赶回的小五子在裴君明的大队人马来到石窟寺门口时，打响了第一枪。这一枪，不是朝裴君明的人马开的，是朝天鸣放的！这一枪，是打给张一筱的，说明大队人马赶到，行动开始！这一枪，是打给石窟寺避难群众的，目的是让他们惊慌失措，制造紧张局面，扰乱寺内日本人的行动。

听到枪声，张一筱闪电般站了起来，接着双脚踩到一位游击队员肩上，游击队员迅速站起后，他用双手一阵摇晃之后拔去力士左右耳孔里的两根半尺长的石柱头。张一筱扔掉石柱，双手伸进力士的两个空眼窝里，力士的大半个面孔被扯了下来，露出一个巨大的暗洞。正当张一筱跃身往里爬时，石窟内忽然响了一枪。

这一枪是日本人打的！日本人的一枪打在了张一筱的后背上。韦豆子发现了石窟内的日本人，正当他举手开第二枪时，韦豆子的枪先响了，日本人应声倒地。中枪的张一筱一阵左右晃荡之后，还是钻进了秘洞里。

"だれ（谁）？"一句日语从秘洞底传来。

"わたし（我）！"张一筱应声答道。张一筱在开封上大学时，跟着那位留学京都的老师学过几句日语。

秘洞内漆黑一片，伸手不见五指，尽管张一筱腰里带着手枪，但他不能用，怕误伤德国顾问吕克特，只能拔出匕首，握在手里。他忍着剧痛，落地站稳。"だれ（谁）？"一句日语再次从半米外站立之人嘴中传来，张一筱确定对方是日本人，便握紧手中的匕首，使出浑身的力气捅了过去，只听咣当一声巨响，那个人摔倒在地，嗷嗷喊叫起来。被张一筱一刀刺中胸口的这个人就是糊涂茶店小伙计喜旺。

张一筱这时急忙呼喊："吕克特，吕克特！"

没有人回应，但张一筱听见了一米开外的地面上有人撞击墙壁的声音。张一筱急忙扑了上去，双手一摸，地上躺着一个浑身被绑的人，张一筱明白，这个人就是自己寻找的吕克特。他先是一把扯下被绑之人口中的棉团，然后用匕首割起捆绑吕克特手臂的麻绳来。割断吕克特上身的麻绳，正当他割下身的麻绳时，意外发生了。

张一筱后背被人重重地刺进了一刀。

原来，张一筱进洞时一刀捅倒的是糊涂茶店里那个年轻的小伙计。令张一筱没有料到的是，洞里还隐藏着另一个人——老崔。老崔悄悄扑了上来，也不敢用枪，怕子弹射偏了打中吕克特，重重的一刀刺进了张一筱的后背。

秘洞之外，按照张一筱事先的交代，他进去五分钟后，韦豆子进去。当韦豆子踩在伙伴肩上，两人准备一起站起时，隐藏在石窟内的另一个日本人开了枪，子弹击中了韦豆子的大腿，他扑通一声摔倒在地。窟内一阵枪战，日本人毙命。

洞内的张一筱只能孤身作战。

背部被刺后，张一筱方知洞内还有另外一个人。于是忍着剧疼爬了起来，飞起一脚，踢倒了老崔，老崔摔出两尺之外。

张一筱没有追赶扭打，他知道自己的伤势，已经没有力气扭打了，况且地洞内有两个日本人。想到这里，他毫不犹豫地拉开了腰里的氯气罐，又急忙从怀里取出防毒面罩，套在了吕克特头上。这时的吕克特奄奄一息，尽管心里明白有人救他，但嘴里已吐不出一个字了。

氯气罐嗤嗤地冒着烟，在地洞里迅速弥漫。

张一筱没有走远，而是扭过身站在吕克特前面，他用自己的身体护卫着吕克特。

老崔再次扑了过来，一刀捅进了张一筱的胸口。张一筱扑通一声摔倒在地，但他趁势抱住了老崔的大腿，猛地一拽，把老崔摔倒在地。张一筱扑了上去，两只胳膊死死勒住了老崔的脖子。

毒氯气罐嗤嗤地响着。

洞里的人除了吕克特，都剧烈地咳了起来。

老崔明白来人释放了毒气，便拼命用匕首朝张一筱的胸口捅，他想让对方松手，引爆吕克特身边的炸药，因为他知道，无论如何他是跑不掉了，自己跑不掉，按照杨老板的命令，必须引爆炸药。

一刀，两刀，三刀。对方没有松手！

四刀，五刀，六刀。对方还是没有松手！

捅第七刀时，老崔感到自己已经没有力气了，毒气起了作用。他拼命咳，但死死抱住自己的对方却没有丝毫声响，对方已经昏迷了。

老崔使出浑身的力气，又捅了第八刀和第九刀，对方依然没有放开。

第十刀举到一半的时候，老崔的手软了下来，他彻底不行了。

张一筱的双臂仍然死死抱着昏迷的老崔。

十几分钟后，小五子和裴君明的一个士兵爬进了黑暗的地洞内。再后来，从洞内抬出了三具尸体和戴着防毒面具的吕克特。

满身都是刀窟窿的那具尸体是张一筱的。

# 后　记

1982年2月，我和一位朋友从留学所在的汉堡去科隆看狂欢节游行，傍晚时刻，两人赶到了科布伦茨，准备在那里一家叫"Rhein Und Mosel"的家庭旅馆过夜，第二天去游览著名的"德意志之角"。

"请问，你们是中国人？"进门后，旅馆男主人微笑道。

"是！"我们回答。

"欢迎，欢迎，我这个旅馆第一次接待中国人。"

跑了一天路的我们吃过自己带的方便面，准备上床休息，旅馆男主人敲门了。

"小伙子，到客厅喝杯我们科布伦茨的'雷司令'？"

我们跟随他去了客厅。七十多岁的老人倒了四杯酒，也把老伴叫来了，我们四人坐定后，他慢慢开了口：

"小伙子，听我给你们讲个真实的故事吧，是原来我工作的葡萄酒坊主人的故事！"

"他等中国人等了好多年啦！"老人刚说完这句话，老伴接了一句。

那天晚上，我和朋友用了将近三个小时听完了老人讲述的吕克特的故事。从老人嘴里我们知道，吕克特一直在中国工作到1938年7月，直到希特勒下了最后通牒，再不返德，将以卖国通敌罪论处。回到德国后，他没有再去兵工厂谋职，而是接手了父亲的酒坊。随后几年，好几个日本人来到科布伦茨找过他，以高价套取巩县兵工厂的情报，他一个字都没说。

"小伙计，你们带中国地图了吗，能给我指一指巩县这个地方吗？"老人最后含泪问道。

我们两个都不是巩县人，在随身携带的世界地图上，费了好半天劲，才找到了处于河南中部的巩县。

"是，是，老板说得对，确实有两条河汇集在那里，像我们科布伦茨一样！"

第二天离开旅馆时，老人送给了我们一瓶酒，名字叫"双城"。我问老人为什么叫"双城"，他说："你们到吕克特博士的墓地就知道答案了！"参观完"德意志之角"，我们两个就去了老人告诉的处于市中心的陵园。

我们找到了吕克特的墓地。他的墓碑与陵园里其他死者的不同，上面镌刻着四行德语：

海因里希·吕克特博士

出生于 1898.08.16，科布伦茨

再生于 1937.11.15，中国巩县

卒于 1964.12.27，科布伦茨。

二十世纪末留学回国后，我去过一次巩县，找到当地地方志办公室的人，询问这件事。办公室的人证实，石窟寺当年确实发生过一场激战，死了好多人，具体详细的资料，他们也提供不出来。德国老人故事里的人只有姓，虽与裴君明、洪士荫、黄业壁、徐麻子、张一筱、姜大明、土肥原贤二、杨老板的姓完全相符，但他们不能百分之百确定。

时间到了二十世纪末，我在德国柏林和中国南京的两家档案馆才查到解密的二战资料。"鲽鱼计划"在巩县失败后，德国、日本、国民党和共产党由于四方相互之间复杂的关系，都各自保密，没有公开相关的真实信息。

从档案里，我还查到了"鲽鱼计划"各方人员的最后下落。

死于 1966 年的法肯豪森迫于纳粹德国高压，1938 年 7 月返德。他本人曾一度打算放弃德国国籍，留在中国。回国时向蒋介石承诺，绝不会向日本泄露任何有关中国的军事机密。1940 年被任命为比利时总督，1944 年 7 月刺杀希特勒事件失败后，受牵连被捕入狱。二战结束后被盟军逮捕移交比利时政府被判十二年徒刑，因非纳粹分子，不久获释，曾出任中德文化经济协会名誉会长。

裴君明在淮海战役中见国民党大势已去，率兵起义，解放后出任河南省政协副主席，1970 年去世。

洪士荫抗战和解放战争期间一直留在河南，继续担任河南站站长，因捕杀河南各地共产党有功，1948年年底奉调南京，当他乘坐的车队即将驶出河南境内商丘路段时，遭到豫东游击队伏击，当场毙命。

徐麻子徐正乾死于1947年3月的延安保卫战。胡宗南集结34个旅25万多人的兵力攻打延安，欲摧毁中共党政军指挥中枢，徐团长在一场阻击战中中弹身亡。

姜大明受"洛阳大哥"委派，继续秘密潜伏，先后跟随巩县兵工厂转移至长沙、重庆、海南岛，最后去了台湾高雄。1950年，因中共台湾省工委书记蔡孝乾叛变被捕，当年6月被秘密枪杀，同批人员中还有吴石、朱谌之、陈宝仓、聂曦等。

1945年8月日本战败后，土肥原贤二接受审判，1948年被远东国际军事法庭判定为甲级战犯，经抽签第一个被处以绞刑。

日本人吉川，也就是春风戏院杨老板，1937年12月在巩县经秘密审判后处决。同时被处决的还有朱福贵，他当时化了装混迹于难民之中，但最终还是被洪士荫认出。处决吉川前，他解答过一个问题，就是秘洞是如何发现的。他说，那个秘洞不是执行"鲽鱼计划"的巩县小组发现的，而是五年前一位日本考古学家发现的，他带走了洞内的经文，然后把地址告诉了日本陆军参谋总部。"鲽鱼计划"巩县小组为藏匿吕克特，提前十天挖穿了力士的眼珠，作为透气口。在走向刑场前，吉川问了一个问题，是谁发现了他们的秘密？答："在瑞祥钟表眼镜店住过，后来在糊涂茶店动了核桃壳的人，名叫张一筱！"吉川说："一位好同行！"话毕枪响。

我在官方档案里没有查到一个人，就是红樱桃，但我一直想知道她的下落。后来，我又去了两趟巩县，很多老人都知道这个女人，但没有人清楚她后来去了哪里，反正没在巩县再见到过她。第四次去巩县时，因为事务繁忙了，估计今后不再有机会来巩县，我又专门去了一趟石窟寺，尽管已经到过那里三次。这次，我见到了一位八十多岁的老僧人，向他提出了红樱桃的疑问。

老僧人给我讲了一件事。

他说，1937年11月那次石窟寺枪战后，每年逢出事的同一天晚上，大约十点，寺门口都有一位浑身黑衣的女人烧纸，烧就烧吧，还唱一段豫西调梆子戏《凤还巢》，唱完之后，又哭着念叨一首诗来。新中国成立后五六十年代还来，到了七十年代前几年，烧纸的女人扶着拐杖来的，到了七十年代末，再也没有见过她，估计是不行了。

我问老人:"您记得这个女人念叨什么诗吗?"

老人答:"前面七八年，俺没有留意，她来的次数多了，俺也听得多了，倒记住啦!"

我说:"麻烦您老人家念念?"

老人清了一下嗓门，大声朗诵起来:

北方有佳人，

绝世而独立。

一顾倾人城，

再顾倾人国。

宁不知倾城与倾国?

佳人难再得……

1996年—2010年三次赴德国科布伦茨、埃森、柏林采访

2005年—2013年四次赴河南巩义（原巩县）采访

2011年—2014年创作于扬州、洛阳